acabus

I once heard of a Spanish feast:
into the ring they first released
A horse of country stature;
and then a tiger from its cage;-
it prowled awhile in silent rage,
then leapt right at its capture.

…

I don't know who won finally;
because that country horse is me,
the fight too has no ending; –
the town you know where this takes place,
that laughter, clapping would embrace –
its name needs no appending!

(Bjørnstjerne Bjørnson: »Sidste Sang«)

für Jeannine, die keine Verwendung für das Wort »aufgeben« hat.

Schnee taumelt in wenigen großen Flocken zwischen den Bäumen herab, die einzige Bewegung im beinahe völlig finsteren Dämmerlicht. Kein Windhauch regt die Zweige der dunkelgrünen Fichten und kahlen Birken. Die Stille ringsum ist so vollständig, dass Jarl Lohne den Tinnitus in seinen Ohren so deutlich wie das Zirpen von Grillen in Sommergras vernehmen kann.

Das beständige Hintergrundgeräusch begleitet ihn schon so lange, dass er nicht mehr genau sagen kann, wann es ihm zum ersten Mal aufgefallen ist. Vielleicht fing es vor fünf Jahren an, als er zusammen mit seinen Freunden Lars und Arild in Lars' Scheune auf eine Reihe Bierflaschen feuerte. Es hatte in Strömen geregnet, die drei hatten gemeinsam eine Flasche polnischen Grasovka geleert, und keiner von ihnen hatte Lust darauf gehabt, sich zum Zielschießen hinaus in das Dreckswetter zu begeben. Natürlich hatte keiner von ihnen einen Ohrenschutz getragen.

Normalerweise fällt Jarl der Tinnitus gar nicht auf. Es sind immer viel zu viele andere Geräusche um ihn herum, hinter denen das hohe Sirren verschwindet. Jarl arbeitet im Zentrum von Oslo in der Anwaltskanzlei seines Onkels, Lohne & Magnussen. Tagsüber ist er die meiste Zeit von den beständigen Geräuschen der Großstadt umgeben, die er für gewöhnlich ebenfalls nur wahrnimmt, wenn er sich auf sie konzentriert. Aber hier, im frühwinterlichen Waldgebiet der Østfold zwischen Norwegen und Schweden, hört er keinen Laut – außer dem leisen Summen in seinen Ohren.

Er zuckt heftig zusammen, als er neben sich im Schnee eine Bewegung bemerkt. Der Mann, den er hierherführen musste, hat sich bestimmt eine halbe Stunde nicht gerührt, trotz der Kälte. Mehr als das: Er hat Jarl das Gefühl gegeben, er wäre alleine, als befände sich neben ihm nichts weiter als ein Stück Fels.

Der Mann mit dem eigenartigen Namen hat in die linke Tasche seiner dicken Fleece-Winterjacke gegriffen. Jetzt hält er in seiner Bewegung inne. Sein Kopf wendet sich langsam Jarl zu. Als Jarl den Mann vom Flughafen Oslo Gardemoen abgeholt und ihm zum ersten Mal in die Augen geblickt hat, haben sie in der Nachmittagssonne in einem leuchtend tiefen Blau geschimmert. Heute, drei Tage später, ist bereits die Nacht angebrochen, und die Augen des Mannes sind zwei dunkle Flecken in einem fahlen, langen Gesicht. Seine eigentlich vollen Lippen haben sich zu einem Strich zusammengezogen.

Jarl zuckt entschuldigend die Achseln. Er glaubt nicht, dass seine erschrockene Bewegung irgendein Tier aufgescheucht hat – dann hätte man etwas gehört. Selbst Schleichern gelingt es nicht immer, sich lautlos in einem völlig stillen Winterwald zu bewegen. Trotzdem kann es nicht schaden, dem Mann mit dem eigenartigen Namen gegenüber vorsichtig zu sein. Etwas stimmt nicht mit ihm. Der Mann ist irgendwie unheimlich.

»Verzeihung, Mr. Mithothin«, flüstert er kaum vernehmbar.

Sein Begleiter starrt ihn regungslos an, ohne etwas auf seine Entschuldigung zu erwidern.

Jarl weiß, dass der Mann nicht wirklich Mithothin heißt. Der Kollege seines Vaters aus London, der ihm den Kontakt vermittelte, hat gleich beim ersten Gespräch erwähnt, dass seinem Klienten Anonymität äußerst wichtig sei. Er hat Jarl nur einen Platzhalter genannt, wie Smith oder Miller. Der wirkliche Name des Mannes ist in dessen Jagdlizenz vermerkt, aber die hat Jarl nicht zu sehen bekommen.

Der eigenartige Name seines Begleiters weckt eine unbestimmte Erinnerung in ihm, die er nicht greifen kann. Der Mann spricht Englisch mit britischem Akzent, doch da ist etwas Skandinavisches in der Art, wie er redet. Jarl glaubt allerdings nicht, dass er einen Landsmann neben sich hat. Vielleicht ist er ein Schwede oder ein Isländer. Verdammt, er campt hier seit drei Tagen völlig allein mit einem bewaffneten Mann, den er überhaupt nicht kennt!

Mr. Mithothin mustert ihn weiter regungslos mit hartem Blick. Die beiden dunklen Augenflecke, die in dem gespenstisch bleichen Gesicht schwimmen, lassen Jarl an die Augenhöhlen eines Schädels denken. Auf einmal ist sein Mund staubtrocken. Er tastet unauffällig mit der linken Hand nach seiner Remington, die neben ihm auf der dicken Isomatte liegt. Die Berührung verspricht Sicherheit. Aber im selben Moment, als er das Holz des Griffs durch den Handschuh spürt, wendet der unheimliche Fremde neben ihm seinen Blick wieder von ihm ab. Erleichtert atmet Jarl aus. Er beobachtet, wie Mr. Mithothin ein kleines Nachtsichtgerät aus der Tasche zieht und es sich vor die Augen hält.

»Ich dachte, ich hätte direkt vor uns eine Bewegung wahrgenommen«, murmelt er, als würde er mit sich selbst sprechen. »Aber da war nichts. Nein, alles unverändert.«

Seine Stimme ist tief und sonor. Obwohl er kaum mehr als flüstert, kann Jarl ihn gut verstehen.

Er selbst besitzt kein Nachtsichtgerät, nur einen ganz normalen Feldstecher, aber von guter Qualität. Die hilft bei fortschreitender Dunkelheit allerdings auch nicht viel. Dennoch hält Jarl sich das Fernglas vor die Augen. Er will vor dem Fremden nicht wie jemand dastehen, der nicht einmal vernünftige Ausrüstung zu einem Jagdtrip mitgenommen hat. Dabei ist er es ja, der für diesen Ausflug an die schwedische Grenze verantwortlich ist, er und Frederik Harner.

Die Londoner Kanzlei, für die Harner tätig ist, hatte in der Vergangenheit mit der seines Vaters zu tun. Einer der Klienten des britischen Anwalts hat gehört, dass Norwegen in diesem Jahr bis zum Wintereinbruch in der Region Østfold neun Wölfe zum Abschuss freigegeben hat. Dieser Klient, dessen Namen Harner als Mr. Mithothin angab, hat sich für den Abschuss eines Wolfs um eine Jagdlizenz bemüht.

Normalerweise würden bei der Verteilung dieser Lizenzen einheimische Jäger den Vorzug bekommen. Aber Harner hat sich bei Jarls Vater Erik für seinen Klienten eingesetzt, und der wiederum hat bei der lokalen Jägervereinigung ein gutes Wort für den Ausländer eingelegt. Unterstützt von einer großzügigen Spende hat sich Mr. Mithothin das Recht erworben, auf dem Grund der Familie Lohne, wo sich nahe der schwedischen Grenze mehrere zusammenhängende Waldstücke befinden, einen Wolf zu jagen. Wenn er ihn lokalisieren kann.

»Vielleicht hat der Wolf uns gerochen oder gehört«, flüstert er. »Könnte doch sein, dass er längst über die Grenze abgewandert ist.« Er hat in den letzten Tagen immer wieder versucht, Smalltalk mit dem schweigsamen Mann zu führen. Jarl ist es nicht gewohnt, die Jäger auf dem Besitz seines Vaters zu begleiten. Zu jagen ist etwas anderes, als auf Flaschen zu schießen. Er mochte das Gewese seiner Familie um die Jagd schon als Kind nicht, und der Gedanke, eine weitere Nacht schweigend neben dem Fremden zu sitzen, hängt wie eine schwere Regenwolke über ihm.

Aber der Job ist nun einmal an ihm hängengeblieben. Sein Vater hatte wegen einer Geschäftsreise keine Zeit, und seine Schwester hat sich geweigert. Und wenn Ingrid etwas nicht will, hat noch nie jemand sie umstimmen können, schon gar nicht ihr Vater.

Während Jarl auf eine Erwiderung wartet, sucht er mit dem Feldstecher den Waldrand am anderen Ende der Lichtung ab, die sie etwas höher gelegen von Westen aus überblicken. Aber das Tageslicht hat bereits zu stark abgenommen, um in den beiden Objektiven des Fernglases mehr als eine finstere Masse aus Dickicht und einzelnen Baumstämmen zu erkennen.

Er rechnet schon gar nicht mehr damit, dass Mr. Mithothin ihm antworten wird, als plötzlich neben ihm seine geflüsterte Stimme ertönt. Sie hört sich beinahe amüsiert an.

»Wölfe sind klug, und ihr Lernfaktor ist enorm. Wenn einem ein Wolf erst einmal entkommen ist, wird es beim nächsten Mal umso schwieriger, ihn zu erwischen.«

Es ist keine Antwort auf seine Frage, aber Jarl ist schon zufrieden, dass der Fremde überhaupt ein Gespräch mit ihm führt. Er lässt den Blickwinkel des Feldstechers etwas nach unten wandern. Der Elchkadaver in der Mitte der Lichtung erscheint unvermittelt so plastisch und groß wie ein meterhoher Berg aus Fell und Fleisch vor seinen Augen. Dabei ist es nur ein Kalb, und noch nicht einmal gut genährt. Wahrscheinlich war es schon seit längerem von seinem Muttertier getrennt.

Der Wolf hat große Bissen an Muskelmasse aus dem Bauch des Tieres herausgerissen. Die einbrechende Dämmerung hat dem Blut um die Wunden herum die Farbe geraubt. Dennoch lässt Jarl der Anblick des frisch getöteten Tiers nicht kalt. Darum ist er als Kind nicht mit seinem Vater auf die Jagd gegangen. Was da im Schnee liegt, besaß noch vor wenigen Stunden ein warmes, pochendes Herz.

»Denken Sie …«, sagt er langsam, um das Thema zu wechseln, »… dass er schon einmal jemandem entkommen ist? Dass er klug ist? Wir haben ihn in den letzten drei Tagen kein einziges Mal zu Gesicht bekommen. Nichts anderes als seine Spuren im Schnee und das tote Kalb. Genauso gut könnte man einen Geist jagen.«

»Er kommt«, erwidert Mr. Mithothin mit der ruhigen Gewissheit von jemandem, der etwas Unausweichliches wie die Gezeiten ankündigt. »Er hat gejagt, er hat gefressen, jetzt ist er wieder hungrig, und die Nacht ist angebrochen. Er kommt.«

Jarl hat den Feldstecher wieder abgesetzt. Sich am Rand dieser Talsenke mitten im Schnee den Hintern abzufrieren ist etwas, das viel besser zu seiner Schwester Ingrid passen würde. Die ist so ein Outdoor-Typ, wie es der Mann neben ihm offensichtlich ebenfalls ist, und jagen geht sie auch, aber Elche und hin und wieder Wildgänse, weiter im Norden an der Westlandsküste. Nur keine Wölfe. Ganz im Gegenteil: Sie wird wütend, wenn sie hört, dass Wölfe geschossen werden.

»Was ich jage, wird zu Essen verarbeitet«, hat Jarl sie mehr als einmal sagen hören. »Die Typen, die Wölfe schießen, sind Trophäenjäger. Das sind Wichser ohne Respekt vor dem, was sie töten.«

Jarl kennt keine Trophäenjäger, aber das Wenige, was der Mann bisher zum Thema Jagd von sich gegeben hat, klang ganz danach, als ob er Wölfen eine beinahe ehrfürchtige Achtung erweisen würde. Und dann die Sache mit der Waffe, die er von seinem Flug aus London mitgebracht hat! Erst hatte Jarl kaum glauben wollen, dass sein Gast sie tatsächlich einsetzen wollte. Er dachte, der Mann würde einen Scherz machen. Aber Mr. Mithothin ist kein scherzhafter Mensch, das hat Jarl schnell begriffen.

»Sie können dieses Ding nicht für die Jagd auf einen Wolf benutzen«, hat er dem Fremden gesagt, als sie ihr Lager für die erste Nacht aufgeschlagen hatten. »In diesem Land gibt es Regeln für die Jagd auf Großwild. Sie können einen Wolf nur mit einer Rifle erlegen.« Er hat ihm die Remington seines Vaters unter die Nase gehalten. »Benutzen Sie die hier.«

Mr. Mithothin hat ihn kalt angeblickt und nach kurzem Zögern das Jagdgewehr ergriffen, um das Magazin zu überprüfen.

»Expandierende Kugeln, die mindestens neun Gramm wiegen«, hat Jarl ihm erklärt. Er ist sich dabei wie ein Papagei vorgekommen. Als sein Vater ihn gebeten – nein, aufgefordert – hat, Mr. Mithothin auf der Jagd zu begleiten und zu unterstützen, hat er den ganzen Formalkram schnell auswendig gelernt, wie im Studium. »Das ist die Munition, die von der Jagdbehörde verlangt wird.«

Mr. Mithothin hat ihm die Remington zurückgegeben, ohne eine Miene zu verziehen. »Ich kenne die Regeln«, hat er gesagt. »Ich kann sogar eine aktuelle schriftliche Bestätigung vorweisen, dass ich mit einer Rifle umgehen kann. Wird das in Ihrem Land nicht ebenfalls verlangt?«

Jarl hat genickt, das Jagdgewehr eingepackt und die Sache auf sich beruhen lassen. Etwas in der Art dieses eigenartigen Mannes duldet keinen Widerspruch. Er ist jemand, der bekommt, was er haben will. Und, so entschuldigt Jarl sein eigenes Einknicken, es sieht ja nicht einmal so aus, als würde Mr. Mithothin tatsächlich dazu kommen, sein mitgebrachtes Spielzeug einzusetzen. Dazu müssen sie den Wolf, der sich seit einiger Zeit in diesem Teil des Waldes an der Grenze zu Schweden herumtreibt, erst einmal stellen.

Als wollte ihn seine Intuition Lügen strafen, richten sich Jarl mit einem Mal die Haare im Nacken auf. Er kann dem Gefühl keine Worte verleihen, aber ihm ist, als ob das lange Ausharren in dem unwirtlichen, kalten Gelände etwas in ihm ausgelöst hätte, etwas Altes, Urtümliches. Als hätte sich ein Teil von ihm mit dem Wald verbunden, ein komplexes Gefüge aus verborgenem Leben um ihn herum in der Nacht. Er fühlt, dass etwas passieren wird, bald schon. Etwas kommt.

Mr. Mithothin scheint es ebenfalls zu spüren. Vielleicht haben sich die beiden Männer in den letzten Tagen wie zwei empfindliche Saiteninstrumente aufeinander eingestimmt. So langsam, dass Jarl die Bewegung neben sich mehr ahnt als tatsächlich wahrnimmt, bewegt Mr. Mithothin sein Nachtsichtgerät wieder vor das Gesicht.

Jarl kneift die Augen bis auf einen Spalt zusammen, um genauer sehen zu können. Er verzichtet auf den Feldstecher, dessen Objektive bereits zu viel von dem kaum noch vorhandenen Licht schlucken. Erst ist er sich nicht sicher, ob er sich die Bewegung am anderen Ende der Lichtung nur einbildet. Vielleicht täuscht ihm sein angestrengtes Starren auf den dunklen Fleck zwischen zwei Kiefernstämmen nur vor, dass sich dort etwas verbirgt.

Doch dann – kein Zweifel! Etwas schiebt die niedrigen Zweige zur Seite. Ein langgezogener Kopf erscheint, dann ein Rumpf.

Jarls Herz hat heftig zu schlagen begonnen. Verdammt, das ist kein Fuchs, kein Luchs, und auch kein streunender Hund. Es ist der Wolf, den sie schon seit Tagen verfolgen! Sie haben ihn tatsächlich aufgespürt – das lange Warten hat sich doch gelohnt! Der Adrenalinschub lässt Jarl die Kälte und seine steifen Glieder vergessen. Seiner Meinung nach ist das Jagdhobby eigentlich ein archaisches Ritual, das im 21. Jahrhundert so anachronistisch erscheint wie der Glaube an einen Gott, der Kains Brandopfer höher schätzte als Abels Feldfrüchte. Aber in diesem Augenblick hat ihn das gleiche uralte Fieber gepackt, mit dem schon steinzeitliche Jäger auf der Lauer gelegen haben müssen.

Der Wolf hat seine Deckung verlassen und ist mit scheuen, vorsichtigen Bewegungen ganz auf die Lichtung hinausgetreten. Seine Art ist keine Bedrohung für den Menschen, denkt Jarl, sie war es nie. Das Tier, das etwa so groß wie ein Schäferhund ist, hebt den Kopf und nimmt Witterung auf. Gleichzeitig bemerkt Jarl, dass ein leichter Nachtwind aufgekommen ist, der ihm kalt gegen die Stirn weht. Eine weitere Welle aus beinahe fiebriger Begeisterung beschleunigt seinen Herzschlag: Der Wind, der ihnen aus der Richtung ihrer Beute entgegenkommt, ist wie ein gutes Zeichen: Der Wolf kann sie so nicht riechen! Momentan können Jarl und sein Begleiter am Rand der

Senke, die in die Lichtung hinabführt, nur gesehen und gehört werden. Und da der abnehmende Mond von Wolken verhangen ist, haben sie einen weiteren Vorteil. Zum ersten Mal, seitdem sie sich auf die Spur des Wolfs gemacht haben, glaubt Jarl daran, dass es ihnen tatsächlich gelingen könnte, ihn zu schießen.

Neben ihm ist Mr. Mithothin wieder zu einer Statue erstarrt. Jarl duckt sich mit dem Oberkörper so flach auf den Boden, als wolle er sich durch seine Isomatte hindurch und ins gefrorene Erdreich drücken. Er hofft, dass er von der Lichtung aus nicht mehr zu sehen ist. Vorsichtig wälzt er sich auf die linke Seite, ergreift sein Jagdgewehr und wälzt sich wie in Zeitlupe, um kein Geräusch zu verursachen, mit der Rifle in der Hand zurück. Er legt das Gewehr neben Mr. Mithothin, damit dieser es sofort zur Hand hat.

Als Jarl einen Blick über den Rand der Senke riskiert, sieht er, dass der Wolf sich dem Elchkadaver genähert hat und Fleisch aus seiner Beute herausreißt. Er ist abgelenkt. Jetzt ist die Gelegenheit.

Dann geht alles so schnell, dass Jarls Verstand den Eindrücken nicht mehr hinterherkommt. Mr. Mithothin hat sich in einer einzigen fließenden Bewegung zu voller Größe aufgerichtet. Beinahe gleichzeitig hat er unter die Thermodecke neben sich gegriffen und den fast mannshohen Eibenbogen gepackt, der zusammen mit zwei Pfeilen griffbereit darin verborgen gelegen hatte.

Der Wolf hat seinen Kopf in der Seite des Elchs vergraben. Obwohl Mr. Mithothin beim Aufstehen kaum ein Geräusch von sich gegeben hat, hält das Tier im Fressen inne und hebt den Kopf.

Der angelegte Pfeil zielt im gleichen Moment auf den Wolf, als dieser zu ihnen hinaufblickt. Das Tier wirbelt herum, und der Pfeil löst sich mit einem kaum hörbaren Schnalzen.

Ein hohes, abrupt abreißendes Jaulen hallt über die Lichtung. Der Wolf wird wie von einer unsichtbaren Hand zwei Meter zur Seite in den Schnee geschleudert. Mit offenem Mund starrt Jarl Mr. Mithothin an, der mit dem riesigen Eibenbogen in der Hand in die Senke hinabblickt. Nun liegen zwei Tierkörper reglos auf der Lichtung.

»Ich … ich … verdammt, ich hatte Ihnen doch gesagt, dass Sie diese Waffe hier nicht benützen dürfen!«, stammelt Jarl. Eine innere Stimme fragt ihn höhnisch, was er denn denkt, wieso sein Begleiter den Bogen dann mit auf diesen Jagdtrip geschleppt hat – als Glücksbringer etwa? Er wollte ihn von Anfang an verwenden, und das hat er auch getan.

»Sparen Sie sich Ihre Vorträge!«, sagt Mr. Mithothin. Die Pupillen in seinem fahlen Gesicht wirken wie zwei harte, schwarze Kiesel. »Ich habe gutes Geld dafür bezahlt, ihn mit diesem Bogen zu erschießen.«

Als sei damit alles gesagt, wendet er sich von Jarl ab und stapft durch den tiefen Schnee die Senke hinab und auf die Lichtung. Jarl steht langsam auf. Der Moment der Begeisterung, ein seltenes Tier gestellt zu haben, ist verschwunden und hat nichts weiter als eine betäubende Kälte zurückgelassen.

Mr. Mithothin ist bei dem toten Wolf angekommen. Beinahe achtlos legt er den Bogen neben sich in den Schnee. Jarl, der den Fußstapfen folgt, weil das im tiefen Schnee einfacher ist, sieht ihn sich in einer langsamen, merkwürdig ehrfürchtig anmutenden Bewegung vor dem Tier auf ein Knie herablassen.

Erst bei diesem Anblick erinnert Jarl sich an die Kamera, die er auf den Rat seines Vaters hin auf den Jagdtrip mitgenommen hat. Jäger wollen Bilder von sich und ihrer erlegten Beute haben, und Mr. Mithothin soll erhalten, wofür er bezahlt hat. Jarl zieht sich die Handschuhe aus, stopft sie in die Seitentasche seiner Outdoor-Jacke und zückt seine Digitalkamera. Vor zwei Jahren hat er sich die Leica für Ausflüge angeschafft, klein, aber dafür handlich. Schritt für Schritt nähert er sich von hinten dem Mann, der eben den Pfeil aus dem Körper des toten Wolfs herausgezogen und neben sich in den Schnee geworfen hat.

Mr. Mithothin beugt sich mit dem Rücken zu Jarl über den Kadaver. In seiner Rechten hält er ein Jagdmesser mit breiter Klinge. Jarl zoomt im Sucher seiner Leica den Wolf heran. Der Kopf des toten Tiers tritt im letzten Dämmerlicht vor dem Hintergrund aus matt schimmerndem Schnee leicht verschwommen hervor, die Lefzen wie im Aufbäumen vor dem unvermeidlichen letzten Atemzug zurückgezogen, sodass seine Zähne gut sichtbar sind. Jarl drückt den Auslöser.

Das Blitzlicht taucht den am Boden liegenden Wolfskopf in ein unnatürlich grelles Licht, das in allen Schneeflocken ringsum ein diamantenes Feuer entzündet. Für einen Moment glaubt Jarl, die Augen des Tiers würden in den Höhlen herumrollen und ihn ansehen. Erschrocken schnappt er nach Luft, die ihm kalt in den Rachen dringt.

Mr. Mithothin wirbelt herum. Er ist ebenso schnell auf die Beine gekommen, wie vorhin, als er den Bogen auf den Wolf abgefeuert hat. Seine Rechte hat sich so fest um sein Jagdmesser gekrampft, dass Jarl selbst in dem dämmrigen Licht die Fingerknöchel weiß unter der Haut hervortreten sehen kann. Instinktiv versucht der junge Mann vor dem Fremden zurückzuweichen, aber seine Beine bleiben im tiefen Schnee stecken.

»Keine Fotos!«, herrscht Mr. Mithothin ihn wütend an. Seine Augen sind zwei dunkle Steine, aus denen man Funken schlagen könnte. Einen Lidschlag lang glaubt Jarl, dass es dieselben Augen wie die des Wolfs am Boden sind, tot und dennoch von kaltem Leben erfüllt.

Er ringt nach Worten, doch bevor er etwas herausbringen kann, reißt der Mann ihm die Leica aus der Hand. Er holt aus und schmettert sie mit voller Wucht gegen einen hüfthohen Felsen, der neben ihnen aus dem Schnee ragt. Einmal, zweimal ertönt ein mahlendes Krachen, als das Gehäuse der Leica auf den nackten Stein trifft. Dann schleudert Mr. Mithothin die Kamera aus der Lichtung hinaus ins dunkle Unterholz. Schwer atmend wendet er sich wieder dem jungen Mann zu, dessen Blick von dem wütenden Gesicht vor sich hinab zu dem Jagdmesser in der Hand seines Gegenübers irrt. Plötzlich ist Jarl sich sicher, dass dieser Verrückte zustechen wird. Er kann deutlich vor sich sehen, wie sich die Klinge durch die Kleidung und in seinen Bauch bohrt, als würde sein Verstand der Zukunft um wenige Sekunden vorauseilen.

»Es … es … hören Sie, es tut mir leid!«, bricht es hilflos aus ihm heraus. »Ich wusste nicht, dass …«

»Keine Fotos von der Beute!«, schneidet ihm Mr. Mithothin hart das Wort ab.

Ein Lichtstrahl tanzt zwischen den Bäumen hinter ihnen herüber und richtet sich schließlich auf die beiden Männer. Vor Erleichterung beginnt Jarl zu zittern.

»Das darf doch nicht wahr sein!«

Die klare, hohe Stimme hallt aus Richtung der Lichtquelle über die Lichtung. Schon beim Klang der Worte weiß Jarl, wer das ist. Zwei Gestalten kommen über den Rand der Senke zu ihnen herabgestiegen. Eine von ihnen ist eine stämmige junge Frau, die eine Stabtaschenlampe hält. Die andere Gestalt folgt in ihren Spuren.

»Ihr habt den Wolf also tatsächlich aufgespürt«, sagt Ingrid Lohne verhalten. Ihr dunkelblondes Haar ist zu einem dicken Zopf geflochten. Schnee liegt auf der braunen Uschanka, deren Rand ihr beinahe über die Augenbrauen reicht.

»Jepp, das haben wir«, antwortet Jarl mit hohler, verwunderter Stimme, aus der immer noch die Panik herauszuhören ist, die ihn bis vor wenigen Sekunden gelähmt hat. Nach drei Tagen ohne eine andere Gesellschaft als seinen wortkargen, furchteinflößenden Gast hat es für ihn etwas Unwirkliches, so unvermittelt seiner Schwester gegenüberzustehen. Aus den Augenwinkeln bemerkt er, dass Mr. Mithothin sich wieder zu dem Kadaver am Boden umgedreht hat.

Jarl kommt Ingrid ein paar Schritte entgegen, froh über jeden Meter Abstand, den er zwischen sich und den Fremden in seinem Rücken bringen kann. »Wie … wie habt ihr uns gefunden? Was zum Teufel macht ihr hier?«

Ingrid deutet auf den Mann hinter sich, der mit mühsamen Schritten zu ihr aufholt. »Er da hat eine wichtige Nachricht für Vaters Jagdgast. Er will unbedingt persönlich mit ihm sprechen. Ich hab ihm gesagt, dass der Mann bestimmt verärgert sein wird, wenn wir euch stören und das Wild vertreiben. Aber er hat darauf bestanden. Also sind wir den Spuren eurer Schneescooter gefolgt und den Rest des Wegs zu Fuß –«

Sie bricht stirnrunzelnd ab. Jarl folgt ihrem Blick. Der Schein ihrer Stabtaschenlampe hat sich auf den riesigen Eibenbogen im Schnee und den blutigen Pfeil daneben gerichtet.

»Also deshalb haben wir keinen Schuss gehört«, sagt Ingrid. Sie holt tief Luft. »Heh, Sie!«, ruft sie empört. Sie stapft an Jarl vorbei und auf Mr. Mithothin zu, der sich nicht umgedreht hat und weiterhin nur auf das tote Tier vor sich im Schnee achtet. »Was Sie hier getan haben, ist verdammt noch mal illegal! Einen Wolf mit Pfeil und Bogen zu erlegen, das ist – das ist nicht nur verboten, das ist Tierquälerei!«

Mr. Mithothin dreht sich immer noch nicht zu ihr um.

»Lass es gut sein!«, zischt Jarl seine Schwester an. Er will nicht, dass sie diesen unheimlichen Kerl provoziert, er will nur noch, dass der Mann seine Beute einsammelt und so schnell wie möglich wieder von hier verschwindet.

»Ich rede mit Ihnen!«, herrscht Ingrid ihn an, ohne auf ihren Bruder zu achten. »Verdammt, ich hab gute Lust, Sie bei der Polizei anzuzeigen!«

»Das sollten Sie besser nicht tun«, ertönt die Stimme der zweiten Gestalt, die neben Jarl stehengeblieben ist. Der junge Mann kommt erst jetzt dazu, im Licht von Ingrids Stabtaschenlampe den Neuankömmlig genauer in Augenschein zu nehmen. Es ist ein Mann Ende Zwanzig, dessen Augen hinter einer Hornbrille mit schwarzem Rand auf seine Schwester gerichtet sind. Schneeflocken schmelzen in seinem dunklen, exakt gescheitelten Haar. Im Gegensatz zu den drei anderen trägt er keine Outdoorkleidung, sondern einen Wintermantel aus tiefblauem Tweed, dessen Kragen er hochgeschlagen hat.

Der Mann wirkt mit seiner modischen Erscheinung an diesem Ort so deplatziert, dass Jarl für einen winzigen Moment daran glaubt, sich die Gestalt im Dunkel nur einzubilden. Dann erinnert er sich an das Gespräch mit dem Londoner Anwaltskollegen seines Vaters, und auf einmal weiß er, wen er vor sich hat. Er hat mit ihm telefoniert.

Ingrid hat sich zu Frederik Harner umgedreht. »Was haben Sie gesagt?«

»Ich sagte«, wiederholt der britische Anwalt ungerührt, »Sie sollten das besser nicht tun. Meinen Klienten bei der Polizei anzeigen.«

»Und weshalb nicht?«, schnappt Ingrid herausfordernd.

»Miss Lohne«, erwidert Harner, ohne dass seine leise, aber deutlich zu verstehende Stimme an Schärfe zunimmt, »Mr. Mithothin ist niemand, den Sie sich zum Feind machen möchten. Aber wenn Sie ihn wegen Fehlverhaltens bei dieser Jagd anzeigen, dann passiert genau das. Mein Klient nimmt solche Dinge sehr ernst.« Er blinzelt sie durch die Gläser seiner Hornbrille an, und Jarl durchfährt ein Frösteln. Plötzlich wirkt der in dem dunklen Waldstück so völlig deplatzierte Mann mit seinem perfekt frisierten Haar und dem Harris-Tweed nicht weniger unheimlich als sein eigenartiger Klient.

»Wissen Sie was?«, fährt Ingrid auf. Das Weiße in ihren Augen schimmert. »Es ist mir verdammt egal, wie gut mein Vater und Sie miteinander bekannt sind. Ich lasse mir weder etwas vorschreiben, noch mich von Ihnen bedrohen. Ich …«

Sie bemerkt Jarls entsetzte Miene und fährt herum. Ihre Lippen bewegen sich, versuchen den angefangenen Satz zu beenden, aber ohne Erfolg. Ihr erschrockener Blick richtet sich auf den Mann, den ihr Bruder in den Wald ihres Vaters geführt hat.

Mr. Mithothin hat seinen mannshohen Eibenbogen aufgehoben und sich umgedreht. Im Schein von Ingrids Stabtaschenlampe glänzt sein Gesicht dunkel und nass von dem Blut des toten Wolfs, das er sich auf Stirn und Wangen geschmiert hat. Der Lichtstrahl zittert, weil Ingrids Hand bebt, was den Zügen des Mannes vor ihnen ein grässliches, fratzenhaftes Aussehen verleiht. Mit dem blutverschmierten Gesicht und der mittelalterlichen Waffe in seiner Hand erinnert Mr. Mithothin an einen Krieger, der sich über ein Schlachtfeld voller Leichen zu ihnen durchgeschlagen hat. Er achtet gar nicht auf die beiden Männer und die Frau im Schnee. Seine tief in den Höhlen liegenden Augen sind auf etwas gerichtet, das nur er sehen kann.

»Herzlichen Glückwunsch zu der gelungenen Jagd«, sagt sein Anwalt mit ruhiger Stimme. Abwartend mustert er ihn.

Mr. Mithothins Blick fokussiert sich, als würde es ihm erst jetzt auffallen, dass der Mann sich direkt vor ihm befindet, anstatt in einer Londoner Kanzlei. »Warum sind Sie hier?«

»Sie waren telefonisch nicht erreichbar, daher habe ich sofort den nächsten Flug nach Norwegen genommen«, antwortet Frederik Harner. Er senkt seine Stimme, sodass Jarl nur mit Mühe verstehen kann, was er seinem Klienten sagt. »Sie erinnern sich bestimmt noch an die Angelegenheit mit dem Sanday-Hort vor gut zehn Jahren?«

Mr. Mithothin antwortet nicht, aber das Aufleuchten in seinem Blick ist Reaktion genug.

»Sie wollten sofort persönlich benachrichtigt werden, wenn sich eine neue Situation ergeben sollte. Jemand von damals ist wieder auf unserem Radar aufgetaucht.«

Mr. Mithothin zieht ein Mobiltelefon aus der Tasche seiner dicken Outdoor-Tarnjacke und schaltet es ein. »Wir kehren am besten so schnell wie möglich nach Oslo zurück. Erzählen Sie mir alles, was Sie in Erfahrung gebracht haben.«

»In Ordnung«, sagt Harner. Mit großen Storchenschritten folgt er Mr. Mithothin in der Schneespur, die zum Rand der Senke hinaufführt, wo die Ausrüstung der beiden Jäger liegt.

»He, Sie!«, schreit Ingrid ihm hinterher.

Mr. Mithothin dreht sich zu ihr um, als nähme er jetzt erst wahr, dass sie existiert.

Ingrid deutet auf den Wolfskadaver. »Was ist mit ihm? Sie haben ihn verdammt noch mal geschossen. Wollen Sie ihn nicht mitnehmen? Darum ging es Ihnen doch, oder etwa nicht? Ihn zu erlegen, damit Sie ein Foto von sich mit ihm machen und sein Fell an die Wand hängen können!«

»Ich bin kein Trophäenjäger«, entgegnet Mr. Mithothin kühl. »Machen Sie mit dem Kadaver, was Sie für richtig halten. Was ich von dem Wolf wollte, das habe ich bereits bekommen.«

Ohne ein weiteres Wort dreht er sich wieder um und stapft zum Rand der Senke hinauf, gefolgt von seinem Anwalt.

Ingrid stößt Luft aus ihrem Mund, die einen Augenblick lang als kaum sichtbare Atemwolke vor ihrem Gesicht hängt. Sie klingt genervt, aber Jarl glaubt unter dem Ärger noch etwas anderes wahrnehmen zu können. Sie ist heilfroh, dass Mr. Mithothin, oder wie auch immer er tatsächlich heißt, den Grund und Boden ihrer Familie wieder verlassen wird.

»Wir müssen den Wolf für DNA-Proben mitnehmen«, sagt er leise an seine Schwester gerichtet. »Ich kann einen Schuss auf die Wunde abfeuern, dann fällt es nicht auf, dass er zuvor von einem Pfeil getroffen wurde. Er …« Jarl zögert und nickt in Richtung Kadaver. »Jedenfalls hat er nicht gelitten. Er war sofort tot.«

Ingrid erwidert nichts. Jarls Blick schweift an ihr vorbei in die Dunkelheit des Waldes jenseits der Lichtung, die mit jeder weiteren Minute näher an sie heranrückt.

Einer der neun Wölfe, die eine Gruppe von Bleistifttätern in einem Bürogebäude in Oslo als diesjährige Quote festgelegt hat, ist tot. Wo sich die anderen acht wohl gerade verbergen, hinter denen Hunderte von lizensierten und illegalen Jägern her sind? Wenn sie schlau sind, fliehen sie weit nach Osten über die schwedische Grenze. Norwegen ist kein gutes Land für Wölfe. Zu viele andere Raubtiere.

1

Die Farbe meiner Vergangenheit ist Orange.

Wenn ich Worte höre, sehe ich Farben, so war es schon immer. Als ich noch ein Kind war, dachte ich, es würde allen Menschen so gehen. Ich konnte mir gar nicht vorstellen, dass jemand nicht so empfand. Es wäre mir wie Blindheit vorgekommen.

Bei manchen Wörtern wirft etwas in meinem Kopf einen Eimer Farbe um, der meinen Verstand ausfüllt. Ich höre oder lese das Wort »Mutter« und sehe vor meinem inneren Auge das warme Goldbraun von Akazienhonig.

Ich höre das Wort »Vater« und ich denke an das Blau der Gákti-Tracht meiner Familie, ein so tiefes und gleichzeitig so leuchtendes Blau, dass es auf Fotos aussieht, als hätte man die Aufnahmen durch mehrere Instagramfilter gejagt.

Ich höre den Namen meines Bruders, Atle, und ich sehe die gleiche Farbe wie bei dem Wort »Schnee«. Es ist nicht das gleißende Weiß eines sonnigen Wintertags, das die Hochebene der Finnmark bis zum Horizont schier explodieren lässt, sodass man die Augen zusammenkneifen muss, um nicht geblendet zu werden. Es ist das stumpfe, tote Weiß von wolkenverhangenen Tagen im Februar, wenn der Schnee bleich und schwer wie die Steinplatten auf Gräbern über dem Land liegt.

Ich vermisse die weiten, schneebedeckten Ebenen der Arktis. Momentan gehören sie zu meiner Vergangenheit, aber es ist nicht die Farbe von Schnee, an die ich denke, wenn mir meine Kindheit in den Sinn kommt. Die Farbe meiner Vergangenheit ist die satte, leuchtende Farbe kleiner Beeren, eine Vielzahl winziger Sonnen, verstreut in der Tundra.

Manchmal, aber nicht immer, erlebe ich diese synästhetische Wahrnehmung andersherum. Genau jetzt zum Beispiel. Ich bin in Oslo Gast auf einer Party. Auf dem Wohnzimmertisch vor mir steht eine Glasschale mit mehreren Orangen. Der Schein der Kerzenflammen über ihnen lässt sie in einem warmen Licht erstrahlen. Ich starre auf die runden Früchte in der Schale, und die laute Musik der Stereoanlage und das Stimmengewirr der Partygäste im Raum um mich herum verblassen wie Details eines vergilbten Zeitungsfotos. Das leuchtende Orange katapultiert mich zurück in einen längst vergangenen Sommer.

Ich knie im Moos nahe einem schmalen Bach, dessen Ränder so von hohem Gras überwuchert sind, dass ich den Verlauf seines dunklen Bandes mehr erahnen als sehen kann. Der Boden ist weich und nachgiebig, er fühlt sich an, als würde ich auf meiner Bettmatratze herumlaufen. Um mich herum leuchten die orangefarbenen Multebeeren. Sie stechen wie kleine Scheinwerfer aus dem satten Grün hervor.

Ich bücke mich und pflücke eine von ihnen, die gerade so reif ist, dass sie sich vom Stängel löst, ohne dass ich lange an ihr ziehen muss. Ich stecke sie in den Mund, schmecke ihren leicht mehligen Geschmack. Sie sind die einzigen Beeren, die frisch gepflückt wie fertige Marmelade aus dem Glas schmecken. Nicht jeder mag sie. Meine beste Freundin Siri aus dem Kindergarten verzieht das Gesicht, wenn wir bei ihr zu Hause spielen und ihre Mutter uns Multebeeren und Zucker auf eine Scheibe Weißbrot schmiert. Sobald wir wieder allein sind, bekomme ich ihr Brot mit dem orangefarbenen Aufstrich hingeschoben. Ich nehme es gerne.

Aber am liebsten esse ich sie direkt da, wo ich sie pflücke. Ich beuge mich vor und strecke meinen rechten Arm so weit wie möglich aus, um eine der Beeren zu erreichen, die an ihrem langen Stängel baumelt und über den Rand des Bachs hinauswächst. Jetzt höre ich deutlich das dumpfe Glucksen des Wassers. Ich ziehe mein rechtes Bein nach vorn, um noch näher an die Beere heranzukommen, aber mein Fuß versinkt im Gras, ohne festen Grund zu finden, und ein Schwall Wasser schwappt über den Rand meines Gummistiefels, so unerwartet und eiskalt, dass ich überrumpelt aufkeuche.

Hinter mir rührt sich etwas. Ein Paar Hände packt mich und reißt mich hoch, heraus aus dem trügerischen Untergrund. Ich werde herumgeschwenkt und wie eine Puppe auf einen halbrunden Stein gestellt. Er ist so stark von Gras und Blaubeerpflanzen überwuchert, dass von ihm nicht viel mehr als eine Erhebung auf dem Boden zu sehen ist. Jedenfalls ist es sicherer Grund.

Atle blickt mit einem breiten Grinsen auf mich herab. Ich bin längst nicht mehr im Kindergartenalter, doch so sieht er in meiner Erinnerung immer aus, hochgewachsen, ein Riese, für dessen Anblick ich meinen Kopf in den Nacken legen muss, wenn ich direkt vor ihm stehe. Er ist keine Schönheit: ein rundes, pausbäckiges Pfannkuchengesicht, Sommersprossen und etwas schief stehende Vorderzähne, die man zwar nur dann zu sehen bekommt, wenn sich seine Lippen zu einem Lachen zurückziehen, aber er lacht gerne und viel. Damals jedenfalls.

»He, Multemonster, pass auf, dass du vor lauter Gier nicht in den Bach fällst«, sagt er gutmütig.

»Ich bin kein Multemonster«, gebe ich wie automatisch zurück. Es ist ein altes Spiel zwischen uns: Er nennt mich fast nie bei meinem richtigen Namen. Stattdessen gibt er mir alle möglichen Spitznamen, und ich weise jeden von ihnen zurück, halb im Spaß und halb ernsthaft beleidigt, denn keiner von ihnen ist *mein* Name.

Atles Grinsen ist unerschütterlich. »Klar bist du das Multemonster.«

»Bin ich nicht. Ich bin *Sara*.«

Mühevoll kämpfe ich meinen Fuß aus dem nassen Gummistiefel. Ich balanciere auf einem Bein, während ich mich mit einer Hand an Atle abstütze und mit der anderen das Wasser aus dem Stiefel schütte. Mit der grandiosen Geste eines Bühnenmagiers zieht er einen frischen, weißen Wollsocken aus seinem Rucksack hervor und hält ihn mir entgegen.

»Hier, zieh den an.«

»Du hast extra Socken mitgenommen?« Ich schaue ihn staunend an.

»Bei welcher Villmarksregel waren wir stehengeblieben?«, fragt er trocken zurück.

Ein weiteres Spiel zwischen uns. *Villmark*, das ist das wilde Land außerhalb von Kautokeino, wo wir wohnen. Atle legt Wert darauf, dass ich weiß, wie ich mich hier draußen verhalte. Seine Villmarksregeln. Ich merke mir nicht die Nummern, ich bin mir nicht einmal sicher, dass die Reihenfolge tatsächlich eine Rolle spielt.

»Hundertundelf?«, frage ich.

»Könnte hinkommen«, sagt er, die Stirn in gespielter Nachdenklichkeit gerunzelt. »Also, Villmarksregel Hundertundelf: Du hast immer ein Extrapaar Socken dabei, für alle Fälle.«

»Okay.« Ich ziehe den frischen Socken über. Mein Gummistiefel ist zwar immer noch feucht, aber der Wollstoff ist so dick, dass ich die Nässe kaum spüre.

»Jetzt kann ich wieder Multe sammeln«, verkünde ich zufrieden und stampfe auf dem weichen Moos auf, wie um meinen Worten Nachdruck zu verleihen.

»Psst!«, macht Atle. Nervös blickt er zum Kamm des flach ansteigenden Hügels hinauf, an dessen Fuß wir stehen. Ich recke den Hals und folge seinem Blick, um zu sehen, was er sieht, aber ich kann nicht erkennen, was seine Aufmerksamkeit geweckt hat.

»Was ist …«, flüstere ich, aber bevor ich meine Frage beenden kann, legt Atle einen Finger an den Mund. Seine Augen funkeln mich eindringlich an. Und jetzt sehe ich es ebenfalls: Auf dem Hügelkamm bewegt etwas die Zweige der niedrigen Bergbirken, die so klein und verwachsen sind, dass sie fast wie Gebüsche aussehen. Es tritt zwischen zwei freie Bäume, ein dunkler Schemen vor dem sonnigen Nachmittagshimmel, groß und unförmig.

Wie in Zeitlupe wendet Atle sich mir zu und hebt mich langsam hoch.

»Das ist ein Bär«, flüstert er an meinem Ohr. Seine Stimme klingt ruhig, aber ich kenne meinen Bruder trotz meiner fünf Jahre bereits zu gut. Ich kann die Anspannung unter seiner Gefasstheit ahnen. »Keine Sorge, Sara, alles ist gut. Mach genau das, was ich sage.«

Er hat mich bei meinem Namen genannt. Plötzlich muss ich vor Aufregung dringend pinkeln.

Von einem Augenblick auf den anderen ist die Erinnerung an meine Kindheit wieder verschwunden. Das Orange der reifen Multebeeren, dessen Leuchten meinen Verstand ausgefüllt hat, verblasst wie unter einem gleißenden Sonnenstrahl.

»Mach das Scheißlicht aus!«, schimpft Odd, der Gastgeber der Party und der Mann, in dessen Altbauwohnung im Bezirk Grønland ich für den Moment untergekommen bin, bis ich eine eigene Wohnung hier in Oslo gefunden habe. Er ist ein hochgewachsener, breitschultriger Kerl, dessen blondes Haar jetzt schon, mit Mitte Zwanzig, so schütter geworden ist, dass er es bis auf die Stoppeln abrasiert hat. Seine blassrosa Geheimratsecken glänzen im grellen Licht eines Deckenstrahlers direkt über ihm wie Speck. Er wehrt den plötzlichen Schein, der den eben noch dunklen Raum überflutet hat, mit einer Hand an den Augen ab. Ärgerlich funkelt er einen Typen an der Tür zum

Wohnzimmer an, der sich gerade mit dem halb überraschten, halb belustigten Blick eines schwer Betrunkenen von der Wand abstößt, wo er sich an den Lichtschalter gelehnt hatte.

»Ja, Licht aus, Mann!«, raunzt jemand hinter mir, wo sich eine Handvoll Leute mit Bierdosen in den Händen an einem der hohen Fenster drängt, um Zigarettenrauch auf die dunkle Straße zu blasen. Die Winterluft weht mir kalt über den Rücken.

»Sorry«, sagt der Typ. Durch den Vorhang seiner strähnigen, blonden Haare, die ihm tief ins Gesicht fallen, wirft er Odd einen verlegenen Seitenblick zu. Er drückt auf den Schalter. Sofort ist der Raum wieder in trübes, honigfarbenes Licht getaucht, das von einem Teller mit brennenden Kerzen auf dem niedrigen Wohnzimmertisch ausgeht. Erleichtertes Lachen brandet auf. Ich werfe noch mal einen Blick auf die Schale mit den Orangen vor mir, aber das Fenster in die Vergangenheit hat sich für den Moment geschlossen. Ich weiß nicht, ob ich froh darüber sein soll oder nicht.

Odd kommt mit zwei Whiskygläsern in der Hand auf mich zugesteuert. Die Drinks, die in ihnen umherschwappen, sehen allerdings nicht nach Whisky aus. Er hält mir eines der Gläser entgegen. »Hier!«, ruft er mir über die laut losdonnernde Musik seiner Anlage hinweg zu, die nach einer kurzen Pause gerade wieder eingesetzt hat. »Kann doch meine neue Mitbewohnerin nicht auf dem Trockenen sitzen lassen!«

Ich rieche an dem undefinierbaren schwarzen Inhalt des Glases. Der Geruch von Lakritz steigt mir in die Nase, während sich ein lautes Black-Metal-Gitarrensolo aus den Lautsprechern höher und höher schraubt. Ich weiß weder, was für eine Band gerade spielt, noch, was genau ich da trinken soll.

»Was ist das?«, schreie ich über den Gesprächslärm und die Musik hinweg Odd zu.

»*Black Magic*. Wodka mit zerstoßenem Lakritz.«

Er grinst breit, als ich ohne weitere Erwiderung mein Glas gegen seines klirren lasse und einen tiefen Schluck nehme. Wahrscheinlich ist es ein Test, um zu sehen, ob ich wirklich so viel vertrage, wie man es den *Nordlendingern*, den Nordnorwegern, nachsagt. Es wäre nicht das erste Mal, dass jemand versucht, mich unter den Tisch zu trinken.

»Gar nicht so schlecht«, sage ich. Ich weiß nicht, ob Odd mich gehört hat, aber er leert wie zur Zustimmung sein Glas in einem Zug und verzieht halb genießerisch, halb angeekelt das Gesicht.

Ich hatte erwartet, dass er gleich zum nächsten seiner zahlreichen Gäste weiterwandern würde. Heute Abend haben wir kaum eine Handvoll Sätze miteinander gewechselt. Stattdessen bleibt er neben mir stehen und lehnt sich mit dem Hintern gegen die Tischplatte. Offenbar nähert sich eine Unterhaltung. Ich kenne Odd nicht einmal wirklich. Dass ich im Gästezimmer seiner Wohnung untergekommen bin, verdanke ich meiner alten Freundin Siri Gaup. Seit zwei Jahren haben die beiden eine Beziehung, und vor kurzem ist sie sogar bei Odd eingezogen. Etwas früh, wenn man mich fragt, aber man hat mich nicht gefragt. Siri ist schon kurz nach ihrem Schulabschluss nach Oslo gegangen. Der Norden war nichts für sie. Sie hatte sich in Kautokeino nie wohl gefühlt. Ein wenig kann ich sie verstehen. Auf dem Land kennt jeder jeden. Die Tundra ist weit wie der offene Himmel, aber wenn es um Menschen geht, um die Familien und ihre vielfältigen Verstrickungen, ist das Leben in Finnmark so eng wie die schließfachgroßen Einzimmerwohnungen in Tokio, die ich in Dokumentarsendungen im Fernsehen gesehen habe. Ich bin ebenso wenig ein Familienmensch wie Siri, aber ich hatte diesen Nachteil immer in Kauf genommen. Woanders als in Finnmark zu leben, hätte ich mir nie vorstellen können.

Siri dagegen wollte weg. Als ich vorgestern in Oslo ankam und sie mich am Flughafen abholte, sah ich sie zum ersten Mal seit vier Jahren wieder. Sie hat sich kaum verändert, nur ihr Haar trägt sie nicht mehr so lang wie früher, sondern modisch kurz.

Wo ist sie eigentlich? Unwillkürlich sehe ich mich nach ihr um.

»Na, was hältst du von Oslo?«, ruft Odd mir zu. Die Musik dröhnt mir so laut in den Ohren, dass ich ihn kaum verstehe. Ich überlege mir, in die Küche zu gehen, wo es hoffentlich ein wenig ruhiger ist.

»Ich hab noch kaum was von der Stadt gesehen!«, gebe ich mit erhobener Stimme zurück. Das stimmt nicht ganz – ich habe in der kalten Januarluft ein paar Spaziergänge entlang der Uferbänke des Flusses Akerselva hinter mich gebracht, weil ich das Gefühl hatte, in Odds Wohnung wie in einem Luftschutzbunker eingesperrt zu sein. Aber noch ist mir Norwegens Hauptstadt so fremd wie die abgewandte Hälfte des Mondes. Einmal war ich hier auf Klassenfahrt. Damals war ich zwölf, und ich habe kaum noch Erinnerungen daran, außer, dass es verregnet war und das trübe Wetter das Königsschloss wie einen riesigen, hässlichen Ziegelstein aussehen ließ, ganz anders als auf den Bildern der 17.-Mai-Paraden im Fernsehen.

Odd nickt auf meine Antwort, wobei er auf seine Schuhe starrt. »Wirst dich hier schon zurechtfinden!« Seine Stimme klingt überzeugt von dem, was sie sagt. Sie hat denselben Ton, mit dem Leute verkünden, dass Katzen irgendwie immer auf ihren Füßen landen.

»Siri hat mir das mit deinem Bruder erzählt«, sagt er. »Heftige Sache.«

Bei dem Wort »Bruder« treibt Schnee vor meinen Augen zu Boden, weiß und glanzlos wie Gips. Mein Inneres, das eben noch von dem Salzlakritz-Wodka erwärmt wurde, verwandelt sich in Eiswasser. Ich setze das Glas an meinen Mund und leere es ruckartig in einem Zug. Ich höre kaum, wie Odd weiterredet, irgendwas von herzlichem Beileid. Auf einmal möchte ich am liebsten weg von hier. Es ist mir alles zu viel, mein Umzug von Nordnorwegen in den Süden nach Oslo, die vielen Leute, der Lärm und die Enge.

Wie zur Erklärung halte ich Odd mein leeres Glas vors Gesicht. »Ich hol mal eben Nachschub.«

Er nickt, sichtlich erleichtert, dass er seine Kondolenzen so schnell hinter sich bringen konnte. Während ich mich auf den Weg in die Küche mache, sehe ich, wie er sich auf die Tanzfläche schwingt, die freigeräumte Mitte des Wohnzimmers, wo sich schon zwei Typen und eine Frau zu den wummernden Gitarrenriffs wiegen, als wäre es ein kuschliger Song von *The Cure*.

In der Küche finde ich Siri. Sie steht an einer langen Arbeitsplatte und schnippelt Zitronenscheiben für Tequilashots. In den beiden Tagen, seitem ich in Oslo angekommen bin, habe ich gesehen, wie sie sich um den Haushalt ihres Freundes gekümmert hat, beinahe wie ihre Mutter früher um ihre riesige Familie. Sie kommen aus völlig verschiedenen Welten und haben eine klare Aufgabenverteilung. Odd hat seine Autowerkstatt und seinen Biker-Club, sie hat die Wohnung und ein Anglistikstudium, von dem ihr Freund vermutlich denkt, dass es so eine Art Hobby ist, nicht etwas, womit sie tatsächlich irgendwann Geld verdienen will. Vielleicht denkt Siri insgeheim dasselbe.

»Soll ich dir helfen?«, frage ich sie.

»Danke, aber ich bin schon so gut wie fertig«, erwidert sie und wischt sich die Hände an einem Geschirrtuch ab. »Die Jungs vom Club schreien schon nach einer neuen Runde Tequila. Wenn das nächste Mal einer von denen Geburtstag hat, sollen sie gefälligst wieder im Clubhaus feiern – Renovierarbeiten und ausgefallene Heizung hin oder her. Das mache ich nicht noch mal mit. Vollidioten, die ganze Bande.«

Sie setzt sich die halbvolle Tequilaflasche direkt an den Mund und nimmt einen Schluck, bevor sie mir die Flasche hinhält. Ich nehme ebenfalls einen Schluck, ohne mir die Mühe zu machen, etwas von dem Tequila in eines der kleinen Gläser zu gießen, die aneinandergereiht wie Zinnsoldaten auf der Arbeitsplatte stehen. Ich bin noch nie ein Fan von Trinkritualen gewesen. Das ganze Getue um Salz auf dem Handrücken und Beißen in die Zitronenscheibe lenkt doch nur von dem ab, worum es geht: trinken.

Als ich absetze, kreuzen sich unsere Blicke, und zum ersten Mal, seitdem ich sie vor zwei Tagen in der Ankunftshalle von Oslo Gardemoen wiedergesehen habe, ist es wieder wie früher, als sei tatsächlich keine Zeit vergangen. Bilder aus der Vergangenheit blitzen wie unter Stroboskoplicht durch mein Bewusstsein: Siri in einem scheußlichen rosa Pyjama auf dem Bett in meinem Kinderzimmer mit einer Spange über den Vorderzähnen. Siri und ich hinter dem Holzschuppen ihres Elternhauses, wo die Fische zum Trocknen hängen und es nach dem bitteren Rauch von Wachholderholz riecht, während wir uns unsere erste Zigarette hin und her reichen. Siri, den Kopf hochrot wie ein reifer Apfel, wie sie auf der Bühne des Gemeindehauses begeistert zu *Wonderwall* von *Oasis* Karaoke singt, während wir sie johlend anfeuern.

Als hätte sie in meinen Kopf hineingesehen, fängt Siri prustend an zu lachen, und ich stimme mit ein.

Jemand wummert an die Wohnungstür. Es klingt so laut, dass wir es sogar über die Musik hinweg in der Küche hören können. Ich frage mich, ob der Partylärm einem der Nachbarn allmählich auf die Nerven geht. Aber dann vernehme ich laute, erfreute Stimmen, eine davon ist die von Odd. Er kommt mit einem Mann im Schlepptau in die Küche, der noch größer ist als er selbst. Der Riese hat im Gegensatz zu ihm strähniges, langes Haar, das ihm bis über die Schultern auf seine dunkelbraune Lederjacke hinabfällt.

»Das ist Asbjørn«, stellt Odd ihn mir vor. Er grinst verschwörerisch. »Wir haben gehofft, dass er kommen würde.«

Tatsächlich habe ich an diesem Abend mit halbem Ohr ein paar gebrüllte Unterhaltungen von Leuten aus Odds Club mitgehört, in denen es darum ging, dass sie noch auf jemanden warten, den sie den *Schneemann* nennen. Der Name hört sich an, als stamme er direkt aus einem dieser schlechten Filme aus den Achtzigern, die im Fernsehen im Nachtprogramm laufen. Offenbar ist er einer der Leute, von denen Odd und seine Bikerfreunde Drogen beziehen, auch wenn er nicht zu ihnen gehört.

»Und hier bin ich«, sagt Asbjørn an Odd gerichtet und blickt zu mir herab. Er lächelt, aber ich kann keine Freundlichkeit in seinen Augen finden. Sie sehen aus wie die von toten Fischen, dunkel und stumpf.

»Sara ist eine Freundin von Siri aus Kautokeino«, erklärt Odd. »Sie ist frisch hier in Oslo angekommen.«

Asbjørns Lächeln verbreitert sich, ohne dass es ihn mir sympathischer macht. »Sara aus Kauto*kei*no«, sagt er mit gespielt hoher Stimme, wobei er die vorletzte Silbe betont, ein ziemlich schlechter Versuch, Finnmarkdialekt nachzuahmen. Bestimmt kommt gleich ein Spruch, dass ich wie eine typische Samin aussehe, was auch immer das bedeuten soll. Wir alle sehen so unterschiedlich aus, blond, dunkelhaarig, asiatisch, kaukasisch. Dabei gibt es durchaus etwas, das uns eint, aber das findet man nicht im Aussehen, es ist nichts, worauf man mit dem Finger deuten könnte. Es liegt zwischen den Gesichtern.

»Was macht denn eine von euch hier, so weit weg vom *Moralkreis?*«

Ich muss mir auf die Zunge beißen, um ihm nicht zu entgegnen, was ich von Typen halte, die jemandem aus dem Norden gleich bei der ersten Begegnung diesen bescheuerten Ausdruck ins Gesicht klatschen. Er ist immerhin Odds Freund. Böse Zungen nennen den Polarkreis manchmal Moralkreis, weil sie der Meinung sind, wir würden es hoch oben in Finnmark bei vielen Dingen im Umgang miteinander weniger streng halten. Wahrscheinlich stellen sie sich vor, dass dort ganze Dörfer miteinander rammeln wie die Kaninchen.

Als ich nicht antworte, blickt er von Odd zu Siri.

»Ich … ich hab mal eine Luftveränderung gebraucht«, stoße ich schnell hervor, bevor sie etwas sagen können. Das Letzte, was ich gerade will, ist, dass einer der beiden Asbjørn gegenüber meinen Bruder erwähnt.

»Luftveränderung«, wiederholt er. Dabei schiebt er das Wort in seinem Mund herum, als wäre es ein Schluck Wein, dessen Geschmack er herausfinden will. »Na, dann bist du hier gerade richtig. Wenn du mal eine Stadtführung brauchst, zeig ich dir gerne die besten Ecken.«

Er zwinkert mir mit ausgebreiteten Armen zu, und ich weiß nicht, ob ich angesichts seines plumpen Auftritts lachen soll.

»Komm, wir lassen die beiden alleine«, kommt Siri mir zu Hilfe. Sie hat zwei Whiskygläser halb mit Tequila gefüllt. Jetzt hakt sie mich bei sich unter und zieht mich aus der Küche. Asbjørn sieht mir kurz nach, dann wendet er sich wieder Odd zu.

»Danke für die Unterstützung«, murmele ich im Flur.

»Schon gut. Asbjørn ist nicht jedermanns Sache.«

»Ich kann mir nicht vorstellen, dass der Typ überhaupt jemandes Sache ist.«

Siri wiegt den Kopf hin und her und seufzt. »Ich weiß. Aber die Jungs aus Odds Club kriegen ihr Zeug von ihm.«

»Zeug? Was für Zeug? Gras, Crystal, Heroin?«

»Doch kein *Heroin*!« Sie hört sich erschrocken an, und ich verkneife mir die Bemerkung, ob Crystal denn viel harmloser wäre. Sie blickt an meiner Schulter vorbei. Ich drehe mich kurz um und sehe hinter uns einen grauhaarigen Mann Mitte Vierzig im Flur stehen. Er muss einer der Ältesten unter den Gästen sein. Mit seinem dunkelgrünen Parka sieht er aus, als sei er eben gekommen oder wolle gerade gehen. Er trinkt aus einer Bierflasche und sieht durch die offenstehende Tür zum Wohnzimmer den Tanzenden zu.

»Ecstasy und Crystal«, höre ich Siri mit leiser Stimme sagen und wende mich ihr wieder zu. »Ich bin auch nicht begeistert davon«, sagt sie wie zur Entschuldigung. »Du kennst mich, ich nehm so was nicht. Aber Odds Kumpels sind anders drauf.«

»Und was ist mit Odd?«, frage ich.

»Hin und wieder kauft er Ecstasy von ihm. Ich will nicht, dass er Meth nimmt. Ich hab ihm gesagt, dass ich mich dann von ihm trennen würde. Aber ...« Ihre Stimme verklingt.

»Du bist dir nicht sicher, ob er nicht doch heimlich etwas von ihm kauft.«

»Ich bin nicht dabei, wenn er was mit seinen Kumpels unternimmt. Das ist seine Welt, und ich hab meine. Aber er hat eine Menge Schulden bei Asbjørn, das weiß ich. Deswegen hofiert er ihn in der letzten Zeit auch ständig. Lädt ihn ein, lässt ihm alles durchgehen, egal, wie daneben er sich aufführt.«

Sie seufzt und zuckt kaum merklich die Schultern. In dieser kleinen Geste liegt all das verborgen, was sie nicht ausspricht, die Risse in der Fassade ihrer Beziehung zu Odd, die Dinge, die Paare hinnehmen, so als würde das, was einen am anderen stört, irgendwie von selbst wieder verschwinden, wenn man nur die

Augen fest zukneift, oder als würde man sich schon irgendwie daran gewöhnen, weil man ja schließlich immer Kompromisse machen muss. Bis man vor lauter Kompromissen irgendwann nicht mehr erkennbar ist.

Ich würde ihr gerne etwas sagen. Etwas wie: »Du musst für dich einstehen. Wenn Odds Schulden und die Drogen eure Beziehung belasten, kannst du das nicht einfach so hinnehmen.«

Aber ich weiß nicht, ob gerade der richtige Moment ist. Wir sind beide angetrunken, und ich habe das Gefühl, dass der Grauhaarige in dem Parka uns genau zuhört, während sein Blick ins Wohnzimmer gerichtet ist. Jetzt bin ich es, die den Arm meiner Freundin ergreift. Ich ziehe sie an ihm vorbei in den Raum.

»Wer ist der Typ im Flur?«, frage ich sie.

»Das ist Geir. Kein Freund von Odd, sondern von mir. Er ist in Ordnung.«

»Ich hatte das Gefühl, dass er uns beobachtet.«

Siri lächelt. »Keine Sorge, er ist kein *creep*. Er steht immer irgendwo herum und beobachtet die Leute. Das kommt bei ihm wahrscheinlich mit dem Beruf. Er hat Kunst studiert.«

»Was macht er denn?«

»Er hält sich mit Malereien und Installationen über Wasser. Du würdest seine Sachen wahrscheinlich mögen. Sie sind irgendwie … mystisch.«

Ich glaube zu wissen, was sie damit meint. Im Gegensatz zu mir hat Siri sich nie besonders für die Mythen unserer Vorfahren interessiert. Das alles ist für sie ebenso wie das Christentum immer nur religiöser Hokuspokus gewesen.

»Geir kennt sich mit den alten Sagen aus«, fährt Siri fort. »Im letzten Sommer hat er von Odd eine Auftragsarbeit angenommen. Er hat ihm dieses Pferd aus der nordischen Mythologie auf den Tank und die Seitenverschalung seines Bikes gemalt, als Airbrush-Art.«

»Sleipnir?«

»Ja, ich glaube, das war der Name.«

Ich bin nie tief in die nordische Mythologie eingetaucht, mein Interesse galt immer mehr den Traditionen meines eigenen Volkes. Wir Samen haben nie die nordischen Götter verehrt. Als man meinen Vorfahren den Segen der Zivilisation einprügelte, geschah das im Zeichen des Kreuzes. Aber natürlich kenne ich das achtbeinige Pferd, mit dem Odin durch die neun Welten reist. Ich muss unwillkürlich grinsen, während die Farbe Schwarz vor meinen Augen aufblüht, das Schwarz von Rabenfedern. Sleipnir ist ein stimmiges Motiv für ein Motorrad.

Siri reicht mir eines der beiden Gläser mit dem Tequila. Sie nimmt einen tiefen Schluck und legt die Stirn in Falten. »Ich kann gut verstehen, dass du nach der Einäscherung raus aus Kautokeino musstest. Haben Sie's dir schwergemacht?«

Ich nehme ebenfalls einen Schluck von dem Tequila und blicke auf die fremden Menschen im Raum. »Du machst dir keine Vorstellung.«

Aus dem Augenwinkel sehe ich sie nicken. »Du hättest nach dem Studium nicht wieder nach Hause gehen sollen. Du bist eine ausgebildete Therapeutin!«

»Was hätte ich machen sollen?«, entgegne ich ihr müde. Die Diskussion habe ich selbst mit mir so oft geführt. »Mama und Marja haben mich nach Papas Tod gebraucht.«

Trotz des Lärms im Raum höre ich sie seufzen. »Ich weiß ja. Vergiss, was ich gesagt hab. Jetzt bist du hier, und das ist es, worauf's ankommt.«

Eine Weile sitzen wir schweigend auf der breiten Couch in der Mitte des Wohnzimmers, trinken mehr Tequila und lauschen der Musik und dem lauten Stimmengewirr im Raum. Ein warmes Gefühl der Erleichterung breitet sich in mir aus. In den zwei Tagen seit meiner Ankunft in Oslo hatten wir kaum

Gelegenheit, miteinander zu sprechen. Siri hatte lange Vorlesungen. Aber jetzt verbringen wir Zeit miteinander, und auf einmal ist es gar nicht mehr wichtig, sich zu unterhalten. Wir sitzen nebeneinander, wie früher. Ich kann sie riechen, und ich erinnere mich.

Der Tequila streckt die Zeit. Erst als sich eine Frau mit langen tiefroten Haaren direkt vor Siri stellt und sie mit rauer Stimme in ein Gespräch über deren anstehende Masterarbeit verwickelt, tauche ich von einem Moment auf den anderen aus dem Dunst aus Müdigkeit und Angetrunkenheit empor. Meine Blase meldet sich, und ich mache mich auf den Weg ins Bad.

Als ich wieder in den Flur trete, sehe ich die Tür zum Treppenhaus offenstehen. Die Luft in der Wohnung ist heiß und stickig, deshalb will ich auf die Straße hinausgehen und etwas kalte Luft auf dem Gesicht spüren.

Schon vor der ersten Treppenstufe vernehme ich undeutliche Stimmen. In der unteren Etage stehen zwei schattenhafte Gestalten vor den Fenstern, durch die ein wenig vom gelben Schein der Straßenbeleuchtung ins Treppenhaus dringt. Die Größe des einen der beiden ist unverkennbar. Es ist Asbjørn.

»Ausreden«, sagt er ungehalten, das erste Wort, das ich klar verstehen kann. Seine Stimme klingt tiefer als oben in der Küche. »Du hältst mich hin, Alex.«

»Nein, ehrlich!«, höre ich den anderen sagen. Ich vergesse nie eine Stimme, ebenso wie ich mich an das Gesicht von jedem Schauspieler erinnern kann, den ich einmal im Fernsehen gesehen habe. Es ist der betrunkene Typ, der sich gegen den Lichtschalter gelehnt hat. Seine Hände sind wie zur Abwehr erhoben. »Ich halte dich nicht … das ist keine Absicht!«

Asbjørns Arm schnellt vor. Er packt Alex und klatscht ihn hart mit dem Rücken gegen die Wand. Schräg über ihm auf der Treppe zucke ich erschrocken zusammen.

»Erzähl das meiner Bank! Die interessiert's nicht, ob es Absicht war oder nicht. Die interessieren nur Zahlen. Hast du mein Geld oder nicht?«

»Ich …« Ich höre Alex schlucken.

Blitzschnell packt Asbjørn mit der freien Hand die des jungen Mannes. Ich höre das Knacken von Knochen, das hohl durch das Treppenhaus hallt. Beinahe im selben Moment schreit Alex hoch und schrill auf. Sein Oberkörper will sich nach vorne krümmen, aber Asbjørns andere Hand an seinem Hals hindert ihn daran. Er ringt nach Luft, hustet und schreit erneut auf.

»Das war der erste Finger«, erklärt Asbjørn trocken, als ob der höllische Schmerz nicht Hinweis genug für Alex wäre.

»Bist du völlig irre?«, kreischt Alex. Keuchend versucht er sich von Asbjørn zu lösen. »Scheiße, ich … ich sollte morgen bei meiner neuen Band vorspielen! Die nehmen mich nicht, wenn ich den Bass nicht anschlagen kann!«

Asbjørns Griff um Alex' Hals und Hand lockert sich nicht. »Dann müssen die wohl ohne dein Talent auskommen. Zu blöd für dich. Also noch mal: Kannst du zahlen oder nicht? Jedes Mal, wenn ich die Frage stellen muss, breche ich dir den nächsten Finger.«

Alex stöhnt mit schmerzverzerrter Stimme auf. Mein Herz schlägt hart gegen meinen Brustkorb, aber ich nehme endlich meinen Mut zusammen.

»Lass ihn in Ruhe!«, rufe ich atemlos ins Treppenhaus hinab.

Asbjørn dreht sich zu mir um, als hätte er alle Zeit der Welt. Sein Gesicht liegt vor dem hellen Rechteck des Fensters im Schatten, aber ich glaube, eine verärgerte Miene ausmachen zu können.

»Die Kleine aus *Kautokeino*«, sagt er langsam. Er wirkt kaum überrascht, mich zu sehen. »Das geht dich nichts an, also misch dich nicht ein!«

»Und ob ich mich einmische!«, erwidere ich. »Du hast dem Jungen einen Finger gebrochen. Lass ihn sofort los, oder ich ruf die Bullen!«

Meine Hand fährt in meine Jeanstasche. Da steckt nichts weiter drin als mein Portemonnaie. Mein Mobiltelefon ist weg. Wahrscheinlich habe ich es im Wohnzimmer auf dem Tisch liegen lassen, in meiner Aufregung kann ich mich gerade nicht erinnern. Aber das weiß Asbjørn nicht. Er lässt Alex los, der sich schnell an der Wand entlangbewegt und die Treppe hochhastet. Schnaufend stellt er sich hinter mich, als wäre ich allen Ernstes so etwas wie seine Beschützerin in weißer Rüstung.

Asbjørn starrt mich wütend an, während er mit schweren Schritten Alex hinterher und auf mich zustapft. Seine Lippen zucken, und schon als er den Mund öffnet, ist mir, als wüsste ich genau, was er mir entgegenschleudern wird.

»Du kleine *Samischlampe!*«

Das Wort explodiert in meinem angetrunkenen Kopf. Eine scharlachrote Wolke aus Hass füllt mein Denken aus, so physisch fühlbar wie Hitze, die von einem angeheizten und geöffneten Ofen ausgeht.

Ich schwanke und verliere beinahe mein Gleichgewicht. Asbjørns Arm schnellt auf mich zu und ergreift den meinen. Er reißt ihn aus der Hosentasche heraus, so schnell, dass ich noch um ein Haar Zeit genug habe, mein Portemonnaie loszulassen. Seine Augen richten sich auf meine leere Hand. Ich höre ihn hustend auflachen. Mit einem Ruck zieht er mich so dicht zu sich, dass ich den harten Alkohol riechen kann, den er ausdünstet. Jetzt scheint ihm das Licht der Straßenlaterne durch die Fenster ins Gesicht. Ich bin so fasziniert von seinem wütenden Ausdruck, wie ich davon entsetzt bin.

»Steck noch einmal deine Nase in meine Sachen, und ich schneid sie dir ab«, flüstert er mir zu. Mir wird kalt bis unter die Haarspitzen. Er wirbelt mich zum Treppenabsatz herum. Jede unserer beiden Bewegungen verlangsamt sich plötzlich zu Zeitlupengeschwindigkeit, und es ist mir, als würde ich das, was geschieht, außerhalb von mir selbst beobachten.

Ich weiß, dass er mich die Treppe hinabstoßen will.

Im gleichen Moment habe ich die Stimme meines Bruders im Ohr, leise, aber bestimmt.

»Wenn ich es sage, dann schrei, so laut und so wütend, wie du nur kannst.«

Ein Teil meines Verstandes schnellt wie an der Leine eines Jojos in die weite Vergangenheit zurück, an den kühlen, aber sonnigen Spätnachmittag im Hochsommer, als wir beide den Bären sahen.

Mein Bruder hält mich fest in seinen Armen. Seine Augen fixieren das Tier, das am Hügelkamm erschienen ist. Der Bär hat uns bemerkt. Er erstarrt, dann stellt er sich auf die Hinterbeine und ragt zur Größe eines erwachsenen Menschen auf. Der Anblick ist furchterregend und beeindruckend zugleich. Er brennt sich meinem fünfjährigen Verstand ins Gedächtnis.

»Jetzt!«, ruft Atle.

Sein Brustkorb presst sich gegen meinen, als er tief Luft holt. Ein ungeheures Brüllen steigt aus der Tiefe seiner Kehle empor. Ich habe noch nie jemanden so furchterregend schreien hören. Er hört sich gar nicht mehr wie mein Bruder an. Ich tue es ihm gleich, wie er es mir gesagt hat, obwohl mein schrilles Kinderkreischen nicht annähernd so entsetzlich klingt.

Dennoch verfehlt der Lärm nicht seine Wirkung. Der Bär lässt sich schwer vorwärts auf alle viere fallen. Er schüttelt schwerfällig sein Fell, dann dreht er sich um die eigene Achse und verschwindet über den Hügelkamm.

Außer Atem starren Atle und ich uns an. Ein gemeinsames, erleichtertes Lachen bricht sich aus unseren Kehlen seine Bahn. Er drückt mich an sich.

In diesem Moment fühlte ich das unsichtbare Band zwischen meinem Bruder und mir so brennend heiß wie in allen Jahren danach nie wieder. Mein Bruder Atle, mit dem ich als Fünfjährige einen Bären in die Flucht schlug.

Das Jojo meiner Erinnerung schnellt mit einem harten Ruck zurück, und ich stehe über zwanzig Jahre später in einem nächtlichen Treppenhaus einem Mann gegenüber, der mich gepackt hat und mich die Stufen zum Erdgeschoss hinabstoßen wird. Immer noch wie in Zeitlupe hebe ich meine freie Hand. Ich denke nicht darüber nach, es passiert wie ferngesteuert.

Asbjørns Stoß bringt mich aus dem Gleichgewicht. Ich kippe nach hinten. Ein Schrei bricht aus mir heraus, kein hohes Kinderkreischen wie im Angesicht des Bären an einem längst vergangenen Tag in meiner Kindheit, sondern wütend, und aus voller Kehle. Ich kralle Asbjørn die linke Hand in sein langes Haar. Meine Finger finden Halt und reißen mit sich, was sie bekommen können. Überrascht keucht er auf und greift nach meiner Hand, aber umsonst. Ich falle, und ich nehme ihn mit nach unten.

2

Die Stufen fliegen mir entgegen. Meine Rippen krachen hart gegen das mit einem Läufer überzogene Holz. Der heftige, dumpfe Schmerz lässt mich nach Luft ringen. Die Wand des Treppenhauses wirbelt kopfüber, dann steht sie wieder gerade. Asbjørn fällt grunzend gegen mich, aber der Fall dreht mich. Mit einem Mal ist er unter mir. Ich lande auf ihm und stoße ihm instinktiv den Ellbogen gegen den Nasenrücken. Er schreit schmerzerfüllt auf. Krachend kommen wir nebeneinander am unteren Treppenabsatz auf.

Für ein paar Sekunden nehme ich alles um mich herum wie durch einen grauen Schleier wahr, der sich um meinen Kopf gelegt hat. Asbjørn ist wie ausgeblendet. Mühsam setze ich mich auf und betaste benommen meine Schultern und Rippen. Ich scheine noch einmal Glück gehabt zu haben. Der Alkohol in meinem Blut dämpft den Schmerz in meinem Hinterkopf, aber nur ein wenig. Mir ist schwindlig, und mein Magen rumort.

»Ver… verdammte *Fotze!*«, stößt Asbjørn neben mir mit gepresster Stimme hervor. Erst jetzt bemerke ich, dass er sich aufgerichtet hat. Mit geballten Fäusten starrt er auf mich herab. Ein dunkler Streifen Blut rinnt ihm über die Schläfe und bis zur Wange hinab. Er bückt sich und reißt mich grob auf die Beine. Ich komme mir vor, als würde ich in einem Fahrstuhl nach oben sausen. Seine Faust holt aus.

Doch bevor er zuschlagen kann, prallt jemand gegen ihn und stößt ihn zur Seite, sodass er mich loslassen muss. Asbjørn wird von einem Mann festgehalten, der ihm einen Arm auf den Rücken gedreht hat und ihn so hart nach oben reißt, dass er eine unfreiwillige Verbeugung machen muss. Er schreit laut auf vor Schmerz und versucht, sich aus dem Griff seines Angreifers herauszuwinden, aber ohne Erfolg.

»Ich mag's nicht, wenn Typen Frauen verprügeln«, sagt der Grauhaarige von Odds Party. Ich versuche mich krampfhaft an seinen Namen zu erinnern. Hatte Siri ihn nicht erwähnt? Ach ja: Geir!

»Die hat mehr als verdient, was sie kriegt«, keucht Asbjørn undeutlich, die Stimme schmerzverzerrt. Er sieht aus, als würde er sich mit seinen Schuhen unterhalten. »Die Schlampe hat mich die Treppe runtergestoßen!«

»Zuviel der Ehre«, bringe ich dumpf heraus. »Ich hab mich nur an dir festgehalten. Nachdem du *mich* gestoßen hast.«

Er erwidert nichts, sondern schnauft nur weiter und zieht hörbar Rotz die Nase hoch.

»Du solltest dich bei ihr entschuldigen, meinst du nicht?«, fragt Geir. Er hört sich so gelassen an, als stünde er wie vorhin oben im Flur herum, eine Bierflasche in der Hand, anstatt sich mit aller Kraft zu bemühen, seinen Gegner vor sich gebückt im Fesselgriff zu halten.

»*Fick dich!*«, stößt Asbjørn hervor. Sofort drückt Geir ihm den Arm noch weiter nach oben gegen die Schultern. Dem Riesen entkommt ein hohes Winseln.

»Entweder du entschuldigst dich bei ihr«, sagt Geir, und jetzt höre ich seiner ruhigen Stimme doch die Anstrengung an, »oder ich brech dir den Arm. Und dann entschuldigst du dich bei ihr.«

»En… Entschuldigung«, brummt Asbjørn widerwillig.

Ich bin aufgestanden. Jetzt bücke ich mich, sodass sich mein Gesicht auf gleicher Höhe mit seinem befindet. Er dreht den Kopf und stiert mich verwirrt hinter einem Vorhang aus verschwitztem langem Haar an. Auch Geir wirft mir einen leicht verwunderten Blick zu. Doch er hält Asbjørn weiter fest, als hätte ich es mit ihm abgesprochen.

»Du wolltest doch wissen, was eine wie ich in Oslo macht«, sage ich. »Ich verrat's dir.«

Asbjørns Augen ruhen auf mir, er atmet schwer, antwortet aber nicht.

»Ich bin hier auf der Suche nach jemandem«, sage ich leise. Meine Lippen nähern sich seinem Ohr. Ich zögere für einen Herzschlag, bevor ich weiterflüstere. »Und wenn ich ihn gefunden habe, dann bring ich ihn um.«

Mitten im Einatmen hält Asbjørn die Luft an.

Langsam richte ich mich wieder auf. Geir wirft mir einen Blick zu, den ich nicht deuten kann. Er wendet sich an Asbjørn. »Ich lass dich jetzt los. Keinen Blödsinn, verstanden? Und dann gehen wir zu Alex. Dem schuldest du auch noch eine Entschuldigung.«

»Was ist denn hier los?«

Ich fahre herum. Geir entlässt Asbjørn aus seinem Griff und folgt meinem Blick. Odd kommt die Treppenstufen herabgeeilt, gefolgt von Siri. Einige der Gäste sind nach ihnen ins Treppenhaus gekommen und starren uns neugierig an, wie die Zuschauer eines Straßentheaters.

Asbjørn hat sich schwankend zu voller Größe aufgerichtet und reibt sich die Schulter. Sein Kinn ruckt in meine Richtung. »Wegen *der hier* hätte ich mir beinahe alle Knochen gebrochen! Die ist ja völlig irre, deine Freundin!«

»Sie ist nicht meine Freundin«, sagt Odd mit flacher Stimme. »Sie ist …«

»Sie ist *meine* Freundin«, unterbricht Siri ihn. Ärgerlich funkelt sie Asbjørn an. »Was hast du mit ihr gemacht?«

»Er hat sie die Treppe runtergestoßen«, erklingt Alex' Stimme hinter ihr. Er hört sich eifrig an, klarer als zuvor. »Und vorher hat er mir den Finger gebrochen.«

»Du Scheißkerl«, sagt Siri bemüht ruhig. Es klingt wie ein erschöpftes Ausatmen. »Verschwinde. Sofort. Und komm bloß nicht wieder!«

Asbjørn hebt den Kopf und mustert meine Freundin. Ein hässliches Lächeln flackert über sein Gesicht. »Oh nein. Ich bin es bestimmt nicht, der verschwindet.« Er deutet mit ausgestrecktem Arm auf mich, ganz der Schmierendarsteller auf den Brettern seiner Bühne. »*Sie* macht den Abgang. Du bist doch bei Odd untergekommen, nicht wahr?«

Ich antworte nicht. Ein harter Klumpen aus Zorn presst gegen meine Bauchmuskeln. Der dumpfe Schmerz in meinem Kopf macht mich halb irre.

»Du hast uns überhaupt nichts zu sagen!«, ruft Siri schrill. Ihre Augen treten hervor. »Das ist Odds Wohnung, nicht deine!«

Asbjørn lacht auf. »Dein Freund schuldet mir so viel Geld – die Bude könnte genauso gut mir gehören!«

Odd zuckt zusammen, als ob Asbjørn ihm einen Schlag versetzt hätte.

»So viel ist es auch wieder nicht!«, murmelt er.

»Es ist genug«, schnappt Asbjørn. »Und jetzt pass mal gut auf: Entweder du setzt das Miststück vor die Tür, und zwar genau jetzt, oder ich will morgen früh alles in cash haben, was mir gehört, verstanden?«

Odd sieht grau aus. Sein Blick irrt zwischen Siri und mir hin und her.

»Kommt gar nicht infrage!«, sagt Siri, aber sie blickt zu Boden und vermeidet es, mich anzusehen.

Ich weiß nicht, was mich reitet. »Es ist in Ordnung«, sage ich deutlich. »Ich gehe.«

»So ein Blödsinn!«, schnappt Siri. »Du bleibst natürlich hier!«

Ich schüttle den Kopf. »Nein, wirklich. Es ist in Ordnung. Deswegen bin ich ja nicht aus der Welt. Ich hätte mir sowieso früher oder später etwas Eigenes suchen müssen.«

»Ja, verpiss dich!«, zischt Asbjørn. Er hört sich zufrieden an. Ein Teil von mir kann es ihm nicht verdenken. Mir verschafft es ebenfalls Befriedigung, das Blut auf seinem Gesicht trocknen zu sehen.

Ohne ein weiteres Wort gehe ich an Siri, Odd und den anderen Gästen vorbei die Treppe hinauf. Die Leute teilen sich rechts und links von mir, als hätte ich eine ansteckende Krankheit.

Im Gästezimmer werfe ich die wenigen Sachen, die ich bereits ausgepackt hatte, wieder in meinen Koffer zurück, schließe ihn, schnappe mir Winterjacke und Stiefel und verlasse Odds Wohnung.

»Wir bleiben in Kontakt«, sagt Siri, als ich an ihr vorbeikomme. Ihr Blick blitzt zu Asbjørn hinüber. »Oder willst du mir das verbieten? Ich bin nicht Odd – oder irgendein anderer aus deinem Haufen von Idioten!«

»Mach, was du willst«, sagt Asbjørn trocken. »Aber solange Odd mir Geld schuldet, bleibt *die* nicht in seiner Wohnung.«

»Natürlich bleiben wir in Kontakt«, entgegne ich Siri. Ich umarme sie. Als Odd mich ebenfalls umarmen will, weiche ich ihm aus und hebe die Hand zum Abschied.

Am Ausgang zur Straße stellt Asbjørn sich mir in den Weg. Geir tritt einen Schritt näher, gleichzeitig hält der hochgewachsene Kerl inne. Für einen Moment durchzuckt mich der Gedanke, dass es nicht Geir ist, der ihn Abstand halten lässt, sondern dass ich es bin.

»Wir sehen uns wieder«, sagt er, ohne besondere Betonung, so, als würde er etwas klarstellen, das ohnehin unumgänglich ist. »Oslo ist eine kleine Stadt, das findest du schon noch raus.«

Ich erwidere nichts.

»Du solltest besser auch bald verschwinden«, sagt Geir kalt an Asbjørn gewandt. »Am besten eine Viertelstunde, nachdem sie gegangen ist. Nicht, dass du noch zufällig vor dem Haus in sie rennst. Wir wollen hier nämlich noch eine Weile feiern. Ohne Stress, und ohne dich.«

Asbjørn zieht eine verächtliche Grimasse. Doch obwohl er den Maler überragt, lässt er sich nicht von ihm dazu provozieren, ihn anzugreifen.

Ich nicke Geir zu und gehe an Asbjørn vorbei aus dem Haus.

Ein kalter Wind fegt mir ins Gesicht, kühlt ein wenig die Hitze auf meinen heißen Wangen. Meine Hüfte schmerzt und ich schwanke leicht. Der Alkohol rauscht mir in den Ohren. Auf einmal kommt mir mein Koffer doppelt so schwer vor. Ich sehe über die Schulter, ob mir jemand hinterherblickt, aber die Tür zu Odds Haus ist geschlossen.

Langsam lasse ich mich auf dem abgestellten Koffer nieder und starre den matschigen Gehsteig entlang. Ich bin betrunken und müde. So verdammt müde. Zwei Tage in dieser Drecksstadt und schon ohne Bleibe. Ich muss ein billiges Hotel für den Rest der Nacht finden und morgen … und übermorgen …

»Hast ihm ganz schön zugesetzt«, sagt Geir neben mir.

Ich sehe zu ihm auf. Ich habe gar nicht mitbekommen, wie er die Tür geöffnet hat und auf die Straße hinausgetreten ist.

Ich zucke die Achseln. »Viel gebracht hat's nicht.«

»Hast du schon eine Idee, wo du übernachten willst?«

Ich schüttle den Kopf.

»Wenn du willst, kannst du erst mal bei uns bleiben.«

Ich brauche einen Moment, um darüber nachzudenken. »Was meinst du mit *bleiben*?«

»Ich hab vorhin gehört, wie du dich mit Siri unterhalten hast. Du bist neu in Oslo und hast keine Wohnung. In unserer WG ist gerade ein Zimmer freigeworden.«

»Du hast uns belauscht?« Ich merke, wie furchtbar lahm sich meine Entgegnung anhört, aber das ist das Einzige, was mir gerade durch den Kopf geht.

»Ihr wart ja laut genug.« Er lächelt, und die Falten in seinem hageren Gesicht vertiefen sich zu Gräben. »Also, wie sieht's aus? Willst du dir unser Haus anschauen? Ist nicht weit von hier, in Grünerløkka. Wenn du die Miete bezahlen kannst, ist das Zimmer deines.«

Ich nicke. Klar. Eine Wohnungsbesichtigung um drei Uhr nachts oder wie spät es auch immer ist. Warum nicht.

Jeder Knochen meines Körpers schmerzt, als ich wieder aufstehe. Ich komme mir so langsam vor wie eine alte Frau. Geir packt ohne zu fragen den Griff meines Koffers, und ich lasse es kommentarlos zu. Wir gehen nebeneinander die leere Straße entlang. Ich hebe den Kopf und blicke zum dunklen Nachthimmel jenseits des Lichts der Straßenlaternen hinauf. Keine Sterne sind zu sehen. Nur ein paar Wolken lassen sich in der Finsternis erahnen, Fetzen aus schwarzem Stoff, die der Wind jenseits der Dächer über die Stadt treibt.

3

Ich öffne im Dunkeln die Augen und habe die Orientierung verloren. Als ich mich auf die linke Seite wälzen will, ist da mit einem Mal nicht die Wand neben dem Bett in Siris Zimmer, sondern Leere. Ich falle in vollem Schwung nach unten und krache auf harten Dielenboden. Dumpfer Schmerz schießt durch meine Hüfte, aber noch nachdrücklicher ist der Schock, nicht zu wissen, wo ich bin. Meine Fingerspitzen fahren über staubiges Holz und in die Wolle einer verdrehten Socke.

Ich richte mich in sitzende Haltung auf. Es kommt mir vor, als ob ich mich auf einem Karussell befinden würde, das im pulsierenden Takt meiner Kopfschmerzen durch die Dunkelheit schlingert. Mir dämmert die hässliche Erinnerung, dass ich erst vor ein paar Stunden schon einmal gestürzt bin, und plötzlich fällt es mir wieder ein: Geir hat mich mit zu sich genommen.

Ich taste nach dem Rand des Sofas, das er mir überlassen hat, und ziehe mich daran hoch. Mit einem angestrengten Keuchen lasse ich mich nach hinten fallen. Lichtblitze flackern vor meinen Augen auf und verglimmen wieder, als meine Anstrengung zusammen mit dem Schwindelgefühl nachlässt.

Das Zimmer nebenan, das Geir mir angeboten hat, sieht gut aus. Es ist geräumig und mit seinen beiden Südfenstern wahrscheinlich recht hell, wenn ich davon auch mitten in der Nacht nichts mitbekommen habe. Den Mietanteil könnte ich mir sogar leisten – vorausgesetzt, seine Mitbewohner haben nichts dagegen, dass ich es beziehe, und ebenfalls vorausgesetzt, ich finde schnell einen Job.

Aber das Zimmer ist auch bis auf einen alten Schreibtisch mit wacklig angeschraubten Beinen und einem fast völlig entlaubten Ficusbaum leer. Geir hat mir angeboten, in einem Nebenraum im selben Stock, den alle Mitbewohner des Hauses als Wohnzimmer benutzen, auf dem Sofa zu schlafen.

Ich will mir ein paar Aspirin gegen meine Kopfschmerzen organisieren, habe aber keine Ahnung, wo der verdammte Lichtschalter ist, und die Vorhänge lassen kaum Straßenbeleuchtung durch. Seit dem Aufwachen haben sich allerdings meine Augen an die Dunkelheit gewöhnt, so dass ich wenigstens die Tür zum Flur erkennen kann.

Im Badezimmer durchsuche ich den Hängeschrank über dem Waschbecken nach Schmerztabletten, aber ich kann nichts finden. Mein Kopf dröhnt von zu viel Alkohol und zu wenig Wasser vor dem Einschlafen, aber die wirklich bösartigen Schmerzen stecken wie abgebrochene Rasierklingen in Hüfte und Schulter. Ich knalle die Schranktür zu und starre mir selbst in dem kleinen Rechteck des Spiegels ins Gesicht. Es ist blass und so schlafverquollen, dass es noch runder als ohnehin wirkt. Mein schulterlanges Haar, das in schlechtem Licht beinahe schwarz aussieht, klebt mir strähnig und verschwitzt an den Schläfen. Ich habe mein Aussehen noch nie besonders gemocht, die viel zu kleine Nase und das strenge Kinn mit der tiefen Furche unter dem Mund. Aber in diesem Moment kommt es mir im kargen Licht der Deckenlampe wie das einer Fremden vor.

Was zum Teufel mache ich hier bloß? Diese Stadt gehört nicht zu meiner Welt, und ich gehöre nicht hierher. Du fehlst mir, Atle. Heute Nacht noch mehr als in den fünf Wochen, die seit deinem Tod vergangen sind. Ich weiß nicht, wie ich das schaffen soll, was ich mir vorgenommen habe. Es war eine völlig bescheuerte Idee. Jetzt bin ich hier gestrandet und hab nicht einmal genug Geld, um wieder nach Hause zu fliegen.

Hinter mir reißt jemand die Badezimmertür auf.

Ich fahre herum. Der Glatzkopf, der dicht vor mir steht, trägt nichts weiter als Boxershorts. Darüber ragt sein nackter Kugelbauch in den Raum. Die straff gespannte Haut schimmert rötlich wie die eines verbrühten Schweins am Schlachterhaken. Der stoppelige, graue Bart rings um seinen Mund lässt ihn älter aussehen als er ist, aber er muss wohl in Geirs Alter sein. Er schwankt leicht, und stützt sich schnell mit einer Hand am Türrahmen ab.

»Wer bist du denn?«, will er wissen. Sein Bass rumpelt tief in der Kehle. Der Blick aus den hervorquellenden Augen über den dicken Tränensäcken wandert von meinem Gesicht hinab zu meinen Brüsten. Bestimmt zeichnen sie sich deutlich unter dem ärmellosen T-Shirt ab.

»Ich … hm … bin eine Freundin von Geir«, murmele ich. Meine Stimme hört sich schlaftrunken an, dennoch bin ich von einem Moment auf den anderen hellwach.

Der Typ starrt mir immer noch auf die Titten, als wäre mein T-Shirt durchsichtig.

»Ich … er meinte, dass ich in eurem Wohnzimmer pennen kann«, füge ich hinzu.

Er hat mich offenbar lang genug gescannt. Jetzt hebt er wieder den Blick und sieht mir ins Gesicht. »Bist du fertig?«, fragt er ohne Umschweife und nickt in Richtung Toilette hinter mir. »Ich muss pissen.«

»Klar«, murmele ich und trete zur Seite. Er schiebt sich mit seinem riesigen nackten Bauch an mir vorbei und klappt den Klodeckel hoch, ohne mich weiter zu beachten. Ich bin schon fast wieder aus dem Raum, als ich innehalte.

»Sag mal, habt ihr irgendwo Kopfschmerztabletten im Haus?«

»In der Küche, im Schrank über der Spüle«, brummt der Glatzkopf, ohne sich zu mir umzudrehen. Ich höre seinen Urin laut ins Klobecken spritzen und knalle die Badezimmertür hinter mir ins Schloss.

Tatsächlich steht in der Küche da, wo er es mir verraten hat, neben zwei leeren Keksdosen und ein paar aufgerissenen Schachteln mit Multivitamintabletten, eine Dose Pinex. Ich schüttle zwei der grauen Pillen in meine Handfläche und schlucke sie mit etwas Wasser, das ich direkt aus dem Hahn trinke. Dann mache ich mich wieder auf den Weg ins Wohnzimmer. Ich hoffe, schnell wieder einschlafen zu können, aber ich wälze mich nur von einer Seite des Sofas auf die andere. Einmal falle ich dabei beinahe wieder auf den Boden. Die beiden Pinex schaffen es nur ansatzweise, meine Kopfschmerzen zu vertreiben. Der dumpfe Druck hat sich in der Mitte meines Hinterkopfs festgesetzt und sich offenbar vorgenommen, mir den Rest des noch jungen Tags auf die Nerven zu gehen.

Als die Dämmerung durch die Vorhänge dringt und die Umrisse des Wohnzimmers immer deutlicher aus der Dunkelheit hervortreten, gebe ich meinen Versuch auf, mehr als nur vor mich hinzudösen und tatsächlich wieder einzuschlafen. In Odds und Siris Wohnung habe ich schon früh am Morgen die Verkehrsgeräusche auf der Grønlandsleiret gehört, aber hier in der kleinen Seitenstraße in Grünerløkka ist alles still. Die Fenster des Wohnzimmers gehen auf einen Hinterhof hinaus.

In der Küche mache ich mich auf die Jagd nach Kaffee. Es dauert eine Weile, bis ich die Dose mit dem schwarzen Gold gefunden habe, aber allein schon der Geruch der gemahlenen Bohnen ist im Vergleich zu den letzten Stunden ein morgendlicher Höhepunkt.

Ich habe es mir auf der Küchenbank unter dem Fenster bequem gemacht und lausche den anwachsenden Geräuschen des aufwachenden Hauses, als der Typ von heute Nacht hereinkommt. Er hat immer noch dieselben dunkelblauen Boxershorts an, aber inzwischen bedeckt ein ausgeleiertes Metallica-T-Shirt seinen beeindruckenden Wanst.

»Morgen«, brummt er mir zu. Sein Blick fällt auf die dampfende Tasse vor mir. »Gibt's da noch mehr, wo der herkommt?«

Ich deute auf die noch mehr als halbvolle Kanne auf der Arbeitsplatte. »Bedien dich. Ist ohnehin eurer.«

Er schenkt sich ein, ohne Milch oder Zucker hinzuzufügen, dann setzt er sich mir gegenüber und leert die Tasse fast zur Hälfte in einem Zug, wobei er mich schon wieder röntgt.

»Du bist 'ne Freundin von Geir, hab ich das richtig mitgekriegt?«, fragt er, nachdem er abgesetzt hat.

»Freundin wäre zu viel gesagt. Wir haben uns gestern auf einer Feier kennengelernt.«

Der Glatzkopf bemüht sich kaum, ein Grinsen zu verbergen, und ich füge schnell hinzu: »Er hat mich nicht abgeschleppt, falls du das denkst. Geir hat erzählt, dass ihr einen Mitbewohner sucht.«

»Und da hat er dich gleich hier bei uns übernachten lassen?«, brummt der Mann überrascht.

»Ich bin neu in der Stadt. Da, wo ich untergekommen bin, konnte ich nicht bleiben.«

»Na großartig«, ertönt eine gereizte Stimme von der Tür her. »Der alte Idiot schleppt schon wieder Streuner an.«

Eine Frau, die nur zwei, drei Jahre älter als ich aussieht, stößt sich vom Türrahmen ab, in dem sie gelehnt und uns zugehört hat. Ihr kurz geschnittenes blondes Haar steht ihr seitlich vom Kopf ab. Wahrscheinlich ist sie ebenfalls gerade erst aufgestanden. Ich habe sie gar nicht bemerkt, aber die kaum verhohlene Abneigung in ihren Worten färbt die Küche für mich in einen aggressiven, orangefarbenen Schleier ein. Ich hasse es, wenn das passiert, aber ich kann es nicht verhindern. Was bildet die sich ein? Ernsthaft – *Streuner*?

Ich unterdrücke die schneidende Bemerkung, die mir auf der Zunge liegt, denn ich brauche diese Wohnung. Stattdessen versuche ich, ihr den Wind aus den Segeln zu nehmen. »Geir wollte euch nicht damit überfahren«, sage ich schnell. »Er meinte zu mir, ihr müsstet alle zustimmen, sonst würde nichts aus dem Angebot.«

»Da hat er ausnahmsweise mal verdammt recht«, sagt die Frau grimmig und bleibt vor mir stehen, ohne sich zu uns zu setzen. Ihr Gesicht ist von Sommersprossen übersät. Die Flecken leuchten in ihrem winterblassen Gesicht, als hätte sie Masern. »Kannst du dir das Zimmer überhaupt leisten? Hast du einen Job hier in Oslo?«

»Jetzt fang nicht aus dem Stand ein Bewerbungsgespräch an!«, poltert der Glatzkopf. Er deutet auf seine Tasse. »Ich hab noch nicht mal meinen ersten Kaffee getrunken.«

Sein Protest beeindruckt sie nicht im Geringsten.

»Wenn sie keine Arbeit hat, kann sie es vergessen. Oder hast *du* schon vergessen, wie das vor zwei Jahren bei Olaf ablief?«

»Hab ich nicht«, erwidert ihr Mitbewohner gereizt. Er wendet sich an mich. »Geir hat ihn angeschleppt. Hat gesagt, er sei ein alter Kumpel von ihm, und dass er ihm was schuldig wäre. Stattdessen war *er* es, der *uns* drei Monate Mietanteil schuldig geblieben ist.«

»Hat nie auch nur eine Krone gezahlt, der Arsch!«, schnaubt die Frau und wirft einen Blick auf den aufgebrühten Kaffee in der Kanne. Sie runzelt die Stirn, dann gießt sie sich aber dennoch eine Tasse ein, kippt etwas Milch dazu und trinkt im Stehen.

»Eins musst du Geir allerdings lassen«, fügt der Glatzkopf hinzu. »Er ist nicht eingeknickt, als wir Olaf am Ende vor die Tür gesetzt haben. Hat ihn sogar eigenhändig rausgeworfen, alte Freundschaft hin oder her.«

Die Frau blickt mich scharf an. »Das würde er auch mit dir machen, wenn du uns deinen Mietanteil schuldig bleiben würdest. Aber ihr seid keine alten Freunde. Du sagst, du kennst ihn erst seit gestern?«

Ich nicke und überlege, dass ich keine Lust darauf habe, ins Detail zu gehen, wie genau Geir und ich uns näher kennengelernt haben. Die Auseinandersetzung mit Asbjørn geht niemanden außer uns beide etwas an. Eigentlich nicht einmal Geir.

»Ja, wir haben eine gemeinsame Freundin. Sie kommt wie ich aus Kautokeino.« Ich halte der Frau die Hand hin. »Ich heiße Sara Elin Persen.«

Die Frau zögert, schüttelt mir dann aber doch die Hand, wobei sie ihre missmutige Miene beibehält. Obwohl sie nicht besonders kräftig aussieht, drückt sie so hart zu, dass ich mich zusammenreißen muss, um mir den Schmerz nicht anmerken zu lassen.

»Ich bin Anja. Anja Larsen.«

»Und ich heiße Vidar Eilertsen«, fügt der Glatzkopf hinzu. »Warum hocken wir uns später nicht einfach alle zusammen?«, fragt er Anja. »Heute ist Sonntag, und bestimmt hat keiner von uns was vor, oder? Dann können wir uns in Ruhe entscheiden, ob wir ihr das freie Zimmer geben wollen oder nicht.«

»Nicht so schnell«, wehrt Anja ab. »Ich hab noch keine Antwort auf meine Frage bekommen.«

Sie wendet sich mir zu. »Du sagst, dass du neu in der Stadt bist. Aber hast du auch einen Job, der dir den Mietanteil finanziert?«

Ich schüttle den Kopf, ohne ihrem Blick auszuweichen. »Nein. Ich habe noch keine Arbeit.«

»Was kannst du denn? Oder was hast du gelernt?«

Ich muss mir ein Lachen verkneifen. Die Antwort, die mir auf der Zunge liegt, klingt bestimmt hier in der Großstadt so, als wolle ich Anja verarschen. »Ich kann mich um Rentiere kümmern.«

Sie stiert mich an, als hätte sie nicht richtig gehört. Neben ihr stößt Vidar, der gerade den letzten Schluck Kaffee getrunken hat, ein tiefes Lachen aus, das dumpf in der leeren Tasse vor seinem Mund widerhallt.

»Rentiere«, brummt er. »Kannst du sie auch schlachten?«

»Wenn's sein muss, ja. Ich hab oft dabei geholfen. Mein Vater war Rentierzüchter.«

»Kein Job, der hier in Oslo stark gefragt ist«, brummt Anja, die im Gegensatz zu Vidar nicht einmal geschmunzelt hat.

»Ich weiß. Was ich gelernt habe, ist Psychodrama, in Tromsø. Da habe ich Psychologie und Samikultur studiert, und während meines Studiums habe ich immer wieder Klienten für Psychodrama-Therapiesitzungen angenommen. Große Sprünge konnte ich mit den Honoraren nicht machen, aber die Arbeit hat mich finanziell über Wasser gehalten.«

»Du bist also so was wie ein Seelenklempner«, fasst Anja nüchtern zusammen. »Die gibt es in Oslo wie Sand am Meer. Ich will nicht auf deinen Schneeengel pissen, aber ohne Job kannst du keine 6000 Kronen Mietanteil pro Monat zahlen.«

Obwohl ich keine Miene verzogen habe, muss Vidar mir den Schock angesehen haben, als Anja den Preis genannt hat, denn er zieht ein bedauerndes Gesicht.

»Geir ist einfach zu nett. Wir sind alle mit ihm befreundet. Wegen ihm ist diese WG überhaupt entstanden. Er wird seine Gründe gehabt haben, warum er dich zu uns gebracht hat, dafür muss ich ihn nicht mal aufwecken. Trotzdem haben wir unsere Regeln.«

Er legt seine glänzende Stirn in Falten und stößt zurückgelehnt in seinem Stuhl ein tiefes Seufzen aus. »Pass auf: Wenn niemand von den anderen was dagegen hat, dann kannst du ein paar Nächte hier unterkommen, bis du eine andere Bleibe gefunden hast.«

»Mehr können wir nicht für dich tun«, ergänzt Anja ihn. Wie um zu unterstreichen, dass das Thema damit für sie erledigt ist, setzt sie ihre Tasse auf dem Tisch vor mir ab und verlässt die Küche.

Jetzt bin ich wirklich aufgeschmissen. Siri war meine einzige Anlaufstelle in Oslo, und bei Odd und ihr kann ich nicht mehr wohnen. Natürlich könnte ich versuchen, bei anderen Bekannten oder entfernten Verwandten unterzukommen. In dieser Stadt gibt es die größte Gemeinde an Samen außerhalb von Finnmark. Aber der Gedanke gefällt mir nicht. Ich bin gerne für mich alleine. Wegen der Synästhesie, besonders aber wegen der extremen Wucht, mit der Eindrücke von außen oft gegen meinen Verstand anbranden, umgebe ich mich nicht gern mit fremden Menschen, und schon gar nicht will ich von ihnen abhängig sein. Das Psychologiestudium und die Ausbildung zur Psychodrama-Therapeutin waren meine Strategie, die Gewalt meiner Sinneswahrnehmungen zu kanalisieren und sie mir zu Nutzen zu machen. Ich kann mich mit Menschen auseinandersetzen und nehme eine Menge von dem wahr, was sie antreibt – aber in Dosierungen, die größtenteils ich selbst bestimme. Das will ich nicht aufgeben.

Erst als ich langsam und nachdenklich ausatme und mir der dumpfe Schmerz in meinem Kiefer bewusst wird, wird mir klar, wie hart ich die Zähne aufeinandergebissen habe.

Diese Drecksstadt will es wirklich wissen.

4

Dank Signalverstärker gibt es im kompletten Gebäude Internetanschluss. Vidar hat mir das WiFi-Passwort dafür verraten. Ich habe mich mit meinem Notebook auf einem der beiden durchgesessenen grauen Sofas im Wohnzimmer eingeigelt. Während der trübe Vormittag mit der Zähflüssigkeit von kaltem Sirup in den Nachmittag hinübergleitet, vervollständige ich die Liste von Jobangeboten aus dem Internet, die ich bei Siri angefangen habe. Ab Montag will ich mich auf die Suche machen. Die Chancen, auf die Schnelle eine Arbeit aufzutreiben, sind nicht überragend, dennoch bleibt mir nichts anderes übrig, als sie zu nutzen.

Der eigentliche Grund, weshalb ich nach Oslo gekommen bin, liegt momentan auf Eis. Es macht keinen Sinn, in dieser Stadt einen Mann zu finden, von dem man kaum mehr als den Namen weiß, wenn man noch nicht einmal ein Basislager hat, in das man sich zurückziehen kann.

Ich halte meine Hoffnung aufrecht, dass Geir sich im Lauf des Tages aus seiner Wohnung herausbewegt. Vielleicht legt er ja ein gutes Wort für mich ein, das die anderen wider Erwarten umstimmt. Aber seine Tür bleibt weiterhin geschlossen.

»Ist nichts Ungewöhnliches«, erklärt Vidar mir. Der Abend ist angebrochen, und er hat mich zum Essen eingeladen, vorausgesetzt, dass ich ihm beim Schnippeln helfe. »Manchmal vergräbt er sich da drin für ein paar Tage am Stück. Meistens, wenn er ein Bild schon fast fertig hat und am liebsten vom Aufwachen bis zum Einschlafen daran herumfeilen möchte. Dann schleppt er es aus seinem Atelier in sein Zimmer – egal, wie groß oder sperrig es ist.« Er wirft mir ein paar frische Kartoffeln in die Spüle, damit ich sie vor dem Schneiden wasche. »Aber hin und wieder ist er auch einfach nur depri«, fährt er fort. »Bunkert sich was zu essen und taucht bloß auf, um aufs Klo zu gehen. In beiden Fällen lässt man ihn am besten in Ruhe, bis er von selbst wieder aus seiner Höhle gekrochen kommt.«

Von Vidar habe ich in den letzten Stunden ein wenig mehr über die Wohngemeinschaft in dem Altbau im Bezirk Grünerløkka erfahren, in den es mich letzte Nacht verschlagen hat.

Laut Vidar war Geir der Nukleus, um den herum die Wohngemeinschaft entstand. Die beiden, die ich heute Morgen in der Küche kennengelernt habe, sind seine Freunde und frühere Kommilitionen aus dem Kunststudium. Vidar ist der Frontmann einer Death Metal Band namens *Cimmeria*, von der ich noch nie etwas gehört habe. Bisher haben sie erst ein paar EPs und eine CD veröffentlicht, und sie spielen, wo auch immer sich eine Gelegenheit ergibt, selbst wenn sie dafür mit einem ausgeliehenen Bus zu irgendeinem obskuren Open Air an der russischen Grenze touren müssen, zu dem die eine Hälfte der Besucher eigentlich wegen Blues aufgetaucht ist, und die andere, um sich ungestört in ihren Zelten besinnungslos zu besaufen. Aber sie haben es immerhin schon mal dazu gebracht, als Vorband für *Kvelertak* aufzutreten. Vidar betrachtet diesen Gig als Ritterschlag und Meilenstein in der Bandgeschichte.

Geir hat nicht weit von hier an der Kunstakademie im Fossveien Malerei studiert. Dieses Haus gehörte seinem Vater. Als er starb, erbte es Geir, während sein Bruder Lars das Autogeschäft ihres Vaters in Sandefjord erhielt. Geir vermietete Wohnungen im Haus an gute Freunde wie Vidar. Sein früherer Kommilitone stieg auch als Erster in das Projekt ein.

»Anja hat er ebenfalls auf der Kunstakademie kennengelernt«, erzählt Vidar mir, während ich die Kartoffeln für den Eintopf klein schneide. »Sie war eine seiner Kommilitoninnen in der Malereiklasse. Aber im Gegensatz zu ihm hat sie sich über die Jahre hinweg auf Performance-Art eingeschossen.«

Ich erfahre von Vidar, dass Anja sich ihre Wohnung im obersten Stock des Hauses mit ihrer Partnerin teilt, einer Südkoreanerin namens Yuna Cho, die ich bisher noch nicht kennengelernt habe. Yuna hat ebenfalls bildende Kunst studiert, allerdings nicht in Oslo, sondern in Bergen. Sie unterrichtet an der Kunstakademie, im Gegensatz zu Anja jedoch als ständige Mitarbeiterin. Die beiden haben eine eigene Küche auf ihrer Etage, trotzdem benutzen sie meistens die Küche ein Stockwerk tiefer, in der Vidar, Anja und ich uns heute Morgen getroffen haben. Der heimelige, nicht besonders helle Raum, dem wie in einem asiatischen Lebensmittelgeschäft der exotische Geruch von Cumin, Kardamom und Koriander anhaftet, ist zusammen mit dem Wohnzimmer daneben der Mittelpunkt der WG.

Vidar wohnt ebenfalls auf dieser Etage, gleich gegenüber von dem Zimmer, das gerade freisteht. Darunter hat Geir seine Wohnung, zusammen mit einem weitläufigen Atelier, das fast den gesamten ersten Stock ausfüllt. Das Erdgeschoss ist der einzige Bereich des Hauses, der nicht zu der Wohngemeinschaft gehört. Geir hat es an einen Betreuungsverein für Menschen mit psychischen Problemen vermietet. »Die Arche« hat dort ihre Büroräume und ein Café als Begegnungsstätte eingerichtet.

»Ist ein ziemlich bescheuerter Name, was?«, grinst Vidar und wirft die Kartoffeln, die ich ihm geschält und klein geschnitten habe, in einen Topf mit Salzwasser auf dem Herd. »Erst war ich ja nicht so begeistert. Dachte mir, wer weiß, was da für Figuren ein und aus gehen. Aber es ist Geirs Haus, also war es seine Entscheidung. Und wir kommen gut mit ihnen aus – will sagen, wir kriegen kaum was von ihnen mit.«

Er greift sich eine Zwiebel, um sie kleinzuschneiden, hält aber mit dem Messer in der Hand inne und mustert mich mit gefurchter Stirn, als wäre ich ein Rätsel, dessen Lösung sich ihm entzieht. »Eines verstehe ich nicht. Geir hat immer großen Wert darauf gelegt, dass hier nur Leute zusammenleben, die sich gut kennen. Wir alle machen etwas Kreatives. Wir ziehen uns gegenseitig hoch. Jeder von uns weiß, was das für Kämpfe sind, wenn man versucht, etwas auf die Beine zu stellen und auch noch davon leben will, selbst wenn's nur zu einem Teil gelingt.« Er deutet von der anderen Seite des Tisches aus mit dem Messer auf mich. »Also warum hat Geir plötzlich jemanden wie dich angeschleppt?«

Ich will ihm nicht erzählen, wie Geir mir mit Asbjørn geholfen hat. Eins würde zum anderen führen, und auf einmal würde ich über Siri und Atle sprechen. Über den Grund, warum ich nach Oslo gekommen bin. »Keine Ahnung«, sage ich.

»Steht er auf dich?«

Ich schüttle energisch den Kopf. »Ganz bestimmt nicht.« Aber was weiß ich schon?

Ein lautes, schmatzendes Geräusch ertönt, als Vidar die Zwiebel in zwei Hälften teilt. »Na, irgendwas wird er sich gedacht haben. Ich kenne ihn lange genug. So spontan ist er nicht.«

»Das musst du ihn selbst fragen«, erwidere ich, und Vidar lässt es damit bewenden.

Der Eintopf ist bald fertig und schmeckt gar nicht mal so schlecht. Es kommt mir vor, als sei es Ewigkeiten her, dass ich etwas Vernünftiges in den Magen bekommen habe, dabei liegt Siris selbstgemachte Pizza von gestern Abend noch gar nicht so lange zurück. Aber zu viel ist inzwischen passiert. Die kurze Zeit unseres Wiedersehens seit meiner Ankunft in Oslo könnte Jahre zurückliegen, so ausgebleicht und an den Rändern eingerissen sind die Erinnerungen bereits.

Den ganzen langen Sonntag über hat niemand Geir zu Gesicht bekommen. Ich fülle eine Schale mit Eintopf und gehe mit ihr ein Stockwerk tiefer. Vielleicht will er ja etwas essen, und ich will ihm gerne erzählen, wie die Reaktion seiner Mitbewohner auf mein Auftauchen ausfiel.

Die breite Metalltür gleich am unteren Treppenabsatz muss der Eingang zu seinem Atelier sein. Ich klopfe an die andere Tür ein paar Meter weiter, eine einfache Tür aus dunklem Holz wie in den restlichen Etagen. Erst bleibt es still, und ich frage mich schon, ob Geir vielleicht gar nicht zuhause ist. Doch dann höre ich seine Stimme, dumpf und ungehalten.

»Ja? Was ist?«

»Ich bin's. Sara. Ich … ich hab dir etwas zu essen mitgebracht. Vidar und ich haben gekocht.« Ich ertappe mich dabei, wie ich die Schale hochhalte, beinahe als wäre die Tür eine Art halbdurchsichtiger Spiegel wie in einem Verhörraum bei der Polizei, und als könne er das Essen dann besser in Augenschein nehmen.

Wieder herrscht Stille hinter der Tür. Ich überlege, wieder nach oben zu gehen und das Essen für ihn in den Kühlschrank zu stellen, als ich leise Schritte höre und die Tür sich öffnet.

»Komm rein«, sagt Geir knapp.

5

Ich hatte das Aussehen meines Gastgebers nicht mehr klar vor Augen. Die Ereignisse der letzten Nacht sind nichts, woran ich mich gerne zurückerinnere. Aber als er vor mir steht und zur Seite tritt, damit ich an ihm vorbei durch den engen Korridor und in sein Zimmer gehen kann, fällt mir wieder ein, wie er Asbjørn festhielt. Wie der Kraftaufwand seinem Gesicht erst kurz bevor er ihn wieder losließ anzumerken war. Dabei sieht er alles andere als muskulös, sondern hager, beinahe dünn aus. Auch sein Gesicht ist schmal, mit hohen Wangenknochen, auf denen gerötete Flecken leuchten und die den Rest seines Gesichts noch blasser erscheinen lassen.

Er nimmt mir die Schale mit Eintopf und den Löffel ab, während ich mich umsehe. Wie die anderen Räume des Hauses besitzt auch dieser Altbauwände, die sich weit genug hinauf zur Zimmerdecke erstrecken, sodass man problemlos darin mit Kegeln jonglieren könnte, die aber jetzt im Winter bestimmt elendig schwer zu heizen sind.

Dennoch ist es in dem Raum so warm, dass mir sofort der Schweiß ausbricht. In dem gusseisernen Ofen in der Ecke neben dem Eingang lodert ein Feuer, das mit einer Schmiedeesse konkurrieren könnte. Die Flammen werfen einen unruhig zuckenden Schein über die Fensterscheiben und spiegeln sich leuchtend orange vor dem dunklen Hintergrund. In der Finsternis dahinter erkenne ich kaum mehr als die Lichter der Straßenlaternen und vereinzelte Lampen in den Fenstern der Häuserreihe auf der gegenüberliegenden Straßenseite.

»Wie hältst du bloß diese Hitze aus«, sage ich über die Schulter hinweg, während ich mich im Raum umsehe. »Ich könnte keine Nacht hier drin verbringen.«

»Ich hab's gerne warm«, entgegnet Geir, der bereits im Stehen den Löffel in die Schale getaucht hat, um sich über den dampfenden Inhalt herzumachen.

»Warm ist was anderes. Das hier ist eine verdammte Sauna.«

Obwohl er Maler ist, sehe ich kaum Bilder an den Wänden, dafür dominiert eine Reihe von hohen Bücherregalen den Raum. Sie verleiht ihm das Aussehen eines Studierzimmers. Neben einem wuchtigen Schreibtisch aus massivem, dunklem Holz steht eine Staffelei, auf der sich ein Bild von fast zwei Metern Länge und einem Meter Breite befindet. Was es darstellt, kann ich jedoch nicht erkennen, weil Geir ein braunes Leinentuch darüber geworfen hat. Eine weitere, geschlossene Tür am anderen Ende des Raums führt vermutlich zu seinem Schlafzimmer.

Ich lasse mich in einem Korbsessel nieder, der weit genug vom Ofen entfernt steht, und ziehe meinen schwarzen Pullover aus, bevor ich völlig von Schweiß durchtränkt bin.

»Ich mag Extreme«, erklärt Geir mir. Er hat sich mit der Essensschale in seinen Schreibtischstuhl gesetzt und fällt wie ausgehungert über den Eintopf her. »Auf storm.no haben sie für die nächsten Tage eine Kältewelle angekündigt«, fährt er kauend fort. »Es wird bis minus 15° geben. Das kommt auch in Oslo nicht oft vor.«

»Stimmt. Da, wo ich herkomme, erlebst du so ein Wetter im Januar ständig.«

»Also halte ich hier drinnen das Gegenprogramm ab.« Er stellt die bereits halbleere Schale auf der Tischplatte ab und lehnt sich mit einem Lächeln in seinem Stuhl zurück. »Feuer und Eis.«

Die beiden Worte erinnern mich an etwas. Das gestrige Gespräch mit Siri flammt wie das Blitzlicht einer Kamera in meinem Gedächtnis auf. Ich sehe uns in Odds Wohnung auf der Couch sitzen. Sie sagt –

»Du kennst dich mit den alten Sagen aus, nicht wahr?«

Er blickt nicht überrascht, nur interessiert.

»In Feuer und Eis ist die Welt entstanden, so erzählen es die nordischen Mythen«, sagt er langsam, beinahe feierlich. Seine Augen glänzen im flackernden Schein der Flammen. »Und in Feuer und Eis wird sie wieder untergehen. In einer Version der Geschichte ist es ein jahrelanger entsetzlicher Winter, in einer anderen Version setzt der Feuerriese Surtr am Ende der Götterdämmerung die Welt in Brand.«

»Ich kenne die nordische Mythologie«, sage ich.

»Aber es ist nicht die deines Volkes«, erwidert er in nüchternem Ton, wie um eine Tatsache festzustellen.

Ich schüttle den Kopf. »Nein. Meine Vorfahren haben nicht an Odin und Freya geglaubt. Ich kann mit den Geschichten um die nordischen Götter nicht so viel anfangen, es ist nicht meine Kultur. Trotzdem –«

Ich halte inne und blicke zum Ofen hinüber. Die Stehlampe in der Ecke rechts neben dem Fenster ist heruntergedimmt, das Zimmer liegt bis auf den Schein des Feuers im Dämmerlicht. Hinter der Glasscheibe facht der schwache Windzug die Flammen an und lässt das Holz laut knacken.

»Aber ich mag es, wie in den nordischen Mythen Naturgewalten beschrieben werden«, fahre ich fort. »Etwa Feuer und Eis. Wie diese beiden elementaren Kräfte im Abgrund Ginnungagap aufeinandertreffen und so das erste Wesen entsteht.«

»Der Urriese Ymir«, sagt Geir. Seine Stimme klingt rau. Für den Moment scheint er sein Abendessen ganz vergessen zu haben.

»Das sind starke Bilder«, sage ich. »Echte Bilder, die etwas in den Menschen auslösen, weil sie etwas mit der Natur zu tun haben, die sie umgibt. Ein Mythos wie der von Feuer und Eis konnte nur in einem Land der Extreme entstehen. Einem Land, in dem im Sommer an manchen Orten die Sonne kaum den Horizont berührt und ein halbes Jahr später die Dunkelheit des Winters regiert.«

Ein Lächeln überzieht Geirs Gesicht. Es kommt mir vor, als hätte ich einen Test bestanden.

»Du arbeitest gerne mit diesen mythologischen Bildern, nicht wahr?«, sage ich. »Wie mit dem Abbild von Sleipnir auf einem Motorrad.«

Er grinst. »Ah, Siri hat dir davon erzählt.«

»Hat sie. Wie habt ihr beide euch eigentlich kennengelernt?«

»Über diesen Auftrag und einen gemeinsamen Freund. Er hat Odd erzählt, dass er jemanden kennt, der mit Airbrush arbeitet. So habe ich vor Jahren überhaupt mit dem Malen angefangen, noch vor der Kunsthochschule. Inzwischen übernehme ich nur noch selten Auftragsarbeiten, aber ich hab das Geld gebraucht, und Odd hat versprochen, mir nicht reinzureden, solange er am Ende nur seinen Sleipnir auf dem Motorrad bekommen würde.«

Ich trete vor das verhängte Bild auf der Staffelei. »Aber das ist keine Auftragsarbeit, oder?«

Geir schüttelt den Kopf.

»Kann ich es mir ansehen?«

Er zögert kurz, dann brummt er eine Zustimmung und schnappt sich erneut die Schale mit dem Eintopf. Ich ziehe das Leinentuch herab.

Der Anblick trifft mich völlig unvorbereitet. Bei dem Gedanken von Airbrush auf einem Bike hatte ich irgendwas Kitschiges erwartet, so etwas wie einen Adler im Sonnenuntergang, den Mist, den man auch auf den Wohnmobilen der holländischen Touristen sehen kann, wenn sie im Sommer Richtung Nordkap durch die Finnmark fahren. Aber das … verdammt, Geir ist gut.

Der Baum, den ich vor mir sehe, füllt das komplette Bild aus. Die Perspektive ist etwas verschoben, so dass es wirkt, als ob man von dicht am Boden, nahe dem Stamm, nach oben in die Krone blicken würde, die weit über dem Betrachter den Himmel verdunkelt und dem herabfallenden Sonnenschein einen tiefgrünen Stich verleiht. Der Baum ist fotorealistisch dargestellt, aber das Spiel aus Licht, Schatten und Farben verleiht dem Bild eine Tiefe, die eine Fotografie schwerlich erreichen würde. Zwischen seinen halb im Boden vergrabenen Wurzeln ist im Dunkel des Waldbodens die Bewegung eines breiten, echsenartigen Körpers zu erahnen. Auf halber Höhe den Stamm hinauf Richtung Krone ändert sich immer wieder der Farbton, beinahe, als würden die ausladenden Äste und Zweige kaum sichtbare Sphären in sich aufnehmen und mit einem eigenen Licht erfüllen.

Wie von fern, aus einem Nebenraum oder von einem anderen Stockwerk her, höre ich Geirs Löffel beim Essen gegen die Schale klirren. Bestimmt beobachtet er meine Reaktion auf sein Gemälde. Er sagt weder etwas, noch erklärt er, und das muss er auch nicht. Das Bild spricht für sich. Es gibt nur einen einzigen Baum wie diesen. Jeder, der etwas über nordische Mythologie gelesen hat, kennt ihn.

»Yggdrasil«, murmle ich verhalten.

»Die Achse der Welt«, erklingt Geirs Stimme hinter mir.

Ich drehe mich zu ihm um. »Das … das ist großartig.«

»Danke. Aber es ist noch längst nicht fertig.«

»Für mich sieht's perfekt aus.«

Er lächelt. »Dann bin ich vielleicht auf dem richtigen Weg.« Er erhebt sich aus seinem Stuhl und tritt zu mir vor das Bild. Ich beobachte die kaum merklichen Bewegungen seiner Augen, ahne, wie sein kritischer Blick über die Leinwand wandert, wie er in Gedanken am Stamm des gewaltigen Baums emporreist, von den sich tief ins dunkle Erdreich grabenden Wurzeln bis zu der sich in den Himmel reckenden Krone.

»In der Religion deiner Vorfahren gibt es ähnlich starke Naturbilder, nicht wahr?«, sagt er mit einem Mal. Er wendet sich mir zu. »Warum bist du vom Polarkreis hierhergekommen, Sara?«

Ich antworte nicht.

»Du hast Asbjørn gestern Nacht etwas gesagt.«

»Ich war betrunken und völlig von der Rolle«, erwidere ich ausweichend, aber Geir ist niemand, der sich so leicht mit einer Antwort wie dieser abspeisen lässt.

»Du hast gesagt, dass du hier in Oslo jemanden suchst.«

»Geir …«

»Und dass du ihn umbringen wirst, wenn du ihn gefunden hast«, fährt er leise, aber unerbittlich fort.

»Das … das war Gerede, um den Wichser zu beeindrucken.«

»Erzähl mir keinen Scheiß. Ich hab dir in dem Moment in die Augen gesehen. Du hast es genau so gemeint.«

»Es ist eine persönliche Angelegenheit.«

»Komm schon, *quid pro quo.*« Er bückte sich, hebt das Leintuch auf und hängt es sorgfältig wieder über das Bild. »Ich hab dich schließlich auch etwas ziemlich Persönliches sehen lassen. Normalerweise zeige ich anderen keine unfertigen Bilder.«

Ich betrachte die verhängte Staffelei, den braunen Stoff, der ein atemberaubendes Stück Kunst versteckt. Auf einmal ist der Wunsch, es jemandem zu erzählen, beinahe so physisch spürbar wie ein Druck auf der Blase.

»Vor … vor zwei Monaten ist mein Bruder gestorben«, sage ich langsam. Meine eigene Stimme hört sich merkwürdig fremd und verhalten in meinen Ohren an. Ich komme mir vor, als müsste ich nach Worten suchen, um das Ungeheuerliche, das passiert ist, in eine Form zu gießen. Aber es gibt keine angemessenen Worte für meinen Verlust, dafür, dass Atle für immer fort ist.

Geir sagt nichts, zum Glück. Er wartet ab. Ich habe den Anfang gemacht, einem Fremden von meinem Bruder zu erzählen. Jetzt muss ich auch weitermachen, ob ich will oder nicht. Alles andere wäre nicht fair.

»Jemand hat ihn mit einem Messer erstochen. Auf einem Parkplatz, hinter einer Bar in Alta. Der einzige Zeuge ist ein Junkie. Er hat etwas von einer Kneipenschlägerei erzählt, hat behauptet, dass es eine Rangelei zwischen zwei Betrunkenen war. Der Mann, der meinen Bruder erstochen hat, ist davongelaufen. Man hat ihn bis heute nicht gefunden. Die Polizei war nicht besonders motiviert, den Fall aufzuklären. Zwei besoffene Samen, die sich prügeln, und einer steht nicht mehr auf. Wen kümmert's.«

Ich mache eine Pause. Die letzten Worte sind wie ein Wasserfall aus mir herausgesprudelt, beinahe wundere ich mich über mich selbst. Geir mustert mich aufmerksam, regelrecht fasziniert.

»Ich bin nach Oslo gekommen, weil ich denjenigen zur Verantwortung ziehen will, der an seinem Tod schuld ist. Ich glaube nicht an die Geschichte, die der Junkie der Polizei erzählt hat. Die Geschichte, dass er in eine zufällige Rauferei verwickelt war, die eskaliert ist, das ist *bullshit.* Jemand hat meinem Bruder aufgelauert und ihn absichtlich umgebracht.«

»Warum glaubst du das?«

»Er war politisch aktiv, jung und stinkwütend, wie viele von uns, und er hatte Kontakte zu anderen Samen, vor allem aus Schweden, die sich ebenfalls politisch engagieren. Die wollen es nicht mehr länger hinnehmen, dass die Regierung unser Volk nach Hunderten von Jahren immer noch benachteiligt und dass private Konzerne aus Russland und China unsere Lebensgrundlage, das Weideland für die Rentiere, immer stärker bedrohen.«

»Du denkst, dass es beim Tod deines Bruders nicht mit rechten Dingen zugegangen ist.«

Ich stoße ein Seufzen aus. Das ist der Grund, warum ich so gut wie niemandem von meinem Verdacht erzählt habe. Es hört sich zu sehr nach der bescheuerten Verschwörungstheorie einer trauernden Schwester an. Siri weiß ein wenig, und jetzt dieser Mann, der mir gestern beigestanden hat, als Asbjørn mich die Treppe hinabstieß. Meine älteste Freundin und ein völlig Fremder.

»Ich habe keine handfesten Beweise«, sage ich, »nur ein paar Ungereimtheiten, kleine Details, die einzeln für sich genommen ganz unverfänglich wirken. Aber alle zusammen machen sie stutzig. Ich wollte den Zeugen der Schlägerei sprechen, wollte alles aus seinem eigenen Mund hören. Aber er ist verschwunden, kurz nachdem er seine Aussage bei der Polizei zu Protokoll gegeben hatte. Angeblich hat er sich plötzlich aus heiterem Himmel ein Flugticket nach Oslo besorgt. Allerdings weiß niemand, wo er sich aufhält, weder seine Freunde noch die paar Leute aus seiner Familie, zu denen er noch Kontakt hatte. Seitdem bin ich mir sicher, dass hinter all dem mehr steckt als ein Totschlag im Affekt.«

»Glaubst du, er hat sich abgesetzt?«

Ich nicke. »Ich bin mir sicher, dass ihn jemand dafür bezahlt hat, etwas von einer Kneipenschlägerei zu erzählen. Vielleicht hat er sich ausgerechnet, dass irgendwann jemand auftauchen würde, um bei ihm auf den Busch zu klopfen, was er wirklich gesehen hat. Oder er ist vor denen geflüchtet, die ihn zu seiner Aussage veranlasst haben. Jedenfalls ist er abgetaucht.«

»Weißt du, wie du ihn hier finden kannst?«

Ich zucke die Achseln. »Ich weiß nichts weiter als seinen Namen. Martin. Martin Engvik.«

»Das ist nicht gerade viel«, meint Geir skeptisch.

»Es wird reichen müssen. Was hat Asbjørn gestern Nacht zu mir gesagt? Oslo ist eine kleine Stadt. Ich muss Orte finden, an denen sich Leute, die an der Nadel hängen, ihren Nachschub besorgen oder ungestört spritzen.«

»Wenn du diesen Typen findest und er dir tatsächlich verrät, wer für den Tod deines Bruders verantwortlich ist – hast du wirklich vor, seinen Mörder umzubringen, wenn du ihn gefunden hast?«

Ich spüre Geirs prüfenden Blick auf mir, obwohl ich an ihm vorbei in die Dunkelheit jenseits der Fensterscheiben blicke, die sich für eine weitere Nacht über Oslos Häuser und Straßen gesenkt hat. »Das habe ich Asbjørn gesagt, um ihm Angst einzujagen«, erwidere ich mit einer wegwerfenden Handbewegung. »Erst einmal will ich Martin Engvik finden. Ich will wissen, ob und wie tief er in den Mord an meinem Bruder verwickelt war. Und wer ihn dazu angestiftet hat, diesen Mist von einer Kneipenschlägerei zu erzählen. Von wem er das Geld bekommen hat, mit dem er sich aus Finnmark abgesetzt hat. Alles Weitere … ich bin nicht auf einem Rachefeldzug. Ich will Gerechtigkeit.«

Meinen letzten Worten folgt Stille. Ich höre sie in meinen Ohren nachhallen. Wie falsch sie klingen. Sie passen nicht zu dem Zorn, der mich überkommt, wenn ich an den jungen Mann denke, dem ich nie zuvor begegnet bin, den ich aber irgendwo in dieser Stadt aufspüren muss. Zu der weißglühenden Wut, wenn ich mich an die beschissenen Lügen erinnere, die er der Polizei erzählt hat, vor allem aber, wenn ich versuche, mir ein Bild von denjenigen zu machen, die ihn zum Lügen gebracht haben.

Ich weiß, dass es sie gibt.

Aus den Augenwinkeln sehe ich, dass Geir mir meinen letzten Satz ebenso wenig abnimmt wie ich mir selbst. Aber wenigstens hakt er nicht weiter nach. Je weniger sich andere in das einmischen, was ich in Oslo vorhabe, desto besser.

Ein lautes Klopfen an der Tür durchbricht das Schweigen zwischen uns.

»Ja?«, erhebt Geir die Stimme.

Die Tür öffnet sich, und eine beeindruckend attraktive Asiatin in ungefähr meinem Alter betritt das Zimmer. Ihr Gesicht könnte das Titelblatt eines Magazins wie *Vogue* oder *Elle* zieren. Sie nickt mir mit einem Lächeln zu, das den Raum sofort um mehrere Hundert Lux erhellt, und hält ihrem Mitbewohner einen Briefumschlag entgegen. »Jemand hat den hier für dich abgegeben.«

Geir nimmt den Umschlag entgegen und betrachtet ihn stirnrunzelnd. »Wer denn?«, will er wissen.

»Keine Ahnung«, entgegnet sie achselzuckend. »Ich hab den Müll rausgebracht, bin wieder ins Haus und hab ein Klopfen an der Haustür gehört. Der Brief lag auf der Türmatte.«

»Danke dir«, murmelt Geir.

»Keine Ursache!« Sie blickt mich an. »Bist du Sara?«

Ich nickte. »Ja, die bin ich.«

»Anja hat mir von dir erzählt. Ich bin Yuna. Ich wohne mit ihr in der dritten Etage.«

Sie schenkt mir erneut ein Scheinwerferlächeln und wendet sich zum Gehen. Kaum, dass sie das Zimmer verlassen hat, reißt Geir den Brief auf und zieht eine Postkarte aus dem Umschlag. Auf der einen Seite ist sie weiß und leer, auf der anderen sind einige handgeschriebene Zeilen zu sehen. Als er den Umschlag auf den Schreibtisch legt, sehe ich, dass nichts weiter als *Geir* auf dem Papier steht. Seine Augen bewegen sich schnell hin und her, als er die Zeilen auf der Postkarte liest, und eine Veränderung geht in seinem Gesicht vor: Es verliert alle Farbe, scheint einzufallen und zu altern. Der Mann vor mir sieht auf einmal wie sechzig aus.

»Hey, alles okay?« frage ich ihn.

Geirs Kopf, den er über die Postkarte gebeugt hat, ruckt hoch. Der winzige, unheimliche Augenblick, in dem ich einem alten Mann gegenüberstand, der eine schreckliche Nachricht erhalten hat, ist fort, als hätte es ihn nie gegeben. Dann öffnet Geir den Mund, und mir wird klar, dass der Moment immer noch unsichtbar im Raum hängt. »Ja, ja, alles ist in Ordnung«, sagt er schnell. Seine Stimme hört sich hohl an. Er wirft einen deutlichen Blick auf die Digitalanzeige der Uhr auf seinem Schreibtisch. »Aber ich muss dich jetzt leider rauswerfen. Ich hab heute noch eine Menge Arbeit zu erledigen.«

»Wenn es irgendwas mit der Nachricht da zu tun hat …«, sage ich, aber er wehrt sofort ab.

»Ich sag doch, alles okay. Nur einfach eine Menge Zeitdruck. Wenn man eine Ausstellung organisiert, dann ist auch immer ein Berg an Papierkram zu erledigen, und das schieb ich gern auf die Wochenenden.«

»Na gut«, sage ich zögernd und wende mich zum Gehen. Ich glaube ihm kein Wort. »Dann halte ich dich mal nicht länger auf.«

Ich habe bereits die Türklinke in der Hand, als er mich anspricht. »Eins noch, Sara: Du hast gesagt, dass du Orte suchst, an denen sich jemand wie der Mann aufhalten könnte, hinter dem du her bist. Frag mal die Sozialarbeiter von der Arche unten im Erdgeschoss, wenn das Café geöffnet hat. Die können dir bestimmt sagen, wo du Fixerstuben findest.«

»Danke dir für den Tipp«, antworte ich. An den Verein und dass seine Mitarbeiter mir helfen könnten, hatte ich bisher gar nicht gedacht. Geirs Hinweis freut mich, gleichzeitig bin ich verwirrt darüber, so unvermittelt von ihm hinauskomplimentiert zu werden.

»Die Gegenden, wo die Osloer Junkies ihr H kaufen, da kannst du es auch versuchen«, fährt Geir fort. »Ich weiß nicht genau, wo die heute sind, meine wilde Zeit ist schon ein paar Jahre her. Aber versuch es einfach mal am Hauptbahnhof, in der Gegend um den Tiger.«

»Danke dir«, sage ich noch einmal. Ich zögere, dann füge ich hinzu: »Pass auf dich auf, ja?«

»Na klar doch!«, gibt er zurück. Er wirft mir einen fragend-amüsierten Blick zu, als wüsste er mit meiner Bemerkung gar nichts anzufangen. Mir liegt die Frage auf der Zunge, was zum Teufel plötzlich mit ihm los ist, aber ich glaube nicht, dass er mir im Moment antworten würde. In Gedanken hat er sich bereits von mir verabschiedet.

Ich lasse Geir allein in seinem überhitzten Arbeitszimmer und trete in das kalte Treppenhaus. Noch einmal entsteht der Ausdruck, mit dem er den Brief gelesen hat, vor meinem inneren Auge. Ein Schauder läuft mir über den Rücken, eisig wie eine schlechte Vorahnung.

6

In meiner zweiten Nacht auf dem Sofa im Wohnzimmer fällt die Temperatur draußen kurzzeitig sogar auf minus achtzehn Grad ab. Für Kautokeino ist das im Januar nichts Besonderes, für Oslo ist das eine Kältewelle, wie Vidar mir klargemacht hat. Es soll in den nächsten beiden Tagen auch weiter so kalt bleiben. Im Wohnzimmer steht zwar ein Ofen, der mit Holzscheiten von einem riesigen Stapel im Hinterhof gefüttert werden kann, aber ich habe ihn über Nacht ausgehen lassen. In geheizten Räumen kann ich nur schlecht einschlafen.

Ich bleibe lange wach und wälze mich von einer Seite auf die andere. Als der Schlaf endlich kommt, bringt er wirre, erschöpfende Träume mit sich.

Ich finde mich am Osloer Hauptbahnhof wieder. Als ich hier vor ein paar Tagen angekommen bin, war die Haupthalle ein prall gefüllter Bienenstock. Mir liefen mehr Menschen vor den Füßen herum als ich seit Monaten zu Gesicht bekommen hatte. Doch jetzt ist der Ort wie ausgestorben. Meine Schritte hallen laut auf dem menschenleeren Bahnsteig wider. Es kommt mir vor, als sei ich im Bruchteil eines Atemzugs in ein Niemandsland gerutscht, ein Dazwischen, das nur ich ausfülle. Ich – und noch jemand oder etwas anderes. Ein leises, dumpfes Grollen ist zu vernehmen. Es ist kein gleichbleibendes Motorengeräusch, sondern schwillt kaum vernehmlich an und ab, begleitet von einem schwachen, aber dennoch spürbaren Beben, das sich über meine Beine bis in meinen Unterleib hinein fortpflanzt.

Nervös sehe ich mich um. Ich kann die Herkunft des Geräuschs nicht ausmachen. Wände und Decke des Bahnhofsgebäudes erdrücken mich mit einem Mal trotz ihrer Höhe. Ein schwerer Druck legt sich auf meinen Brustkorb. Mühsam ringe ich nach Luft. Ich muss raus hier, sofort! Ich brauche freien Himmel über mir. Ich haste den Gang an den Bezahltoiletten vorbei, laufe ins Freie und die breite Treppe auf den Platz vor dem Hauptbahnhof hinab. Auf den letzten Stufen stolpere ich und pralle schmerzhaft hart mit den Knien auf das Pflaster des Platzes. Zu meiner Rechten reckt sich der schlanke Turm des Kundenzentrums der Verkehrsbetriebe in einen Himmel, dessen Farbe das Grau von Gewehrkugeln angenommen hat. Ich komme wieder auf die Beine und drehe mich um meine eigene Achse, einmal, zweimal, wie um mit der Bewegung einen Zauber auszuüben, der das menschenleere Zentrum der Stadt wieder mit Leben erfüllt. Aber wohin ich auch schaue, sehe ich außer mir keine andere Person.

Das kaum vernehmbare Grollen, das die ganze Zeit über nicht aufgehört hat, schwillt plötzlich zu einem tiefen Knurren an. Ich fahre in die Richtung herum, aus der es ertönt, und mein Blick bleibt an der Statue des gewaltigen Bronzetigers hängen, der fast in der Mitte des Platzes steht.

Als ich vor ein paar Tagen an dem Monstrum vorbeigekommen bin, war es von Touristen umringt, die sich vor seinem aufgerissenen Maul fotografieren ließen. Zwei lehnten sich an die Statue, um Selfies von sich zu schießen, und ein dritter kletterte sogar mit Hilfe eines Kumpels für ein Foto auf ihren Rücken.

Diesmal ist der Platz um den Tiger leer. Die Abwesenheit aller anderen Menschen lässt ihn viel bedrohlicher wirken. Auf einmal sieht er nicht mehr wie eine Touristenattraktion aus, sondern wie ein Ungeheuer, ein riesiges Raubtier aus dunkelbrauner, matt glänzender Bronze.

Langsam dreht er mir den Kopf zu. Erst jetzt erkenne ich, dass es der Tiger ist, aus dessen Kehle das bedrohliche Knurren ertönt. Er reißt sein Maul auf, und das Geräusch schwillt zu einem ohrenbetäubenden Brüllen an, das mir die Haare zu Berge stehen lässt. Er setzt sich in Bewegung, ganz als sei er lebendig, ein vier Meter langer Muskelberg aus Bronze, der in gerader Linie wie die entfesselte Zugmaschine eines Trucks direkt auf mich zustürmt. Der Boden erzittert unter den weiten Sätzen seiner Pfoten.

Ich will fortrennen, aber ich komme nicht von der Stelle. Anstatt des Tigers bin ich es, die starr wie eine Statue steht, unfähig, mich zu bewegen. Das Ungeheuer erreicht mich. Eine bronzene Pranke fegt mich mit voller Wucht von den Füßen und stößt mir die Luft aus den Lungen. Ich komme hart mit dem Rücken auf dem Straßenpflaster auf, spüre aber seltsamerweise keinen Schmerz, nur eine taube, irrsinnige Panik, als der Kopf des gewaltigen Viehs über mir auftaucht und mein gesamtes Gesichtsfeld ausfüllt. Ich starre in die blinden Augen des bronzenen Schädels über mir, auf den gähnenden Rachen, mein eigener Panikschrei vermischt sich mit dem markerschütternden Brüllen, als der Kopf sich auf mich herabsenkt und die Reißzähne meine Wangenmuskeln durchbohren und die Knochen darunter splittern lassen.

Mit einem nassen, gurgelnden Ächzen fahre ich hoch, reiße die Arme unter der Bettdecke hervor und bewege sie wild in der Finsternis vor mir hin und her. Die Erleichterung, mich wieder rühren zu können, lässt mir Tränen in die Augen schießen. Ich falle zurück auf das Sofa und merke erst jetzt, dass ich so nassgeschwitzt bin, als ob ich direkt aus der Dusche kommen würde. Die surreale Traumerinnerung an Zähne aus Bronze, die mein Gesicht zerfetzen, weicht nur schleppend langsam der Realität. Selbst als ich längst aufgestanden bin und mir im Bad eiskaltes Wasser über den Kopf gegossen habe, hält sie noch an und verschwindet erst während des Frühstücks, das ich alleine in der Küche für mich zubereite, während es draußen noch immer stockdunkel ist.

Vidar hat mir erzählt, dass die Sozialarbeiter der Arche ihre Begegnungsstätte ab dem späten Vormittag öffnen. Gegen 11.30 Uhr gehe ich ins Erdgeschoss hinab, um mit ihnen zu sprechen. Bei der Kälte haben sich nur wenige Besucher in dem Café eingefunden. An einem der vier Tische im Hauptraum sitzen zwei Männer, einer in etwa meinem Alter, der andere um die Fünfzig. Sie haben sich mit gesenkten Köpfen in ihre dampfenden Kaffeetassen vertieft und blicken nur kurz auf, als ich durch den Vordereingang eintrete. Obwohl sie sich zu kennen scheinen, reden sie nicht miteinander. Ein weiterer Gast ist eine junge Frau am Nebentisch, die in einer *Dagbladet*-Ausgabe blättert, dabei aber immer wieder das Display ihres Mobiltelefons im Auge hat. Es riecht schwach nach altem Schweiß und etwas stärker nach Kaffee. Im rückwärtigen Bereich führt ein breiter Durchgang, in dessen Mitte ein Billardtisch aufgestellt ist, zu weiteren Räumlichkeiten, wahrscheinlich Büros. Neben dem Durchgang befindet sich ein Tresen. Eine stämmige, blonde Frau Mitte Dreißig steht hinter ihm und schreibt etwas auf einem Notizblock. Als ich nähertrete, legt sie den Stift zur Seite und blickt auf.

»Was kann ich für dich tun?«

Ich werfe einen Blick auf die handgeschriebene Preisliste für Getränke und Kuchen, die an der Seitenwand des Kühlschranks hängt, bestelle einen Kaffee und schiebe ihr ein paar Münzen über den Tresen.

»Gehörst du zu den Mitarbeitern der Arche?«, will ich wissen.

Sie nickt, während sie mir den Kaffee eingießt. »Ja. Ich bin Katrine. Du bist zum ersten Mal hier?«

»Ich bin nicht bei euch im Betreuten Wohnen«, sage ich und deute mit dem Finger an die Decke. »Ich wohne über euch.«

»Ah.« Sie reicht mir die Kaffeetasse und legt ihre hohe Stirn in Falten. »Gibt es irgendein Problem? Waren wir letzten Freitag bei der Geburtstagsfeier zu laut?«

»Die sollen sich bloß nicht beschweren, verfickte Sch-Scheiße!«, ertönt eine raue Stimme in meinem Rücken. Ich wende mich um. Der eine der beiden Männer, die am Tisch neben dem Eingang sitzen, wirft ruckartig seinen Kopf zurück, so dass ihm sein langes Haar in dunklen Strähnen über die Schultern fällt. »Die ma-machen selber genug Krach! Sch-Scheiße! *Fuck*!« Wieder ruckt er mit seinem Kopf, als wolle er mit seinem Kinn auf mich zeigen.

Ein Grinsen breitet sich auf dem Gesicht des Älteren neben ihm aus. »Jo, sag ihr, wie's aussieht!«, sagt er und schlürft laut aus seiner Tasse.

»Nicht hilfreich, André«, kommentiert ihn die Frau, die sich als Katrine vorgestellt hat, hinter dem Tresen.

»Ist doch wa-wahr!«, stottert der junge Mann erregt. »Der Typ über u-uns hat manchmal seine A-Anlage so scheißlaut an, als ob die hier im Ca-Café stehen würde, *fuck*! *Scheiße*!«

Ein erneuter Tick seines Kopfs schüttelt ihn.

»Leif, beruhig dich!«, sagt die Frau resolut. »Ich weiß, dass du dich kontrollieren kannst. Wenn dich die Musik so stört, rede ich mit dem Mieter über uns.«

»Du meinst Geir, nicht?«, sage ich. »Ich kann ihm ausrichten, was euer Besucher gesagt hat. Aber wegen des Lärms bei eurer Geburtstagsfeier bin ich nicht hier. Ich wollte mich erkundigen, ob ihr mir die Adressen von Einrichtungen nennen könnt, die im Raum Oslo Junkies saubere Nadeln und einen Ort zum Spritzen anbieten.«

Katrine sieht mich so prüfend an, als würde sie in meinem Gesicht nach Einstichen suchen. »Brauchst du so einen Platz für dich selbst?«

Ich schüttle den Kopf. »Nein, für … einen Freund.« Es klingt wie die älteste Ausrede der Welt, aber ich will ihr nicht erzählen, dass ich eine bestimmte Person suche.

Wenn die Mitarbeiterin der Arche mir nicht glaubt, lässt sie sich es jedenfalls nicht anmerken. »Ja, es gibt hier eine Spritzenraum«, sagt sie. »Eine Bekannte von mir arbeitet dort. Ich schreib dir die Adresse auf.«

Sie greift sich ihren Notizblock und hat gerade den Stift auf das Papier gesetzt, als weiter hinten eine Tür geht. Erregtes Stimmengewirr brandet auf, dann knallt die Tür wieder zu. »Katrine!«, ruft jemand. Eilige Schritte nähern sich. Ich blicke am Tresen vorbei in den Durchgang zu den hinteren Zimmern. Eine Frau, die gerade mal achtzehn zu sein scheint, kommt auf uns zugehastet. In ihren Augen steht Panik.

»Kannst du schnell kommen? Es ist was passiert«, sprudelt es aus ihr heraus, so dass sich die Worte schier überschlagen. Ihr Blick gleitet über die drei Besucher der Begegnungsstätte und mich, bevor er sich auf Katrine heftet. »Svein hat einen epileptischen Anfall«, höre ich sie eindringlich mit gesenkter Stimme sagen, in dem vergeblichen Versuch, so etwas wie Privatsphäre zwischen ihrer Kollegin und ihr herzustellen. Das Wort »Anfall« nimmt in meinem Verstand eine hässlich giftgrüne Farbe an, die wie ein Abgasschleier vor mir in der Luft hängt. Ich konzentriere mich angestrengt auf die nächsten Worte der jungen Frau, um das in mir aufkommende Schwindelgefühl zu unterdrücken.

»Ich hab schon den Rettungsdienst gerufen, aber du hast doch erst vor ein paar Monaten einen Erste-Hilfe-Kurs gemacht. Kannst du nach ihm sehen? Ich weiß nicht, was ich machen soll.«

»Vor allem ihn nicht allein lassen!«, erwidert Katrine scharf. Sie kommt um den Tresen herumgeeilt.

»Braucht ihr Hilfe?«, frage ich.

Die junge Frau öffnet den Mund, um etwas zu antworten, aber Katrine schüttelt bereits den Kopf. »Das wird nicht nötig sein.« Sie wendet sich an mich und die anderen Anwesenden. »Ich bin gleich wieder da.«

»Liegt er in einer stabilen Seitenlage?«, fragt sie die junge Frau im Gehen, während die beiden am Billardtisch vorbei und zu den rückwärtigen Büroräumen hasten. Die Antwort der jungen Frau ist zu leise, um sie zu verstehen, aber sie nickt eifrig.

»Das dr-dritte Mal in einer Woche«, sagt der junge Mann namens Leif hinter mir zu niemand bestimmtem im Raum. Er hört sich beinahe beeindruckt an.

»Die haben ihn im Krankenhaus bestimmt falsch eingestellt«, meint der Ältere namens André, der mit ihm am selben Tisch sitzt. »So oft hat er früher keine Anfälle gehabt.«

Leif grinst so breit, dass es aussieht, als würde es sein Gesicht in zwei Hälften teilen. »Vielleicht hat er sich wie-wieder eingepisst, so wie letztes Mal! Lie-Liegt am Boden in seiner eigenen Pi-Pisse! Scheiße!« Er lacht gurgelnd auf, ruckt mit dem Kopf und schickt seinen letzten Worten ein lautes »*Fuck*!« hinterher.

Die junge Frau am Nebentisch schmettert die vergilbte *Dagbladet*-Ausgabe auf die Tischplatte. »Du bist so ein dummes Arschloch!«, fährt sie ihn an.

Leif springt wie ein Schachtelteufel von seinem Platz auf. Hinter ihm fällt der Stuhl um und knallt laut mit der Lehne auf den Boden. »Wa-was hast du gesagt, *Fo-Fotze*?«, stößt er erregt hervor und baut sich vor der Frau auf, beide Hände zu Fäusten geballt. Sein Gesicht ist puterrot vor Wut angelaufen. André kichert in sich hinein, bleibt aber weiterhin auf seinem Platz sitzen, ohne sich einzumischen, und starrt auf das Display seines Smartphones, als würde er die Auseinandersetzung der beiden auf YouTube verfolgen.

»Ich hab gesagt, du bist ein *du-dummes A-Arschloch*!«, äfft die Frau Leif verächtlich nach.

»He, Leif!«, rufe ich, bevor der Typ auf die Idee kommt, eine Prügelei mit der Frau anzufangen, und stelle meinen halb ausgetrunkenen Kaffee auf den Tresen zurück. »Bist du ein *Nordlending*?«

Sein Kopf fährt zu mir herum. »Hä?«, stößt er verwirrt hervor.

»Ich hab gefragt, ob du ein Nordländer bist. Du fluchst genauso viel wie der Zweig meiner Familie in Nordland.«

»Ich ha-hab *Tourette,* Scheiße!«, stößt Leif hervor und schafft es, sich tatsächlich beleidigt anzuhören. Alle drei sehen mich jetzt an, der ältere Mann, die junge Frau und Leif, dessen Oberkörper sich beim Ein- und Ausatmen erregt hebt und senkt.

»*No shit, Sherlock*«, gebe ich zurück. »Du solltest nach Nordnorwegen kommen. Da kannst du sogar einen Polizisten einen verfickten Pferdeschwanz nennen, ohne dass er dich wegen Beleidigung drankriegen kann.«

Leif glotzt mich ungläubig an. »Was? Ver-Verfickter Pferdeschwanz? Einen Bullen? *Fuck*! Wie-wieso?«

»Weil keiner so gut flucht wie Nordnorweger. Die haben die besten Schimpfwörter. Die sind sogar Kulturgut.«

»Kul-«

»Kulturgut. Heißt: Die sind so geschützt wie Dialekte im Schulunterricht. Ein Typ hat es vor ein paar Jahren gerichtlich erstritten, nicht dafür bestraft zu werden, als er einen Polizisten auf Nordnorwegisch beschimpft hat.«

»Sch-Scheiße«, murmelt Leif regelrecht ehrfürchtig. »Wa-was für Schimpfworte haben die noch in No-Nordland? Außer verfickter Pferdeschwanz?«

Ich deute auf den Billardtisch im Durchgang zu den hinteren Zimmern. »Spielst du Pool?«

Er nickt wortlos und mit misstrauischem Gesicht.

»Dann lass uns eine Runde spielen. Wenn du gewinnst, verrate ich dir meine drei Lieblingsschimpfworte auf Nordnorwegisch.«

»O-Okay«, grinst Leif. »Hab schon so gut w-wie gewonnen.« Er folgt mir, ohne der Frau oder dem älteren Mann einen weiteren Blick zu widmen.

7

Der Rand des Billardtischs weist eine Menge Kratzer im Lack auf. Seine grüne Oberfläche ist dünn und verblichen, und auf einer Seite klafft sogar ein kleines Loch im Stoff. Dennoch kann man ihm ansehen, dass er vor ungefähr zehn Jahren eine Menge Kronen gekostet haben muss. Leif pult die Kugeln aus dem Loch in der Seitenwand des Tischs und legt sie zu einem Dreieck aneinander.

»W-wer baut, der haut«, verkündet er und schnappt sich ein Queue aus einer Halterung an der Wand. Es sieht ebenso abgenutzt aus wie der Tisch, ein verschrammter Stecken, dessen Spitze schon länger nicht mehr mit blauem Snooker-Kalk eingefärbt worden ist.

Ein sattes Klacken ertönt, als er mit der souveränen Eleganz eines regelmäßigen Spielers anstößt. Blitzartig sausen die Kugeln auseinander, gleich zwei Halbe finden ihren Weg in Ecklöcher, die gelbe und die grüne. Triumphierend hebt Leif den Kopf und strahlt mich an.

Mir bleiben also die Vollen. Obwohl wir nicht um Geld spielen, strenge ich mich an, nicht gegen ihn zu verlieren, das ist Ehrensache, schließlich ist er gut. André gesellt sich ebenfalls zu uns und beobachtet unser Spiel aufmerksam aus einigem Abstand, zum Glück, ohne es zu kommentieren. Leute, die jeden Stoß von anderen analysieren, sind mir schon auf die Nerven gegangen, als ich das Spiel während meiner Zeit in Tromsø gelernt habe.

Als Leif nur noch die schwarze Acht vor sich hat und ich immer noch eine Volle versenken muss, bevor ich mir die letzte Kugel ebenfalls vornehmen kann, kommt schließlich auch die junge Frau zu uns herübergewandert. Sie ist allerdings eine, die zu jedem Stoß eine Meinung hat, und ich kann es Leif nicht verdenken, als er sie nach einer Weile stotternd anschnauzt, die Klappe zu halten oder sich zu verziehen. Beleidigt zieht sie sich wieder in den Vorderraum zurück, gerade als die Sirene des Rettungswagens ertönt. Katrine, die sie ebenfalls vernommen haben muss, taucht auf wie herbeigerufen. Sie wirft uns im Vorbeigehen einen neugierigen Blick zu, öffnet die Tür zum Café und führt zwei Mediziner zu den hinteren Büroräumen. Auf ein Zeichen von mir stellen Leif und ich unsere Queues ab und legen eine Pause ein, während die beiden Männer aus dem Rettungswagen den Besucher der Begegnungsstätte auf eine Trage schnallen und nach draußen zu ihrem Wagen schaffen.

»Hoffentlich stellen sie Sveins Medikation endlich besser ein«, murmelt Katrines Kollegin, als sie sich verabschiedet haben. »Das geht doch so nicht weiter.«

»Bald ist sein Hirn M-Matsch«, verkündet Leif mit der morbiden Faszination eines Weltuntergangspropheten.

Katrine tritt zu mir und reicht mir ein Blatt aus ihrem Notizblock. »Tut mir leid, dass es etwas gedauert hat. Hier ist die Adresse einer Einrichtung, in der Junkies saubere Nadeln bekommen und fixen können. Ich hab dir auch den Namen meiner Bekannten aufgeschrieben, die dort arbeitet.«

»Vielen Dank!«, sage ich erfreut und stecke das Blatt ein. Ich wende mich Leif zu. »Ich muss langsam wieder los, aber das Spiel beende ich noch.«

»Du ha-hast ein ganz schön großes M-Maul. *Scheiße*!«, erwidert Leif nicht unfreundlich mit einem ruckartigen Kopfnicken. Ich lächle und peile die violette Vier an. Ein Stoß, und sie ist drin. Leif sagt nichts, aber seine Augen fixieren das Geschehen auf dem Tisch. Katrine, ihre Kollegin und der ältere Mann beobachten mich, wie ich die schwarze Acht anpeile. Ich bemühe mich, auszublenden, dass sie miteinander tuscheln. Das wird kein so einfacher Stoß wie der Letzte. Ich muss die Kugel in eines der beiden mittleren Löcher bugsieren. So wie sie gerade liegt, kann ich das hinbekommen, wenn ich es schaffe, sie mit der Weißen richtig anzuschneiden. Ich beuge mich über den Tisch, halte den Atem an und stoße zu.

Ein Klacken ertönt, die Acht prallt von der Bande ab, rollt auf das mittlere Loch zu und verschwindet darin.

»*Fuck, fuck, fuck!*«, stößt Leif erregt hervor. Er wirbelt um die eigene Achse, dann lächelt er breit. »Okay, Revanche!«

»Ein anderes Mal gern.« Ich lege mein Queue auf dem Tisch ab und deute mit dem Daumen über die Schulter. »Aber jetzt muss ich los.«

Leifs Lächeln ist von einem Moment zum nächsten wie weggezaubert. »Nicht fair. Nicht fair, Scheiße!« Wieder ballen sich seine Fäuste, als er sich vor mir aufbaut. »Ich will eine Re-Revanche! Jetzt!«

»Beruhig dich!«, sagt Katrine streng. Ohne meinen Blick von Leif abzuwenden, hebe ich meine Hand. Sie sagt nichts weiter und geht auch nicht dazwischen. Ich habe diese Auseinandersetzung angefangen, ich muss sie auch beenden.

»Im Moment ist es schlecht. Aber ich drücke mich nicht um eine Revanche. Fair ist schließlich fair. Ich komme ein andermal zurück, und wir spielen noch mal.«

»Versprochen?«, fragt Leif mit skeptischer Miene.

»Versprochen. Ich kann dich doch nicht nur mit *Scheiße*, *Fuck* und *Fotze* herumlaufen lassen. Mit deinem Tourette brauchst du dringend ein Schimpfwörter-Repertoire aus Nordnorwegen.«

Er lacht laut auf. »Hast du das gehört, Ka-Katrine?«

»Habe ich«, erwidert sie kühl und gibt mir einen Wink. »Hast du einen Moment Zeit? In meinem Büro?«

Ich nicke und folge ihr nach hinten. Wir gehen durch einen schmalen Flur in einen kleinen Raum, der mit Aktenschränken und einem Schreibtisch so vollgestellt ist, dass man sich zu zweit kaum darin rühren kann. Selbst auf dem Besucherstuhl liegen zwei dicke Ordner. Der staubige Geruch von altem Papier hängt in der Luft. Katrine schließt die Tür hinter mir und lehnt sich mit ihrem Hintern gegen den Schreibtisch.

»André hat uns gerade erzählt, dass Leif und Ina beinahe aufeinander losgegangen wären. Und dass du das verhindert hast.«

»Ich hab ihn einfach nur zu einer Runde Billard herausgefordert.«

»Nicht jeder Fremde hätte das gemacht. Leif Bengtson hat es nicht leicht: Intelligenzminderung, Tourette, Stottern. Er kann den Leuten manchmal ganz schön vor den Kopf stoßen, dabei ist er ein richtig feiner Kerl, wenn man ihn etwas besser kennt.«

»Ich habe noch nie zuvor jemanden mit Tourette-Syndrom erlebt«, erwidere ich, »aber die Symptome hat man uns im Studium beigebracht.«

»Was hast du studiert?«

»Psychologie und Psychodrama, in Tromsø.«

»Keine Sozialarbeit?« Sie seufzt. »Schade. Wir könnten eine Kollegin im Betreuten Wohnen brauchen.«

»Wirklich?«, frage ich, bemüht, mir meine plötzliche Anspannung nicht anmerken zu lassen. Die Gelegenheit ist zu gut, um sie nicht zu ergreifen. »Ich suche einen Job. Dringend. Bin erst vor ein paar Tagen aus Kautokeino hier in Oslo angekommen.«

»Du würdest dir keinen Gefallen tun, wenn du die freie Stelle bei uns annehmen würdest«, sagt Katrine. »Wir könnten dich nur mit dem Gehalt einer Einzelfallhelferin einstellen. Das ist viel weniger als das, was du als Psychologin oder Therapeutin verdienen würdest.«

»Es ist nicht so, als ob ich die Wahl hätte«, entgegne ich.

Katrine seufzt nachdenklich. »Okay, ich sag dir was: Wenn du den Job nicht in vier Wochen wieder hinschmeißt, weil du etwas Besseres gefunden hast, dann probieren wir es mit dir. Wir brauchen dich mindestens für ein Jahr. Unsere Klienten kommen nicht gut damit klar, sich alle paar Monate auf einen neuen Betreuer einlassen zu müssen.«

Eine Welle von vorsichtiger Erleichterung schwappt über mich hinweg. Sie trägt das warme Licht eines Sonnenaufgangs im Winter mit sich. »Keine Sorge«, antworte ich. »Ich weiß, wie schwer Klienten mit psychischen Problemen ein Betreuerwechsel oft fällt. Falls ich irgendwann tatsächlich einen anderen Job finden sollte, dann bereite ich den Übergang sauber vor.«

»Gut«, sagt Katrine zufrieden. »Bring mir deine Unterlagen: Diplom, Lebenslauf, Arbeitszeugnisse von früheren Beschäftigungen. Wenn mit ihnen alles in Ordnung ist und der Rest des Teams dich ebenfalls will, stellen wir dich ein.«

Als ich die Räumlichkeiten der Arche verlasse und auf den Bordstein vor dem Haus hinaustrete, lege ich den Kopf in den Nacken und blicke zum bedeckten Himmel jenseits der Häuserwände hinauf. Das Tageslicht blutet bereits wieder zu stahlblauer Dämmerung aus, und die Scheinwerfer der vorbeifahrenden Wagen treiben die Schatten der Straßenschluchten vor sich her. Wenigstens ist es nicht mehr ganz so eisig wie letzte Nacht. Ich schließe die Augen und ziehe die kalte Luft tief in meine Lungen, als würde ich den Rauch einer Zigarette inhalieren. Sie riecht schwach nach Autoabgasen, Pisse und Fensterreiniger, aber dahinter verbirgt sich noch ein anderer Geruch, so schwach, dass er beinahe mehr eine Ahnung ist, ein Versprechen: Schnee.

Zum ersten Mal seit Tagen scheine ich meine Entscheidung, nach Oslo zu kommen, nicht bereuen zu müssen.

Ich gehe wieder zurück ins Haus, um Geir und den anderen zu erzählen, dass es ganz so aussieht, als ob ich mir die Miete des freien Zimmers leisten kann, wenn sie es mir immer noch überlassen wollen. Das Licht im Treppenhaus ist aus. Ich fasse nach dem Schalter an der Wand neben dem Eingang und drücke ihn, aber nichts passiert. Es bleibt mir nichts anderes übrig, als die Treppenstufen im Dunkeln hinaufzusteigen. Vorsichtig taste ich mich mit meinen Schuhspitzen eine Stufe nach der anderen nach oben. Endlich bin ich im ersten Stock angekommen. Ich drehe mich zu der Tür, die zu Geirs Wohnung führt, aber ich stoße mit meinem Arm gegen einen Gegenstand, der mir im Weg steht. Er fühlt sich glatt und kalt an. Ich ziehe mein Zippo aus der Innentasche meines Wintermantels und zünde es an. Mit einem leisen Schnalzen blüht eine Flamme über dem Feuerzeug auf. Der Lichtschein formt direkt vor meinem Gesicht einen bleichen, langgezogenen Tierschädel aus der Dunkelheit heraus.

Vor Schreck lasse ich beinahe das Zippo fallen. Meine Hand zittert, Schatten tanzen in den Augenhöhlen des Schädels und verleihen ihm eine grausige Lebendigkeit. Was, verdammt noch mal, steht da vor Geirs Tür? Ich halte das Feuerzeug hoch über meinen Kopf, um mehr von meiner Umgebung erkennen zu können.

Der Schädel gehört einem Pferd, da bin ich mir ziemlich sicher. Er besitzt die typischen breiten Backenknochen und langen Vorderzähne, die im Schein der Flamme gelblich schimmern, als hätte das Vieh sein Leben lang ungefilterte Zigaretten geraucht. Er ist auf eine mannshohe Metallstange montiert, die am Boden in einem Sockel endet. Vielleicht war die Vorrichtung einmal ein Deckenstrahler, bevor es jemand zu diesem bizarren Kunstwerk umgebaut hat.

Ich klopfe gegen die Tür, das Zippo immer noch als einzige Lichtquelle in der anderen Hand.

»Geir, bist du da?«

Meine Stimme hallt unsicher in dem dunklen Treppenhaus wider.

»Geir? Ich bin's, Sara!«

Keine Antwort.

Gerade als ich noch einmal gegen das Holz klopfen will, wird die Tür aufgerissen. Im schwachen Licht des engen Flurs dahinter glänzt das Metall einer Schusswaffe. Die Mündung zielt direkt auf mein Gesicht, ein schwarzes Loch, das alle meine Gedanken in seinen Ereignishorizont zieht und nichts weiter zurücklässt als lähmende Kälte.

Geirs freie Hand packt die Kapuze meines Wintermantels. Er zerrt mich so ruckartig in seine Wohnung, dass es mich beinahe von den Füßen reißt. Die Flamme des Zippos in meinen Händen erlischt.

8

Geir sieht furchtbar aus. Sein hageres, stoppelbärtiges Gesicht wirkt noch eingefallener als bisher. Es verschwindet beinahe hinter dem breiten Rollkragen eines dicken, braunen Pullovers, wie der Kopf einer Schildkröte, die sich in ihren Panzer zurückzieht. Er lässt die Wohnungstür mit einem Stoß ins Schloss schnappen und dreht den Riegel über der Klinke nach links, um sie zu verschließen. Ich bin mit einem bewaffneten Mann in seiner Wohnung eingesperrt.

»Geir, was zum –«

»Ist dir jemand gefolgt?«, herrscht er mich an. Sein Atem riecht unangenehm bitter nach Kaffee und hartem Alkohol. Wahrscheinlich Wodka.

Verstört und mit wachsender Panik blicke ich zwischen seiner erregten Miene und der Pistole in seiner Hand hin und her. »Was … ich weiß nicht was du –«

»Ob dir jemand ins Haus gefolgt ist, will ich wissen!«

Ich schüttle den Kopf und versuche so gut wie möglich, die Kontrolle über die Situation zurückzubekommen. »Mir ist niemand gefolgt. Ich bin allein ins Haus gegangen. Was zum Teufel ist eigentlich los? Kannst du damit aufhören, mir mit einer Waffe vor dem Gesicht rumzufuchteln?«

Er scheint mich überhaupt nicht gehört zu haben. Stattdessen eilt er in sein Wohnzimmer und dort zum rechten der beiden Fenster und stellt sich so dicht an die Wand neben dem zurückgezogenen Vorhang, dass er von draußen nicht zu sehen ist. Vorsichtig blickt er auf die Straße hinaus, eine Hand fest um den Griff seiner Pistole geklammert. Er schiebt den dicken, hellblauen Vorhang vor dem Fensterrahmen mit dem Lauf ein wenig zurück.

»Hab zwei von ihnen unten im Hauseingang gegenüber gesehen«, sagt er. Seine Stimme klingt erregt und abgehackt. Er hört sich an, als würde er ein Selbstgespräch führen. »Die hatten meine Wohnung im Blick. Aber jetzt sind sie weg.«

Entweder ist er paranoid, oder es ist tatsächlich jemand hinter ihm her. Der Brief, den er gestern Abend bekommen hat – fing sein merkwürdiges Verhalten nicht da an?

Ich bin ihm nachgegangen. »Wer sind *die*?«, will ich wissen. »Hör mal, wenn du denkst, dass dir jemand schaden will, dann rufen wir am besten die Polizei.« Ich zücke mein Mobiltelefon – weniger, um ihn zu beruhigen, als um mich selbst sicherer zu fühlen. Bevor ich jedoch auch nur auf die Tastenwahlfunktion drücken kann, springt Geir vom Fenster weg und auf mich zu. Er reißt mir das Mobiltelefon aus der Hand. Ich versuche, es ihm zu entwinden, aber er stößt mich grob zurück, und ich knalle mit der Hüfte gegen den Schreibtisch. Eine halbvolle Tasse Kaffee kippt um und spritzt ihren Inhalt über mehrere Papiere und eine aufgeschlagene Zeitung.

Geir schenkt der Sauerei keine Beachtung. »*Keine Polizei!*«, zischt er mich an und schaltet mein Telefon aus.

»Geir, verdammt!«, herrsche ich ihn erschrocken an. »Bist du jetzt völlig durchgedreht? Du kannst mir nicht einfach mein Handy –«

»Keine Polizei!«, wiederholt er. Er starrt auf das dunkle Display, dann wirft er das Handy mit einer fast widerwilligen Geste auf seinen Schreibtisch. Rote Flecken auf seinen hohen Wangenknochen schimmern so lebendig, als sei sein ansonsten bleicher Schädel eine Papierlaterne, in der eine Kerzenflamme brennt. Seine Augen leuchten tief in den Höhlen, und mir wird klar, dass er ebenso Angst hat wie ich. Vielleicht mehr. Trotz der Wärme im Raum läuft es mir eiskalt den Rücken hinunter. Mühsam zwinge ich mich dazu, ihn nicht anzuschreien.

»Warum nicht?«, stoße ich außer Atem hervor. »Was ist eigentlich los? Rede mit mir! Wer – wer will was von dir?«

»Der Brief gestern«, murmelt Geir. »Der war eine Warnung. Sie haben mich gefunden.«

»Wer?«

»Alte Bekannte. Ich hatte gehofft, ich würde ihnen nie wieder begegnen.«

»Der Pferdeschädel!«, bricht es aus mir heraus. Ich deute in Richtung Flur und zu der verschlossenen Wohnungstür. »Dieses … *Ding*, das im Treppenhaus steht. Das ist für sie gedacht, stimmt's? Eine Warnung, so wie der abgeschnittene Pferdekopf in *Der Pate*! Hast du Ärger mit der Russenmafia?«

»Eine *Nidstang* ist mehr als nur eine Warnung«, murmelt Geir unwillig. »Es ist eine Art Fluch, um Feinde abzuwehren. Älter als die Mafia. Viel älter.«

»Wenn du glaubst, dass ein Pferdeschädel auf einer Stange dich besser beschützt als die Polizei, dann –«, beginne ich, aber Geir schneidet mir mit einer schnellen Bewegung seiner freien Hand das Wort ab. Ich fühle seinen knochigen Zeigefinger auf meinen Lippen. Der Blick seiner Augen schießt von mir in Richtung Flur und Wohnungstür, dann wieder zu mir.

Ich lausche angestrengt. Das Blut rauscht mir vor Aufregung so laut in den Ohren, dass ich erst nichts anderes vernehmen kann. Keiner von uns beiden bewegt sich, nur Geirs Hand, die seine Waffe umklammert hält, bebt leicht.

Dann kann ich es vernehmen: ein leises, aber deutlich hörbares Knarren. Es ist mir schon vorher aufgefallen, aber ich habe nicht weiter darauf geachtet: das Geräusch, das meine Schritte auf den alten hölzernen Stufen im Treppenhaus zwischen dem Erdgeschoss und dem ersten Stock gemacht haben.

Jemand nähert sich Geirs Wohnung.

Geir wendet sich mir zu und ergreift meine Hand. Sie fühlt sich heiß und feucht vor Schweiß an. Mit einem scharfen Blick bedeutet er mir schweigend, ihm in den hinteren Raum zu folgen.

In mir blitzt der Gedanke auf, dass es Vidar oder Anja sein könnten, die durch das Treppenhaus gehen, vielleicht auch Yuna – aber keine unheimlichen Fremden, die aus irgendwelchen Gründen, die Geir mir nicht nennen will, hinter ihm her sind. In meiner Vorstellung sehe ich mich, wie ich meinen Mund öffne und laut um Hilfe rufe, dass ich mit ihrem Mitbewohner eingeschlossen bin, dass er eine Schusswaffe bei sich hat.

Und dann?

Wer weiß, wie der angetrunkene Spinner, der meine Hand umklammert, reagieren würde. Die Gefahr, dass alles noch mehr eskaliert und jemand von uns zu Schaden kommt, würde sich nur vergrößern.

Im Bruchteil einer Sekunde treffe ich meine Entscheidung und presse die Lippen aufeinander. Ich habe einen Draht zu Geir, dessen bin ich mir sicher. Vielleicht kann ich ihn beruhigen, wie vorhin den Typ in der Arche.

So lautlos wie möglich folge ich ihm. Auf Zehenspitzen schleichen wir hintereinander in sein hinteres Zimmer. Ich habe es kaum betreten, als er schon meine Hand loslässt und herumschnellt, um die Tür so leise wie möglich vor meiner Nase zu schließen.

»Bleib, wo du bist!«, wispert er kaum hörbar, dann klickt die Tür vor mir ins Schloss und verdunkelt den Raum. Ich bin allein.

Es ist lausig kalt hier drin. Geir muss den ganzen Tag über nicht geheizt haben. Der letzte Rest an kümmerlichem Dämmerlicht, der vom Hinterhof her durch die Fenster fällt, verwandelt die Möbel in unförmige, schwarze Schatten, aber ich glaube, ein breites Doppelbett und einen Schrank ausmachen zu können.

Was auch immer Geir im vorderen Raum vorhat, er will mich offenbar wenigstens so weit wie möglich aus der Auseinandersetzung heraushalten, die er erwartet. Trotzdem fühle ich mich alles andere als sicher. Die Tür zu seinem Schlafzimmer ist nicht verschlossen, wer sie öffnet, wird mich sofort finden.

Wenn er mir wenigstens mein Handy gelassen hätte! Warum er wohl nicht will, dass ich um Hilfe rufe? Es muss um irgendwas Illegales gehen, etwas, weswegen er sich nicht traut, die Jungs in Schwarz als Verstärkung anzufordern, obwohl er sich bedroht glaubt.

Im Schlüsselloch steckt kein Schlüssel, und Geir hat die Tür auch nicht von außen versperrt. Wenn jemand von der anderen Seite herein will, muss er sie einfach nur öffnen. Ich sehe mich hektisch um, aber außer unter dem Bett oder im Schrank gibt es keine Möglichkeit, sich in dem beinahe dunklen Raum zu verstecken, und das sind lächerliche Verstecke.

Es bleibt mir nur eine Möglichkeit: Augen und Ohren offenzuhalten. Wenn tatsächlich jemand hinter Geir her ist, dann muss ich denjenigen, der das Zimmer betreten will, mit Schnelligkeit überraschen.

Ich bücke mich, presse mein Gesicht ans Schlüsselloch und blinzle hindurch.

Erst kann ich im Hintergrund von Geirs Zimmer nichts anderes als den Eingang zum Flur und die geschlossene Wohnungstür zum Treppenhaus sehen. Ich drücke mein Auge noch stärker gegen die Öffnung und strenge mich an, mein Gesichtsfeld zu beiden Seiten etwas zu erweitern, als Geir in meinem Blickwinkel auftaucht. Er steht im Flur, die Pistole in seiner bebenden Rechten wie jemand, der nicht viel Ahnung davon hat, wie stark der Rückstoß einer abgefeuerten Schusswaffe seine Hand verreißen kann. Ich wette, er hat nicht oft eine Schießanlage von innen gesehen. Nervös lecke ich mir die trockenen Lippen.

Totenstille, jedes Geräusch wie aus der Luft herausgesaugt. Sie dehnt die Momente zu einer kleinen Ewigkeit.

Da klopft es hart an der Wohnungstür. Ich merke, wie mir trotz der Kälte im Raum der Schweiß unter dem Kragen meines Wintermantels ausbricht.

»Weg von der Tür!«, höre ich Geirs Stimme, in der mehr als nur Härte liegt. Furcht schwingt kaum wahrnehmbar in ihr mit.

»Ich will nur mit dir reden, Geir«, ertönt es dumpf auf Englisch hinter der Tür. Ich kann die Person nur schlecht verstehen, aber es muss ein Mann sein.

»Weg von der Tür«, wiederholt Geir ebenfalls auf Englisch, »oder ich mach sie nicht auf.«

»Okay, okay. Aber lass mich rein, damit wir uns unterhalten können.«

Geir dreht mit der freien Hand den Riegel über der Klinke nach rechts. Ein leises Schnappen ertönt. Dann öffnet er die Tür, die Pistole vor sich im Anschlag. Ich kann nichts sehen, weil er mir den Rücken zugewandt hat, aber er scheint ins Treppenhaus zu blicken, als wolle er kontrollieren, mit wie vielen ungebetenen Gästen er es zu tun hat.

»Wo hast du die beiden anderen gelassen?«, will er wissen.

»Kann ich reinkommen?« Die Stimme des Mannes, der geklopft hat, klingt jetzt deutlicher. Seinem Akzent nach tippe ich darauf, dass er aus Schottland stammt, aber ich bin zu aufgeregt, um es sicher sagen zu können.

Geir antwortet nicht, geht aber ein paar Schritte zurück. Der verdammte Juckreiz im Nacken macht mich fast wahnsinnig. Ich strecke den Arm aus und kratze mich so leise wie möglich, während ich weiter mein Auge ans Schlüsselloch presse.

Der Mann, mit dem er sich unterhalten hat, betritt den Flur. Im Gegensatz zu ihm ist er nicht hager, sondern breitschultrig wie ein Bodybuilder. Der Rest seines Aussehens bleibt mir verborgen, weil er sich eine Sturmmaske über den Kopf gezogen hat, die ebenso schwarz wie seine wattierte Winterjacke ist. Er lässt die Tür hinter sich ins Schloss fallen.

»Du siehst ganz schön fertig aus«, sagt er. Seine Stimme klingt tief und ein wenig schleppend, als würde sie ein Gewicht am Boden hinter sich herziehen.

»Das Kompliment kann ich dir leider nicht zurückgeben«, entgegnet Geir hart. »Hast du Angst, dass ich in Ohnmacht falle, wenn du nach all den Jahren wieder vor mir stehst? Oder was soll die Vermummung?«

»Ich hab keine Lust, von jemandem im Treppenhaus erkannt zu werden. Und du bist nicht allein. Ich konnte euch flüstern hören. Ist es die Kleine, die du neulich Nacht abgeschleppt hast? Die mit den schwarzen Haaren?«

Der Schreck lähmt mir alle Gedanken und lässt nur das rasend schnelle Hämmern meines Herzschlags an die Oberfläche meines Verstands dringen, ein Trommelwirbel, der mir schmerzhaft in den Ohren dröhnt. In einem Akt willentlicher Anstrengung versuche ich, meine Muskeln anzuspannen, für den Fall, dass ich mich gleich verteidigen muss, wenn die Tür zum Schlafzimmer aufgerissen wird und das einzige Hindernis zwischen mir und dem wenige Meter von mir entfernten Unbekannten mit der Sturmhaube verschwindet.

»Ich weiß nicht, wovon du redest«, dringt mir Geirs Stimme undeutlich über das dumpfe Dröhnen meines Pulses an die Ohren. »Ich bin allein.«

Der Idiot hört sich viel zu aufgeregt an. So könnte er nicht einmal ein gutgläubiges Kind reinlegen. Wie erwartet kauft sein Gegenüber ihm die Lüge nicht ab. Ich höre ihn ein trockenes

Lachen schnauben, während er in Geirs Wohnzimmer tritt und sich demonstrativ im Raum umsieht. Der Schein der Flammen hinter dem Glasfenster des brennenden Holzofens lässt seine Augen in den Löchern der Sturmhaube glänzen.

»Hier ist sie jedenfalls nicht«, sagt er. Er wendet sich der Schlafzimmertür zu. Mir ist, als würde sein Blick direkt durchs Schlüsselloch schießen und mich fixieren. Instinktiv zucke ich mit dem Kopf zurück, und seine Gestalt verschwindet aus meinem Gesichtsfeld. »Vielleicht ist sie ja in dem anderen Zimmer«, höre ich ihn sagen. »Aber das werden wir gleich rausfinden.«

Er hat seine Stimme erhoben, als würde er zu jemandem sprechen, der nicht mit Geir und ihm im selben Raum ist. Weiß er, dass ich an der Tür lausche?

»Was meinst du damit?«, höre ich Geir aufgebracht wie ein Echo meiner eigenen Gedanken erwidern. Er klingt nah. Bestimmt ist er dem Unbekannten in sein Wohnzimmer gefolgt. »Ich lass dich ganz bestimmt nicht meine Wohnung durchsuchen.«

»O doch, das wirst du. Und diesmal verschwinden wir nicht noch mal wie damals mit eingezogenen Schwänzen und leeren Händen.«

Plötzlich verspüre ich wie einen wahrnehmbaren Windhauch das deutliche Gefühl, dass jemand hinter mir steht. Warum ist es so kalt im Raum? War das Fenster zum Hinterhof angelehnt?

Ich fahre aus meiner gebückten Haltung hoch. Gleichzeitig spüre ich kaltes Metall an meinem Hals. Jemand packt mich von hinten um die Hüfte, und der kalte Druck gleitet in dumpfen Schmerz über, als ich versuche, mich loszureißen.

»Rühr dich nicht.«

Die Stimme an meinem Ohr, die auf Englisch gesprochen hat, klingt leise, aber entschlossen. Unwillkürlich drehe ich meinen Kopf ein wenig, um einen Blick auf denjenigen werfen zu können, der mich bedroht. Ich sehe den Kragen eines dunkelgrauen Parkas, den schwarzen Stoff einer weiteren Sturmmaske und ein Auge. Im gleichen Moment verwandelt sich der dumpf drückende Schmerz in einen scharfen Biss. Ein ersticktes Keuchen entkommt meiner Kehle. Blut läuft mir warm den Hals hinab. Zum zigtausendsten Mal in meinem Leben wünsche ich mir, Eindrücke wie diese würden nicht mit der Wucht von Hochgeschwindigkeitsgeschossen auf meinen Verstand treffen.

»Ich hab gesagt: Rühr dich nicht!«, ertönt die leise Stimme erneut. Sie hört sich streng an, ihr Akzent ist eindeutig schottisch. »Mach die Tür auf!«

Ich kann sehen, wie meine Hand zittert, als ich sie auf die Klinke lege. Langsam öffne ich die Tür, die dabei hörbar knarrt.

Geir fährt zu uns herum. Seine Miene ist eine Maske aus Überraschung und Entsetzen. Der breitschultrige Mann bewegt sich blitzschnell auf ihn zu, aber Geir sieht es aus den Augenwinkeln und konzentriert sich sofort wieder mit hochgerissener Pistole auf ihn.

»Bleib, wo du bist!«, stößt er hervor.

Der Mann verharrt mitten in seiner Bewegung und breitet beide Arme in einer Geste des Aufgebens aus. »Okay, okay!«, gibt er zurück.

Ich werde vorwärts in den Raum geschoben. Immer noch beißt die Messerklinge schmerzhaft in meinen Hals, immer noch hält der Mann hinter mir meine Hüfte umklammert und presst sich von hinten an mich, während er uns beide nach vorne manövriert.

»Wirf die Waffe weg, oder ich bring die Kleine um!«, herrscht er Geir so dicht an meinem Ohr an, dass ich zusammenzucke, was frischen Schmerz an meinem Hals aufflammen lässt.

»Den Nerv hast du nicht!«, gibt Geir verächtlich über die Schulter zurück, die Pistole weiterhin direkt auf die Brust des breitschultrigen Mannes gerichtet, der etwa zwei Meter von ihm entfernt steht. Seine Hand am Pistolengriff zittert, als sei sie eine Wünschelrute über einer Wasserader.

»Ich mein's ernst!«, schreit die Stimme an meinem Ohr. »Die Waffe weg oder ich stech sie ab!«

Die Panik ist eine eiskalte Welle, die meinen Körper lähmt. Ich ringe nach Luft, aber es fällt mir so schwer, als sei alle Luft aus dem Raum gesaugt worden.

»Willst du unbedingt an ihrem Tod schuld sein?«, stößt der Breitschultrige hervor.

Geirs hasserfülltes Gesicht ruckt in meine Richtung. Unsere Blicke treffen sich, und mit einem Mal ist da noch etwas anderes als Wut in seinen Augen, etwas wie wilde Zuneigung. »Keine Angst, Sara«, sagt er mit rauer Stimme. »Es wird alles gut. Vertrau mir, dir wird nichts passieren.«

»Wenn ihr was passiert, dann ist das deine Verantwortung!«, zischt der Mann, der mich festhält, dicht an meinem Ohr.

»Du bist sowas wie Familie«, sagt Geir zu mir, als hätte er ihn gar nicht gehört. »Eine von meinem Stamm. Das hab ich gleich von Anfang an gewusst.« Er schüttelt knapp den Kopf, den Blick wieder fest auf den Breitschultrigen vor ihm gerichtet. »Ich lass mich nicht von euch verarschen!«

Der Schuss donnert im dem geschlossenen Raum so brutal laut, als würde eine Explosion gezündet. Doch schon von einer Sekunde zur nächsten fällt der Lärm in sich zusammen, wird zu gedämpften Unterwassergeräuschen. Ein hohes Sirren bohrt sich mir in die Ohren, der Geruch von etwas Verbranntem schießt mir scharf die Nasenhöhlen empor.

Geirs Hand hat vor Erregung so gezittert, dass er die Pistole verrissen hat. Der Mann vor ihm steht völlig unverletzt, aber seine Pupillen quellen ihm vor Schock beinahe über die Augenlöcher seiner Sturmhaube hinaus. Geir selbst stiert ihn mit einem verblüfften Gesichtsausdruck an – ungläubig, dass er tatsächlich abgedrückt hat, oder ungläubig, dass er seinen Gegner auf zwei Meter Entfernung verfehlt hat? Das Bettlaken, mit dem er sein Yggdrasil-Bild verhängt hat, weist ein Einschussloch auf.

Der Mann hinter mir stößt mich mit einem erstickten Aufschrei von sich. Ich stolpere in vollem Schwung vorwärts, schaffe es gerade noch, nicht hinzufallen, und pralle gegen seinen breitschultrigen Kumpan. Aus den Augenwinkeln sehe ich, wie der Unbekannte und Geir im Stehen vor dem breiten Schreibtisch miteinander ringen. Geir wehrt einen Messerstich mit einem Schlag seines Unterarms ab. Die Klinge entgleitet der Hand seines Angreifers und schlittert unter die Tischplatte. Die beiden schnaufen angestrengt, die Pistole unsichtbar zwischen ihren Körpern.

Der Breitschultrige schleudert mich so hart zu Boden, dass ich mit dem Kopf gegen die Schreibtischplatte knalle. Ein schwarzer Fleck aus Schmerz explodiert vor meinen Augen. Ich versuche, mich abzustützen, meine Finger rutschen über den Boden, fühlen das Metall der Messerklinge und schließen sich wie selbstständig um den Griff. Der Mann, der mich von sich gestoßen hat, springt auf die Kämpfenden zu. Doch bevor er sie erreichen kann, erschüttert ein weiterer donnernder Schuss den Raum und dämpft alle Geräusche mit einem schmerzhaften Schlag gegen meine Ohren ab.

Die beiden Gegner erstarren in ihrer Umklammerung wie in einem bizarren Tanz, ohne dessen abrupt abgerissene Musik sie nicht mehr wissen, wie sie die nächsten Schritte vollführen müssen. Einen endlos langen Moment fixiert Geirs brennender Blick seinen Angreifer. Einen endlos langen Moment hoffe ich, dass nicht er es ist, der getroffen wurde.

Dann erkenne ich so klar, als würde ich mich dicht über ihn beugen, anstatt auf dem Boden zu liegen, wie das Feuer in seinen Augen erlischt. Der Mund in seinem hohlwangigen Gesicht formt ein lautloses O. Sein Gegner löst sich ruckartig von ihm, die Pistole, die er ihm entwunden hat, in seiner Rechten. Geir schwankt, sein Rollkragenpullover in Bauchhöhe dunkel von Blut. Er sackt neben dem Mann mit der Schusswaffe auf die Knie und fällt hart mit dem Gesicht nach vorn. Das dumpfe Schmettern, mit dem sein Kopf auf den Dielenbrettern aufkommt, ist von übelerregender Endgültigkeit.

9

Eine verrückte Flamme aus Hoffnung hat bis zuletzt gebrannt, sich unter dem Wind der Realität geduckt und sich geweigert, zu erlöschen. Sie haben sich geirrt. Es ist nicht Atle, der auf einem der vier Tische in der Pathologie des Universitätskrankenhauses von Tromsø liegt. Es ist nur eine Verwechslung.

Aber dann trete ich näher an den Tisch heran. Neben mir unterdrückt meine Mutter ein Stöhnen, und noch einen Sekundenbruchteil bevor mein Blick auf das Gesicht des Toten fällt, erstickt die Flamme endgültig. Kalte Gewissheit senkt sich auf mich herab. Kein Zweifel, er ist es.

Sein blutleeres Gesicht wird vom hellen Licht der Neonröhren an der Decke angestrahlt. Die Sommersprossen auf den Wangen, die wie Dreckspritzer aussahen, als er noch am Leben war, sind zu kaum sichtbaren Schatten verblichen. Seine Augen sind geschlossen, aber der Mund steht leicht offen, die Lippen etwas zurückgezogen, so dass die Zähne des Oberkiefers sichtbar sind, weiß im kalten Schein der Lampen, die Farbe von Knochen.

Unsere Mutter steht zwischen Marja und mir. Marja hat ihr einen Arm um die Schulter gelegt und drückt sie an sich. Auf mich wirkt es weniger wie eine Stütze als eine Umklammerung, und eine Geste, die sagen soll: Ich verstehe deine Trauer, Mama. Mehr als Sara sie jemals verstehen kann. Erst ist Papa an Krebs gestorben. Dann ist Sara zum Studieren fortgezogen, und hat uns drei zurückgelassen, um irgendwie den Familienbetrieb aufrecht zu erhalten. Und jetzt ist Atle auch noch weg. Sara versteht nicht, was für eine Katastrophe das ist. Aber ich verstehe es, Mama. Ich verstehe dich.

Dabei glaube ich nicht, dass unsere Mutter gerade überhaupt etwas anderes mitbekommt als meinen Bruder vor uns auf dem Tisch. So glasig wie ihr Blick ist, hat meine Schwester sie so viel Diazepam schlucken lassen, dass man damit einen Bären ruhigstellen könnte. Ich verstehe nicht, warum sie ihr das überhaupt antun wollte. Wenn es nach mir gegangen wäre, dann hätte ich meiner Mutter die Identifizierung erspart, aber Marja hat sich wie so oft durchgesetzt.

Ein leises Aufstöhnen entkommt meiner Mutter. Sie beugt sich zu Atles Gesicht vor und küsst ihn auf die Stirn. Beinahe erwarte ich, dass der Arzt, der sich wie ein Leichenbestatter in respektvollem Abstand hinter uns neben der Tür postiert hat, sich bemerkbar macht, vielleicht durch ein Räuspern.

Er ist kein hauptberuflicher Pathologe. Als er sich uns vorgestellt hat, erklärte er, dass er eigentlich in der Krebsabteilung des Krankenhauses arbeitet. Mein Bruder ist einer von ungefähr zweihundert Fällen im Jahr, bei denen sich seine Arbeit von lebendigen zu toten Personen verlagert. Atle ist jetzt das Objekt seiner beruflichen Tätigkeit, gewissermaßen gehört er ihm, solange, bis alle Details zu seiner Todesursache genau dokumentiert sind, wie bei allen gewaltsamen Todesfällen. Mein Bruder gehört nicht mehr sich selbst, und auch nicht seiner Familie.

Ich wende mich über Mutters gebeugten Kopf hinweg Marja zu und fixiere erst sie, dann Mutter scharf. Es braucht einen Moment, bis sie reagiert. Endlich umfasst sie unsere Mutter und murmelt ihr ins Ohr: »Komm, wir gehen.«

Sie gibt nicht zu erkennen, dass sie meine Schwester gehört hat. Ihr Gesicht ausdruckslos, eine Maske aus Tranquilizern, richtet sie sich auf und lässt sich von Marja aus dem Raum führen. Ich bin allein mit Atle.

Meine Finger krallen sich in die breiten Löcher am Tischrand, die für den Abfluss von Körperflüssigkeiten sorgen sollen, fühlen kaltes Metall, das er nicht mehr auf seiner nackten Haut spüren kann. Was da vor mir liegt, ist nichts weiter als eine leere Hülle. Es mag aussehen wie Atle, aber es ist nicht mein Bruder.

Die Erkenntnis ist so kalt wie der Ort, an dem wir uns befinden, kalt wie das Neonlicht, das den Körper vor mir bescheint, kalt wie Eis in einer lichtlosen Winternacht. Ihr entströmt eine Schwärze, die sich vor meinen Augen und im Inneren meines Kopfes ausbreitet und dumpf gegen meine Schläfen drückt. Nur der scharfe Schmerz der Metallkanten, die mir in die Finger schneiden, drängt die Schwärze so weit zurück, dass mir nicht schwindelt und ich umkippe.

Mein Bruder ist fort.

Eine Hand fasst mich an der Schulter. Die Berührung wie ein elektrischer Schlag, der meinen Körper hart zusammenfahren lässt. Von einem Augenblick zum nächsten ist der Raum in der Pathologie von Tromsø verschwunden. Vor mir liegt nicht Atle, sondern Geir –

Die beiden Maskierten!

Ich fahre herum und schwinge meine Rechte, die noch immer fest das Messer umklammert hält, in einem weiten Bogen. Die Klinge stößt gegen einen Widerstand. Ein Schrei ertönt, aber er stammt von keinem der beiden Einbrecher, sondern von Vidar Eilertsen. Überraschung und Schmerz haben sich in die Züge seines hochroten Gesichts gegraben, das sich dicht vor meinem befindet. Der Griff seiner rechten Hand um meinen Oberarm löst sich.

»Bist du irre, verdammt?«, herrscht er mich an. Blut tritt zwischen seinen Fingern hervor, die er auf den freien Unterarm gepresst hat.

»Sie steht unter Schock, siehst du das nicht?«

Eine weitere Stimme. Eine große blonde Frau taucht in meinem Gesichtsfeld auf und kniet sich neben Vidar vor mir nieder. Sie streckt ihre Hand aus.

»Du bist sicher, Sara. Die beiden sind weg. Gib mir das Messer.«

Es dauert einen Moment, bis mir der Name der Frau vor mir wieder einfällt. Anja Larsen. Das kalte Blau ihrer Augen überflutet die Schwärze um mich herum mit der Farbe eines zugefrorenen Sees im Winter. Ich ringe tief nach Luft, mühsam wie eine Ertrinkende ziehe ich sie in meine Lungen.

Meine Hand zittert leicht, als ich das Messer in ihre ausgestreckte Hand gleiten lasse. Anjas Finger schließen sich um den Griff. Ich hebe den Kopf. Der Raum ist bis auf Geirs Mitbewohner und ihn selbst am Boden leer. Jenseits der geöffneten Tür zu seinem Schlafzimmer steht das Fenster weit offen. Die Januarkälte weht mein heißes Gesicht an.

Ein langgezogenes Stöhnen lässt mich herumfahren. Vidar hat sich neben Geir am Boden niedergekniet. Er ignoriert den Schnitt an seinem Unterarm, aus dem zum Glück nur wenig Blut ausgetreten ist und eine dünne Spur bis zu seinem Handrücken hinabzieht. Vorsichtig hebt er den Kopf seines Mitbewohners an.

Geirs Adamsapfel ruckt hart auf- und abwärts. Seine weit geöffneten Augen rollen nach oben, so dass das Weiße in ihnen sichtbar wird, dann richten sich seine Pupillen auf mich, und sein Blick wird klar.

»Verdammt, verdammt«, murmelt Vidar mit rauer Stimme, den Blick auf Geirs Bauchwunde gerichtet, ein schwarzroter, nasser Fleck im Pullover dicht über seinem Gürtel. »Dich hat's schlimm erwischt, Alter.«

Geir achtet gar nicht auf ihn. Er hat nur Augen für mich. »Du!«, stößt er hervor, als sei ihm erst jetzt aufgefallen, dass er mich von irgendwoher kennt, als hätte er mich nicht vor wenigen Momenten mit einer Waffe in der Hand davon abgehalten, das Zimmer zu verlassen. »Komm … her!«

Er hebt kurz seine Rechte vom Boden an, bevor er sie wieder fallenlässt. Ich krieche zu ihm und lasse mich neben ihm nieder. Hinter mir höre ich Anja in ihr Mobiltelefon sprechen. » … eine Person ist schwer verletzt. Schusswunde. Bauchschuss, glaube ich. Oslo Grünerløkka.« Ein weiteres Stöhnen von Geir lässt mich meine ganze Aufmerksamkeit auf ihn richten.

»Sind sie …«, keucht er. Sein Blick irrt suchend an mir vorbei.

»Sie sind weg, keine Sorge«, erwidere ich. »Du weißt, wer sie waren. Wer hat dich angegriffen?«

Er schüttelt den Kopf, das Gesicht schmerzverzerrt. »Komm her!«, wiederholt er, seine Stimme plötzlich erschreckend schwach. Ich beuge mein Gesicht zu ihm herab. Vidar hat seinen unverletzten Arm um Geirs Nacken gelegt, um ihm den Kopf zu stützen.

»Sara.«

Mein Name, ein heiseres Flüstern an meinem Ohr, lässt mir einen Schauder über den Rücken laufen. Niemand muss mir sagen, dass er sterben wird. Ich weiß es so sicher, als wäre es bereits geschehen. Der mich da mit meinem Namen angesprochen hat, ist bereits mit einem Bein an dem anderen Ort.

»Du musst es beschützen … hörst du?« Seine Stimme so eindringlich, wie sie es trotz ihrer Schwäche vermag.

»Was meinst du? Ich verstehe nicht …«

Seine Hand greift nach meinem Arm, drückt überraschend fest zu.

»Du verstehst es. Wegen Ygg… Yggdrasil. Beschütz es, hörst du? Ich –« Er ringt nach Atem, bevor er fortfährt. »Ich … vertrau-« Das letzte Wort zerfällt zu einem Keuchen. Sein Kopf fällt zur Seite, und Vidar hält ihn erschrocken fest. Er prüft Geirs Halsschlagader.

»Bewusstlos«, schnauft er. »Nur bewusstlos. Er lebt noch.« Sein Blick richtet sich auf Anja, die ihr Mobiltelefon ans Ohr gepresst hat. »Die sollen sich mal beeilen, *verdammte Scheiße*!«

Es spielt keine Rolle, ob sie sich beeilen werden oder nicht, aber das kann ich weder Vidar noch Anja sagen. Immer noch am Boden sitzend lehne ich mich erschöpft mit dem Rücken gegen die Wand. Ich vermeide es, Geir am Boden noch einmal anzusehen.

10

Es muss schon spät abends sein, bestimmt nach zehn Uhr, aber ich sitze noch immer auf dem harten Plastikstuhl in einem Verhörzimmer des Osloer Morddezernats, einem modernen fünfstöckigen Backsteingebäude in der Brynsallee. Mit seinem hässlichen Außenschutz aus horizontalen und vertikalen Metallstreben vor seiner Vielzahl an Fenstern sieht der Klotz im Dunkeln wie ein monströser Tierkäfig aus.

Ich hatte gehofft, mich Vidar anschließen zu können. Er hatte seine Aussage am schnellsten von uns allen hinter sich gebracht, am Küchentisch, während ein Stockwerk tiefer die Spurensicherung Geirs Wohnung in Plastikfolie auskleidete. Die beiden Kriminalkommissare, die für den Fall zuständig waren, hatten genickt, und der Ältere der beiden hatte ihm gesagt, dass er sich für weitere Fragen zur Verfügung halten solle. Dann hatte Vidar sich zum Versorgen seiner Schnittwunde auf den Weg ins Universitätskrankenhaus gemacht, dem gleichen Krankenhaus, in dem die Ärzte gerade um Geirs Leben ringen.

Ich hatte den beiden Kommissaren erklärt, dass ich für Vidars Verletzung verantwortlich sei und ihn deshalb begleiten müsse. Natürlich waren sie nicht darauf eingegangen.

»Sie sind diejenige, die am meisten von den beiden Angreifern mitbekommen hat«, hatte der Ältere der beiden gesagt, ein nicht besonders großer, indisch oder pakistanisch aussehender Typ Mitte Vierzig, makellos glattrasiert, mit dichtem Salz-und-Pfeffer-Haar, das ihm beinahe bis zum Kragen hinabwuchert. »Ihre beiden Mitbewohner sind erst dazu gekommen, als der zweite Schuss schon gefallen war. Vor allem von Ihnen erhoffen wir uns Informationen, die uns helfen können, die beiden Männer zu identifizieren.«

Den Versuch, der Befragung auszuweichen, war es mir trotzdem wert gewesen. Polizisten geben mir immer das unbehagliche Gefühl, etwas falsch gemacht zu haben und mich rechtfertigen zu müssen.

Mir blieb also nichts anderes übrig, als mich von den beiden ins Polizeipräsidium fahren zu lassen. Ich musste eine Weile warten, bis die Kollegin des älteren Kommissars auftauchte und mit der Zeugenbefragung begann. Sie ist kaum älter als ich, aber sie wirkt älter, mit ihrem streng aus dem Gesicht gekämmten Haar, das ihr in einem dicken Zopf genau zwischen den Schulterblättern herabfällt, und mit ihrem Auftreten wie eine Türsteherin. Dabei ist ihr Akzent reinstes Stavanger. Sie hat sich mir als Tone Andersen vorgestellt. Ihr älterer Kollege heißt Amir Tajik. Während der ersten Befragungsrunde war er nicht anwesend. Wahrscheinlich koordiniert er gerade die Fahndung nach den beiden Einbrechern.

Ich habe dieser Kommissarin Andersen alles gesagt, was ich weiß, trotzdem hat sie mich aufgefordert, es immer von neuem zu wiederholen. Nach gut zwei Stunden habe ich mit in die Höhe geworfenen Händen eine Pinkelpause verlangt und sie auch bekommen, zusammen mit einen höllisch starken Kaffee, der mich wahrscheinlich in spätestens zwanzig Minuten bereits wieder aufs Klo schicken wird. Nervös drehe ich die heiße Tasse in den Händen, als die Tür aufgeht und Kommissarin Andersens Kollege zu uns hereinkommt.

Die dunklen Flecken unter seinen Augen lassen ihn müde aussehen. Mit ernster Miene wendet er sich ihr zu.

»Gerade kam ein Anruf aus dem Krankenhaus. Geir Olaf Dal ist vor zehn Minuten an den Folgen seiner Verletzung verstorben.«

Sie blickt ausdruckslos zurück, während er sich mit einer fahrigen Geste durch sein dichtes Haar wischt, dann sehen beide mich an wie zwei Psychologen, die den Effekt ihrer Nachricht auf mich studieren wollen.

Was soll ich sagen? Bestimmt wirke ich nicht weniger abgebrüht als die Frau in Uniform vor mir. Nur, dass ich einen anderen Grund dafür habe als sie. Für jemanden wie Tone Andersen ist Geir nichts anderes als ein ihr unbekannter Toter, ein Fall, den sie zu bearbeiten haben. Ich dagegen kann keine Überraschung in mein Gesicht zaubern, weil ich wusste, dass es so kommen würde. Sehr selten passiert mir das: eine Person berührt mich, und ich habe eine Ahnung davon, welchen Weg sie gleich einschlagen wird, als sei es bereits passiert, als würde meine Synästhesie sich nicht nur auf Vergangenheit und Gegenwart erstrecken, sondern in die Zukunft hineinwuchern. Es ist wirklich nichts, womit ich hausieren gehe. Mir reicht es schon, wieder und wieder anderen erklären zu müssen, wie extrem oft meine Sinne von Eindrücken überflutet werden.

Wie lange starren die beiden mich eigentlich schon so an?

»War es …«, beginne ich und räuspere mich, bevor ich von neuem ansetze. »Hat er gelitten?«

Kommissar Tajik schüttelt langsam den Kopf. »Sicher nicht.«

Warum frage ich überhaupt?, schießt es mir durch den Kopf. *Das erzählst du bestimmt jedem in so einer Situation.*

»Er ist nicht wieder zu Bewusstsein gekommen.«

Ich atme tief durch, während ich mit dem Rücken gegen die harte Stuhllehne zurücksinke. Dann hat der Kommissar wahrscheinlich recht, und er hat sich nicht gequält. Das ist das Schlimmste: Ich habe keine Ahnung, ob Atle gelitten hat. Der Polizei in Alta zufolge natürlich nicht. Aber was wissen die schon.

»Damit ist aus einem Einbruch eine schwere Körperverletzung mit Todesfolge geworden«, stellt Kommissarin Andersen fest. Jedes ihrer Worte fällt wie ein Stein zu Boden und mir vor die Füße. »Und Sie, Sara Elin Persen, sind die Person, von der wir uns erhoffen, dass sie uns mehr über das erzählen kann, was passiert ist. Über die beiden Männer, die Ihren Mitbewohner angegriffen haben, und wie genau es zu dem tödlichen Schuss kam, bevor die beiden anderen dazugestoßen sind.«

»Das habe ich Ihnen jetzt in den letzten zwei Stunden schon zigmal auseinandergesetzt!« Meine Stimme schnarrt wie eine zum Zerreißen gespannte Saite. Warum grillen mich die beiden, als sei ich eine Verdächtige? Denken die etwa –

»Erzählen Sie es mir bitte noch einmal«, sagt Kommissar Tajik. »Ich war leider unabkömmlich. Tun Sie's für mich.« Trotz der Eindringlichkeit in seiner Stimme hört er sich freundlich an. Er hat einen Dackelblick aufgesetzt, der suggeriert, dass er kein Wässerchen trüben kann. Aber während der abendlichen Fernsehstunden auf dem Wohnzimmersofa meiner Kindheit habe ich genügend Columbo-Krimis gesehen. Die freundliche Tour zielt nur darauf ab, dass man unvorsichtig drauflosredet. Amir Tajik wird von mir nichts zu hören bekommen, was mich am Ende noch als Komplizin der beiden Täter aussehen lässt.

Ich seufze und nehme einen besonders tiefen Schluck von meinem Kaffee. »Den ersten Schuss hat Geir abgefeuert. Auf den Mann, den er in sein Zimmer gelassen hat.«

Zwischen Kommissarin Andersens Augenbrauen erscheint die tiefe Falte, die mir in den letzten beiden Stunden zu einer alten Bekannten geworden ist. »Obwohl der andere Mann, der Ihnen ein Messer an die Kehle hielt, ihn aufforderte, die Waffe fallen zu lassen?«

»Ja. Geir war in dem Moment so wütend – er schoss, wie um klarzustellen, dass er sich nicht erpressen lassen würde.«

»Damit hat er Ihr Leben aufs Spiel gesetzt«, sagt Amir Tajik. »Hat Sie das wütend gemacht?«

»Ehrlich gesagt, ich weiß nicht mehr, was mir in dem Augenblick durch den Kopf gegangen ist«, erwidere ich. »Jetzt also zum hundertsten Mal: Es ging alles so schnell. Der Schuss, unglaublich laut in dem geschlossenen Raum, Geir und der Typ stierten sich an, als könnten sie's beide nicht glauben, was gerade passiert war, und im nächsten Moment hat der zweite Typ mich von sich weggestoßen und sich auf Geir gestürzt.«

»Und Sie sind gegen den Mann gefallen, den Geir mit seiner Waffe verfehlt hat.«

Ich blicke Kommissar Tajik an. »Richtig.« *Du kennst meine Aussage. Also hast du die Befragung mit angehört.*

»Geir und der andere Mann haben miteinander um die Waffe gerungen«, fahre ich fort, »und dabei hat sich ein Schuss gelöst.«

»Haben Sie das gesehen oder nur den zweiten Schuss mitbekommen?«

»Ich habe gesehen, wie beide miteinander kämpften, aber ich konnte nicht genau erkennen, wer von ihnen für den Schuss verantwortlich war. Es könnte gut sein, dass Geir ihn selbst versehentlich abgefeuert hat. Das Einzige, was ich mit Sicherheit sagen kann, ist: Nach dem zweiten Schuss hatte sein Angreifer die Waffe in der Hand. Geir fiel zu Boden, und dann – dann …«

Meine Hand, mit der ich die Kaffeetasse angehoben habe, um einen weiteren Schluck zu nehmen, hat zu zittern angefangen. Ich setze die Tasse mit einem harten Klacken auf dem Tisch ab und lege meine flache Hand daneben. »Dann war ich für einen Moment weggetreten.«

»Wissen Sie, wie lange Sie«, Kommissar Tajik zögert kurz, bevor er weiterspricht, »*weggetreten* waren?«

Ich schüttle stumm den Kopf.

»Sie haben nichts davon mitbekommen, wie Anja Larsen und Vidar Eilertsen in den Raum gestürmt sind?«

Ein weiteres Kopfschütteln. »Wie oft wollen Sie es noch hören? Ich kann mich erst wieder daran erinnern, wo ich war, als Vidar mich anfasste.«

Kommissar Tajik hat ein schwarzes Notizbuch auf den Tisch gelegt. Jetzt blättert er umständlich darin herum, bis er fündig geworden ist. Er hält das Notizbuch mit ausgestreckten Armen von sich, die Augen leicht zusammengekniffen. Der Mann braucht definitiv eine Brille.

»Nach der Aussage ihres Mitbewohners haben er und Anja Larsen sich in der Küche aufgehalten. Sie hörten den ersten Schuss und liefen zu Geir Olaf Dals Wohnung hinunter. Vidar Eilertsen behauptet, dass sie noch im Treppenhaus waren, als der zweite Schuss ertönte. Als sie die Wohnung betraten, bekamen beide gerade noch mit, wie die beiden Männer aus dem Schlafzimmerfenster ins Freie sprangen und in der einsetzenden Nacht verschwanden.«

Er macht eine kurze Pause, während er das Notizbuch wieder auf den Tisch legt. »Für ein paar Sekunden waren die beiden Männer also alleine mit Ihnen im Raum.«

»Ich kann wirklich nicht sagen, wie lange ich neben mir gestanden habe«, erwidere ich erschöpft. »Ist das so wichtig?«

»Die beiden hätten genug Zeit gehabt, auf ihrem Rückzug etwas aus Geir Olaf Dals Besitz zu entwenden.«

»Haben Anja und Vidar nichts gesehen?«

»Anja Larsen kann sich nicht daran erinnern, ob die beiden Männer etwas bei sich hatten, und Vidar Eilertsen verneint es.« Er seufzt leise. »Aber das bedeutet nichts. Was auch immer die beiden Täter von Geir Olaf Dal wollten, es hätte so klein wie eine Scheckkarte sein können. Oder ein USB-Stick.«

Er stützt im Stehen seine Hände auf den Tisch und beugt sich vor. »Sie sagen, Sie sind weggetreten.« Diesmal betont er das letzte Wort nicht. Er spricht es aus, als sei wegzutreten die natürlichste Sache der Welt.

Vielleicht ist der Bulle kein komplettes Arschloch.

Der Gedanke hätte von Atle kommen können.

»Wie muss ich mir das vorstellen?«

»*Was*?« Vor Verblüffung verschütte ich ein wenig von dem Kaffee aus der Tasse, die ich in meinen Händen drehe. Warme Nässe rinnt meinen Daumen entlang, aber ich halte die Tasse weiter fest.

»Was genau ist passiert, als Sie weggetreten sind? Woran können Sie sich erinnern?«

Ich habe keine Lust, ihm von der Leiche meines Bruders auf dem Obduktionstisch im Tromsøer Krankenhaus zu erzählen. »An nichts. Was ich noch weiß, ist, dass alles um mich herum plötzlich wie überbelichtet aussah. Dann ist da ein Filmriss, und als nächstes fasst mich jemand an, und ich glaube noch, es wäre einer der beiden Männer.«

»Vidar Eilertsen, den Sie mit einem Messer verletzt haben.«

Ich erwidere nichts.

»Sie sagen, es wurde alles überbelichtet, und dann – *nichts*.«

Jepp, nichts. Mal abgesehen von meinem toten Bruder, nackt und kalt auf dem Seziertisch.

Ich nicke.

»Wie sieht es mit ihren anderen Sinnen aus?«

»Was?«

Er mustert mich unverwandt und geduldig. »Haben Sie etwas gehört? Geräusche, Klänge? Vielleicht als die beiden Einbrecher den Raum verließen? Haben Sie etwas gerochen?«

»Sie wollen ernsthaft wissen, ob ich die beiden Männer gerochen habe? So, als hätten sie nach Knoblauch oder Bier gestunken?«

Die Ahnung eines Lächelns erscheint um seine Mundwinkel, aber er bleibt ernst. »Was ich sagen will, ist: Es gibt noch bei weitem mehr Sinneseindrücke als visuelle. Ich versuche herauszufinden, ob Sie vielleicht mit einem anderen Sinn wahrgenommen haben, was um Sie herum vorging.«

Ich bleibe bei meiner Lüge. »Da war nichts.«

Er richtet sich wieder auf, nimmt das Notizbuch vom Tisch und blättert erneut darin. »Sie haben weiterhin angegeben, dass Geir, als er den ersten der beiden Männer in seine Wohnung ließ, ihn nach zwei weiteren Kameraden fragte.«

»Das stimmt.«

»Es tauchte aber nur *ein* weiterer Einbrecher auf. Ich frage mich, was es mit der dritten Person auf sich hatte.«

Ich runzle die Stirn. »Sie glauben doch nicht etwa, dass *ich* etwas mit dem Einbruch zu tun hatte?«

Die beiden Kommissare blicken mich schweigend an.

»Das ist völliger Blödsinn! Wenn dem so wäre, dann hätte ich Ihnen doch nicht selbst davon erzählt, dass Geir damit rechnete, von drei Leuten verfolgt zu werden. Er kannte die Typen, die ihn überfallen haben. Aber wir beide haben uns erst vor kurzem kennengelernt.«

»Das bringt uns zu einem weiteren Detail in diesem Fall, das ich nicht ganz verstehe«, sagt Amir Tajik. Er hört sich nachdenklich an, als seien weder seine Kollegin noch ich im Raum, und als würde er laut mit sich selbst sprechen. »Geir Olaf Dal hat Sie auf einer Feier kennengelernt. Als er hörte, dass Sie keine Wohnung in Oslo besaßen, hat er Ihnen angeboten, in seine Wohngemeinschaft einzuziehen. Sie kennen einander gerade einmal zwei Tage. Trotzdem waren Sie es, der

Geirs letzte Worte galten, bevor er sein Bewusstsein verlor. Das haben uns sowohl Vidar Eilertsen als auch Anja Larsen bestätigt. Er behandelte Sie wie jemanden, den er gut kannte. Wie einen Freund. Wie die beiden Unbekannten, die anscheinend einmal mit ihm befreundet gewesen waren.«

Erst jetzt fällt mir auf, dass ich zu schwitzen angefangen habe. Mein T-Shirt klebt mir feucht im Rücken an der Stuhllehne. Ich frage mich, wie viele Täter schon vor mir auf diesem Stuhl geschwitzt haben, während sie ein Geständnis ablegten. Meine Haut fängt an zu jucken. Jetzt bloß nicht kratzen.

»Hören Sie«, sage ich angestrengt ruhig, bemüht, mir nicht anmerken zu lassen, dass ich am liebsten aufspringen und aus dem Raum rennen würde, »ich habe wirklich nichts mit diesem Einbruch zu tun. Ich versteh es doch selbst nicht, was er von mir wollte, bevor er das Bewusstsein verlor. Warum er mich wie jemanden behandelt hat, den er gut kannte. Vielleicht, weil ich das Bild mochte, an dem er gerade malte. Er hat es mir gezeigt, und wir haben uns länger darüber unterhalten. Es gefiel ihm, dass ich gleich erkannte, was er gemalt hatte.«

»Und was war das?«

»Yggdrasil. Der Weltenbaum aus der nordischen Mythologie.«

»›Du musst es beschützen‹«, sagt Kommissar Tajik. »›Du verstehst es. Wegen Yggdrasil.‹ Laut Vidar Eilertsen und Ihnen waren das seine Worte. Was denken Sie, hat er damit gemeint?«

Ich zucke hilflos die Achseln. »Ich habe keine Ahnung. Wenn er an das Bild dachte, an dem er gearbeitet hat, dann ist er mit seiner Bitte zu spät dran gewesen. Da hatte er bereits einen Schuss darauf abgefeuert.«

»Was den Wert des Bildes möglicherweise um einiges erhöht hat«, mutmaßt Kommissarin Andersen. Ihr Kollege blickt sie stirnrunzelnd an, als verstünde er nicht, aber mir ist sofort klar, was sie meint. »Das letzte Werk eines auf gewaltsame Weise zu Tode gekommenen Malers«, fährt sie fort. »Für dieses Bild werden Sammler eine Menge Geld hinblättern.« Sie stutzt und wirft mir einen entschuldigenden Blick zu. »Tut mir leid, wenn ich mich pietätlos anhöre. Aber in meinem Job bin ich es gewohnt, in alle Richtungen zu denken.«

»Schon gut«, murmele ich. »Meine Gefühle haben Sie nicht verletzt. Ich habe Geir schließlich kaum gekannt.« Das nochmals, um klarzumachen, dass sie mich von ihrer Verdächtigenliste streichen können. Aber ihre Bemerkung, dass Geirs Kunst mit seinem Tod an Wert zugenommen hat, ist mir dennoch nicht egal. In der Kultur meines Volks gewinnen wir keine Freunde, wir gewinnen Familie. Wen wir als Freund akzeptieren, den nehmen wir auch in unsere Familie auf. Geir hatte mir gegen Asbjørn beigestanden und mir ein Dach über dem Kopf besorgt. Auch wenn ich ihn nur zwei Tage lang gekannt habe – damit war er Familie.

»Wenn es nicht das Bild war, was hat er dann gemeint?«, reißt Kommissar Tajik mich aus meinen Gedanken. »Was sollen Sie beschützen? Was ist es, das dieser schwer verletzte Mann Ihnen anvertrauen wollte – einer Frau, die er erst seit kurzem kannte, im Gegensatz zu den beiden anderen Menschen im Raum, die nicht nur seine Mitbewohner, sondern gute Freunde waren?«

Ich habe keine Antwort auf seine Frage, und ich bin es satt, immer von neuem »Ich weiß es nicht« zu sagen. Ich schweige und blicke ihn herausfordernd an. Für mehrere Sekunden erhebt keiner von uns dreien die Stimme. Meine Augen jucken. Wie unsagbar müde ich bin!

»Hören Sie, ich bin geneigt, Ihnen zu glauben, dass Sie mit diesem Überfall tatsächlich nichts zu tun haben«, sagt Kommissar Tajik schließlich nicht unfreundlich. »Ich will nur, dass Ihnen klar ist: Was auch immer Geir Olaf Dal von Ihnen wollte, es ist wahrscheinlich, dass es mit dem Grund des Einbruchs zusammenhängt. Gut möglich, dass das, was er Sie zu beschützen gebeten hat, genau das ist, was die beiden flüchtigen Täter von ihm haben wollten.« Seine Stimme hat einen ernsten Ton angenommen. »Wir müssen annehmen, dass sie ihn von früher kannten. Die beiden Täter könnten glauben, dass Geir Olaf Dal Sie ins Vertrauen gezogen hat – wie das ja auch passiert ist.«

»Das waren ein paar Wortfetzen, die keinen Sinn ergeben!«, entgegne ich alarmiert.

»Aber das wissen die beiden nicht. Jeder aus Ihrer Wohngemeinschaft, Vidar Eilertsen, Anja Larsen, auch Anja Larsens Partnerin, sind ins Blickfeld dieser beiden Täter gerückt – falls die immer noch hinter dem her sind, was sie von ihm haben wollten. Daher kann ich Ihnen nur raten: Halten Sie nicht mit etwas hinter dem Berg, was uns helfen kann, die beiden dingfest zu machen. Zu Ihrer eigenen Sicherheit.«

»Okay, Sie haben recht – das waren keine zufälligen Einbrecher«, gebe ich zu. »Die beiden wollten etwas ganz Bestimmtes von Geir. Wenn sie mit leeren Händen abziehen mussten, könnten sie auf die Idee kommen, es noch einmal zu versuchen. Aber das wäre doch wirklich idiotisch – mit all der momentanen Aufmerksamkeit durch die Polizei!«

»Menschen handeln nicht logisch«, gibt Kommissarin Andersen nüchtern zurück. »Das erleben wir in unserem Beruf immer wieder – wie völlig impulsiv Leute Entscheidungen treffen, die so unlogisch sind, dass jeder Krimiautor, der etwas auf sich hält, sie erst gar nicht in Betracht ziehen würde.«

»Wir werden auf jeden Fall eine Streife abbestellen, die in den nächsten Tagen Ihr Haus im Auge behalten wird«, fügt ihr Kollege hinzu.

Ich seufze leise. Da fühle ich mich schon viel sicherer.

11

Es ist kurz vor Mitternacht, als ich endlich aus dem Polizeipräsidium heraus und auf die leere Straße trete. Die Kälte hat seit meiner Ankunft in Oslo noch zugenommen, beinahe kommt es mir vor, als sei sie mir aus Finnmark gefolgt. Ich ziehe den Schal um meinen Hals ein wenig aus dem Kragen meines Wintermantels heraus und bis an meinen Mund, während ich zum Himmel über der Stadt aufblicke. Trotz der Lichtverschmutzung ist immer noch eine Vielzahl von Sternen sichtbar. Ich halte Ausschau nach dem Großen Bären. Ein paar Sekunden lang bin ich mir nicht sicher, ob die Häuser ihn vielleicht verdecken, aber dann entdecke ich ihn hoch über mir. Es ist nicht dunkel genug, um seinen kleinen Verwandten gut genug zu erkennen, aber ich verlängere in Gedanken wie von selbst die unsichtbare Linie zwischen den beiden äußeren Sternen des Großen Bären, bis ich meinen Kompass am Himmel gefunden habe, den schimmernden weißen Punkt des Polarsterns.

Erst als mein Nacken zu schmerzen anfängt, wende ich wieder den Blick ab und sehe mich fröstelnd um. Keine Ahnung, in welcher Richtung die nächste Haltestelle von Bus oder Bahn liegt, die mich zurück nach Grünerløkka bringt. Dann eben ein Taxi. Ich ziehe mein Handy aus der Tasche. Seit Geir es mir abnahm und auf seinen Schreibtisch warf, bin ich nicht dazugekommen, es wieder anzumachen. Aber ich drücke den Einschaltknopf vergebens. Der Akku muss völlig leer sein. Bleibt mir also nichts anderes übrig, als die Brynsallee entlangzugehen, in der Hoffnung, bald auf ein freies Taxi oder eine Bushaltestelle zu treffen.

Ich will mich gerade in Bewegung setzen, als hinter mir die Tür zum Eingangsbereich des Polizeipräsidiums aufgeht und

Schritte auf dem Pflaster ertönen. Ich drehe mich um. Anja Larsen tritt auf mich zu. Die beiden Kommissare hatten sie zusammen mit mir hierhergefahren. Aber mit dem Stress der Zeugenbefragung, die mir mehr wie ein Verhör vorgekommen war, hatte ich die ganze Zeit über keinen Gedanken an sie verschwendet.

»Ich dachte, die hätten dich schon längst gehen lassen«, sage ich.

»Von wegen«, brummt sie. »Dieser Amir Soundso hat mich erst vor zehn Minuten gehen lassen. Er meinte, du wärst auch noch im Gebäude. Da hab ich auf dich gewartet.«

Sie zieht eine Schachtel Lucky Strike aus einer Außentasche ihres dunkelblauen Wintermantels und schüttelt eine Zigarette heraus. Nach kurzem, wie nachdenklichem Zögern hält sie mir wortlos die Schachtel hin. Erst schüttle ich den Kopf, aber bevor sie die Hand wegziehen kann, greife ich doch zu und nehme mir eine Lucky. Ich habe fast immer nur in Gesellschaft mit anderen geraucht. Im Gegensatz zu Siri habe ich damit erst im Studium angefangen, und auch nur deswegen, weil es mir die Gelegenheit gab, draußen mit den Rauchern herumzustehen, wo die interessantesten Gespräche geführt wurden.

Anja zündet mir meine Zigarette an, dann ihre eigene und nimmt einen tiefen Zug.

»Was für eine Scheiße«, murmelt sie im Ausatmen, jedes ihrer Worte unterstrichen von bläulichem Rauch, der ihrem Mund entkommt. Unvermittelt fängt ihr Kinn zu zittern an. Sie nimmt einen weiteren Zug, hustet auf, und ihr Blick wird hart. »Du hast es auch schon gehört, oder?«

Ich nicke stumm und ziehe an meiner Lucky. Ich habe seit Wochen nicht geraucht, und das warme Brennen in der Lunge ist nach dem ersten Stechen tatsächlich angenehm.

»Weißt du Einzelheiten?«

»Nein«, sage ich. »Nur, dass er nicht wieder zu Bewusstsein gekommen ist.«

»Dann ist es wenigstens schnell gegangen. Aber trotzdem – ich bekomme es einfach nicht in mein Hirn rein. Ich meine, am Vormittag sind wir uns noch in der Küche über den Weg gelaufen. Und jetzt liegt er tot in der Pathologie – verrückt ist das.«

Anja schüttelt ungläubig den Kopf und starrt zum Himmel empor, genau so wie ich gerade eben. Ein Schauder läuft mir über den Rücken, als ich meine eigene Bewegung in der ihren widergespiegelt sehe. Ihr langer Wintermantel lässt ihre hochgewachsene Gestalt noch ein paar Zentimeter größer aussehen. Im trüben Licht der Straßenlaternen erinnert sie mich an jemanden – natürlich! Eine Mittzwanziger-Version von Annie Lennox.

»Ist dir irgendwas an ihm aufgefallen?«, frage ich sie.

Sie wendet ihren Blick vom Himmel ab und runzelt die Stirn. »Jetzt fängst du auch damit an. Das hat schon dieser Kommissar wissen wollen.«

»Er hat sich seltsam aufgeführt, seitdem deine Freundin ihm gestern die Post gebracht hat«, sage ich.

»*Was?*«

»Ich war dabei. Es war ein Umschlag mit einer Postkarte. Keine Ahnung, von wem sie stammte und was darauf stand, aber er hat sie gelesen, und schlagartig war er seltsam – irgendwie geistesabwesend. Vielleicht war es eine Warnung oder eine Drohung von den beiden Typen, die bei ihm eingebrochen sind. Auf jeden Fall hat er sich bedroht gefühlt. Dieser Pferdeschädel im Treppenhaus … für ihn war es eine Art Schutzzauber, um Feinde abzuwehren.«

Sie schnaubt Rauch aus der Nase. »Meine Fresse! Ich dachte, er braucht das Ding als eine Art Modell für ein Bild, an dem er arbeitet. Aber das macht Sinn. Er war nicht nur von nordischer Mythologie fasziniert. Ich hatte immer das Gefühl, dass er wirklich an sie geglaubt hat. Er war ein alter Heide.«

Erneut beginnt ihr Kinn zu zittern, und jetzt wischt sie sich doch mit halb abgewandtem Kopf über die Augen und atmet schwer aus.

»Ja … ja, er war komisch, als ich ihn zuletzt gesehen habe. Schlich herum wie ein Geist, hat mir kaum in die Augen sehen können. Füllte sich einfach eine Schale mit Müsli und zog sich gleich in seine Wohnung zurück. Ich hab geglaubt, dass er in Gedanken komplett bei seiner Arbeit war, wie so oft, wenn er kurz davor gestanden hat, ein Bild zu beenden. Ich hätte doch niemals vermutet, dass er sich verdammte Sorgen gemacht hat, weil diese Drecksäcke ihn bedroht haben!«

Ihre letzten Worte haben immer lauter über die leere Straße gehallt. Mit aufgebrachter Miene zückt sie ihr Mobiltelefon. »Sollen wir uns ein Taxi teilen?«

Gute zehn Minuten später fahren wir in Richtung Grünerløkka zurück. Wir reden kaum miteinander. Ich bin erleichtert, nach der stundenlangen Befragung mit meinen Gedanken allein sein zu können, und Anja geht es bestimmt nicht anders. Sie starrt mit leerem Blick aus dem Seitenfenster, hinter dem die nächtlichen Häuser an uns vorbeiziehen. Bollywood-Musik dudelt leise, aber trotzdem nervtötend fröhlich aus dem Radio und füllt die Stille zwischen uns.

Es ist kurz vor halb eins, als wir vor unserem Haus anhalten. Das Licht im Treppenhaus funktioniert noch immer nicht, aber es ist hell genug, dass wir die Treppenstufen erkennen können. Im ersten Stock sehen wir, warum: Hinter dem Absperrband der Polizei steht die Tür zum erleuchteten Flur von Geirs Wohnung offen. Zwei Leute von der Spurensicherung, gekleidet in weiße Schutzanzüge, halten sich noch immer in seinem Wohnzimmer auf. Sie sind ins Gespräch vertieft und beachten uns nicht. Anja zögert kurz, als wolle sie unter dem Absperrband hindurch und in die Wohnung gehen, um mit den beiden zu sprechen, aber dann wendet sie sich ruckartig ab und wieder der Treppe zu. Ich folge ihr ins nächste Stockwerk.

Vidar sitzt in der Küche. Über seinem Bauch spannt sich immer noch dasselbe schwarze T-Shirt wie vor ein paar Stunden, als ich ihn mit dem Messer verletzte, aber inzwischen ist sein nackter Unterarm verbunden. Vor ihm auf dem Tisch steht eine Flasche Russian Standard und ein halbvolles, fleckiges Whiskyglas. Ihm gegenüber sitzt Yuna Cho, die sich zu uns umdreht, als wir eintreten.

Die stämmige blonde Frau am Herd erkenne ich sofort wieder: Es ist meine neue Chefin von der Arche. Anja eilt an mir vorbei, die Arme ausgebreitet.

»Katrine!«

Sie stellt den Kaffeekocher, den sie in den Händen hielt, auf die Herdplatte und erwidert ihre Umarmung, presst ihr Gesicht hart gegen Anjas Mantelkragen. Als sie sich wieder von ihr löst, richten sich ihre geröteten Augen auf mich. Ich muss daran denken, dass ich bei Atles Tod nicht geweint habe. Weder als ich die Nachricht bekommen habe, noch in der Pathologie, noch während seiner Einäscherung. Die Erinnerung ist ein bitterer Stich.

»Hei, Sara!«

»Ihr kennt euch?«, fragt Yuna.

Ich nicke. »Ja. Seit heute – nein, inzwischen seit gestern.«

Anja zieht sich ihren Mantel aus und wirft ihn über eine Stuhllehne. »Wie kommt's, dass du –«

»Vidar hat mich angerufen«, unterbricht Katrine sie. Ihre Stimme klingt rau vom Weinen. Ich blicke Vidar fragend an, während Yuna, die sich erhoben hat, zu Anja tritt und sie an sich zieht.

»Geir und Katrine waren mal zusammen«, erklärt Vidar leise. »Ich hab sie vom Krankenhaus aus angerufen.«

»Du hättest bis morgen warten können«, sagt Anja, die immer noch Yuna an sich gedrückt hält. Mir liegt auf der Zunge, dass es nach Mitternacht und damit eigentlich schon morgen ist, aber ich sage nichts.

»Sie musste wissen, was passiert ist«, erwidert Vidar kurz angebunden.

»Ist … ist schon in Ordnung«, meint Katrine. Sie lässt sich auf die Küchenbank fallen und lehnt sich so ruckartig zurück, dass ihr Hinterkopf dumpf gegen die Wand knallt, aber sie zuckt nicht einmal. »Mir ist es lieber, jetzt Bescheid zu wissen und nicht allein damit zu sein.«

Ich setze mich auf einen freien Stuhl am Küchentisch. Obwohl es warm im Raum ist, behalte ich weiterhin meinen Mantel an. Meine Rüstung.

Ich wende mich Vidar zu. »Wie lief es im Krankenhaus?«

»Eine Handvoll Stiche.« Er zuckt die Achseln und grinst schwach. »Ich glaub, sie lassen mich den Arm behalten. *Cimmeria* hat weiter eine Zukunft.«

»Hör mal Vidar, es tut mir wirklich leid, dass ich dich verletzt hab«, sage ich leise.

»Das hast du mir schon gesagt. Vergiss es. Du warst völlig von der Rolle, und wen wundert's.« Er schiebt mir den Russian Standard zu. Ich nehme die Flasche. Noch während ich sie aufschraube, stellt er mir bereits ein frisches Glas hin. Ich gieße mir von dem Wodka ein und trinke das Glas mit einem Zug leer. Wärme schießt in meinen Magen, gleichzeitig merke ich, wie entsetzlich müde ich bin, obwohl die Nacht noch nicht weit fortgeschritten ist. Erschöpft lehne ich mich in meinem Stuhl zurück.

»Gleich morgen früh will ich ihn sehen«, murmelt Katrine leise, als würde sie mit sich selbst sprechen. Unvermittelt hebt sie den Kopf. »Vidar, begleitest du mich bitte? Ich glaube … ich glaube, ich schaff das nicht allein.«

Sein hochrotes Gesicht verzieht sich zu einer schmerzlichen Grimasse, als er sie anblickt. »Klar doch.«

»Es tut mir so leid für euch«, sagt Anja. »Ihr beide habt Geir von uns allen am längsten gekannt.«

»Die beiden Dreckschweine, wegen denen er tot ist, kannten ihn länger«, knurrt Vidar bitter.

»Was meinst du damit?«, fragt Katrine verwirrt. Frische Tränen glänzen auf ihren Wangen, sie macht sich nicht die Mühe, sie wegzuwischen.

»Damit will ich sagen: Ich kenne alle von Geirs Freunden, seit wir uns im Studium kennengelernt haben. Und keinem von ihnen würde ich es zutrauen, in seine Wohnung einzubrechen und jemanden mit einem Messer zu bedrohen. Aber nach allem, was Sara uns erzählt hat, kannten ihn die beiden. Also müssen es Freunde von früher gewesen sein, aus der Zeit, bevor er zum Studieren nach Oslo kam.«

Katrine wendet sich mir zu. »Stimmt das?«

Ich nicke. »Einer von ihnen sagte, dass sie nicht noch mal wie zuvor mit leeren Händen verschwinden würden. Was immer das bedeuten sollte.«

Ich erzähle Katrine und Yuna, was ich schon Vidar und Anja berichtete, bevor die Polizei eintraf. Yuna legt mit einer ebenso erschrockenen wie grazilen Geste ihre Hand auf den Mund, als ich erwähne, wie Geir auf den Brief reagierte, den sie ihm gestern aufs Zimmer gebracht hatte.

»Jede Wette: Das war eine Warnung!«, knurrt Vidar grimmig.

»Mit Sicherheit können wir das nicht sagen«, erwidere ich. »Aber wenn es tatsächlich eine war, dann hat sie Wirkung gezeigt. Die Pistole, mit der er am Ende erschossen wurde, hatte er bestimmt noch nicht lange.«

Vidar sieht mich zweifelnd an. »Wie kommst du darauf?«

»Weil er offensichtlich überhaupt keine Ahnung hatte, was für ein starker Rückstoß von einer Handfeuerwaffe ausgeht«, sage ich. »Er hat damit herumgefuchtelt, als sei es einfach nur eine Schreckschusspistole. Herrgott, er hat direkt auf den einen der beiden vor sich gezielt und ihn verfehlt!«

»Bestimmt war er einfach völlig aufgeregt«, wirft Yuna ein.

»Natürlich war er aufgeregt!«, braust Vidar auf. »Immerhin hat der andere Typ Sara mit einem Messer bedroht! Und trotzdem hat Geir auf ihn geschossen!«

»Ich versteh das nicht«, sagt Katrine mit lauter Stimme, ohne uns anzusehen. Sie starrt auf die Tischplatte. Vidar schiebt ihr wortlos sein wieder aufgefülltes Wodkaglas hin. Sie schnappt es sich, kippt seinen Inhalt hinunter und knallt es hart auf den Tisch. »Solange ich ihn kenne, war er ein aufbrausender Typ, aber er hat nie versucht, jemanden umzubringen.«

»Er war ein sturer Knochen«, murmelt Anja. Der Kaffeekocher auf dem Herd fängt an, gurgelnd zu rumoren, und sie schiebt ihn auf die benachbarte kalte Platte, bevor sie den Herd ausschaltet. »Und er konnte ganz schön direkt sein. Wenn ihm jemand dumm kam, hat er ihn so richtig zusammengefaltet. Aber sich eine Pistole zu organisieren und sie auf jemanden abzufeuern – was ist nur zwischen ihm und diesen beiden Typen vorgefallen?«

»Was auch immer es war, ich bin mir sicher, dass es in der Zeit passiert sein muss, bevor Geir nach Oslo gezogen ist«, sagt Vidar. »Er hat nie groß mit mir darüber geredet – mit dir, Katrine?«

Sie schüttelt den Kopf. »Nein. Aus dem wenigen, was er mir erzählt hat, habe ich mir zusammengereimt, dass er an seine

Kindheit und Jugend in Sandefjord nicht gerne zurückgedacht hat. Nur über seinen Wikinger-Verein von damals hat er immer wieder gerne gesprochen.«

»Wikinger-Verein?«, hake ich nach. Der Weltenbaum erscheint wieder in meiner Erinnerung, riesengroß und schier leuchtend vor Leben, wie Geir ihn auf dem Bild dargestellt hatte, das nun zu seinem letzten Werk geworden ist. Für einen kurzen Moment vertreibt er die schmutzigen Regenwolken aus Grau und Schwarzweiß, die durch meine Gedanken wehen.

»Folkwang, so hieß er, glaube ich«, sagt Katrine. »Ich habe keine Ahnung, ob es ihn immer noch gibt. Geir gehörte zu den Gründern des Vereins. Ja, nordische Mythologie und Asatru, die alte Religion unserer Vorfahren vor dem Christentum, das hat ihn immer fasziniert. All die Wikingermärkte, zu denen er schon damals fuhr, als er noch in Sandefjord wohnte, die waren für ihn immer mehr als nur ein geschichtliches Hobby.«

»Nordische Mythologie«, brummt Vidar. Er wendet sich mir zu und mustert mich mit schief gelegtem Kopf. »›*Wegen Yggdrasil.*‹ Das waren seine letzten Worte. Die hat er zu dir gesagt, Sara. Nicht zu mir oder Anja, sondern zu jemandem, den er gerade mal zwei Tage kannte.«

Er schweigt einen Moment, der sich in dem plötzlich völlig stillen Raum schier endlos lang ausdehnt. Alle schauen mich an. Der Stuhl unter mir knarrt hörbar laut, als ich nervös mein Gewicht auf ihm verlagere.

»Warum hat er das gesagt?«, will Vidar von mir wissen. »Was hat er gedacht, das du verstehen würdest? Was sollst du beschützen?«

»Wovon redest du da?«, fragt Katrine mit gefurchter Stirn. Sie blickt von mir zu ihm.

»Das wollten die Bullen ebenfalls von mir wissen!«, sage ich laut. »Stundenlang! Und ich kann es dir genauso wenig erklären, wie ich es denen erklären konnte. Also lass mich damit in Ruhe, okay?«

Das kam heftiger, als ich es geplant hatte. Aber es hat seinen Effekt erreicht: Vidar lässt es gut sein und trinkt einen weiteren Schluck Wodka.

»Er muss dich gemocht haben, wenn du es warst, zu der er am Schluss gesprochen hat«, sagt Katrine leise. Ihr Gesicht ist mir zugewandt, aber ihr Blick weicht dem meinen aus.

»Wir hatten nichts miteinander. Noch etwas, das ich schon den Bullen erzählt habe.«

Etwas völlig Unerwartetes passiert: Ein Lächeln stiehlt sich um ihren Mund, und jetzt sieht sie mich doch an. »Über Eifersucht auf ihn bin ich schon seit Jahren hinweg. Aber es … es freut mich, dass jemand bei ihm war, den er mochte. Als er … als –« Sie bricht ab. Der Kummer färbt den Klang ihrer Worte tief purpurn. Ihr Blick schweift durch die Küche, ruht kurz auf jedem von uns, während sie weiterspricht. »Und außerdem bin ich froh, dass ich heute Nacht nicht allein bin!«

»Gesellschaft, da sagst du was!«, brummt Vidar. »Er hätte es nicht gewollt, dass sich jeder von uns jetzt alleine in seinem Zimmer verkriecht. Er hätte gewollt, dass wir zusammen auf ihn trinken.«

Katrine sieht erst geschockt aus, aber dann nickt sie heftig und mit zusammengepressten Lippen. Auch Anja brummt zustimmend. Vidar hat recht. Wir alle sind viel zu aufgewühlt, um uns jetzt voneinander zu verabschieden und jeder für sich in sein Zimmer zu verschwinden, oder, im Fall von Katrine, nach Hause.

Mir kommt eine Idee.

»Hat Geir eine Lieblingstasse gehabt?«, frage ich. »Irgendwas aus Keramik, woraus man trinken kann?«

Vidar macht ein nachdenkliches Gesicht. Bevor er antworten kann, rührt sich Anja, die frischen Kaffee in ein paar Tassen gegossen hat. Sie holt eine mehr aus einem Hängeschrank neben dem Herd und stellt sie mitten auf den Küchentisch. Es ist eine breite, schwarze Kaffeetasse mit dem Totenschädel und den gekreuzten Knochen des deutschen Fußballclubs Sankt Pauli. Mir läuft ein Schauer über den Rücken.

»Die hier«, sagt Anja. »Erinnerst du dich noch, Katrine?«

Sie nickt stumm, ihre Augen auf die Tasse gerichtet.

Ich stehe auf. »Ich bin gleich wieder da.«

Bevor sie mich fragen können, was ich vorhabe, bin ich aus der Küche gegangen. In meinem Zimmer ziehe ich den Rucksack hinter dem Sofa hervor und öffne ihn. Ganz unten, eingewickelt in einen Pullover, steckt ein halbvolles Einmachglas mit dänischem Strohrum. Ein Weihnachtsgeschenk von meinem Kumpel Åge aus Tromsø.

Ich komme zurück in die Küche, wo die anderen mich erwartungsvoll ansehen.

»Was ist das?«, will Anja wissen, als ich das Glas aufschraube und seinen klaren, farblosen Inhalt in die Tasse kippe.

»Das wirst du gleich sehen«, erwidere ich, hole mein Zippo heraus und schnippe.

»Du weißt, dass das Zeug hier in Norwegen illegal ist, oder?«, sagt Yuna, eine Augenbraue sarkastisch hochgezogen.

»Ich weiß. Alles über 60 Prozent gilt als Narkotika. Wir haben am Polarkreis die gleichen Gesetze wie ihr hier im Süden. Aber wenn ich ein Glas geschmuggelten Sprit von einem Freund geschenkt bekomme, schaue ich dem geschenkten Gaul nicht ins Maul.« Ich senke die Flamme des Zippos auf die Oberfläche des Strohrums in der Tasse. Sofort wächst eine helle Flamme aus der Tasse. Ich ergreife den Henkel und halte sie über dem Küchentisch in die Höhe. Als hätte Anja meine Gedanken gelesen, reicht sie zum Lichtschalter neben der Tür hinüber und taucht den Raum in fast völlige Dunkelheit, nur durchbrochen von den blassen Flammenzungen, die aus der Tasse emporzucken.

»Auf Geir«, sagt Vidar mit rauer Stimme. Er nimmt mir die Tasse aus der Hand und bedeckt die Flammen mit einer Untertasse. Dunkelheit herrscht im Raum, nur das blasse Licht der Straßenlaternen lässt unsere Umrisse erkennen. Vidar setzt die Tasse an den Mund, und trinkt einen Schluck. Ich kann nicht sehen, wie er sein Gesicht verzieht, aber ich kann ihn scharf ausatmen hören, bevor er die Tasse an Katrine weitergibt.

»Auf … auf Geir«, erklingt ihre erstickte Stimme. Sie nippt nur kurz, dann reicht sie die Tasse Yuna. Ihr Toast hört sich ruhig an, beinahe nachdenklich, und sie nimmt einen tiefen Zug, ohne zu husten oder nach Atem zu ringen.

»Auf Geir«, sagt Anja neben ihr, die von ihr die Tasse erhalten hat. Sie stößt sie in die Luft, dann setzt sie sie an den Mund. Auch sie atmet scharf aus, wie Vidar, und hält mir die Tasse hin. Ich ergreife sie.

Du hattest deine Geheimnisse, Geir Olaf Dal. Eines davon hat dich heute eingeholt, mit schrecklichen Folgen. Keine Ahnung, ob deine letzten Worte, die du an mich gerichtet hast, mir noch Schwierigkeiten machen werden. Aber darüber will ich mir jetzt gerade nicht den Kopf zerbrechen. Du hast mir vor zwei Tagen geholfen, obwohl du mich überhaupt nicht kanntest. Wegen dir habe ich für den Moment ein Dach über dem Kopf und einen Job. Ich weiß kaum etwas von dir, aber das Wichtigste weiß ich: Du warst in Ordnung.

»Auf dich, Geir«, sagte ich laut.

Ich muss die Tasse nicht weit kippen, sie ist noch immer halb voll. Åges Geschenk brennt mir scharf auf der Zunge, taucht meinen Verstand für ein, zwei Sekunden trotz der Dunkelheit in der Küche in weißes Licht. Ich atme tief aus und setze die Tasse ab. Jemand hat zu weinen begonnen. Ich glaube, es ist Katrine. Keiner von uns hat es eilig, die Küchenlampe wieder einzuschalten. Die Finsternis um uns herum tröstet nicht, trotzdem ist sie besser zu ertragen als die Helligkeit. Sie ist warm und weich wie ein Schoß.

12

Das Storo Storsenter im nördlichen Stadtteil Sagene ist Oslos größtes Einkaufszentrum. Jedenfalls verkündet mir das stolz die Webseite, die ich mit meinem Handy aufgerufen habe. Ich stelle mir beim Lesen eine Frauenstimme vor, ähnlich wie die aus den Lautsprechern in Zügen, die den nächsten Halt ankündigt. *Mehr als 130 Einkaufsmöglichkeiten, 1500 Mitarbeiter, verkehrsgünstig gelegen, SOGAR mit Stadtfahrrad-Parkstation!*

»Eu-Eu-Eurosko«, kommt es in heiserem Stakkato von meinem Begleiter. Hinter mir beugt sich Leif Bengtson in seinem Straßenbahnsitz so weit vor, dass er mir über den lauten Geräuschpegel um uns herum etwas leiser ins Ohr sagen kann: »Da will ich hin.«

»Hätten wir dafür nicht gleich in die City fahren können? Eurosko im Storsenter ist doch bestimmt nicht der einzige Schuhladen in der ganzen Stadt.«

»Ist mi-mi-mindestens genauso schnell«, gibt er sofort zurück und zischt ein leises »*Fuck*!« hinterher. Für ein paar Minuten hatten sich seine Ticks auf Kopfrucken und gelegentliches Pfeifen beschränkt. Das eben war sein erster Fluch. Einige der Mitfahrenden um uns herum sehen ihn missbilligend an, aber er blendet ihre irritierten Gesichter völlig aus. Wir könnten genauso gut zusammen im Café der Arche sitzen. Das gefällt mir, wenn ich mir es auch nicht anmerken lassen will. Meine Haltung zu seiner Einstellung muss er nicht wissen. Ich habe seit Ewigkeiten niemanden mehr betreut – da will ich so professionell wie möglich arbeiten.

»Dort will ich hin«, wiederholt er mit einem festen Nicken.

Ich drehe mich in meinem Sitz wieder nach vorne. »Schon gut, schon gut, hab's begriffen. Eurosko soll's sein.«

Ich habe alles andere als Lust auf das größte Einkaufszentrum Oslos, aber der Kunde ist nun mal König. Innerhalb vernünftiger Grenzen. Seit heute Mittag bin ich offiziell eine Mitarbeiterin der Arche – auf Probe, aber eine Mitarbeiterin, und das bedeutet: Ich verdiene meine Miete.

Eigentlich hätte Katrine diesen Einkauf mit Leif unternehmen müssen. Sie ist seine Sozialarbeiterin und hilft ihm im Umgang mit Behörden oder herausfordernden Situationen wie dem Besuch dieser Shopping Mall. Aber mit dem Tod ihres Exfreunds und dem bestimmt üblen Kater, gemessen an all dem harten Sprit von gestern Nacht, hat sie sich heute krank gemeldet und mich angerufen.

»Kannst du das Treffen mit Leif übernehmen?«, hat sie mich gefragt, die Stimme rau und angestrengt von kaum verhohlenem Kopfschmerz. »Er wird kein Problem damit haben. Er kennt dich ja bereits, und es hat gestern ganz so ausgesehen, als seist du ihm sympathisch. Außerdem wolltest du ja ohnehin so schnell wie möglich anfangen. Die anderen Teammitglieder kannst du nächste Woche kennenlernen.«

Sie hat mich mit keinem Wort gefragt, wie es eigentlich mir selbst geht, eine Nacht, nachdem ich miterleben musste, wie mein Mitbewohner vor meinen Augen in einem Handgemenge ums Leben kam. Trauer verengt uns allen den Blick, bis wir nur noch den langen Schatten sehen, den der Kummer vor uns auf den Boden wirft. Aber mir ist es recht, etwas zu tun zu haben, das mich auf andere Gedanken bringt. Und vor allem muss ich mich ein paar Stunden lang nicht der gedrückten Stimmung in der Wohngemeinschaft aussetzen. Die Anderen, vor allem Vidar und Anja, laufen noch immer mit abwesenden, in sich gekehrten Gesichtern herum, als bereite es ihnen Schwierigkeiten, das Offensichtliche zu akzeptieren: Geir wird nicht mehr aus dem Krankenhaus zurück nach Hause kommen.

Ich frage mich, ob ich besser im Verdrängen bin als meine Mitbewohner, oder ob Atles Tod vor kurzem all meine Kapazität zum Trauern aufgebraucht hat, so dass nur noch ein vager, blasser Schmerz für Geir übrig ist, der mich trotz allem, was ich gestern erlebt habe, weiter funktionieren lässt. Dann hält die Linie 11 mit einem Ruck an der Haltestelle Storo an, der mich aus meinen Grübeleien reißt.

Leif hat sich erhoben und steigt zielstrebig aus dem Wagen. Ich folge ihm in den nasskalten Januarnachmittag. In Finnmark hat mir Kälte nie viel ausgemacht. Hier in Oslo habe ich das Gefühl, dass mir die feuchte Meeresluft unangenehm in die Knochen kriecht und sich dort festsetzt wie Schimmel.

In dem trüben Tageslicht wäre mir vorhin Tone Andersen normalerweise kaum aufgefallen. Zu meinem Glück ist die Kommissarin eine Raucherin. Ich war kaum ein paar Schritte aus dem Haus, um mich am Olaf Ryes Platz mit meinem neuen Betreuten zu treffen, als auf der gegenüberliegenden Straßenseite an einem dunkelblauen Sedan das Fenster auf der Fahrerseite hochfuhr und ich einen Augenblick lang das Gesicht der Frau erkennen konnte, der ich gestern Nacht im Polizeipräsidium gegenübergesessen hatte. Zigarettenrauch stieg vor dem inzwischen wieder geschlossenen Fenster in die kalte Luft. Ich ließ meinen Blick sofort weiterschweifen, damit Kommissarin Andersen nicht auffiel, dass ich sie erkannt hatte. Dann hielt ich abrupt inne, mit einer Hand in meinem Wintermantel, und mit einem genervten Gesichtsausdruck, als sei mir jetzt gerade erst aufgefallen, dass ich etwas vergessen hatte. Dann drehte ich um und kehrte wieder ins Haus zurück.

Ich hatte keine Lust darauf, dass mir Kommissarin Andersen ins Storo Storsenter hinterherkommen würde. Also ging ich durch den rückwärtigen Ausgang in den Hinterhof. Jetzt im Winter ist das hölzerne Rosenspalier an der Mauer zum Nachbarhof fast völlig kahl. Ich stieg an ihm hoch, erklomm die Mauer und sprang auf die andere Seite hinab, wo ich problemlos im Schnee landete. Über eine unverschlossene Hintertür kam ich ins Treppenhaus und von dort auf die Straße, die parallel zu der von unserem Haus verläuft. Als ich um die Ecke spähte, parkte noch immer der dunkelblaue Sedan an derselben Stelle. Sollte Kommissarin Andersen doch Vidar oder Anja im Auge behalten. Ich hatte eine Verabredung.

Im Gegensatz zum trüben Licht draußen leuchtet das Einkaufszentrum, in dessen Helligkeit und Wärme Leif und ich eingetaucht sind, wie ein von Spiegelwänden erhellter Ballsaal. Entlang den Rolltreppen hängen mehrere umfangreiche Kronleuchter in Form von stilisierten Glühbirnen herab, die selbst wiederum aus einer Vielzahl von LED-Lampen bestehen – funkelnde Lichterkettendeko für Riesen. Ich hatte gehofft, dass hier so früh am Nachmittag weniger Leute unterwegs sein würden, aber umsonst: Das Storsenter ist rappelvoll. Nur als wir die Rolltreppe zu Eurosko im ersten Stock hinauffahren, sind wir zum Glück fast alleine, bis auf zwei Teenager, die sich je einen Ohrenstöpsel an einem Handy in der Hand der größeren der beiden teilen. Sie grinsen einander verzückt an, ohne uns, ein paar Meter vor ihnen, zu beachten.

Mein Blick gleitet an ihnen vorbei in die Weite des Erdgeschosses, das wir langsam, aber zielstrebig hinter uns lassen, vorbei an den Läden mit Damen- und Herrenkleidung, der Parfümerie, dem Brillenladen und dem Handtaschengeschäft, vorbei an den Besuchern der Shopping Mall, von denen die meisten so zielstrebig auf einen bestimmten Geschäftseingang zugehen, als sei dieser eine Laden der Einzige in dem ganzen mehrstöckigen Gebäude.

Wann war ich das letzte Mal in einem derart großen Einkaufszentrum? Die meiste Zeit meines Lebens über habe ich mich in einfachen Holzhäusern am Polarkreis aufgehalten, die für gewöhnlich nicht mehr als ein oder zwei Stockwerke besaßen. Selbst während meines Studiums in Tromsø habe ich hohe Gebäude ebenso wie große Ansammlungen von Menschen vermieden, wenn ich konnte. Es muss während meines Londonbesuchs vor zwei Jahren gewesen sein, als meine Freundin Kate mich am letzten Werktag vor dem Osterwochenende zu Harrods schleifte. Tiefes Dunkelgrün schimmert bei der Erinnerung an Kate matt in meinem Verstand, die Farbe von nassem Moos an einem wolkenverhangenen Tag. Sie pulsiert im Rhythmus ihrer Stimme. *Komm mal raus aus deiner Komfort-Zone! Wir gehen shoppen.*

An diesem Tag habe ich mein Bestes gegeben, es mir nicht anmerken zu lassen, wie sehr Harrods mich mit seiner Fülle an Geschäften wie auch Kunden anstrengte. Zu viele Eindrücke, zu viele Farben und Geräusche, die wie im Stakkato auf mich einprasselten.

Ich laufe Gefahr, dass mir hier dasselbe passiert, ich kann es fühlen, wie mir im Nacken der Schweiß ausbricht. So gut ich kann, konzentriere ich meinen Blick auf eine Person weit hinten am Fuß der Rolltreppe, eine Frau in verwaschenen Blue Jeans und scheußlichen schmutziggrauen Fellstiefeln, die ihr wie dicke Zementblöcke fast bis unter die Knie reichen. Ich stelle mir vor, dass sie die Einzige ist, die außer uns noch im Storsenter herumläuft.

Mein Blick gleitet hoch zu ihrem Gesicht unter einer schwarzen Wollmütze, die ihr Haar komplett verdeckt. Überraschung blitzt durch meinen Körper wie eine leichte elektrische Entladung.

Die Frau sieht mich über die Distanz der Rolltreppe an. Aus ihren Augen spricht jene Art von deutlichem Erkennen, das jemandem gilt, der kein Fremder ist. Für einen Moment kreuzen sich unsere Blicke, dann höre ich Leifs heisere Stimme.

»Vo-Vorsicht!«

Ich schaue zu Boden und mache einen schnellen Schritt über das Ende der Rolltreppe. Als ich mich wieder umwende und hochsehe, ist die Frau verschwunden.

»Sag mal, w-wer betreut hier eigentlich wen, *fuck*?«, amüsiert sich Leif. Sein Lächeln verschwindet, als er meinen nachdenklichen Gesichtsausdruck bemerkt. Warum hat die Frau mich angestarrt, als würde sie mich kennen? Sie muss mich mit jemandem verwechselt haben. Ich kann mir keine Zahlen merken und vergesse ständig die Geburtstagsdaten von Familienmitgliedern und Freunden. Aber ich vergesse so gut wie nie ein Gesicht. Und ich bin mir sicher, dass ich dieses Gesicht noch nie zuvor gesehen habe.

Die beiden Mädchen hinter uns haben ebenfalls das Ende der Rolltreppe erreicht, und ich trete schnell zur Seite, um sie vorbeizulassen. Leif sieht sich mit gerecktem Hals nach seinem Ziel um. Sein Arm schnellt nach vorn.

»Da!«

Rechts vor uns, etwas versteckt hinter den Tischen eines Eiscafés, befindet sich der Eingang zu dem Schuhgeschäft, das er aufsuchen will. Ich folge Leif ins Innere und frage mich, was an dem Laden eigentlich so besonders sein soll. Eurosko sieht für mich auch nicht anders aus als zig andere Schuhläden, die wir in der Innenstadt oder selbst im Erdgeschoss dieses Einkaufszentrums hätten aufsuchen können. Aber es ist die Entscheidung meines neuen Betreuten. Ich bin nur mitgekommen, um sicherzugehen, dass er sich nicht von einem übereifrigen Verkäufer dazu überreden lässt, seine komplette monatliche Sozialhilfe auf den Kopf zu hauen oder Hausverbot zu bekommen, weil er jemandem vor Aufregung einen Kraftausdruck entgegenschleudert.

Hinter einem Schuhregal tritt eine junge Frau mit fast hüftlangem wasserstoffblondem Haar hervor und auf Leif zu. Sie ist so auffallend dünn, dass ich mich frage, ob sie anorektisch ist.

»Kann ich Ihnen helfen?«, strahlt sie ihn an.

»*Fuck*, ja!«, bricht es aus ihm heraus, und ihr makelloses Lächeln gefriert. Dennoch hat sie sich gut im Griff. Ihr Blick zuckt zu mir herüber. Sie muss gesehen haben, dass wir den Laden gemeinsam betreten haben. Aber ich habe keine Lust, ihr so schnell zu Hilfe zu kommen. Ich will wissen, wie Leif selbst mit Situationen wie dieser umgeht. Auf seinen Wangen sind rote Flecken aufgeblüht.

»Ich su-suche Winterschu-schuhe. *Fuck!*« Ruckartig wirft er seinen Kopf zurück und gibt einen nervösen Pfiff von sich. »Kein Ku-Kunstleder, *Fotze*. Ich will echte Tierhaut.«

Er hat also nicht vor, anderen Menschen, mit denen er sich unterhält, sofort eine Erklärung für sein Verhalten zu geben, sondern tut so, als würden die Kraftausdrücke, die er herausschleudert, nicht existieren. Das eingefrorene Lächeln der Verkäuferin hat etwas Verzweifeltes bekommen. Aber sie hat offenbar begriffen, dass nichts in seinem Ton wie auch in Körpersprache auf eine absichtliche Beleidigung hindeutet, und beschließt, seine Ticks ebenso zu ignorieren wie er selbst.

»Selbstverständlich. Folgen Sie mir, wir haben da gerade erst diese Woche etwas hereinbekommen, das Ihnen gefallen könnte.«

Sie geht in den hinteren Bereich des Ladens. Leif schenkt mir ein erleichtertes Grinsen. Ich recke ihm die geballte Faust mit dem Daumen nach oben entgegen, und er geht mit einem Kopfrucken der Verkäuferin hinterher, während ich meinen Blick durch den Eingangsbereich schweifen lasse. Ich war schon seit einem guten halben Jahr nicht mehr in einem Schuhgeschäft, und auch wenn ich hauptsächlich wegen Leif hier bin, reizt es mich zu sehen, was Eurosko so im Angebot hat.

Ein Paar silbern glitzernder High Heels erregt meine Aufmerksamkeit, spitz zulaufende, kleine Augenfänger auf einem

Drehständer gleich links vom Eingang. Das Licht der Neonstrahler an der Decke spiegelt sich auf ihrer geschuppten Oberfläche, als wären sie mit winzigen Eiskristallen überzogen. Ich ergreife einen von ihnen und drehe ihn in meiner Hand, um ihn von allen Seiten zu betrachten. Die Sohle ist noch makellos, ohne eine Spur von Schlieren, wenn ich ihn anprobiere, bin ich bestimmt eine der Ersten, die damit herumläuft.

Ein Lächeln hat sich so unbemerkt auf mein Gesicht gestohlen, dass ich beinahe überrascht bin, als ich es bemerke. Was Atle wohl dazu sagen würde, wenn er mich mit High Heels an den Füßen sehen würde? Bestimmt würde er den Kopf schütteln und mich fragen, wie man denn in diesen Dingern vernünftig gehen kann. Wenn etwas nicht praktisch war, dann hatte es keinen Nutzen für ihn. Und Absätze, besonders solche, die zehn Zentimeter hoch sind und nicht breiter als Fünf-Kronenstücke enden, wären der Inbegriff von Nutzlosigkeit für ihn gewesen.

Ein Teil von mir versteht ihn. Er war eine Outdoor-Person, sogar noch mehr als ich selbst, und ich glaube, meine Liebe zur Natur hat von ihm wie Blaubeersaft an den Fingern auf mich abgefärbt. Aber es gibt noch einen anderen Teil von mir, denjenigen, der sich an die Schultheateraufführung von Hans Christian Andersens »Schneekönigin« erinnert. Alle meine Freundinnen hatten sich darum gerissen, Gerda zu spielen. Ich nicht, ich wollte die Schneekönigin sein, auch wenn sie die Böse im Märchen war. Es war die einzige Gelegenheit, zu der ich High Heels trug, und einer der wenigen Momente, in denen ich mich wirklich schön fand – nein, nicht nur schön: strahlend, wie das Glitzern auf der schuppigen Oberfläche der Schuhe in meiner Hand.

Eine Berührung am Arm reißt mich so heftig aus meinen Gedanken, dass ich zusammenzucke. Der Schuh entgleitet meinem Griff und knallt auf den Boden.

»Sorry«, sagt das Mädchen mit den langen spaghettidünnen Haaren, die Augen erschrocken aufgerissen. Sie ist vielleicht dreizehn oder vierzehn, ein paar Pickel leuchten dunkelrot auf ihrem blassen Kinn. Erst jetzt wird mir bewusst, dass ich ihre Stimme eben schon gehört habe. Sie hat mich angesprochen, aber ich war zu sehr in Gedanken gewesen, um zu reagieren.

Ich bücke mich und hebe den Schuh auf, um ihn wieder zurück auf den Drehständer zu stellen.

»Sorry«, sagt das Mädchen noch einmal.

»Schon gut. Ich war … ich war gerade in Gedanken woanders.«

»Ich soll Ihnen was ausrichten.«

Ich runzle verwirrt die Stirn. »Was? Von wem denn?«

»Keine Ahnung. Da war diese Frau, sie hat auf Sie gedeutet, mir zweihundert Kronen in die Hand gedrückt und gesagt, dass ich Ihnen etwas von ihr ausrichten soll.«

»Welche Frau?«, entfährt es mir. Schnell sehe ich mich um, erwarte, die Fremde vom anderen Ende der Rolltreppe am Eingang zum Schuhgeschäft zu sehen, ihren wissenden Blick, als würde sie mich kennen.

Das Mädchen hat sich ebenfalls umgewandt und zuckt die Achseln. »Keine Ahnung. Ich kann sie nicht mehr sehen. Auf jeden Fall hat sie Englisch mit mir geredet. Hat gesagt, dass sie sich mit Ihnen unterhalten will, über jemanden namens Geir.«

Bei der Erwähnung meines toten Mitbewohners aus ihrem Mund wird mir kalt.

»Sie sollen in eine der Umkleidekabinen bei H&M gehen«, fährt das Mädchen fort. »Jetzt. Das war alles.«

»Warte mal!«, rufe ich ihr hinterher. »Hat sie sonst noch was gesagt?«

Sie schüttelt den Kopf, ohne sich noch einmal zu mir umzudrehen. »Nein, nur das. Tschüss!«

Bevor ich ihr eine weitere Frage stellen kann, ist sie bereits wieder auf dem Weg nach draußen, Botschaft abgeliefert und weiter zu was auch immer sie am frühen Nachmittag in diesem Einkaufstempel vorhat, shoppen, mit Freundinnen abhängen, warten, dass der Tag vorbeigeht.

Was will die fremde Frau von mir, und warum spricht sie mich nicht selbst an? Was zum Teufel soll diese Geheimnistuerei? Nun, was auch immer es ist, wenn ich es herausfinden will, bleibt mir nichts anderes übrig, als ihr seltsames Spiel mitzuspielen. Und wenn es etwas mit Geir zu tun hat, dann will ich es herausfinden.

Ich gehe in den hinteren Bereich des Ladens, wo Leif sich gerade ein Paar schwere, schwarze Winterstiefel angezogen hat. Er reckt mir im Sitzen die ausgestreckten Füße entgegen. »Wa-was denkst du? Geil, oder?«

Ich nicke zustimmend. »Die sehen klasse aus. Hör mal, ich schaue eben schnell zu H&M und komme gleich wieder, okay?«

»Aber ich bin schon fer-fertig, *fuck*!«

»Lass dir Zeit. Du brauchst nicht gleich das erstbeste Paar zu nehmen, das dir gut passt.«

»Na gut, o-okay.«

Die Verkäuferin neben ihm dreht die leere Schuhschachtel in ihren Händen, offensichtlich nicht begeistert darüber, den laut fluchenden jungen Mann noch länger bedienen zu müssen. Beim Anblick ihres verzweifelten Lächelns beschließe ich, mir noch extra Zeit zu lassen, bis ich wieder zurückkomme.

Im H&M ist kaum etwas los. Schon beim Betreten des Geschäfts halte ich nach allen Richtungen die Augen offen, in der Hoffnung, die Fremde wiederzuerkennen. Aber ich habe sie nur einen Augenblick lang gesehen, und ich muss zugeben, dass ich noch eher ihre Kleidung im Gedächtnis habe als ihr Gesicht, das von der tief in die Stirn gezogenen Wollmütze dominiert war. Keine der wenigen Kundinnen, an denen ich vorbeigehe, sieht meiner Erinnerung von der Frau an der Rolltreppe ähnlich.

Im Vorbeigehen greife ich mir zwei T-Shirts aus einem Regal und steuere die drei Umkleidekabinen an. Die ganz links ist leer. Bevor ich sie betrete und den Vorhang hinter mir zuziehe, blicke ich mich noch einmal um, aber die Frau, an die ich mich zu erinnern glaube, kann ich nirgends entdecken.

Mit einem Seufzen lasse ich mich auf einer schmalen Bank an der Wand nieder, die beiden T-Shirts neben mir. Ich habe nicht vor, sie anzuprobieren. Was mache ich hier nur? Es ist durchaus möglich, dass die Fremde etwas mit den Einbrechern zu tun hat, die für Geirs Tod verantwortlich sind. Aber wenn dem so ist, dann bin ich es ihm schuldig, mich auf ihr geheimnistuerisches Spiel einzulassen.

Familie. *Eine von meinem Stamm.* Verflucht noch mal, warum hast du das sagen müssen, Geir? Damit hast du mich drangekriegt. Das bedeutet etwas bei uns.

Ein Paar verdreckter Fellstiefel wird zwischen Vorhangende und Boden sichtbar. Auf dem hellen Stoff kann ich die schemenhaften Umrisse einer Gestalt ausmachen, die direkt vor der Umkleidekabine steht.

»Wenn Sie die Bullen rufen, bin ich weg.«

Die Stimme der Fremden klingt leise. Vor den Hintergrundgeräuschen der anderen Kunden und dem aus dem Lautsprecher rieselnden Norwegenpop ist sie gerade noch so zu verstehen. Sie spricht auf Englisch, aber ich höre noch etwas anderes aus dem Klang ihrer Worte heraus. Wieder ein schottischer Akzent!

»Was wollen Sie von mir?«, frage ich auf Englisch zurück, meine Stimme etwas lauter als ihre, im Versuch, sie fest klingen zu lassen, die Kontrolle über die Situation zu bekommen.

»Ich will, dass Sie mir zuhören. Ich war mit Geir befreundet.« Die Stimme der Frau vibriert vor nur mühsam unterdrückter Aufregung. Ich ahne es mehr als dass ich sehe, wie sich der Schemen hinter dem Vorhang nach allen Seiten umsieht. »Sind sie allein?«

»Ja, das bin ich.«

»Was ist mit dem jungen Typ, der bei Ihnen war?«

»Der sieht sich drüben bei Eurosko Winterstiefel an.«

Ich höre, wie sie tief durchatmet, und erhebe mich von meiner Bank. »Sagen Sie, was soll diese Geheimnistuerei?« Meine Hand hat kaum den Stoff vor dem Eingang zur Kabine berührt, um ihn zurückzuziehen, als sie weiterspricht, diesmal unverhohlen erregt.

»Lassen Sie den Vorhang zu, oder ich verschwinde sofort! Ich will nicht, dass Sie mich identifizieren können.«

Ich ziehe meine Hand zurück. »Schon gut, schon gut. Also: Warum wollten Sie mit mir sprechen? Sie sagten, dass Sie Geir kannten. Gehören Sie zu den beiden Einbrechern von gestern? Die haben sich auch so angehört, als hätten sie ihn von früher gekannt.«

Ich weiß nicht, wie klug es war, die beiden Männer erwähnt zu haben. Die Polizei ist in den heutigen Nachrichten nicht weiter in die Details der Umstände um Geirs Tod gegangen. Aber meine Neugier ist größer als taktische Überlegungen.

»Ich … ich weiß, wen Sie meinen«, sagt sie ausweichend. Mein Herz beginnt noch schneller zu schlagen. *Bingo!*

»Aber … aber ich hab versucht, sie davon abzuhalten, das müssen Sie mir glauben!« Ihr leises Raunen an der anderen Seite des Vorhangs hat etwas Flehentliches bekommen. »Wenn die beiden Idioten nur auf mich gehört hätten!«

Der beißende Pulvergeruch einer abgefeuerten Pistole mischt sich von einem Moment zum nächsten mit dem intensiven Duft neuer Kleidung um mich herum. Ich beiße so hart die Zähne aufeinander, dass mir der Kiefer schmerzt. Geir liegt sterbend vor mir auf dem PVC-Boden der Umkleidekabine, Blut sickert aus seiner Bauchwunde, über sein Hemd und auf den Boden. Am liebsten würde ich aufspringen und mir diese Frau schnappen, um sie zur nächsten Polizeidienststelle zu schleifen. Aber für den Moment halte ich mich noch zurück. Ich will Antworten. Und ich weiß nicht, ob ich dieser Unbekannten in einem Handgemenge überlegen wäre.

»Wegen Ihren beiden Freunden ist Geir tot!«, entfährt es mir. »Und Sie schützen sie auch noch. Warum?«

»Weil ich keine Lust habe, dass die Polizei mich wegen Mitwisserschaft dranbekommt. Dabei habe ich bis zuletzt versucht, ihnen alles auszureden. Aber …« Sie zögert. »Aber vor allem wegen dem Mann, der wirklich an allem schuld ist, was gestern passiert ist.«

»Wovon reden Sie?«, frage ich verwirrt.

Sie schnaubt unwillig. »Von demjenigen, der die beiden zu dem Einbruch angestiftet hat. Er … er arbeitet für einen Mann, der wertvolle Gegenstände sammelt.« Sie holt tief Luft. »Hören Sie, Sie sind in Gefahr. Darum wollte ich mit Ihnen sprechen. Um Sie zu warnen. Geir hatte etwas in seinem Besitz, das dieser Mann, dieser *Sammler*, haben will – um jeden Preis. Sie wissen ja, was ich meine.«

»Nein, ich weiß gar nichts«, erwidere ich ungeduldig. »Wer ist der Mann? Haben Sie einen Namen?«

»Wenn ich Ihnen den nennen würde, wäre ich morgen so tot wie Geir.«

Für einen Moment ist mein Verstand wie leer. Die Endgültigkeit dieses Satzes hallt in ihrer Stimme nach, und ich habe keine Ahnung, was ich sagen soll. Bis das Naheliegendste aus mir herausbricht.

»Und die Namen der beiden anderen?«

Sie geht nicht auf meine Frage ein. »Früher waren sie mit Geir befreundet gewesen, genauso wie ich. Alle vier waren wir uns sehr nah. Aber dann hatten wir einen Streit.« Sie macht eine Pause, und ich höre sie leise aufseufzen. »Egal. Hören Sie: Der Mann, von dem ich Ihnen erzählt habe, hat meine Freunde beauftragt, mit Geir zu reden. Die beiden sollten ihn davon überzeugen, ihm diesen Gegenstand aus seinem Besitz zu überlassen.«

»Das ging mächtig schief.«

Ihre Stimme bricht. »Ich wollte nicht, dass das passiert«, stöhnt sie auf. »Keiner von uns wollte das. Ich hab Geir sogar noch eine Nachricht geschrieben. Hab ihn gebeten, Vernunft anzunehmen. Aber er war so verflucht stur! Und jetzt ... der Sammler, für den die beiden Geir unter Druck setzen sollten, hat von Ihnen gehört. Die beiden haben ihm erzählt, was Geir über Sie gesagt hat. Dass Sie wissen, wo das ist, was er haben will.«

»Das stimmt nicht!«, fahre ich auf. »Warum denken alle, Geir hätte mir irgendwas verraten? Nur, weil er mich mochte? Mir ist schleierhaft, wovon er gesprochen hat!«

»Dann lassen Sie sich besser was einfallen«. Sie hört sich nicht so an, als ob sie mir glaubt, ja eher noch, als sei sie beleidigt darüber, dass ich sie für dumm verkaufen wolle. »Jetzt tun Sie nicht so, als ob Geir Ihnen nichts erzählt hätte! Ich habe Ihnen alles gesagt, damit ich es loswerde. Was Sie damit anfangen, müssen Sie selbst wissen.«

Der Schemen hinter dem Vorhang verblasst so plötzlich, als würde ein Geist verschwinden. Ich springe von meinem Platz auf. Meine Hand schnellt vor und reißt den Stoff zur Seite. Grelles Licht aus einem Deckenstrahler in einem schräg vor mir an einer Säule lehnenden Spiegel blendet mich, und ich muss blinzeln.

Sie ist weg. Verdammt, verdammt!

Mein Blick schnellt nach links und rechts.

Drei junge Männer, zwei von ihnen über ihre Handys gebeugt.

Eine junge Mutter mit einem kleinen Mädchen an der Hand.

Zwei Mittdreißigerinnen, keine davon eine Frau in klobigen Winterstiefeln und mit einer schwarzen Wollmütze.

Eine schnelle Bewegung am Rand meines Blickwinkels erregt meine Aufmerksamkeit, mein Blick richtet sich nochmals nach links. Da! Hinter dem Drehständer mit den Winterjacken hastet sie zum Ausgang!

»He, Sie!«, rufe ich. Mehrere Köpfe rucken zu mir herum, ihrer nicht, natürlich nicht.

Ich springe ihr hinterher, um sie einzuholen. Sie hat bereits den Eingang erreicht. Da sehe ich Leif direkt vor ihr im Türrahmen. Sein suchend umherschweifender Blick trifft auf meinen.

»Halt sie auf!«, schreie ich ihm zu, aber ich habe keine Zeit, ihm irgendetwas zu erklären, und ich schicke meinen Worten wie automatisch hinterher: »Die hat mein Handy geklaut!«

Leif begreift sofort, wen ich meine. Er packt die Frau, die an ihm vorbeieilen will, am Arm, doch sie reißt sich mit überraschender Stärke von ihm los, und Leif taumelt nach hinten und knallt mit dem Hinterkopf gegen den Türrahmen.

»*Au! Fuck!*«, flucht er, Überraschung und Schmerz in der Stimme.

Ich bin bei ihm. »Ist alles okay?« Schräg hinter ihm rennt die Frau den Gang entlang.

Er antwortet mir nicht, sondern stößt sich vom Boden ab wie ein Sprinter. Mit Riesenschritten rennt er der Frau hinterher, und jetzt sind wir drei, die einander hinterher die momentan leere Rolltreppe hinabrennen.

Der Schein der glühbirnenförmigen Lichterketten spiegelt sich im Handlauf, er blitzt mir im Vorbeirennen in die Augen, das Aufklatschen unserer Füße hallt mir in den Ohren. Einige Leute bleiben stehen und sehen uns verwirrt, sogar ungehalten nach, einige weichen der Frau aus, als sie dicht an ihnen vorbeistürmt. Sie rempelt eine junge Frau an, die ihr Mobiltelefon fallen lässt. Rotblondes Haar quillt ihr im Weiterrennen unter der schwarzen Mütze hervor.

»Pass doch auf, verdammt!«, schimpft ihr die junge Frau hinterher, die sich gebückt hat, um ihr Handy aufzuheben. Leif hetzt so dicht an ihr vorbei, dass sie sich erschrocken mit dem Hintern auf den Boden fallen lässt. Dann bin ich ebenfalls an ihr vorbei.

Leif ist verflucht schnell, das muss man ihm lassen. Nur noch ein paar Meter, und er hat sie eingeholt. Die Frau rennt am Eingang zu einem Schreibwarenladen vorbei. Als würde sie ahnen, dass ihr Verfolger schon die Hände nach ihr ausstreckt, um sie festzuhalten, schnellt ihr Arm im Laufen zur Seite vor und reißt einen Postkartenständer um. Leif kann nicht mehr bremsen. Sein Aufschrei gellt zusammen mit einem schrillen Scheppern durch den Gang, als er mit dem fallenden Ständer zusammenstößt und stürzt. Kleine norwegische Flaggen aus Plastik, Glückwunschkarten und Postkarten von Oslo segeln über den Boden. Ich renne an Leif vorbei, der auf der Seite liegt und sich mit schmerzverzerrtem Gesicht das linke Schienbein hält. Der Ständer liegt neben ihm. Ein junger Mann eilt aus dem Schreibwarenladen heraus und auf ihn zu.

»*Fo-Fotze!*«, höre ich Leif zischen, dann bin ich an ihm vorbei, aber ich bin nicht so schnell wie die Frau, die ich verfolge, und schon gar nicht wie Leif.

»Halt! Bleib stehen!«, schreie ich ihr nach. Wieder sehen sich Umstehende nach uns beiden um, aber niemand macht Anstalten, sie aufzuhalten, und sie hat sich bereits durch die

Drehtür am Ausgang gequetscht. Keuchend und mit Stichen in der Seite halte ich an. Meine Beine zittern, und ich beugte mich im Stehen vor, die Hände auf die Oberschenkel gestützt. Ich atme tief durch. Stimmenfetzen dringen an mein Ohr.

»Scheiße, mein B-Bein!«

»Sie können hier nicht einfach durchrennen. Das ist gefährlich.«

»*Fotze*!«

»*Was*? Was haben Sie gesagt?«

»Er … meint es nicht so«, stoße ich laut hervor, während ich mich umdrehe, aber der junge Mann achtet gar nicht auf mich. Ich kann sein Gesicht nicht erkennen, denn er steht mit dem Rücken zu mir, aber seine Fäuste sind geballt. Leif richtet sich auf, die Züge finster und schmerzverzerrt.

»Hören Sie, er hat den Ständer nicht umgeworfen!«, rufe ich außer Atem.

Beinahe zögernd dreht der Mann sich um. Der Zorn in seinen Zügen weicht Verwirrung. Ich achte kaum auf ihn. »Hast du dich verletzt?«, frage ich Leif.

Er schüttelt mit zusammengepressten Lippen den Kopf, während er weiter sein Schienbein massiert. Dann tritt er hart gegen die Metallschienen des Drehständers.

»He, noch so 'ne Nummer, dann rufe ich die Sicherheit, und Sie ersetzen mir den Schaden!«

Bevor Leif etwas erwidern kann, packe ich seinen freien Arm und ziehe ihn gewaltsam ein paar Schritte weg.

»T-tut mir leid, dass ich sie ni-nicht gekriegt hab, *fuck*!«

Sein aufgeregtes Kopfrucken ist ausgeprägter als ich es bisher an ihm gesehen habe.

»Ist schon in Ordnung«, sage ich, bemüht, meine vom Laufen angestrengte Stimme ruhig klingen zu lassen. »Danke dir, dass du mir helfen wolltest.«

Seine schmerzverzerrte Grimasse verzieht sich zu einem Lächeln. Genau in diesem Moment beginnt mein Mobiltelefon in der Jackentasche zu klingeln. Der laute Joik zu Clubmusik ist unüberhörbar.

Leif starrt mich verwirrt an. »D-du hast doch gesagt, sie hat dir das Ha-Handy geklaut?«

Am liebsten würde ich mich jetzt einfach fortteleportieren. So weit weg wie möglich, wo niemand sieht, wie ich vor Verlegenheit knallrot anlaufe. Ich habe jemanden, den ich betreue, mit einer Lüge dazu veranlasst, hinter einer fremden Frau herzurennen, um sie aufzuhalten, wenn nötig, gewaltsam. Und ich habe mich beim Lügen erwischen lassen.

»Es … es tut mir leid«, sage ich und bemerke, wie lahm ich mich anhöre. Etwas schneller füge ich hinzu: »Ich hatte keine Zeit, es dir zu erklären. Sie hat –«

»Du ha-hast mich a-angelogen!«, unterbricht Leif mich ärgerlich. »*Fotze! Fuck!*« Er hat aufgehört, sein Bein zu reiben. Das Handy joikt noch immer aufdringlich in meiner Jackentasche.

»Es war wirklich wichtig«, sage ich atemlos. »Hör zu, ich –«

»Lüg mich nicht noch mal an!«, schnappt Leif. Unvermittelt dreht er sich um und geht mit einem leichten Hinken den Gang entlang Richtung Ausgang, ohne sich noch einmal nach mir umzudrehen.

Seufzend ziehe ich mein Handy hervor und nehme den Anruf an.

»Hei, na, wie läuft es mit Leif?«, dringt Katrines Stimme aus dem Lautsprecher an mein Ohr. »Kannst du ihn mir mal kurz geben? Ich habe ganz vergessen, ihm zu erzählen, dass sein Vormund bei uns angerufen hat. Er will ihn wegen eines Antrags auf Fahrgelderstattung bei NAV sprechen.«

»Es … es ist gerade etwas schlecht«, stammle ich. »Ich ruf dich gleich nochmal zurück.«

Ohne auf eine Antwort von ihr zu warten, beende ich das Gespräch und stecke das Handy weg. Dann eile ich meinem Betreuten hinterher zum Ausgang.

13

Es dauerte eine Weile, bis Leif sich wieder beruhigte. Er war so verletzt und verärgert, dass mir nichts anderes übrigblieb, als ihm zu erklären, warum ich die fremde Frau aufhalten wollte. Wir standen direkt vor einem Eiscafé, und ich zog ihn an einen freien Tisch, wo ich mich auf einen von drei leeren Stühlen niederließ.

In der letzten Viertelstunde habe ich ihm alles erzählt, was mir gestern passiert ist. Jetzt sitze ich ihm schweigend gegenüber. Er mustert mich stirnrunzelnd, dann greift er sich zum ersten Mal, seitdem die Kellnerin einen riesigen Eiskaffee vor ihn auf den Tisch gestellt hat, den neben dem Unterteller liegenden Löffel und schaufelt sich Sahne und Schokoladeneis in den Mund. Ich beobachte ihn, aber er erwidert meinen Blick nicht, sondern ist völlig auf sein Eis konzentriert, das bereits zu schmelzen begonnen hat.

Schließlich legt er den Löffel weg. Seine Gesichtsmuskeln sind entspannter als noch zuvor, auch der Ärger ist aus seiner Miene verschwunden. Er sieht nachdenklich drein. »D-das ist eine völlig i-irre Sache, *Fotze*!«, sagt er schließlich in einem fast ehrfürchtigen Ton.

»Vor allem ist es eine sehr *private* Sache«, sage ich scharf. »Ich habe dir das alles nur erzählt, damit du dir nicht vorkommst, als hätte ich dich vorhin verarscht.«

»V-Verstehe.«

Ich nippe an meinem Kaffee. Die Tasse habe ich während meiner gesamten Erzählung so fest hin und hergedreht, dass die von ihr ausgehende Wärme anfangs regelrecht unangenehm war.

»Wenn ich irgendetwas davon in den nächsten Tagen in einer Zeitung lese, dann weiß ich, wo es herkommt. Und dann beende ich meine Betreuung.«

»Hey, s-seh ich aus wie jemand, der sein Ma-Maul nicht halten kann?«, erwidert Leif mit halb gespielter, halb ernst gemeinter Empörung. »*Fuck*!«

Ich weiß nicht, was ich auf eine dermaßen klaffende Schere zwischen Anspruch und Wirklichkeit antworten soll, also nehme ich einen weiteren Schluck.

»R-ruf auf jeden Fall die Bu-Bullen«, drängt Leif. »Das hört sich g-gefährlich an.«

Ich nicke knapp, wobei ich versuche, mir meine wachsende Besorgnis nicht anmerken zu lassen. So ungern ich mit der Polizei zu tun habe – ich muss ihm recht geben. Was die Frau mir erzählt hat, klingt ziemlich bedrohlich. Es wird Zeit, die Nummer auf der Visitenkarte zu benutzen, die ich bekommen habe. »Zuhause habe ich die Nummer von einem Kommissar Amir Tajik«, sage ich. »Sobald ich wieder daheim bin, rufe ich ihn an.«

»Ist das alles krass«, sagt Leif beinahe ehrfürchtig. »Wie in dieser Krimiserie *Die B-Brücke. Fuck!*« Sein Kopf ruckt hart nach hinten, dann greift er sich wieder den Löffel, um in seinem Eiskaffee zu rühren. »K-Kennst du die?«, fragt er mit vollem Mund.

Geistesabwesend schüttle ich den Kopf. Ich versuche mir das Wenige, was sich mir von der Frau ins Gedächtnis gegraben hat, in Erinnerung zu rufen, aber es sind tatsächlich nur ein paar Äußerlichkeiten, ihre Kleidung, ihr langes rotblondes Haar. Ihr Gesicht ist bis auf ihre Augen ein unscharfer Fleck. Ich glaube nicht, dass ich sie auf einem Foto wiedererkennen würde. Doch ihre Stimme … das ist etwas anderes. Die habe ich so gut gespeichert wie auf einer Festplatte. Ich weiß nicht, ob meine Aussage vor einem Gericht standhalten könnte, aber ich glaube, anhand ihrer Stimme wäre ich in der Lage, sie zu identifizieren.

Ein klirrendes Geräusch lässt mich meinen Blick heben. Leif ist mit seinem Eiskaffee fertig und hat den leeren Becher von sich geschoben. Er streicht sich leicht mit der Hand über das Knie, mit dem er gegen den Postkartenständer gestoßen ist.

»Tut es immer noch weh?«

Er schüttelt den Kopf, fast, als sei es ihm peinlich. »Nein, nein.«

»Du warst wirklich verflucht schnell.«

Ein schmales, aber stolzes Lächeln erhellt sein Gesicht. »Ich hä-hätte die auch erwischt, *fuck*! I-in der Schule war ich der B-Beste auf hundert Meter.«

»Hast du jemals daran gedacht, mehr daraus zu machen?«

»Du meinst, P-Profisport?«

»Nicht unbedingt, aber Sport an sich.«

Er wirft den Kopf zurück und lacht. »M-mit dem Stottern? Und dem Sch-Scheißtourette? *Fuck*! I-in den meisten Sportarten gibt es M-Mannschaften. Teams. Hab k-keine Lust, dass die mich anschauen wie einen B-behinderten! *Fotze*!«

»Das hat dich heute nicht gestört, als du bei Eurosko eingekauft hast.«

»D-du bist doch mitgekommen.«

»Nur am Anfang.«

»Das wa-war was anderes«, winkt er ab. »D-die sind ja froh, wenn man w-was kauft, *fuck*!«

»Da ist es leicht, freundlich zu sein. Ist mir klar. Ich will nur sagen: Du bist stärker, als du es vielleicht selbst ahnst. Stark genug, um es dir nicht anmerken zu lassen, wenn sie dich anglotzen.«

Er wirft mir einen zweifelnden Blick zu, und ich füge hinzu: »Nicht, wenn du es sie nicht spüren lassen willst. Das ist wichtig:

dass *du* bestimmst, was sie sehen sollen, nicht, dass du ihnen zuliebe eine Mauer hochziehst, mit der es dir nur schlecht geht.«

Leif runzelt die Stirn, und ich glaube sehen zu können, wie er über jedes Wort, das ich gesagt habe, genau nachdenkt. Dann nickt er langsam.

»Ha-hast ja recht. Trotzdem: M-mir geht's nicht schlecht.«

»Magst du deinen Job in der Gärtnerei?«

Er nickt.

»Viele Leute siehst du da nicht, oder?«

»Z-zum Glück! Ich bin fast die ganze Zeit allein im G-Gewächshaus, und die Pflanzen schauen mich nicht b-blöd an, wenn ich rumfluche. *Fuck!*«

Er rutscht etwas unruhig auf seinem Stuhl hin und her, und ich ahne, dass er das Thema nicht vertiefen will. Also winke ich der Kellnerin und bezahle.

Draußen hat sich bereits wieder die winterliche Dunkelheit über die Stadt geneigt. Es wird noch mindestens einen Monat dauern, bis es wieder auffallen wird, dass die Tage länger werden. Die Rushhour hat begonnen, und der Lärm des Berufsverkehrs dringt von der nahen Schnellstraße zu uns herüber, als wir uns den Vitaminveien entlang zur Haltestelle der Linie 11 aufmachen.

Es dauert nicht lange, bis wir wieder in Grünerløkka angekommen sind. Wir steigen beide am Olaf Ryes Platz aus, und Leif verabschiedet sich von mir. »Danke fürs M-Mitkommen!«, sagt er, dünne Atemwolken vor dem Mund. Er deutet auf seine neuen Winterstiefel. »D-die sind klasse. Mit denen f-friere ich in der Gärtnerei kein Stück im K-Kalthaus. *Fuck!*«

Er winkt mir über die Schulter zu, während er sich in Richtung Sofienbergpark nach Hause aufmacht, und ich sehe meinem ersten Betreuten in meiner neuen Arbeit nach, wie er um eine Straßenecke verschwindet.

Auf den letzten paar hundert Metern nach Hause hat es zu schneien begonnen. Dicke, nasse Flocken, groß wie Briefmarken, blitzen in den Lichtkegeln der Straßenlaternen auf, und ich ziehe meinen Kopf ein und blicke ihnen nach, wie sie vor mir zu Boden trudeln. Den schwarzen Kleintransporter, der plötzlich neben mir anhält, bemerke ich erst, als sich bereits die Schiebetür öffnet. Jemand springt heraus, Stiefel landen auf dem Straßenpflaster. Alles geht so schnell, dass ich kaum Zeit zum Nachdenken finde. Eine Hand packt mich hart am Arm, und erst jetzt wird mir klar, dass dies mir gilt.

Ich öffne den Mund, um einen Hilfeschrei auszustoßen, aber jemand drückt mir eine Hand auf den Mund, und ich versuche, meinen Kopf hin und her zu reißen, um sie loszuwerden, aber die Hand presst sich nur noch fester auf meine Lippen. Sie steckt in einem Handschuh, und ich beiße auf festen, nach Kunstleder riechenden Stoff, ohne denjenigen verletzen zu können, der mich von hinten festhält. Mein Blick irrt umher auf der Suche nach Hilfe, aber auf der dunklen Straße ist niemand weit und breit zu sehen. Verzweifelt trete ich hart nach hinten aus und treffe etwas, wahrscheinlich ein Schienbein. Dicht an meinem Ohr stößt jemand ein unterdrücktes Stöhnen aus. Dann spüre ich einen schmerzhaften Stich seitlich am Hals.

Das passiert nicht wirklich!, denke ich. *Ich werde mitten in Oslo entführt!* Die Panik dreht mir den Magen um, oder ist es etwas anderes, was mir den Blick vor Augen verschwimmen lässt und dafür sorgt, dass mir die Beine einknicken? Ich kann sie nicht mehr fühlen, aber ich werde aufrecht gehalten. Etwas wird mir über den Kopf gezogen, alles verdunkelt sich vor meinen Augen, und der intensive Geruch von feuchter Schafwolle dringt mir in die Nase. Die Hand vor meinem Mund ist fort, und ich öffne ihn, um einen lauten Schrei auszustoßen, aber es will einfach nichts aus meiner Kehle dringen außer einem gequälten Stöhnen, das ich kaum mir selbst zuordnen kann. Es scheint kilometerweit weg von meinem Körper zu erklingen.

Das Letzte, was ich wahrnehme, ist das schleifende Rucken der Transportertür. Mit einem lauten Knall fällt sie ins Schloss, dann versinken alle meine Sinne in einer dicken Schicht aus feuchter, muffig stinkender Wolle.

14

»Frierst du?«

Ich schüttle stumm den Kopf. Der Schafwollgeruch der Decke, die ich mir auf meinem Stuhl bis übers Kinn hochgezogen habe, steigt mir in die Nase. Es ist ein angenehmer Geruch und eine der ältesten Erinnerungen, die ich besitze: auf einem Schaffell im Lavvu unseres Vaters zu liegen und dem Spiel der Schatten zuzusehen, die von den Flammen im offenen Feuer auf den Zeltstoff geworfen werden. Aber damals war ich drei, vielleicht vier Jahre alt, und unser Vater war noch am Leben.

Atle reicht mir eine dampfende Tasse. »Hier, trink.«

Ich verziehe kurz den Mund. Ich bin kein Baby mehr, ich bin zwölf, und ich mag es nicht, wenn man mich bemuttert. Oder bevatert, in seinem Fall. Aber heiße Schokolade ist heiße Schokolade, und ich bin froh, dass Atle endlich wieder einmal zu Besuch gekommen ist.

»Villmarksregel?« frage ich.

»Villmarksregel«, sagt Atle. »Nummer … Nummer Dreihundertfünf: Wer blau im Gesicht ist, braucht etwas Warmes im Bauch.«

Grinsend greife ich zu.

Verdammt, ist die heiß! Im ersten Moment lasse ich die Tasse beinahe auf den verschneiten Bretterboden des Balkons fallen. Dann wechsle ich schnell meinen Griff und fasse sie am Henkel. Atle hat sich ebenfalls eine Tasse mit nach draußen geholt. Er hat sich neben mich ans Balkongeländer gestellt und folgt meinem Blick nach oben. Es ist Anfang Februar, und am Himmel über Kautokeino flammt ein kaltes Meer aus Sternen in der Nacht.

»Mir ist nicht kalt«, sage ich, damit Atle erst gar nicht auf die Idee kommt, ich hätte die heiße Schokolade nötig gehabt. Und es ist sogar die Wahrheit: Ich friere nicht. Ich habe zwei Pullover und eine gefütterte Winterjacke an, und mich obendrein noch in eine Wolldecke gewickelt, aber hauptsächlich, damit Mama sich keine Sorgen macht. Ich friere fast nie. Viele Leute, selbst hier oben am Polarkreis, halten den Winter nur aus. Ich nicht. Ich liebe ihn.

»Schade, dass wir heute Nacht keine Nordlichter sehen«, sagt Atle, immer noch den Kopf zum Himmel gerichtet.

»Dafür hab ich schon vier Sternschnuppen gezählt«, sage ich und nippe vorsichtig an der heißen Schokolade, aber sie ist nicht so heiß wie die Tasse, und ich nehme einen weiteren Schluck, einen richtigen.

Hinter uns öffnet sich die Balkontür. Der Refrain von Waterloo dröhnt in die Nacht hinaus. Es sieht ganz so aus, als ob Marja für den Rest des Abends Mamas altertümliche Pioneer-Anlage übernommen hat, und zusammen mit ihr die verkratzte Sammlung von Abba-CDs. Meine Schwester teilt Mamas Begeisterung für Agneta, Benny und keine Ahnung wie die anderen beiden heißen.

»Die Pizza ist fertig«, sagt Marja, die den Kopf auf den Balkon hinaussteckt. »Wollt ihr was abhaben?«

Atle schüttelt den Kopf. »Danke, aber ich bin noch satt vom Abendessen.«

Marja wendet mir ihr fragendes Gesicht zu. Eigentlich hätte ich Lust auf einen aufgewärmten Mitternachtssnack. Aber dazu müsste ich mich vom Balkon bewegen, und ich mag es, hier draußen unter dem winterlichen Sternenhimmel zu sitzen. Aber vor allem mag ich es, dass ich Atle endlich mal ein paar Minuten für mich allein habe. Er besucht uns nicht oft, und seitdem Papa vor einem Jahr gestorben ist, sind nur noch Mama, Marja und ich im Haus.

Ich schüttle den Kopf. Marja zuckt die Achseln. »Umso besser. Mehr für uns.«

Sie schließt die Tür, und Waterloo verklingt zu einem gedämpften Murmeln, das so weit weg sein könnte wie das Jahrzehnt, aus dem es stammt.

»Seit wann sagst du nein zu Pizza?«, fragt Atle amüsiert.

»Zu viele Leute da drin«, sage ich. »Mama hat schon sonst dauernd ein offenes Haus, besonders seit –«

Ich beende den Satz nicht. Atle weiß ohnehin, was ich meine. Vaters Tod hat alles verändert.

»Jedenfalls ist es an Jul besonders extrem«, fahre ich fort und schirme mit der Tasse mein Gesicht ab, während ich aus ihr trinke.

Atle lächelt, aber auf dem dunklen Balkon, der nur schwach vom nach draußen fallenden Licht des Wohnzimmers erhellt wird, sieht das schattenhafte Lächeln auf seinem Gesicht wie eine schmerzverzerrte Grimasse aus.

»Hotel Persen, was?«

»Halb Kautokeino gibt sich bei uns die Klinke in die Hand.«

Er lehnt sich mit dem Rücken gegen das Balkongeländer. Seine Miene ist ernst.

»Ich weiß, dass dir das alles oft zu viel ist«, sagt er leise, aber eindringlich. »Wegen deiner … wegen deines Zustands.« Er macht eine Bewegung mit seiner Hand, die darüber hinweghelfen soll, dass ihm das Wort nicht einfällt, das der Arzt in Tromsø gesagt hat. Aber ich habe es mir gut gemerkt. Ich habe es mir sogar aufgeschrieben: Hypersensibilität. Und er hat noch ein anderes Wort gesagt: Synästhesie.

Seit ich zurückdenken kann, hat Atle begriffen, was diese beiden Worte für mich bedeuten. Er hat es besser verstanden als Marja, besser als mein Vater, ja sogar besser als meine eigene Mutter, warum ich mich manchmal zurückziehen muss, um nicht völlig von den Eindrücken überschwemmt zu werden, die von allen Seiten herum auf mich einprasseln, wenn ich mich mit mehreren Menschen in einem Raum befinde. Ich kann es eine Weile aushalten, besonders, wenn ich gut ausgeruht bin und mindestens sieben oder acht Stunden geschlafen habe. Aber selbst dann kommt irgendwann ein Punkt, an dem ich mir einfach nicht mehr anders zu helfen weiß, als allein zu sein, um die Flut an Eindrücken einzudämmen. Als Atle noch bei uns wohnte, nahm er mich oft mit zum Jagen oder zum Fischen. Er wusste, dass die Einsamkeit mir half, den Strom zu einem Rinnsal zu verdünnen.

»Jul ist immer eine ganz besondere Zeit«, sagt er. Es hört sich wie eine Entschuldigung an. »Die Leute haben Schwierigkeiten, mit der Dunkelheit klarzukommen. Also treffen sie sich noch häufiger als sonst, weil es das Einzige ist, was die Nacht und die Kälte tatsächlich auf Abstand hält, mehr als ein geheizter Ofen, mehr als eine ganze Hausfassade voller blinkender Juldeko: andere Menschen.«

»Weiß ich doch«, murmele ich in meine Tasse. »Und normalerweise ist es auch gar nicht so schlimm. Ich mag die Leute ja sogar, die uns dauernd besuchen und Kuchen mitbringen und all das.« Ein Gedanke schießt mir durch den Kopf, und ich blicke zu Atle auf. »Ist es das, was du in Tromsø studierst?«

Erst runzelt er die Stirn, als verstünde er meine Frage nicht ganz, dann lächelt er. »Du meinst, warum Menschen so ticken, wie sie es tun?«

Ich nicke.

»Na ja, samische Studien haben vor allem mit der Kultur unseres Volkes zu tun. Aber stimmt schon, letztendlich geht es auch darum, warum wir zur Wintersonnwende jede Menge Lichter anzünden und feiern, dass wir schon zur Hälfte heraus aus dem Dunkel sind und die Tage bald wieder länger werden – die Christen haben das mit ihrem Jul nicht erfunden. Sie haben sich nur an etwas drangeklebt, was viel viel älter ist.«

Ich bin mir nicht sicher, ob ich das alles verstehe, was Atle sagt. Aber ich werde den Teufel tun und mir das anmerken lassen. Dafür liebe ich meinen Bruder: Er ist der einzige Erwachsene, der zu mir spricht, als wäre es ihm völlig egal, ob ich begreife, was er mir erzählt, der sich mit mir wie mit einem anderen Erwachsenen unterhält. Wenn wir miteinander reden, bin ich kein Kind, sondern ... mehr. Vielleicht sogar mehr als die anderen Erwachsenen mit ihren Vierkantgesichtern und ihren Vierkantgedanken. Wenn wir miteinander reden, ist alles möglich.

»Und das haben sie dir also in Tromsø beigebracht?«, frage ich ihn.

»Nein, die Idee ist mir ganz von alleine gekommen«, erwidert er schmunzelnd.

»Was bringen sie dir dann bei?«

Sein Gesicht leuchtet auf, er mag es, über das zu sprechen, was er studiert. »Samische Literatur, Kunsthandwerk, Rentierzüchtung und ihren Einfluss auf das ökologische Gleichgewicht. Unsere Geschichte. Wir waren nicht immer ein Volk von Rentierzüchtern, weißt du.«

»Nicht?«, wundere ich mich. Ich habe nie darüber nachgedacht. Für mich war es immer völlig selbstverständlich, dass es in der Vergangenheit unseres Volkes nie etwas anderes gab.

»Vor vielen Hunderten von Jahren waren wir ein Volk von Jägern. Wir sind durch dichte Wälder und über Tundren hinweg den Wanderungen der Tiere gefolgt und haben sie gejagt.« Er hebt seinen Kopf und streckt seinen Arm zum nächtlichen Himmel aus. »Siehst du dort oben die Sterne, die ein großes W ergeben? Das ist das Sternbild Kassiopeia.«

Auf meinem Stuhl sitzend lege ich den Kopf noch weiter in den Nacken und folge mit meinem Blick Atles deutendem Arm zu dem schwach pulsierenden Weiß in der Nacht. »Ja, da ist es! Ich kann es sehen!«

Er lächelt breit, ich sehe seine Zähne im matten Lichtschein jenseits des Balkonfensters schimmern. »Das ist das Geweih von Sarvvis, dem himmlischen Rentier. Für unsere Vorfahren weiter im Süden war er ein Elch, aber in dieser Gegend sahen unsere Ahnen in dem Sternbild einen riesigen Rentierbullen.« Er blickt noch immer zum Himmel empor, während er weiterredet. Seine Stimme ist leiser geworden, beinahe nachdenklich, als würde er mit sich selbst reden, obwohl ich weiß, dass er zu mir spricht.

»Jede Nacht wandert Sarvvis über den Herbst- und Winterhimmel. Jedenfalls sieht man ihn dann am besten, wenn es früh dunkel wird.«

Er dreht sich etwas nach links zur Seite und deutet auf eine andere Stelle am Himmel, nahe dem Karlswagen, einem Sternbild, das ich kenne. Den Namen habe ich in der Schule gelernt.

»Siehst du den hellen Stern in der Nähe des Karlswagens?«

Ich kneife die Augen ein wenig zusammen, dann nicke ich. »Ja, ich seh ihn.«

»Das ist Arcturus, aber für unsere Ahnen hieß er Fávdna. Er ist ein Jäger. Seine Waffe ist der Bogen Fávnnadávgi, und den kannst du ebenfalls da oben sehen.«

»Ist es …«, ich überlege kurz, meinen Kopf in den Nacken gelegt und mit gerunzelter Stirn, »… ist es der Wagen?«

»Genau der.« Atle lächelt zufrieden und trinkt von seiner heißen Schokolade. »Jede Nacht verfolgt Fávdna Sarvvis über den nächtliche Himmel«, fährt er dann fort. »Aber er ist nicht der Einzige, der hinter dem riesigen Rentier her ist. Eine ganze Gruppe von Verfolgern ist ihm auf den Fersen. Die Wichtigsten sind die Gállábártnit, die Jäger auf Skiern, im Sternbild des Orion, die Sarvvis vor Fávdna erlegen wollen. Und der Sternenhaufen der Pleiaden, das ist die alte Boares Áhkku mit ihren drei Hunden, die versucht, Sarvvis aufzuscheuchen. Sie hat einen Topf zum Kochen von Rentierfleisch bei sich.«

»Fangen sie Sarvvis auch irgendwann mal?«

Atle grinst. »Er ist immer noch dort oben, oder nicht? Fávdna hat es nicht so einfach, ihn zu erwischen. Er hat keine klare Sicht auf Sarvvis. Wenn er den Bogen hebt und auf ihn zielt, ist der Polarstern zwischen ihm und seiner Beute, der Nordnagel, Boahjenávli. Er hält das Himmelsdach an seinem Platz. Würde Fávdna danebenschießen und den Nordnagel treffen, dann würde der Himmel auf die Erde stürzen und die Welt ginge unter.«

Er blickt wieder mit diesem nachdenklichen Gesicht in die gleißende, dunkle Unendlichkeit. »Stell dir das mal vor«, sagt er leise. »Er ist ein Jäger, er folgt dem größten Rentierbullen, dessen Spur er je gesehen hat. Aber er wagt es nicht, ihn zu erschießen. Der Preis, den er bezahlen würde, wenn er einen Fehler machen würde, wäre zu hoch.«

Wir schweigen beide.

Undeutlich kann ich hören, wie drinnen Waterloo verklingt und den ersten Tönen von The Winner Takes It All weicht. Ich habe das eigenartige Gefühl, dass Atle mir mit seinen letzten Sätzen etwas sagen will, als würde er etwas zwischen den Worten für mich verstecken und nur darauf warten, dass ich mich eines Tages an seine Sätze erinnere, um die Botschaft wie die einer Flaschenpost aus der Vergangenheit zu entdecken. Gleichzeitig schießt mir durch den Kopf, dass ich all das schon einmal erlebt habe. Ein Teil von mir weiß, dass man das Déjà-vu nennt, aber welcher Teil ist das?

Der eines zwölfjährigen Kindes? Nein.

Der einer erwachsenen Frau?

Mir wird wieder der Wollegeruch der bis zu meinem Kinn hochgezogenen Decke bewusst. Er steigt mir scharf in die Nase, aber diesmal mischt sich eine unangenehme Kälte in ihn, und noch etwas anderes: der scharfe Geruch von Benzin und ölverschmiertem Metall, wie der in einer Autowerkstatt. Eisiges Weiß explodiert in meinem Gehirn, mein Herz beginnt in heller Panik zu hämmern. Der Balkon, der Sternenhimmel und Atle sind von einem Moment auf den anderen verschwunden, und die weiße Explosion in meinem Gehirn kollabiert zu Schwärze.

15

Ich bäume mich auf, aber eine Hand drückt mich in sitzende Haltung zurück. Schlagartig weiß ich wieder, was passiert ist. Jemand hat mich in einen Wagen gezogen, einen Kleintransporter. Ein erstickter Schrei entkommt mir, zerquetscht von der Panik, die mich im Griff hat. Als ich tief Luft hole, um diesmal richtig laut um Hilfe zu rufen, spüre ich eine flache Hand auf dem Mund. Der Wollstoff der Balaklava, oder was immer es ist, was man mir über den Kopf gezogen hat, presst sich gegen meine Zähne.

»Hör auf zu schreien«, erklingt eine Stimme auf Englisch dicht an meinem Ohr. Ich zucke heftig zusammen, halte aber mit immer noch offenem Mund inne.

»So ist's gut. Wir wollen uns nur mit dir unterhalten. Ist nicht nötig, dass dir dasselbe passiert wie Geir. Beantworte unsere Fragen, und wir gehen alle unserer Wege, *no harm done.* Nick, wenn du mich verstanden hast.«

Ich kann vor Panik kaum klar denken, und mit der Hand auf meinem Mund und dem Stoff dicht über meiner Nase kommt nicht genügend Luft in meine Lunge. Ich würge, und das Blut rauscht mir im Takt meines hämmernden Herzens höllisch laut in den Ohren.

»Ich hab gesagt: Nick, wenn du mich verstanden hast«, wiederholt die Stimme immer noch geduldig, aber mit einem Anflug von Gereiztheit.

Irgendwie schaffe ich es, die Muskeln meines Körpers wieder unter Kontrolle zu bekommen. Ich spüre den Druck meines Rückens gegen eine Rückenlehne. Ich muss zusammengesackt gewesen sein, aber jetzt sitze ich aufrecht. War ich ein paar Momente weggetreten? Wie lange war ich außer Gefecht? Und noch etwas fällt mir auf: Der Wagen, in dessen Innerem ich mich befinde, fährt nicht. Der Motor ist aus.

Langsam neige ich meinen Kopf vor, der Hand auf meinem Mund entgegen, und bringe ein Nicken zustande.

»Okay«, sagt die Stimme befriedigt, und schlagartig durchzuckt mich die Erkenntnis, wem sie gehört: dem einen der beiden Männer, die bei Geir eingebrochen sind. Natürlich – der Breitschultrige, dem Geir die Tür geöffnet und auf den er geschossen hat!

Auf eine bizarre Art und Weise reißt mich die Erkenntnis komplett aus meiner Lähmung. Ich bin erneut in der Zeit verankert. Meine Panik lässt mich wieder halbwegs nachdenken.

»*Du bist sowas wie Familie*«, sagt die Stimme des Breitschultrigen dicht neben mir. Sie betont jedes Wort. »*Eine von meinem Stamm.* Wir haben ihn gut gekannt, weißt du. Für ihn hat das etwas bedeutet. Er war *Asatru*.«

Dachte ich es mir doch. Na gut, zumindest hatte ich es geahnt. Geir war ein *Asengläubiger* gewesen, ein Anhänger der nordischen Religion aus der Wikingerzeit. Ich muss das aufklären, bevor alles noch schlimmer wird.

»Ich … hab Geir nur ein paar Tage lang gekannt«, stoße ich atemlos hervor. »Wenn ihr glaubt, dass er mir irgendetwas Wichtiges anvertraut hat, dann irrt ihr euch!«

»Ich glaub ihr kein Wort«, sagt eine zweite Stimme, etwa einen Meter weiter entfernt. Jetzt muss ich mich doch anstrengen, nicht wieder in starre Panik zu verfallen. Die Stimme klingt rau vor Unmut, aber sie ist es. Sie gehört dem Mann, der mir ein Messer an die Kehle gehalten hat, dem Mann, der Geir angegriffen und ihn erschossen hat.

»Man kann jemanden in einer einzigen Stunde so gut kennenlernen, dass man weiß, ob er Familie ist oder nicht.« Er holt tief Luft, als wolle er dem etwas hinzufügen, aber nichts folgt nach. Es herrscht Schweigen. Ich schweige ebenfalls. Was soll ich auch erwidern? Ich weiß, dass er recht hat. Das Blut rauscht und pfeift mir höllisch laut in den Ohren.

»Er hat dir verraten, wo es ist!«, herrscht mich die zweite Stimme an. Ich weiß genau, dass er sich nicht von seinem Platz etwas abseits bewegt hat, aber ich spüre wieder die kalte Klinge an meinem Hals. Vielleicht wird sie immer da sein, jedes Mal, wenn ich an diesen verfluchten Abend zurückdenke. Unwillkürlich keuche ich auf.

»Sag es uns, was er dir erzählt hat!«, fordert mich die Stimme des Breitschultrigen auf. »Dann machst du's dir einfach.«

»Ich … er hat mir nichts … Wir haben kaum miteinander gesprochen!«, bricht es aus mir heraus. »Und wenn, dann über völlig alltäglichen Kram. Oder seine Malerei.«

»Ich glaube ihr nicht«, höre ich den Mann mit dem Messer sagen. »Sie verschweigt uns etwas. Ich kann es ihr anhören.«

Die fremde Frau blitzt vor meinem inneren Auge auf, ein vager, verschwommener Umriss, der vor mir davonläuft.

Ich dränge das Bild weg, als könnten die beiden Männer, die mich entführt haben, direkt durch das Dunkel vor meinen Augen in meinen Kopf schauen. Schnell suche ich nach Worten.

»Gebt … gebt mir einen Hinweis«, sage ich außer Atem. »Bitte! Ich weiß wirklich nicht, worum es geht.«

Der Mann mit dem Messer schnaubt verächtlich, aber mit einem Mal ertönt ebenfalls auf Englisch eine dritte Stimme im Inneren des Transporters, geraunt, so leise, dass ich sie gerade noch hören kann.

»Also gut, Sara.«

Dass die fremde Stimme mich mit meinem Namen anredet, lässt meine Panik rotglühend vor meinen Augen auflodern.

Mir ist, als würde die Schwärze, die mich umgibt, in Flammen stehen.

Ich höre einen Körper, der sich durch den Transporter bewegt und sich neben mir niederlässt. Ich versuche, der dritten Stimme auszuweichen, aber auf meiner rechten Seite geht es nicht weiter. Schon nach ein paar Zentimetern stoße ich mit der Hüfte gegen die Wand des Wagens.

»Sara Elin Persen«, sagt die leise Stimme links von mir. »Ich habe mich über Sie erkundigt. Das war nicht schwer. Geld öffnet Türen, und mein Auftraggeber kann es sich leisten, jede Tür zu öffnen, die er will.«

Der Unbekannte hört sich nicht wie ein Angeber an, sondern wie jemand, der eine Tatsache klarstellt. Er muss für den Mann arbeiten, von dem mir die Frau im Storsenter erzählt hat. Für den *Sammler*.

Ich versuche, seine Stimme einem Alter zuzuordnen. Sie hört sich nicht viel älter an als ich, vielleicht Ende Zwanzig bis Mitte Dreißig. Keine Stimme, die ich problemlos wiedererkennen könnte, wenn sie in normaler Lautstärke mit mir sprechen würde. Und natürlich ist das beabsichtigt, genauso wie die Balaklava, die mir bis über die Nase gezogen ist und mich nichts sehen lässt. Der dritte Mann will sichergehen, dass er nicht identifiziert werden kann.

»Die Jüngste von drei Geschwistern. Fünfundzwanzig Jahre alt. Ihre Schwester Marja ist vier Jahre älter, Ihr Bruder Atle wäre nächsten Monat zweiunddreißig geworden. Eine Schande, wenn ein Sohn vor seiner Mutter stirbt.«

Wenn das hier ein Film wäre und ich die Heldin darin, dann würde ich die fremde Stimme vor mir anherrschen, dass sie den Namen meines Bruders nicht noch einmal in den Mund nehmen soll. Aber das hier ist kein Film, und mein Zorn darüber, dass der Mann mir mit seinem Gerede über Atle zeigen will, wie gut er über mich Bescheid weiß, ist eine geduckte Flamme in einer Windbö aus Panik.

»Sie sind weit weg von Kautokeino, Sara«, fährt die leise Stimme fort. »Zum ersten Mal in Oslo, nachdem sie zuletzt in einer Einliegerwohnung im Haus Ihrer Mutter gewohnt haben. Ihre Arbeit als Therapeutin läuft mehr schlecht als recht. Vor allem unterstützen Sie Ihre Verwandten dabei, die Rentierzucht Ihres verstorbenen Vaters über Wasser zu halten. Auch das weiß ich. Sie haben in Tromsø studiert, aber das zählt nicht. Das hier ist Oslo, die Tigerstadt, wie in dem Gedicht, wegen dem sie den Tiger am Bahnhof aufgestellt haben. Oslo ist ein Dschungel, und Sie kennen seine Regeln nicht. Kein Wunder, dass Sie gleich am ersten Abend mit jemandem wie Asbjørn Olstad zusammengerasselt sind.«

Ich zucke unwillkürlich zusammen, als mir das Gesicht des Mannes vor Augen steht, der mich die Treppe in Siris Haus hinuntergestoßen hat. Olstad heißt er also. Irgendwie macht es alles noch persönlicher, plötzlich seinen vollen Namen zu kennen. Ich bin mir sicher, dass dem Fremden neben mir meine Reaktion auf seinen letzten Satz nicht entgangen ist. Aber er geht nicht weiter darauf ein.

»Warum sind Sie nach Oslo gekommen?«, will er stattdessen wissen.

Ich kann dem Fremden nicht antworten. Der Mut, den ich hatte, als ich mich gegenüber Asbjørn behauptete, hat mich verlassen, und mein Kopf ist völlig leer.

»Okay«, höre ich die Stimme neben mir, in der nun Ungeduld mitschwingt, die unterschwellige Gereiztheit von jemandem, der es schon so lange gewohnt ist, dass alles läuft, wie er es will, dass ihn jeder Widerstand irritiert. »Ich weiß es ohnehin. Sie wollen herausfinden, wer für den Tod Ihres Bruders verantwortlich ist.«

»W-Woher …«, entfährt es mir.

»Das war nicht schwer herauszufinden. Sie haben bei der Polizei einen ganz schönen Aufstand gemacht. Haben denen vorgeworfen, sie hätten schlampige Arbeit geleistet, und behauptet, dass Sie nicht an einen Totschlag im Affekt glauben würden. Und nur ein paar Wochen nach seiner Einäscherung sind Sie in eine Stadt gekommen, in der Sie noch nie zuvor waren. Da muss man nur zwei und zwei zusammenzählen.«

Ein leises Keuchen entkommt mir, als ich fühle, wie der Mann neben mir etwas näher an mich heranrückt. Seine Stimme erklingt nun dicht neben mir.

»Sie sind jemand, der stur genug ist, es mit Leuten aufzunehmen, die einen Unfalltod vortäuschen können – *wenn* es diese Leute tatsächlich gibt. Und wenn die Tigerstadt Sie nicht durchkaut und wieder ausspuckt. Aber letztendlich kümmert es mich nicht. Mein Auftraggeber ist sehr daran interessiert, etwas von Ihnen zu erfahren. Wo ist der Fußbeißer?«

Ich habe keine Ahnung, wovon der Fremde spricht. In meiner Aufregung bin ich mir für einen Moment nicht sicher, ob ich ihn überhaupt richtig verstanden habe. »Der-Der w-was?«

»Der Fußbeißer!«

Jetzt bin ich mir sicher, dass ich ihn richtig verstanden habe, das Wort jedenfalls, aber ich weiß immer noch nicht, was er von mir will. »Hören Sie, ich habe wirklich keine Ahnung, was das alles soll. In der kurzen Zeit, die Geir und ich uns gekannt haben, hat er mir nichts gesagt, was irgendwie wichtig oder wertvoll gewesen wäre.«

»Er hat Ihnen gegenüber nie das Wort *Fußbeißer* erwähnt? Hat er Ihnen etwa nicht mit seinen letzten Worten gesagt, dass Sie ihn beschützen sollen?«

Ich schüttle heftig den Kopf. In der Dunkelheit schwindelt mir, als mir schlagartig klar wird, warum der Mann so sehr davon überzeugt ist, dass Geir mir etwas Wichtiges anvertraut hat. Die beiden Männer waren durch das offene Fenster verschwunden, aber sie waren nicht wirklich weg. Mindestens einer von ihnen muss noch in der Nähe geblieben sein, bis Geir das Bewusstsein verlor. Vielleicht wollten sie wissen, wie schwer er verletzt war. Vielleicht waren sie so abgebrüht, bis zum Schluss darauf zu hoffen, etwas Wichtiges in Erfahrung zu bringen. Egal, was es war: Mindestens einer der beiden war in unserer Nähe.

»Ich glaube ihr kein Wort«, wiederholt die misstrauische Stimme des Mannes mit dem Messer.

»Nein, ich glaube ihr auch nicht«, sagt der Fremde neben mir nachdenklich. »Finden wir heraus, ob Sie die Wahrheit sagen, Sara. Legt sie hin.«

Das Geräusch von Schuhen ertönt, und bevor ich auch nur zusammenzucken kann, hat ein Paar Hände meine Oberarme gepackt und mich herumgedreht. Ich lande bäuchlings auf dem Sitzpolster des Transporters. Der schwache Geruch von Kunstleder steigt mir in die Nase. Keuchend ringe ich durch die Wolle der Balaklava nach Atem, mein Magen ein einziger Ball aus Eis, der schwer gegen das Sitzpolster gepresst wird. Hände halten mich fest und ersticken meine Bewegungen.

»Bitte …«, stoße ich heiser hervor. »Ich … bitte, Sie müssen das nicht … ich weiß doch nicht …«

Jemand reißt an meinem Stiefel und zieht ihn mir mitsamt dem Wollstrumpf vom Fuß. Ich rechne damit, den Rest der Kleider vom Leib gerissen zu bekommen, aber das passiert nicht. Ich werde nur weiter hart im Liegen gegen den Sitz gedrückt.

»Sie sagen, Sie wüssten nicht, was der Fußbeißer ist«, erklingt die leise Stimme des Anführers der drei. Jedenfalls bin ich mir sicher, dass er ihr Anführer ist. »Ich gebe Ihnen eine Ahnung davon. Es heißt, dass Schmerz das Gedächtnis auffrischt. Können Sie sich vorstellen, wie schmerzhaft es ist, wenn Ihnen eine Klinge die Fußsehne durchschneidet?«

Wild versuche ich mich aufzubäumen, aber ohne Erfolg. Die Hände halten mich wie in einem Schraubstock fest. Ich rucke meinen Kopf hin und her, der einzige Teil meines Körpers, der sich frei bewegen kann, und schaffe es, mit seitlich gegen das Sitzpolster gepresster Wange den Mund zu öffnen.

»Bitte …«, keuche ich. »Ich …«

Ein weiteres Paar Hände ergreift den Knöchel meines nackten Fußes. Ich spüre kaltes Metall an meiner Haut. Der Druck der Klinge nimmt zu, wird schmerzhaft, ein Stechen, das als siedend heiße weiße Flamme über mein Bein mein Rückgrat emporschießt und tief in meinem Gehirn explodiert.

Fußbeißer.

»Was hat Geir Ihnen erzählt?«

Mein Kopf ruckt hart auf dem Polster hin und her. Mein Fußgelenk steht in Flammen. Ich kann einen Schmerzensschrei hören, aber nur gedämpft, wie unter Wasser. Ist das meiner? Es muss meiner sein, aber ich bin mir nicht sicher, das grelle, heiße Weiß vor meinen Augen erstickt jeden klaren Gedanken, selbst die bohrende Ahle, die sich meinen Körper emporgräbt.

Der Druck der Hände hat nachgelassen. Meine Lippen kleben nass und brennend vor Schmerz an der Wolle der Balaklava, ich muss sie blutig gebissen haben. Rasselnd ringe ich nach Luft.

»Jetzt glaube ich ihr«, sagt die leise Stimme des Anführers der drei.

»Sollten wir nicht noch einmal«, beginnt der Mann, der mit Geir gekämpft hat, aber der andere schneidet ihm das Wort ab, immer noch kaum lauter, aber deutlich schärfer. »Ich sagte, ich glaube ihr. Was auch immer euer alter Freund mit seinen letzten Worten gemeint hat, sie weiß es genauso wenig wie wir.« Er stößt ein leises Seufzen aus, und seine Stimme, die mit seinem nächsten Satz direkt an meinem Ohr erklingt, hört sich enttäuscht und müde an. »Aber ich musste sichergehen. Schmerz ist ein guter Test, um festzustellen, ob jemand lügt.«

Ich höre das dumpfe Rascheln von Kleidung und ahne vage, dass er jemandem ein Zeichen gegeben hat, denn mit einem Mal entsteht weitere Bewegung um mich herum. Eine Hand berührt meinen Hals dicht unterhalb der Balaklava. Ein Stich lässt mich zusammenzucken, und nur einen Moment darauf scheint mir Eiswasser durch die Adern zu rinnen.

»Leben Sie wohl, Sara«, sagt die leise Stimme. »Ich hoffe, dass Sie eines Tages herausfinden, wer für den Tod Ihres Bruders verantwortlich ist. Aber es wird Ihnen vielleicht nicht gefallen, was Sie erfahren.«

»Mein … mein Bein! Es tut so weh …«, stammle ich. Die Worte ziehen sich in meinen Gedanken wie klebrige Leimfäden in die Länge. »Bra… brauche einen Arzt!«

Hände greifen mich an Schultern und Hüften, ziehen mich vom Sitz. Mein verletztes Fußgelenk knickt unter meinem Gewicht weg. Ich entgleite den Fingern, die mich halten, und sacke zu Boden. Frische Spieße aus Schmerz jagen durch meinen Körper, ein erstickter Schrei entfährt mir, wie ein Echo folgt ihm ein unterdrückter Fluch von einem der drei Männer. Die Balaklava ist hochgerutscht, mein rechtes Auge ist frei und starrt blinzelnd auf die anthrazitfarbene Fußmatte aus Gummi.

Im nächsten Moment wird mir der Stoff wieder bis zum Mund heruntergezogen. Jemand reißt mich hoch, stützt mich. Einen verrückten Augenblick lang glaube ich, dass meine Entführer mir tatsächlich helfen werden. Sie werden mich zu einem Arzt bringen, der mich behandelt, der meine durchtrennte Fußsehne irgendwie wieder heil macht. Nichts für ungut.

Dann faltet sich die Dunkelheit um mich herum zu noch tieferer Schwärze zusammen und verschluckt alle Geräusche, Gerüche und anderen Empfindungen um mich herum. Das Letzte, was ich wie aus weiter Entfernung wahrnehme, ist das Rumpeln der sich öffnenden Seitentür des Transporters. Ich verliere den Boden unter mir und kippe vorwärts in nasse Kälte.

16

Grelle Lichter blitzen in der Schwärze auf, Scheinwerfer aus Bewusstsein, die kurz meinen Verstand erhellen und wieder verglimmen, um nichts anderes als Nachbilder zurückzulassen, glühende Drähte wie Leuchtspuren in Finsternis.

Ein abrupter, harter Schlag gegen meinen Kopf und meine Hüfte, eine dumpfe Unterwasser-Explosion aus Schmerz, dahinter das Geräusch eines Fahrzeugs, das sich entfernt.

Das tiefe, abgehackte Dröhnen einer Hupe.

Mehr Schmerz, in meinen Beinen und meiner Schulter.

Nässe, die mir eiskalt den Hintern hochkriecht und sich weiter über meinen Körper verbreitet.

Die Stimme einer Frau, nein, von zwei Frauen.

»... *besoffen?*«

»... *Herrgott, schau doch hin, die hat doch ...*«

Ein Ruck, Stoff gleitet mein Gesicht hoch, ich blinzle in das gelbliche Licht einer Straßenlaterne über mir.

»... *Polizei, mach schon.*«

Wieder Dunkelheit, aus der ich hin und wieder auftauche.

Die vage Wahrnehmung davon, dass mich jemand anspricht, etwas von mir wissen will. Ich weiß, dass ich antworte, mein Mund formt Sätze, aber die Worte kommen nicht in meinem Gedächtnis an.

Ich werde hochgehoben, die kalte Nässe unter mir verschwindet, aber in mir selbst herrscht noch immer eisige Kälte, die nur widerwillig weicht.

Die Fahrt im Krankenwagen bekomme ich beinahe hellwach mit, ein stechend scharfer Geruch wie Putzmittel mit

Ammoniak dringt mir in die Nase, vielleicht ist er es, der verhindert, dass ich wieder in das Meer aus Dunkelheit eintauche.

Ich glaube, dass es das Universitätskrankenhaus ist, in das sie mich fahren. In der Notaufnahme folgt ein weiteres Gespräch, dessen Inhalt über mich hinwegwäscht, ohne in meinem Gedächtnis hängenzubleiben. Nur das aschgraue Gesicht der älteren Frau mit den pechschwarzen kurzen Haaren ragt aus den Nebelschwaden meiner Erinnerung heraus. Ist sie eine Ärztin oder eine Krankenschwester? Was ist mit meiner durchgeschnittenen Fußsehne? Ich glaube, sie hat etwas von *Gehirnerschütterung* gesagt, doch sicher bin ich mir nicht, und das Nachdenken strengt mich an. Jetzt, da sie mir den Schmerz weggespritzt hat, bin ich nur noch erschöpft und müde, so müde, und die Dunkelheit ist mir so willkommen wie die Wärme des Bettzeugs um mich herum.

Noch bevor ich die Augen öffne, weiß ich, dass ich nicht allein im Zimmer bin. Ich höre leise schnarchende Atemzüge. Blinzelnd versuche ich mich aufzurichten und stöhne auf, als ein leuchtend heißer Schmerz durch meinen Hinterkopf fährt. Das leise Schnarchen reißt ab, jemand dreht sich im Nachbarbett mit einem Schnaufen auf die Seite. Ich verharre auf die Ellbogen gestützt und lasse den Kopfschmerz verebben. Blinzelnd wende ich behutsam meinen Kopf, damit der Schmerz nicht noch einmal aufflammt, und sehe mich um.

Das Licht im Krankenzimmer ist ausgeschaltet. Die Vorhänge vor dem Fenster sind nicht zugezogen. Hinter der Scheibe ist es dunkel. Einzelne Lichter eines benachbarten Gebäudes, das zum Krankenhauskomplex gehört, erhellen die Nacht.

Blitzartig überfluten mich Bilder der letzten Stunden, bevor ich ins Krankenhaus gefahren wurde.

Leif und ich im Storo Storsenter.

Die Frau vor der Umkleidekabine. Ihre Warnung.

Das Innere des Transporters mit den drei Männern.

Ihre ständigen Fragen nach Geir, das Messer an meinem –

Vorsichtig tastend lasse ich meine Hand unter der Decke zu meinem rechten Fußgelenk gleiten. Da ist kein Verband, nur nackte Haut, glatt und ohne jeden Einschnitt.

Die Erleichterung, dass meine Fußsehne nicht durchtrennt ist, lässt mir Tränen in die Augen schießen. Ich beiße mir auf die Lippen, um keinen Laut von mir zu geben und meine Bettnachbarin nicht aufzuwecken, während ich meinen Knöchel reibe, erst zart, als könnte ich ihn allein durch meine Berührung vielleicht doch verletzen, dann immer fester, bis ich ruckartig meine Beine anziehe und mich im Bett aufrichte, mit dem Kinn auf meinen Knien.

Wieso ist meine Fußsehne nicht durchschnitten? Ich konnte doch *spüren*, wie das Messer mir in die Haut biss!

Du hast noch etwas anderes gespürt, sagt eine Stimme in meinen Gedanken. Sie hört sich an wie die von Atle, aber sie ist nüchtern und eindringlich, wie er nur dann klang, wenn er es todernst meinte. *Denk nach, Sara. Denk an den Stich, kurz bevor sie dich in den Transporter verfrachtet haben.*

»Eine Spritze«, entkommt es mir kaum hörbar.

Die haben dich unter Drogen gesetzt, um deinen Widerstand zu brechen. Sie hätten dir alles Mögliche weismachen können.

Ich wische mir mit dem Handballen die Tränen von den Wangen, als meine Erleichterung allmählich von einem anderen Gefühl ersetzt wird.

Wut. Heiße, bittere Wut.

Der Mann in dem Transporter, der mich nach Geir ausgefragt hat. Er hat mir ein Messer ans Fußgelenk gehalten und zugedrückt, und dabei hat er mir vom Durchschneiden meiner Sehne erzählt. Dieser Mann hatte sich zuvor über mich informiert. Er wusste davon, dass äußere Eindrücke so stark wie Hagelkörner auf meinen Verstand einprasseln. Zusammen mit dem, was sie mir gespritzt hatten, konnte er mir glauben machen, er hätte mich verstümmelt. Obwohl ich nicht verletzt wurde, war es für meinen Verstand dennoch haargenau so.

Die hilflose Wut, die ich gegen niemanden richten kann, krampft mir den Magen zusammen.

Eine perfekte Gehirnwäsche.

17

Auf der Suche nach Antworten, die die Lücken der letzten Stunden auffüllen, verlasse ich das Krankenbett. Dumpfer Schmerz füllt meinen Kopf bei jeder meiner Bewegungen, so dass er sich schon nach wenigen Metern bis zur Tür des Krankenzimmers wie ein heißer, zum Platzen geschwollener Ballon anfühlt. Aber ich zwinge mich Schritt für Schritt voran – humpelnd, damit ich das rechte Bein nicht belaste. Ein Teil meines Verstandes ist immer noch davon überzeugt, dass meine Fußsehne durchtrennt sei.

Der junge Krankenpfleger, den ich auf der noch wie ausgestorbenen Station ausfindig mache und ausfrage, füllt ein paar der weißen Flecken auf der Landkarte meiner Erinnerung. Ich liege in der Akutklinik des Universitätskrankenhauses, mit der Diagnose einer Gehirnerschütterung. So wie es aussieht, habe ich mir ordentlich den Kopf angestoßen, als die drei Männer mich aus dem Transporter geworfen haben. Ich bin am Rand des Sofienbergparks gefunden worden. Ein Pärchen, das mich am Straßenrand liegen sah, rief einen Krankenwagen und informierte die Polizei, die direkt zum Universitätskrankenhaus fuhr, dort aber wieder abgewiesen wurde, weil die Ärzte ihnen sagten, dass ich momentan noch nicht vernehmungsfähig sei. Ich könne damit rechnen, dass sie mich heute Vormittag aufsuchen werden.

Der erste Besuch, den ich kurze Zeit später gegen 9.30 Uhr erhalte, ist allerdings nicht von der Osloer Kriminalpolizei, sondern von Vidar Eilertsen. Vor ein paar Nächten, als er mir im Bad der Wohngemeinschaft über den Weg lief und in meiner Gegenwart in die Toilette pisste, hätte ich am liebsten einen größtmöglichen Bogen um ihn gemacht. Heute bin ich froh, sein hochrotes, aufgedunsenes Gesicht zu sehen. Mein erster Anruf auf meinem Handy galt ihm. Ich war überrascht, es immer noch in der Innentasche meiner Winterjacke vorzufinden. Einen Moment lang war ich davon überzeugt gewesen, die Männer, die mich in den Transporter gezerrt hatten, hätten es mir abgenommen. Entweder hatten sie sich nicht die Mühe gemacht, mich zu durchsuchen, oder sie waren an seinem Inhalt nicht interessiert gewesen.

Erst hatte ich schon Siris Nummer aufgerufen, drückte dann aber doch nicht auf Verbinden. Wenn ich sie angerufen hätte, dann hätte wahrscheinlich innerhalb einer Stunde der Rest meiner Familie gewusst, dass ich im Krankenhaus liege, und ich wollte sie auf keinen Fall beunruhigen. Siri schied also aus. Stattdessen sitzt nun Vidar an meinem Bett. Meine Nachbarin, eine knapp fünfzig Jahre alte Frau mit dicken Tränensäcken unter den Augen, pissgelb gefärbtem Haar und einem bellenden Raucherhusten, ist fort zur Krankengymnastik, und wir sind allein im Zimmer.

»Verdammte Scheiße!«, brummt Vidar zum inzwischen dritten Mal, während er seinen Blick durch den Raum schweifen lässt, als wüsste er nicht recht, wie es ihn hierher verschlagen hat. Obwohl es warm im Raum ist, hat er seinen Wintermantel nicht ausgezogen, sondern ihn nur aufgeknöpft. Darunter trägt er nichts weiter als ein schwarzes *Anthrax*-T-Shirt. »In was hat Geir dich da bloß reingezogen?«

»Das ist die Eine-Million-Kronen-Frage«, murmle ich müde. Mein Kopf ist auf einem Kissen hochgelagert, und ich sitze mehr im Bett, als zu liegen. Die Kopfschmerzen haben etwas nachgelassen, seitdem ich nicht mehr herumlaufe und der Krankenpfleger mir zusammen mit dem Frühstück ein Schmerzmittel gegeben hat. Mein Mund ist trocken vom Reden, nachdem ich Vidar erzählt hatte, was seit gestern Nachmittag passiert war und ihn gebeten hatte, mir ein paar frische Sachen zum Anziehen und Waschzeug ins Krankenhaus zu bringen. Alles ist in einer *Rema-1000*-Einkaufstüte, die er zwischen seinen Beinen abgestellt hat.

»Was auch immer es ist«, sagt Vidar nachdenklich, »diese Typen wollen etwas, das Geir gehört. Etwas Wertvolles.«

»Das stimmt nicht ganz«, sage ich. »Der Mann, der sie beauftragt hat, will etwas aus Geirs Besitz. Die Frau, die mich im Storsenter vor ihm gewarnt hat, hat ihn einen Sammler genannt. Hat behauptet, er hätte ihre beiden Bekannten beauftragt.«

»Zu blöd, dass du ihr Gesicht nicht gesehen hast«, sagt Vidar und reibt sich nachdenklich sein Kinn. In der Stille des Krankenzimmers höre ich das leise Schaben über den Bartstoppeln, und mit einem Mal muss ich daran denken, dass ich ihn vor einer guten Stunde aus dem Bett geklingelt habe. Ich beuge mich vor und greife nach der Rema-Tüte, um sie aufs Bett zu heben und einen Blick darauf zu werfen, was er in der Eile hineingestopft hat. Zuoberst sehe ich mein grünes Lieblings-Sweatshirt und bin fürs Erste zufrieden.

»Hättest du mir ihr Aussehen beschreiben können, dann hätte uns das vielleicht weitergeholfen«, höre ich Vidar sagen. »Obwohl«, fügt er zögernd hinzu, »ich glaube nicht, dass ich sie erkannt hätte. Wenn diese Frau und die beiden Einbrecher alte Bekannte von Geir aus der Zeit waren, bevor er nach Oslo gekommen ist, dann bin *ich* ihnen jedenfalls nie begegnet.«

Meine Finger ertasten unter ein paar Socken und Unterwäsche eine Zahnbürste und eine Tube Zahnpasta. Das macht mir bewusst, dass ich einen Geschmack im Mund habe, als hätte ich auf einem verrotteten Lemming herumgekaut.

»Okay, dieser Typ will also etwas von Geir, und er hat zwei alte Bekannte von ihm angeheuert, damit sie es ihm beschaffen.« Vidar hört sich an, als führe er ein Selbstgespräch. »Das geht mächtig schief, und dann taucht jemand auf, der so was wie ein Mittelsmann zwischen ihm und diesem Sammler ist. Aber was will der Sammler?«

Ich blicke von dem Inhalt der Plastiktüte auf meinem Schoß auf. »Der Mittelsmann dachte, ich wüsste etwas darüber, was sein Auftraggeber haben will und wo es ist«, sage ich. Das mit dem Fußbeißer, was auch immer das sein mag, behalte ich für mich. »Die beiden Einbrecher, seine alten Kumpel von früher, waren nicht wirklich geflüchtet. Mindestens einer, vielleicht alle beide, haben Geirs letzte Worte über das offene Fenster mitangehört.«

»Das Spalier für den Wilden Wein!«, stöhnt Vidar auf und klatscht sich laut mit der flachen Hand gegen die Stirn. »Da kann man sich gut festhalten und hängt direkt unter Geirs Schlafzimmerfenster. Ich glaube, ich hab erst raus geschaut, als Geir schon ins Koma gefallen war und wir die Polizei gerufen hatten. Da waren sie natürlich schon weg. Wenn ich daran denke, dass die zwei Drecksäcke noch in nächster Nähe waren …« Er verdreht theatralisch die Augen und stößt leise Luft aus. »Na, jetzt versteh ich, wieso sie ausgerechnet dich in die Mangel genommen haben.«

»Du meinst, anstatt jemanden aus seinem Freundeskreis, der ihn länger gekannt hat als ich.«

»Länger vielleicht«, sagt Vidar und blickt mich so scharf an, dass mir die roten Adern in seinen Augen auffallen. »Aber nicht unbedingt besser. Er war ein alter Eigenbrötler. Blieb die meiste Zeit für sich selbst. Einer von diesen Leuten, die am liebsten in einer Hütte irgendwo im Wald leben würden, oder auf einem Leuchtturm an der Küste, solange es nur weit genug weg von Menschen ist und er seine Kunst schaffen kann. Nur, dass …« Er hält inne, und nach einem Moment des Zögerns beende ich den Satz für ihn, weil ich ahne, worauf er hinaus will.

»Nur, dass ihm in einer Hütte im Wald schnell die Inspiration ausgehen würde. Also lebt er zurückgezogen in einer Großstadt wie Oslo. Allein unter anderen Menschen.«

Vidar nickt, und ein eigenartiger Ausdruck ist auf seinem Gesicht erschienen, als ginge ihm eine Erinnerung an Geir durch den Kopf, an irgendetwas Schönes, das aber trotzdem nun seit dessen Tod wie alle Erinnerungen an ihn mit Traurigkeit verbunden ist. Er öffnet den Mund, um etwas zu erwidern, aber ein lautes Klopfen ertönt, und wir wenden uns beide der Krankenzimmertür zu, die sich einen Moment später öffnet.

Der junge Krankenpfleger steckt seinen Kopf in den Raum. »Entschuldigung, aber jemand von der Kripo ist jetzt hier und will Sie sprechen.«

»In Ordnung«, sage ich.

Er öffnet die Tür etwas weiter und lässt einen schwarz uniformierten Mann eintreten, den ich sofort als Kommissar Tajik wiedererkenne. Ein paar Tropfen geschmolzenen Schnees glänzen in seinem dichten salz- und pfefferfarbenen Haar, und die Hand, die er mir zur Begrüßung gibt, fühlt sich eiskalt an.

»Aber nur kurz!«, warnt der Krankenpfleger. »Frau Persen braucht strikte Ruhe. Sie hat für heute schon genug Besuch gehabt.«

»Das geht an dich«, murmle ich mit Blick auf Vidar.

Er hebt die Rema-Tüte auf meinem Schoß wie ein Beweisstück an. »Ich habe ihr nur ein paar Klamotten vorbeigebracht«, brummt er mit hörbar beleidigter Stimme in Richtung Krankenpfleger, der sich von seinem polternden Ton nicht aus der Ruhe bringen lässt.

»Das haben Sie jetzt ja gemacht. Und nun muss ich Sie leider bitten, draußen zu warten. Der Kommissar will bestimmt unter vier Augen mit Frau Persen sprechen.«

Vidar verabschiedet sich von mir, nicht ohne dem Krankenpfleger einen sauren Blick zuzuwerfen. »Wenn du morgen wieder so fit bist, um entlassen zu werden, dann sei um vier Uhr nachmittags zu Hause. Geirs Bruder Lars will sich mit uns allen treffen, und mein Riecher sagt mir, dass er mit uns nicht nur über Geirs Beisetzung sprechen will. Ihm gehört jetzt das Haus, in dem wir wohnen, und er ist nicht gerade der umgänglichste Typ.«

Ich nicke stirnrunzelnd, und Vidar verlässt den Raum, nachdem er mich zum Abschied unerwartet vorsichtig umarmt hat.

»Ich hoffe, es geht Ihnen schon etwas besser«, sagt Kommissar Tajik, als wir alleine sind. Sein Blick unter den buschigen dunklen Augenbrauen ist besorgt.

Ich zuckte die Achseln. Meine Gehirnerschütterung wird bestimmt bald abgeklungen sein. Wann in meinem Kopf die Bilder dessen, was ich gestern erlebt habe, endlich verblassen werden, ist eine andere Frage.

»Ich nehme doch stark an, Ihre gestrige Entführung hängt mit dem Einbruch bei Geir Olaf Dal zusammen, nicht wahr?«

Ich nicke stumm.

Er seufzt schwer auf, während er sich auf den Stuhl niederlässt, auf dem gerade noch Vidar gesessen hat. »Ich wünschte, Sie wären nicht so leichtsinnig gewesen, meine Kollegin Frau Andersen abzuhängen – jedenfalls vermute ich stark, dass es Absicht war, das Haus über den Hintereingang zu verlassen. Das haben sie doch gemacht, nicht wahr? Meine Kollegin hat Sie das Haus nicht noch einmal verlassen sehen, nachdem Sie schon beinahe auf der Straße waren und wieder zurückgegangen sind, und Frau Andersen ist sehr gründlich, wenn es darum geht, jemanden zu beschatten.«

»Ich dachte nicht, dass ich sie nötig haben würde«, sage ich. »Ich wollte nur einen Klienten aus meiner Arbeit beim Einkaufen begleiten.« Der regelrecht entschuldigende Ton in meiner Stimme ärgert mich. »Ich dachte, dass ich die ganze Zeit unter anderen Menschen sein würde«, schicke ich etwas gereizter meiner Entschuldigung hinterher.

»Das alles wäre jedenfalls bestimmt nicht passiert, wenn Sie die Arbeit meiner Kollegin nicht behindert hätten.«

Wütend greife ich mir die Zahnbürste und die Zahnpastatube aus der Rema-Tüte auf meinem Schoß und streife die Decke zurück. Heißer Schmerz fährt mir wie ein Blitzschlag durch den Hinterkopf, und ich zucke zusammen. Mit vorsichtigen und viel langsameren Bewegungen setze ich mich auf und verlasse das Bett.

»Was wird das jetzt?«, fragt Kommissar Tajik verwirrt.

Ich halte meine Hand mit der Zahnbürste hoch. »Bevor wir weiterreden, putze ich mir die Zähne und klatsche mir etwas Wasser ins Gesicht. Ich will gar nicht wissen, wie ich aussehe.«

Um ehrlich zu sein, mit den viehischen Kopfschmerzen, die dicht hinter meinen Augäpfeln bis ins Innere meines Schädels pulsieren, ist es mir beinahe egal, wie ich gerade für einen Fremden aussehe. Aber ich brauche ein paar Minuten, um meine Gedanken für das Gespräch mit dem Kommissar zu sortieren. Als ich langsam den Weg in den Nebenraum mit der Toilette zurücklege, wird mir bewusst, dass ich noch immer vermeide, meinen rechten Fuß zu belasten, was mich leicht humpeln lässt. Es spielt keine Rolle, dass die Erinnerung an meine durchschnittene Fußsehne nur auf einer bösartigen Suggestion beruht. Sie haftet meinem Verstand so hartnäckig an wie der Phantomschmerz von jemandem, dem ein Bein amputiert wurde und der noch immer wetterfühlig im Knie ist.

Im ersten Moment erschreckt mich mein Gesicht, das mich aus dem Spiegel über dem Waschbecken ansieht. Ich habe mich nie besonders attraktiv gefunden, vielleicht, weil ich immer im Schatten meiner Schwester gestanden habe, die im Gegensatz zu mir einen Schönheitswettbewerb gewinnen könnte. Aber heute komme ich mir mit meinem aschfahlen Teint, den blutlosen, beinahe grauen Lippen und den breiten Schatten unter meinen Augen, die sich tief in ihre Höhlen zurückgezogen haben, wie ein Zombie vor. Ich schließe die Lider, während ich mir die Zähne putze, und denke nach. Ich will nichts vergessen, was wichtig ist.

Das Gespräch mit der Frau in der Umkleidekabine, die paar vagen Eindrücke von ihrem Aussehen und ihrer Stimme.

Der Wagen, der neben mir hielt, die Stimmen der beiden Einbrecher.

Ihr Auftraggeber, dem es so leicht fiel, alle diese Details über mein Leben am Polarkreis herauszufinden. Sein Insistieren darauf, ich wüsste etwas über einen Fußbeißer. Die gedankliche Folter, der ich ausgesetzt wurde. Allein die Erinnerung daran lässt mir von einem Moment zum nächsten Schweiß unter den Achseln ausbrechen und zieht mir den Magen zusammen. Ich schlucke hart und atme tief ein und aus, um mich nicht zu erbrechen und mir gleich noch einmal die Zähne putzen zu müssen.

Langsam klettere ich wieder in mein Bett, geduldig beobachtet von Kommissar Tajik, und beginne mit meinem Bericht. Ich bin froh darüber, dass er mich nicht mit Fragen oder Kommentaren unterbricht, weder bei meiner Schilderung meiner Verfolgungsjagd der unbekannten Frau durch das Storsenter, noch während ich ihm davon erzähle, wie ich davon überzeugt war, dass der Anführer meiner drei Entführer mir die Fußsehne durchgeschnitten hätte.

Als ich endlich mit meiner Geschichte fertig bin, atme ich tief durch und ziehe unter der Bettdecke die Beine bis ans Kinn an. Bestimmt muss ich bald alles noch einmal ganz offiziell zu Protokoll geben, aber für den Moment habe ich es hinter mir.

Kommissar Tajik, der zuletzt seinen Blick auf seine Hände im Schoß gesenkt hatte, hebt den Kopf und sieht mich an. Der Gedanke durchzuckt mich, dass er sich gar keine Notizen gemacht hat. Er muss ein starkes Vertrauen in sein Gedächtnis besitzen.

»Ich wünschte, Sie hätten sich mehr auf uns und unsere Arbeit verlassen«, sagt er. Er hört sich vorwurfsvoll an, und der Blick seiner dunklen Augen in seinem bisher so freundlichen Hundegesicht ist streng. Trotzig erwidere ich seinen Blick, ohne wegzusehen, aber mir fällt keine schneidende Bemerkung als Entgegnung ein. Er hat ja recht. Es ist dumm und leichtsinnig von mir gewesen, Kommissarin Andersen abzuschütteln, auch wenn ich im Leben nicht damit gerechnet hatte, mich unter Drogen gesetzt und mit einer Balaklava über dem Kopf in einem Transporter wiederzufinden.

Kommissar Tajik seufzt, wobei er mich immer noch hart ansieht. »Na ja, immerhin wissen wir jetzt, dass die beiden Einbrecher einen Auftraggeber hatten.«

Ich schnaube leise. »Glück im Unglück. Da fühle ich mich doch gleich viel besser.«

»Es ist mehr als wir zuvor wussten«, erwidert Kommissar Tajik. »Und wir konnten zumindest schon ein paar weitere Einzelheiten in Erfahrung bringen. Das Pärchen, das Sie gefunden und Krankenwagen und Polizei verständigt hat, machte Angaben über einen davonfahrenden schwarzen SUV-Transporter. Die eine Frau ist sich sicher, dass es ein Volkswagenmodell war, aber sie hatte keine Zeit, sich das Nummernschild einzuprägen.«

Die scharfe Stimme der Unbekannten blitzt in meiner Erinnerung auf, so plötzlich, dass ich unwillkürlich blinzeln muss.

»Herrgott, schau doch hin!«

»Aber da ist noch ein wenig mehr«, fährt Kommissar Tajik fort. »Bei der Aufnahme im Krankenhaus wirkten Sie, als stünden Sie unter Drogeneinfluss, daher wurde Ihnen eine Blutprobe entnommen. Wir wissen, was man Ihnen gespritzt hat. Das war kein gewöhnliches Ecstasy oder was als Roofie oder Vergewaltigungsdroge bekannt ist. In Ihrem Blutkreislauf wurden Anzeichen für ein hochpotentes Sedativum auf der Basis von Amobarbital gefunden. Das ist nichts, was Sie so einfach über Ihren örtlichen Bahnhofsdealer einkaufen können. Wir hoffen noch mehr zu erfahren, wenn unsere Spurensicherung Ihre Blutprobe genauer untersucht hat.«

Unwillkürlich zuckt meine Hand unter der Bettdecke zu meinem Fußknöchel, um ihn vorsichtig zu umfassen.

»Ich … ich hab wirklich geglaubt, die hätten mir die Sehne …« Ich höre mir selbst dabei zu, wie meine Stimme verklingt, ohne den Satz zu beenden, und hasse mich für meine Schwäche und meine Hilflosigkeit, dafür, so wenig gegen die Intensität meiner Eindrücke tun zu können. Jetzt bloß nicht vor einem fremden Polizisten zu heulen anfangen. Bloß nicht –

Aber die Tränen fragen einfach nicht danach, was ich will oder nicht. Ich blinzle und wische mir angestrengt mit der Hand über das Gesicht.

»Wenn das alles zu viel für Sie ist, können wir das Gespräch auch später fortsetzen«, höre ich Kommissar Tajik sagen.

Ich räuspere mich. »Nein, es geht schon.«

»Sind Sie sicher? Sie haben eine Gehirnerschütterung. Das ist nicht auf die leichte Schulter zu nehmen, schon gar nicht mit all dem anderen, was Sie durchgemacht haben.«

»Nein, nein, stellen Sie ruhig Ihre Fragen. Ich will, dass diese Drecksäcke erwischt werden, je schneller, desto ruhiger kann ich wieder schlafen.«

Kommissar Tajik zögert kurz, bevor er zustimmend nickt. »Gut, dann lassen Sie uns noch einmal zu dem dritten Mann zurückkommen. Nach allem, was Sie mir über ihn erzählt haben, und was die fremde Frau im Storsenter berichtet hat, laufen bei ihm alle Fäden zusammen. Er hat im Auftrag eines Unbekannten den Einbruch bei Geir Olaf Dal veranlasst, weil dieser etwas, das Herrn Dal gehört hat, in seinen Besitz bringen will.«

»Den *Fußbeißer*, was auch immer das sein soll.«

»Genau. Der unbekannte Sammler ist so versessen auf diesen Gegenstand, dass er Sie entführen lässt, um zu erfahren, ob Herr Dal Ihnen etwas über den Fußbeißer anvertraut hat. Sind Sie sicher, dass Sie uns alles über den dritten Mann erzählt haben? Oder fällt Ihnen noch mehr zu ihm ein? Lassen Sie sich Zeit.«

Ich schüttle den Kopf, vorsichtig, wie in Zeitlupe, um die Schmerzen nicht wieder aufflammen zu lassen. »Nein, nichts, außer dass sein Englisch keinen schottischen Akzent hatte, so wie das der beiden anderen.«

»Sondern?«

Ich runzle nachdenklich die Stirn und bemühe mich, mir die Stimme des dritten Mannes ins Gedächtnis zurückzurufen. »Ich kenne nicht so viele britische Akzente«, sage ich schließlich. »Er drückte sich gewählt aus. Der Mann hat sich wie jemand angehört, der in Oxford oder Cambridge studiert hat. Zumindest ist es das, was ich mit so einem Akzent verbinde. Er wirkte …, der Vergleich hört sich vielleicht bescheuert an, aber er wirkte wie ein Mafia-Anwalt. Die Art, wie er über seinen Auftraggeber geredet hat, … als ob er so etwas wie sein Klient wäre.«

Kommissar Tajik sieht mich prüfend an, entgegnet aber nichts.

»Dieser Sammler muss auf jeden Fall eine Menge Geld zur Verfügung haben«, füge ich hinzu. »Oder Beziehungen – vielleicht beides. Er konnte es sich leisten, innerhalb kürzester Zeit alle möglichen Einzelheiten über mein Leben in Finnmark in Erfahrung bringen zu lassen.«

»Da sind Sie sich sicher?«

Ich nickte heftig und verziehe das Gesicht, als meine Kopfschmerzen sich wieder bemerkbar machen. »Die Details, die er mir um die Ohren gehauen hat, haben alle gestimmt.«

Und wie. Aber das muss ich ihm nicht näher schildern. Reicht schon, dass ich halbnackt vor einem uniformierten Polizisten in einem Krankenbett sitze und heule.

»Haben Sie eine Idee, wie er so schnell an diese Informationen über Sie herangekommen ist?«

Ich zucke hilflos die Achseln, denn ich weiß es wirklich nicht.

Er nickt nachdenklich, beißt sich auf die Lippe und zieht ein Handy aus der Tasche seiner Uniformjacke. »Zu diesem Fußbeißer: Das Wort sagt mir genauso wenig wie Ihnen. Aber dass er Ihnen gleich darauf vorgespielt hat, er würde Sie mit einem Messer ins Bein schneiden, lässt mich auf eine Klinge tippen. Sehen wir mal nach, was die Schwarmintelligenz namens Internet zu dem Wort zu sagen hat.«

Er entsperrt sein Mobiltelefon, tippt mehrmals auf das Display und starrt es stirnrunzelnd an. Die Andeutung eines Lächelns spielt um seinen Mund, während er mit dem Finger eine Scrollbewegung macht.

»Okay, jede Menge Seiten über das Training von verzogenen Welpen … das ist bestimmt nicht, worum es unserem Unbekannten geh- hallo! Was haben wir denn da!«

Er blickt auf, seine Augen leuchten. »Ein Artikel über Wikinger. In der Schlagzeile heißt es, dass sie Ihren Schwertern Namen gaben. *Fußbeißer* ist hier als Name eines Wikingerschwerts benannt.«

Schlagartig erinnere ich mich an das, was Vidar mir erzählt hat. »Geir war ein Asatru.«

Kommissar Tajik sieht mich fragend an. »Ein was?«

»Ein Asengläubiger. Einer, der die vorchristlichen skandinavischen Götter verehrt hat, die Asen.«

»Sie meinen, Odin, Thor und so weiter?«

Ich nicke. »Genau.«

Er zuckt die Achseln, und nun erhellt sich sein dunkles Gesicht tatsächlich zu einem Lächeln. »Mit denen kenne ich mich nicht aus, mal abgesehen von Thor, der ist doch, glaube ich, eine Figur in einem dieser Superheldenfilme. Ich bin kein religiöser Mensch.«

»Ich hätte gedacht, dass Sie Muslim sind.«

Er zieht seine buschigen Augenbrauen hoch. »Wegen meines Aussehens? Meine Familie stammt aus Pakistan, aber deswegen sind wir nicht alle automatisch religiös. Und dieses … Asatru, ist das eine richtige Religion?«

»Wenn Sie diejenigen fragen, die an die nordischen Götter glauben, auf jeden Fall.«

»Hmm.« Er blickt wieder auf das Display seines Handys. »Geir Olaf Dal hat an die Götter der Wikinger geglaubt. Und jemand ist davon überzeugt, dass er einen ganz bestimmten Gegenstand besitzt, entweder von ideellem oder von realem Wert. Möglicherweise ein Schwert mit einem Namen. Reden wir hier von einer historischen Waffe?«

»Ich weiß es nicht«, erwidere ich. »Aber Skandinavien ist voll von historischen Grabstätten, und es werden immer noch vergrabene Horte aus der Wikingerzeit gefunden. Erst im letzten Sommer hat ein Mädchen in Schweden ein antikes Schwert in einem See gefunden. Die Geschichte ging durch alle Medien. Natürlich konnte sie das Schwert nicht behalten. Aber jemand, der versessen auf so einen Gegenstand ist, ein privater Sammler, würde bestimmt eine Menge Geld dafür bezahlen.«

Kommissar Tajiks Miene hat einen grimmigen Ausdruck angenommen.

»Oder einen Einbruch begehen lassen.«

18

Obwohl die Stationsärztin mich gerne noch einen Tag länger im Krankenhaus behalten will, bleibe ich bei meiner Entscheidung und entlasse mich am folgenden Tag auf eigenen Wunsch. Die Kopfschmerzen flammen zwar noch immer auf, wenn ich mich zu schnell bewege oder etwas Schweres hebe, aber ich halte sie schon aus, und vor allem will ich wieder zurück an den einzigen Ort in Oslo, der für mich ansatzweise so etwas wie ein Basislager ist. Ob er auch ein Zuhause ist, wird die Zeit erweisen. Ich habe keine Ahnung, wie lange ich noch in dieser verdammten Stadt bleiben werde. Ein Teil von mir würde am liebsten eher heute als morgen von hier verschwinden und wieder an den Polarkreis zurückreisen, wo ich hingehöre. Aber ich kann nicht zurück. Nicht, bevor ich nicht herausgefunden habe, wer für Atles Tod verantwortlich ist. Das bin ich ihm schuldig.

Die Polizei scheint nichts Neues über die drei Männer herausgefunden zu haben, die mich entführt hatten – jedenfalls erzählen mir weder Kommissar Tajik noch seine Kollegin Tone Andersen von einem Durchbruch in ihren Ermittlungen, als ich Donnerstagvormittag ins Polizeipräsidium komme. Kommissarin Andersen hatte mich am frühen Morgen angerufen und gebeten, sie aufzusuchen, sobald es mir möglich sei, um meine Aussage vom Vortag noch einmal ordentlich zu Protokoll zu geben. Ich bringe erneut mehrere Stunden in einem Verhörzimmer zu, wo die beiden Kommissare mir gegenübersitzen und ich ihnen wieder und wieder dieselbe Geschichte erzählen muss, ohne dass dabei etwas Neues zutage tritt. Der Auftraggeber der beiden Einbrecher bleibt weiterhin eine schattenhafte Figur.

»Ich glaube nicht, dass er so schnell aufgibt, nur weil Frau Persen ihm nichts über den Gegenstand sagen konnte, hinter dem er her ist, diesen ominösen Fußbeißer«, wendet Kommissar Tajik sich an seine Kollegin.

Kommissarin Andersen nickt, während sie einen Schluck Kaffee aus einem Pappbecher nimmt. Sie hat sich die Brühe vor einer halben Stunde aus einem Automaten gezogen, doch die ganze Zeit über kaum etwas davon getrunken. Der Kaffee muss inzwischen kalt sein und dementsprechend scheußlich schmecken, aber sie verzieht keine Miene. »Ich kann mir auch nicht vorstellen, dass er sich nach einer so dramatischen Aktion wie Frau Persens Entführung einfach so zurückzieht. Der Mann handelt völlig obsessiv. Er ist davon besessen, sein Ziel zu erreichen.«

»Heißt das, dass ich mir weiter Sorgen machen muss?«, frage ich. »Oder Geirs andere Freunde?«

»Es ist unwahrscheinlich, dass er Sie noch einmal bedrohen wird«, sagt Kommissar Tajik. »Er ist jetzt davon überzeugt, dass Sie ihm erzählt hätten, was Sie wissen, wenn Herr Dal Sie tatsächlich ins Vertrauen gezogen hätte. Es ist möglich, dass er versuchen wird, etwas von Ihren Mitbewohnern in Erfahrung zu bringen, aber damit rechne ich nicht.«

»Wieso das?« Ich ahne es bereits, aber ich will meine Vermutung aus seinem Mund hören.

»Weil er zwar obsessiv ist, aber trotzdem nicht leichtsinnig. Ihm muss klar sein, dass er mit Ihrer Entführung ein großes Risiko auf sich genommen hat. Er hat sich die Person herausgepickt, von der er sich am ehesten Informationen versprochen hat, und sich dann aus dem Hintergrund hervorgewagt. Er hat seine Karte ausgespielt, und es hat ihm nichts gebracht.«

»Trotzdem«, meint Kommissarin Andersen, »gehen wir davon aus, dass er sich eher weiterhin in der Nähe aufhalten wird, als den Gegenstand, den er in Herrn Dals Besitz vermutet, so einfach aufzugeben. Er wird womöglich abwarten, bis irgendjemand den Versuch unternimmt, diesen Fußbeißer, was auch immer er sein mag, unter Herrn Dals Besitz zu finden.«

»Wir hoffen sogar darauf, dass unser unbekannter Dritter nach seinen beiden erfolglosen kriminellen Handlungen nicht weiterzieht«, sagt Kommissar Tajik mit einem schnellen Seitenblick zu seiner Kollegin. »Es erhöht unsere Chancen, ihn zu fassen. In der Zwischenzeit konzentrieren wir uns auf Geir Olaf Dals Vergangenheit. Irgendwann muss er den beiden Männern und der unbekannten Frau aus dem Storsenter begegnet sein, die behauptet haben, ihn von früher zu kennen.«

»Dann werden sie sich bestimmt die Jahre unter die Lupe nehmen, in denen er in Schottland gelebt hat«, sagt Vidar, als ich ihm am Nachmittag von meinem Treffen mit den beiden Kommissaren im Polizeipräsidium erzähle. »Du hast doch gesagt, dass der Drecksack, der ihn erschossen hat, Englisch gesprochen hat.« Wir sitzen auf dem Wohnzimmersofa unserer WG im zweiten Stock und warten auf Lars Øyvind Dal. Geirs Bruder müsste jeden Moment eintreffen, wenn er tatsächlich so pünktlich ist, wie Vidar vermutet.

»Beide haben Englisch mit schottischem Akzent gesprochen«, sage ich. »Besonders bei dem einen bin ich mir völlig sicher.«

Vidar, der neben mir sitzt, lehnt sich zurück und starrt mit einem Grunzen an die Decke. »Jede Wette, das waren Freunde von früher, die er in Glasgow kennengelernt hat. Da hat er Design studiert, aber nach zwei Semestern abgebrochen. Das hab ich den beiden Kommissaren, die an dem Fall dran sind, auch erzählt.«

Die Tür geht auf und Anja und Yuna stoßen zu uns. Anja hält eine Kanne voll mit frisch gebrühtem, dampfendem Kaffee in der Hand, während Yuna ein Tablett mit Kaffeegeschirr und einer überdimensionalen roten Keksdose aus Blech balanciert. Sie stellen beides auf dem niedrigen Eichenholztisch vor uns ab.

»Na, willst du Lars vielleicht eine Dose Bier anbieten?«, fragt Anja Vidar herausfordernd, als dieser einen Blick auf das altmodische Porzellan mit dem Blümchenmuster wirft und demonstrativ die Augenbrauen hochzieht.

»Ich dachte, Geir hätte hier in Oslo Kunst studiert«, sage ich.

Vidar wendet sich wieder mir zu, während Anja und Yuna sich uns gegenüber in zwei beige Ohrensessel fallen lassen. »Hat er auch. Und *das* Studium hat er mit einem Master Degree abgeschlossen. Aber vorher ist er nach Schottland gegangen. Er hat mir die Geschichte erzählt, als wir uns hier vor über zehn Jahren an der Kunsthochschule kennengelernt haben. Geir ist sich immer wie das schwarze Schaf der Familie vorgekommen, weil er nie daran interessiert war, das Autohaus seines Vaters zu übernehmen. Ist schon von zuhause ausgezogen, als er noch nicht erwachsen war, und das Verkaufen von Toyotas hat er seinem Bruder überlassen. Nach all dem, was er mir über ihn erzählt hat, war Lars jahrelang sauer auf ihn, weil Geirs Vater ihm das Haus hier vermacht hat – dabei ist sein Bruder, was das Erbe betrifft, sogar noch bei weitem besser weggekommen.«

»Der hört sich nach keinem angenehmen Zeitgenossen an«, sage ich.

»Was glaubst du, warum wir ein nettes Kaffeekränzchen für ihn veranstalten?«, kommt es von Anja aus ihrem Sessel. »Sieht ganz so aus, als ob der Typ unser neuer Vermieter wird, jetzt, wo Geir tot ist. Besser, sich mit ihm gut zu stellen, als ihn gleich zu Beginn auf dem falschen Fuß zu erwischen.«

»Aber dass Lars ihm das Haus nicht gegönnt hat, wenn er doch ohnehin den größeren Anteil am Erbe erhalten hat …«, sage ich. »Ist er einer von diesen Leuten, die den Hals nicht voll genug bekommen können?«

Vidar schüttelt den Kopf. »Das glaube ich gar nicht mal. Ich hab ihn bisher noch nie getroffen, aber nach allem, was Geir mir über ihn erzählt hat, ist sein Bruder sein Leben lang eifersüchtig auf ihn gewesen. Geir war der Kunstspinner, der Rebell, der nicht nach den Regeln seiner protestantischen Oberschichtfamilie spielen wollte – aber trotzdem hatten seine Eltern heimlich einen Narren an ihm gefressen. Und Lars muss das immer gespürt haben.« Er hält einen Moment inne, weil ihm auffällt, wie wir ihn aufmerksam anstarren. Von uns allen hat er Geir am längsten und am besten gekannt, und dieses Haus, dieses Wohnzimmer atmet noch immer seine Gegenwart, als könne er jeden Moment zur Tür hereinkommen. Vidars Augen glänzen, und es arbeitet um seinen Mund, dann strafft sich seine Miene, und er fährt fort. »Vor zwei Jahren war ich mit Geir mal nach einem unserer Konzerte in Bergen auf Tour. Er war schon ziemlich betrunken, als er mir erzählt hat, dass sein Vater ihm dieses Haus hier vererbt hat, damit er eine Sicherheit in seinem Leben hat. Das hat ihn unheimlich gerührt. So lange sein Vater am Leben war, hat der ihn nie unterstützt. Aber er wollte, dass Geir etwas hatte, worauf er zurückgreifen konnte, wenn er irgendwann nicht mehr am Leben sein würde. Ein Dach über dem Kopf, und Wohnraum zum Vermieten. Und ich glaube, Lars war eifersüchtig auf seinen Bruder. Sein Erbanteil, das Autohaus, das er übernommen hat, war zwar größer, aber …«

»Aber es war nicht so eine deutliche Geste der Sympathie«, beende ich seinen Satz. »Mehr eine Selbstverständlichkeit. Lars war ohnehin schon in die Fußstapfen seines Vaters getreten.«

Mit so etwas wie gelinder Überraschung blickt Vidar mich an und nickt. Ich muss Geirs Verwandtschaft nicht kennen, um ihre Motivation nachvollziehen zu können. Wo ich aufgewachsen bin, lernt man schnell, sich im Dschungel von Familienbanden zurechtzufinden. Sie sind unser Halt und unser Treibsand.

»Ist er deswegen in ein anderes Land zum Studieren gegangen?«, frage ich. »Das schwarze Schaf der Familie, das den größtmöglichen Abstand zu seinen Verwandten gesucht hat?«

Vidar zuckt die Achseln. »Möglich. Vielleicht auch einfach, weil ihn irgendwas genau dort hingezogen hat. Er hatte sich ja schon mit seiner Folkwang-Gruppe für nordische Mythologie und die nordischen Götter begeistert, aber während seines Studiums in Glasgow ging es bei ihm erst so richtig los. In Großbritannien gibt's eine starke okkulte Szene, Neuheiden, Wiccas, Ritualmagier, was weiß ich. Er hat sich mit ein paar Asatru-Anhängern getroffen, die regelmäßig Stammtischrunden in örtlichen Pubs veranstaltet haben, und über die wurde er zu öffentlichen und privaten Ritualen eingeladen.«

»Was für Rituale denn?«, will ich wissen.

Vidar zuckt die Achseln. »Nach dem, was er mir erzählt hat, waren es so was wie Opferfeste, bei denen sie reihum Met auf dem Boden ausgegossen und sich bei den Göttern für etwas bedankt haben, das sie mit ihrer Hilfe in ihrem Leben erreicht hatten. Ein wenig wie Erntedank bei den Christen. Oder um bestimmte Jahreszeiten zu feiern, die Sommersonnwende, oder wenn im Winter zu Jul die Tage wieder länger werden. Jedenfalls hat Geir auf die Art Kontakte zur Heidenszene bekommen.«

Mir kommt ein Gedanke, da mir noch immer der Fußbeißer im Kopf herumgeht. »Diese Szene interessiert sich doch bestimmt auch dafür, wie die Leute damals gelebt haben, oder? Ich meine Wikingermärkte, archäologische Ausgrabungen …«

Vidar blickt mich leicht überrascht an, dann nickt er. »Na klar doch. Geir war tatsächlich richtig fasziniert von der Wikingergesellschaft. Warum fragst du?« Er sieht mich noch immer an, und als ich nicht sofort antworte, leuchtet etwas in seinem Blick auf, als hätte er eben Walter in einem Suchbild entdeckt. »Moment mal. Dir spukt doch was im Kopf herum, nicht wahr? Denkst du, die beiden, die Geir umgebracht haben, haben zu dieser Szene gehört?«

Ich öffne den Mund, um ihm eine Antwort zu geben, ohne den Fußbeißer zu erwähnen, den ich momentan lieber für mich behalten will. Aber im gleichen Moment klingelt es an der Wohnungstür.

Anja und Yuna blicken erst einander, dann Vidar an.

»Wie wär's, wenn du ihm die Tür aufmachst, nachdem wir uns schon um Kaffee und Kekse gekümmert haben?«, sagt Anja schließlich trocken.

Wie um ihre Worte zu unterstreichen, schrillt die Türklingel ein weiteres Mal. Vidar verzieht gequält das Gesicht, während Yuna ihrer Partnerin einen verschmitzten Blick zuwirft. Mit einem Seufzen schält er sich aus dem Sofa.

Wenige Momente später führt er einen hochgewachsenen Mann Ende Vierzig ins Zimmer. Als mein Blick an seinem dunkelblauen Tweedmantel herabgleitet, bemerke ich, dass er immer noch seine Straßenschuhe anhat.

Vidar stellt uns der Reihe nach vor, und Lars Øyvind Dal begrüßt uns förmlich und umstandslos, bevor er auf dem freien Korbstuhl Platz nimmt, den einer der anderen, wahrscheinlich Anja oder Yuna, aus der Küche herbeigeschafft hat. Im Gegensatz zu Geir hat Lars dichtes, dunkles Haar, in dem erst wenige Spuren Grau zu finden sind. Auch sein glattrasiertes Gesicht ist nicht ausgemergelt, ja noch nicht einmal hager, sondern rund und rosig glänzend vor Kälte. Dennoch ist die Ähnlichkeit zu seinem verstorbenen Bruder so unverkennbar, dass ich kaum meinen Blick von ihm abwenden kann. Als er mich ansieht, schaue ich verlegen zur Seite. Er hat seinen Tweedmantel ausgezogen und ihn sich zusammengefaltet auf den Schoß gelegt, als ob er nicht vorhätte, länger als nötig mit uns zusammenzusitzen. Als Anja ihm Kaffee anbietet, lehnt er ab.

»Danke, aber ich hatte heute schon mehrere Tassen.« Seine Stimme ist leise, aber dennoch deutlich und bestimmt.

»Steht schon fest, wann Geirs Beisetzung stattfinden wird?«, fragt Vidar.

»In vier Tagen, nächsten Montag«, sagt Lars Dal. »Ich habe mich um eine lokale Beerdigung hier in Oslo gekümmert. Sie sind ebenfalls zu der Trauerfeier zuvor eingeladen. Ich gebe Ihnen noch die Uhrzeit durch.«

»Danke, dass Sie die Organisation von Geirs Bestattung in die Hand genommen haben«, sagt Anja.

Er vollführt eine wegwerfende Handbewegung. »Das ist doch selbstverständlich. Wir hatten in den letzten Jahren wenig Kontakt, aber Familie ist Familie.« Erneut schweift sein prüfender Blick über unsere Gesichter. »Ich habe gehört, dass Sie diejenigen waren, die … die am Schluss bei ihm waren?«

»Ich nicht«, meldet Yuna sich zu Wort. »Aber die anderen.«

»Er hat Sara hier beschützt«, sagt Vidar mit einem schnellen Seitenblick zu mir. »Anja und ich sind dazugekommen, als wir die Schüsse hörten.«

Ich verkneife mir die Bemerkung, dass ich mir alles andere als beschützt vorkam, als Geir einen Schuss auf einen der beiden Einbrecher abfeuerte, während der andere gerade ein Messer an meine Kehle hielt. Mein Herzschlag beschleunigt sich. Ich rechne fest damit, dass Lars mich jetzt zu den letzten Momenten im Leben seines Bruders befragen wird, und der Gedanke daran, diese Erinnerungen wieder hervorzukramen, ist mir unangenehm. Aber Geirs Bruder stellt weder mir noch einem der anderen irgendwelche Fragen.

»Die Polizei hat mich über den Tathergang informiert«, sagt er. Als hätte er meine Gedanken gelesen, ruht sein Blick nun auf mir. »Ich wünschte mir, mein Bruder wäre nicht so unverantwortlich gewesen, zwei hochgradig gefährliche Männer mit einer Schusswaffe zu bedrohen. Dann wäre er jetzt vielleicht noch am Leben. Dass er sich überhaupt mit solchen Leuten eingelassen hat!«

Bestürzt über diesen unerwartet persönlichen Ausbruch gegenüber einem Toten, der nicht nur Lars' eigener Bruder, sondern auch Vidar und Anja ein guter Freund war, starren die beiden den Mann an, der ihnen steif im Korbstuhl gegenübersitzt. Für ein paar kurze Momente ist seine kühle Stimme lauter geworden, leidenschaftlicher, ehe sie wieder zu einem reservierten Ton zurückfindet. »Na ja. Er ist so gestorben, wie er gelebt hat. Und jetzt liegt es an mir, die Scherben zusammenzukehren.«

Trotz des geheizten Ofens scheint der Raum sich in Sekundenschnelle deutlich abgekühlt zu haben.

»Jetzt hören Sie mal«, bricht es empört aus Vidar neben mir heraus, »Geir war ein feiner Kerl und der beste Freund, den man nur haben konnte! Und es ist ganz bestimmt nicht seine Schuld, dass er tot ist, sondern die der beiden Drecksäcke, die ihn umgebracht haben!«

Lars blickt ihn nur kühl an, mit dem Effekt, dass Vidar wie ein Ballon, dem langsam die Luft entweicht, in sich zusammenfällt. Mit einem Schnauben greift er sich eine der Kaffeetassen und vergräbt sein Gesicht dahinter, während er den Inhalt in beinahe einem Zug leert. Dann lässt er sich tief ins Sofa zurücksinken.

Mich durchzuckt ein plötzlicher Gedanke. Die ganze Art und Weise, wie Lars Øyvind Dal uns gegenübersitzt, steif wie ein Brett, mit seinem Tweedmantel auf dem Schoß, wie ein Verwalter gegenüber seinen Untergebenen …

»Sie sind nicht nur gekommen, um uns über die Bestattung zu informieren, nicht wahr?«, sage ich. »Es geht um Geirs Haus. Um unsere Mietsituation.«

»*Mein* Haus, ganz richtig«, stellt Lars ruhig klar. »Der Notar muss noch die Papiere fertig machen, aber dieses Haus ist mit dem Tod meines Bruders in meinen Besitz übergegangen.«

»Ich bin mir sicher, dass wir mit Ihnen als Vermieter ebenso gut auskommen werden wie mit Ihrem verstorbenen Bruder«, sagt Yuna mit einem freundlichen Lächeln und ausgesuchter asiatischer Höflichkeit.

»Genau darüber möchte ich mich mit Ihnen unterhalten«, erwidert Lars. »Ich habe nie viel davon gehalten, das Überbringen von unangenehmen Neuigkeiten länger als notwendig aufzuschieben. Kurz gesagt: Ich mache von meinem Recht als Vermieter Gebrauch, Ihre Mietverträge von meiner Seite aus zu kündigen.«

Seine Worte wirken, als hätte er eine Bombe im Raum gezündet. Yunas Lächeln friert ein. Anja zieht scharf die Luft ein, während Vidar sich so ruckartig gerade aufsetzt, dass das Sofa unter ihm aufächzt. Es ist offensichtlich, dass keiner meiner Mitbewohner damit gerechnet hat, den Stuhl vor die Tür gesetzt zu bekommen. Nach allem, was Vidar mir erzählt hatte, war Geir mit ihrer Miete immer mehr als kulant gewesen. Sie hatten damit gerechnet, dass Lars Øyvind Dal als neuer Hauseigentümer die monatlichen Raten anziehen würde. Aber eine Kündigung auszusprechen, und das, noch ehe sein Bruder bestattet worden ist … der Typ verliert wirklich keine Zeit.

»Aber … aber wieso das denn?«

»Kündigen? Was …«

Vidar und Anja sprechen fast gleichzeitig.

»Weil ich in das Haus investieren möchte«, erwidert Lars. Seine resolute Stimme schneidet ihnen die Worte ab. »Der Schritt tut mir leid, aber er ist von meiner Seite aus notwendig. Ich habe vor, das gesamte Gebäude von Grund auf renovieren zu lassen.«

»Damit Sie danach die Mieten erhöhen können«, sagt Anja kalt. Sie formuliert den Satz nicht als Frage, denn das ist gar nicht notwendig. Es gibt nur einen Grund, warum sich ein Hauseigentümer die Mühe machen würde, einen Altbau in Grünerløkka zu sanieren. Oslo ist eine der teuersten Städte der Welt, teurer als Tokio, und dieser Bezirk ist ein begehrtes Wohngebiet.

»Natürlich«, stellt Lars fest, als sei dies so selbstverständlich, dass es nun wirklich nicht nötig sei, es explizit zu erwähnen. »Dieses Haus ist eine Investition. Eine, mit der Geir allerdings niemals etwas angefangen hat.« Er sieht sich demonstrativ im Wohnzimmer um, dem gemütlichen, aber etwas düsteren Raum mit seiner nikotinfarbenen Tapete, den durchgesessenen Sofateilen, die weder in Farbe noch Form zueinander passen, und einem quadratmetergroßen gerahmten Fotodruck in Schwarzweiß hinter Vidar und mir an der Wand, der einen schwindelerregenden Blick von der Spitze der Holmenkollen-Sprungschanze zeigt. »Das Gebäude war schon renovierungsbedürftig, als er es von unserem Vater geerbt hat. Aber Geir war wie immer viel zu sehr mit seiner *Kunst* beschäftigt, um mehr darin zu sehen, als ein kostenloses Atelier und ein Lager für seine Bilder und Installationen. Statt etwas damit anzufangen, hat er es jahrelang weiter herunterkommen lassen. Es wird höchste Zeit, das Haus völlig zu modernisieren.«

Merkwürdigerweise scheine ich die einzige Person im Raum zu sein, die Lars Øyvind Dals Ankündigung nicht wie ein Magenschwinger getroffen hat. In mein altes Zuhause kann ich nicht zurück, ohne erledigt zu haben, warum ich hierhergekommen bin, und in meinem neuen Zuhause habe ich noch keine wirklichen Wurzeln geschlagen. Stattdessen beobachte ich das Drama um mich herum im Raum wie ein zufälliger Besucher, den es nach drinnen und auf dieses Sofa verschlagen hat.

Yuna, eine volle Kaffeetasse in den Händen, von der sie kaum einen Schluck getrunken hat, scheint äußerlich relativ beherrscht, obwohl ihr Blick die Missbilligung für das Auftreten von Geirs Bruder nicht verhehlen kann.

Anja, die Lars mit einer Mischung aus Schock und offener Verachtung ansieht.

Vidar neben mir, der ruckartig aufgestanden ist. Sein Kugelbauch hängt bedrohlich wie eine Abrissbirne über dem Kaffeeservice auf dem Tisch vor ihm.

»Wenn Sie hier in dieser unrenovierten, unmodernisierten Bruchbude sitzen und über Ihren Bruder sprechen«, stößt er zornig hervor, »dann reden Sie besser nicht schlecht über ihn. Er war ein feiner Mann, und wir alle waren stolz darauf, seine Freunde zu sein.«

Lars blickt mit unbeeindruckter Miene zu ihm auf. Eines muss man ihm lassen, er ist ein kalter Fisch, der seine schlechten Nachrichten zum denkbar unpassendsten Zeitpunkt überbringt, aber er lässt sich nicht einschüchtern. »Das ist mir durchaus bewusst«, sagt er mit einer Stimme, die einen etwas schärferen Ton angenommen hat. »Und genau darum bin ich heute hier: aus Respekt gegenüber den freundschaftlichen Gefühlen, die mein Bruder für Sie empfunden hat. Um Ihnen die Nachricht persönlich anstatt schriftlich zu überbringen. Und um das so früh wie möglich zu erledigen, denn ich bin gewillt, Ihnen eine Frist bis zum Sommer zu setzen, also sechs Monate. Das sollte Ihnen allen ausreichend Zeit verschaffen, neuen Wohnraum zu finden.«

Bevor Vidar oder einer der anderen reagieren kann, erhebt er sich aus seinem Korbsessel und schlüpft in seinen Mantel. »Ich danke Ihnen für Ihre Zeit und für den angebotenen Kaffee, aber ich muss auch noch ins Erdgeschoss und der Leiterin der Arche mitteilen, dass Sie neue Räumlichkeiten zu finden hat.«

Yuna ist die Einzige, die die Geistesgegenwart besitzt, ebenfalls aufzustehen und Lars Øyvind Dal zur Wohnungstür zu bringen. Vidar hat sich erneut neben mich aufs Sofa fallen lassen, wobei er unverhohlen, wenn auch leise vor sich hinflucht. Während Anjas Partnerin wieder ins Wohnzimmer zurückkommt, streckt er seinen Arm nach der Keksdose aus und greift sich eine ganze Handvoll Schokoladenkekse. Noch während er sie zum Mund führt, wird ihm bewusst, dass wir ihn alle ansehen.

Mit irritierter Miene hält er inne. »Was? Nach der Nachricht brauche ich verdammt noch mal ein paar Glückshormone!«

19

Ein paar Stunden später herrscht Stille im Haus. Noch eine ganze Weile nach Lars Øyvind Dals kurzem Besuch haben sich Vidar, Anja und Yuna in der Küche die Köpfe heißgeredet, aber nun sind alle fort, und ich bin alleine auf der Küchenbank zurückgeblieben. Egal wie wütend die drei auch auf Geirs Bruder sind, und egal aus wie vielen Blickwinkeln sie die Fakten betrachten, es bleibt dabei, dass Lars das Mietrecht auf seiner Seite hat. In sechs Monaten wird ihre jahrelange Wohngemeinschaft Geschichte sein.

»Der verdammte Scheißkerl!«, hat Vidar zum wiederholten Mal gepoltert. Obwohl er noch die halbe Keksdose im Alleingang geleert hat, ist von den Glückshormonen, auf die er gehofft hat, nicht viel zu merken. Ihn hat Lars' Ankündigung besonders hart getroffen. Von den dreien hat er Geir am besten gekannt und am längsten mit ihm unter einem Dach gelebt. Für ihn ist die Mietkündigung wie ein Verrat an den Idealen seines Freundes. Wie ein Tiger in einem Käfig hat er fluchend die wenigen Meter zwischen Herd und Küchenbank abgeschritten, vor und zurück, vor und zurück, bis Anja ihn angeherrscht hat, sich verdammt noch mal entweder hinzusetzen oder sich zu verziehen. Daraufhin ist er türenknallend verschwunden, und seine polternden Schritte sind im Treppenhaus verklungen.

»Er ist einer von den Guten«, hat Anja mit Blick auf mich in die entstehende Stille gesagt, gefolgt von einem leisen Aufseufzen. »Aber manchmal geht er mir sowas von auf die Nerven.«

Wahrscheinlich läuft er jetzt gerade mit einer Stinkwut im Bauch den Fluss Akerselva entlang, der Oslos Zentrum von Norden nach Süden durchzieht, und wo sich am westlichen

Ufer eine Szenekneipe an die nächste reiht. Anja hat mir erzählt, dass einige von ihnen zu seinen bevorzugten Wasserlöchern auf seinen abendlichen Wanderungen gehören.

Anja und Yuna sind noch eine Weile geblieben, um sich darüber zu unterhalten, was sie mit der unvermittelten Ankündigung anstellen sollen.

»Wir finden schon eine neue Wohnung«, hat Yuna gesagt und ihrer Freundin einen zuversichtlichen Blick zugeworfen, den überzeugend zu erwidern Anja nicht fertiggebracht hat. »Sechs Monate sind eine lange Vorlaufzeit.«

»Es geht nicht nur um eine Wohnung, die wir uns leisten können«, hat Anja gereizt gesagt, als sei sie darüber irritiert gewesen, dass ihre Partnerin sie nicht verstanden hat. »Diese Wohngemeinschaft, das war etwas Besonderes! So etwas findest du nicht einfach so mir nichts, dir nichts wieder, indem du dir im Internet den Immobilienmarkt vornimmst. Du weißt doch, wie das mit uns ist!« Mit diesen Worten hat sie mich angesehen, als wolle sie dies weniger Yuna, als vor allem mir klarmachen, die ich keine Künstlerin bin. »Wir sind ständig mit unseren Projekten beschäftigt, haben ständig Eisen im Feuer, und das macht uns nicht gerade zu besonders sozial verträglichen Wesen. Trotzdem sind wir vier immer richtig gut miteinander ausgekommen, vielleicht sogar genau *weil* wir alle aus demselben Holz geschnitzt sind. Wir wissen, wie Leute wie wir ticken. Wir verstehen einander. Geir, Vidar, wir beide, das war eine Familie.«

»War«, hat Yuna vor sich hingemurmelt, woraufhin Anja die Lippen aufeinandergepresst und geschwiegen hat. Kurze Zeit später haben die beiden ebenfalls das Haus verlassen. Sie sind auf dem Weg zu einer Ausstellungseröffnung einer befreundeten Künstlerin in Gamle Oslo, von der sie mir schon gestern erzählt hatten. Eigentlich waren sie alles andere als in Stimmung für einen Abend in Gesellschaft anderer Menschen, aber sie hatten bereits zugesagt. Vielleicht hoffen sie auch, dass der summende Bienenschwarm der Osloer Kunstszene und der sicher großzügig ausgeschenkte Buck's Fizz sie auf andere Gedanken bringen würde.

Sie haben mich gefragt, ob ich mitkommen wolle, aber ich habe abgelehnt. Ich habe behauptet, ich hätte Kopfschmerzen, aber das ist gelogen. Die Wahrheit ist: Der Gedanke daran, das Haus zu verlassen, selbst in Begleitung von Anja und Yuna, verursacht mir Beklemmungen. Aus dem gleichen Grund bin ich auch nach der Entlassung aus dem Krankenhaus und meinem Besuch im Polizeipräsidium direkt hierhergekommen. Doch erst jetzt, allein in dem leeren Haus, das noch vor ein paar Tagen Geir Olaf Dal gehört hat, komme ich dazu, über diese Gefühle nachzusinnen und sie als das zu erkennen, was sie tatsächlich sind: die ersten Ausläufer einer waschechten Panik.

Ich weiß, dass meine Ängste irrational sind. Wenn Geirs Mörder und ihr unbekannter Auftraggeber mir jemals noch einmal begegnen werden, dann hoffentlich vor Gericht, weil man sie endlich gefasst hat. Ich glaube nicht, dass sie momentan noch immer mir oder einem anderen von uns auflauern – nicht nach all ihren bisherigen erfolglosen Versuchen, das zu bekommen, was sie haben wollen, und mit einem deutlich sichtbaren Polizeifahrzeug, das inzwischen täglich vor unserem Haus steht.

Und trotzdem, und trotzdem – mein Gehirn verwandelt das Gebäude, in dem ich mich aufhalte, in eine belagerte Festung, und hinter ihren Fensterscheiben, in der winterlichen Dunkelheit, nur unterbrochen vom fahlgelben Licht der Straßenlaternen, lauert bedrohlich die Silhouette einer Stadt wie ein Raubtier. In den Schatten ihrer Vielzahl von Häusern und Straßen verbergen sich weitere nächtliche Jäger – Asbjørn Olstad, der Unbekannte, der mir ein Messer an die Kehle gedrückt und Geir erschossen hat, sein Kumpan, und nicht zuletzt der Mann, der für den Sammler arbeitet. Der Mann, der in meiner Erinnerung nichts anderes ist als eine leise, bedrohliche Stimme und ein Messer an meinem nackten Fußgelenk. Mir ist, als warteten sie nur darauf, dass ich mich aus dem Haus begebe, sie oder andere Raubtiere wie sie.

Ich zucke zusammen, als lautes Joiken zu Clubmusik die Stille durchbricht. Jemand ruft auf meinem Mobiltelefon an, das auf dem Küchentisch liegt. Ich werfe einen Blick auf das Display, und mein Herz schlägt schneller. Es ist Marja.

Meine Hand zuckt wie automatisch zum Handy, um das Gespräch anzunehmen, dann halte ich mitten in der Bewegung inne. Meine Gedanken rasen, während das Joiken des Klingeltons weiter durch die Küche schallt.

Soll ich abnehmen?

Was soll ich Marja bloß sagen, wenn sie mich fragt, wie es mir geht? Seit ich zurückdenken kann, eskalieren unsere Gespräche mit schöner Regelmäßigkeit, dennoch ist der Anruf meiner Schwester eine momentane Verbindung zu meiner Heimat in Kautokeino. Der Wunsch, mit ihr zu sprechen, schwillt in mir mit einem Mal so stark an, dass er mir einen Stich versetzt. Aber ich kann ihr einfach nicht davon erzählen, was mir in den letzten Tagen passiert ist. Wenn sie das alles erfährt, macht sie sich solche Sorgen, dass sie am Ende meine Mutter anruft. Und ich weiß nicht, ob ich es schaffe, diese Erlebnisse, die mir noch immer zu schaffen machen, ihr gegenüber auszuklammern, wenn ich erst einmal mit ihr spreche.

Trotzdem – im Augenblick hungere ich regelrecht nach dem vertrauten Klang meiner Muttersprache.

Ich ergreife das Handy und drücke auf Annehmen.

»Mensch, endlich erreicht man dich mal!«, ertönt Marjas besorgte Stimme auf Samisch. »Sag jetzt bloß nicht, du bist immer noch sauer auf mich, weil ich dir ausreden wollte, nach Oslo zu fliegen«, sprudelt es aus ihr heraus, bevor ich ihr antworten kann.

»Ach, natürlich nicht!«, sage ich und versuche meine Stimme rau und erschöpft klingen zu lassen. Letzteres fällt mir gerade nicht schwer. »Schnee von gestern. Ich hab mir eine Grippe eingefangen.«

»Du hast *was*?« Das Misstrauen in ihrer Stimme ist unüberhörbar. Marja klebt an einem Idioten von Ehemann, aber deswegen ist sie noch lange nicht selbst dumm. »Ich kann mich gar nicht erinnern, ob du überhaupt jemals eine Grippe gehabt hast. Ich dachte immer, du bist so erkältungsresistent wie ein Eisbär.«

»Einmal ist immer das erste Mal«, nuschle ich ins Mikrofon meines Handys. »Kannst du dir vorstellen, wie peinlich mir das ist? Ich komme nach Oslo, und gleich als Erstes liege ich flach. Ist bestimmt diese nasse Kälte, ganz anders als zuhause.«

»Kümmert sich Siri gut um dich?«, will Marja wissen. »Hast du es warm?«

»Alles ist fein«, lüge ich, ohne zu zögern. »Aber ich wohne nicht mehr bei Siri. Ich hab recht schnell eine Wohnung in einer WG gefunden. Und Arbeit auch.«

Ich erzähle ihr ein wenig von meinem neuen Job bei der Arche und von meinen Mitbewohnern, ohne ins Detail zu gehen. Es überrascht mich etwas, dass Marja mich nicht auf den Einbruch mit Todesfolge in Grünerløkka anspricht. Für mich mag diese Stadt ziemlich ausgedehnt wirken, aber Oslo ist im Vergleich zu anderen europäischen Hauptstädten nun wirklich nicht riesig, und ein Verbrechen wie das an Geir sticht heraus. Es müsste sich über die Nachrichten im Fernsehen längst bis nach Finnmark herumgesprochen haben.

»Hör mal, ruf Mama an, sobald es dir besser geht, ja?«, höre ich Marja sagen. »Sie hat schon seit Tagen nichts von dir gehört, und sie macht sich Sorgen.«

»Na klar«, versichere ich ihr. »Richte ihr ganz liebe Grüße aus, wenn du sie sprichst.«

»Sie will wissen, wann du wieder nach Hause kommst.«

Ich zögere. »Ich … kann es noch nicht sagen. Erst einmal muss ich diesen Junkie finden.«

Am anderen Ende der Leitung seufzt Marja leise auf. Sie zögert, ehe sie weiterspricht. »Hast du wirklich immer noch vor, ihn in Oslo aufzutreiben?«

»Das habe ich«, sage ich langsam. Jetzt kommen wir in gefährliches Fahrwasser. Ich habe keine Lust auf den nächsten Streit, ich will einfach nur eine Stimme von zuhause hören.

»Meine Meinung hat sich nicht geändert«, höre ich sie mit diesem Anflug von Sturheit sagen, der mich in der Vergangenheit so oft zur Weißglut gebracht hat, wahrscheinlich, weil er ein Spiegel meiner eigenen Dickköpfigkeit ist. »Ich finde, du hast dich da in etwas verrannt. Der Mann hat seine Aussage bei der Polizei gemacht. Du wirst nichts Neues von ihm erfahren, du quälst dich nur selbst.«

»Lass uns das nicht schon wieder durchkauen«, sage ich. Jetzt ist die Erschöpfung in meiner Stimme nicht gespielt. Mein Magen zieht sich jäh zu einem schmerzhaft harten Knoten zusammen. »Ich bin wirklich erledigt. Reden wir ein anderes Mal darüber, okay?«

Einen Moment herrscht bleischwere Stille am anderen Ende der Leitung. »Okay«, wiederholt Marja schließlich resigniert.

Wir beenden das Gespräch wie so viele andere zuvor – mit dem sicherlich beiderseitigen Gefühl, nicht verstanden zu werden. Trotzdem war es schön, für kurze Zeit meine eigene

Sprache gesprochen zu haben. Es fühlte sich an, wie das Fenster zu öffnen und frische, eiskalte Nachtluft einzuatmen.

Ein erneuter Phantomschmerz zuckt wie eine schneidende Klinge durch meinen Fußknöchel. Unwillkürlich atme ich scharf ein, und mit einem Mal ist mir klar: Die Ereignisse der letzten Tage haben mich seelisch ausgehöhlt. Ich kann mich nicht mehr länger wie ein verwundetes Tier in seinem Bau verstecken. Ich muss wieder die Kontrolle über mich und mein Leben bekommen, sonst werde ich niemals dazu in der Lage sein, den Tod meines Bruders aufzuklären. Das ist es schließlich, warum ich hierhergekommen bin.

Die Männer, die an Geirs Tod schuld sind, haben mir diese Kontrolle genommen. Ich muss Atle im Gedächtnis behalten, mich an ihn erinnern, egal wie sehr es schmerzt. Ich muss das tun, was er mir selbst beigebracht hat: die älteste Form der Heilung, die von den Vorfahren unseres Volks schon ausgeübt wurde, als sie sich noch die Welt mit Tieren teilten, die wir nur von Skeletten im Permafrostboden und Abbildern auf Felswänden kennen. Es ist gefährlich, diese inneren Türen aufzustoßen. Türen öffnen sich in beide Richtungen, und nicht immer lassen sie sich gegenüber dem schließen, was sich auf der anderen Seite befindet.

Ich muss den Raum aufheizen wie eine Sauna.

Ich brauche eine Trommel.

Und ich muss eine Reise unternehmen.

20

Die Trommel war leichter aufzutreiben als ich dachte. Letztendlich hätte es jeder Gegenstand getan, mit dem sich ein eindringliches rhythmisches Geräusch erzeugen lässt. Aber allein schon eine Rahmentrommel in den Händen zu halten, hilft, meine Gedanken und Empfindungen auf das Vorhaben auszurichten, das vor mir liegt. Die Spannung der glatten Tierhaut unter meinen tastenden Fingerspitzen, das gekrümmte Holz des Klangkörpers, der mit Fell umwickelte Schlegel, all diese kleinen Eindrücke färben meine Wahrnehmung mit dem Orange von Multebeeren, der Farbe meiner Erinnerung. Meine Gedanken gleiten zurück zu dem Lavvu, dem Zelt, in dem Atle mir an einem verregneten Tag im Spätfrühling das Trommeln beigebracht hat, während die Luft nach Birken roch und das beständige klopfende Regengeräusch auf dem Zeltstoff des Lavvus meine ersten Versuche begleitete, einen schnellen Rhythmus beizubehalten.

Die Trommel, die ich in den Händen halte, hing an einer Wand von Geirs Zimmer, neben einem in dunkelbraunes Leder eingefassten Trinkhorn, das bestimmt mehr als einen Liter fassen kann. Ich muss mich vage daran erinnert haben, sie dort gesehen zu haben, denn als ich mir Gedanken darüber machte, eine Trommel aufzutreiben, bin ich zielstrebig in den Raum gegangen, an dem er mir erst vor wenigen Tagen sein Bild des Weltenbaums gezeigt hat.

Es war ein eigenartiges Gefühl, sich wieder hier aufzuhalten, jetzt, da die Spurensicherung den Raum freigegeben hat. Trotz der fremden Menschen in weißen Schutzanzügen, die sich hier zwei Tage lang tagsüber aufgehalten und jeden Quadratzentimeter nach Hinweisen auf die beiden Täter durchsucht haben, atmet Geirs Zimmer noch immer seine Gegenwart. Fast erwarte ich, ihn jeden Moment zur Tür hereinkommen zu sehen, den flackernden Blick aus seinen tiefliegenden Augen auf das Instrument in meinen Händen gerichtet. Dies hier ist der Ort, an dem er einen erheblichen Teil seiner Zeit verbracht hat, dies ist der Ort, an dem er tödlich verwundet wurde und sein Blut auf dem Boden vergossen hat. Mit seiner Geschichte und dem riesigen Bild von Yggdrasil, das auf seiner Studiostaffelei eine der Wände dominiert, ist es ein kraftvoller Ort, darum will ich das, was ich tun muss, hier erledigen, anstatt in meinem eigenen Raum oder im Wohnzimmer.

Im Gegensatz zu Samitrommeln, die nicht völlig rund, sondern mehr oval sind, bildet der Rahmen seiner Trommel einen fast perfekten Kreis. Ich bin mir nicht sicher, mit was für einer Art Tierhaut sie bespannt ist. Die gelblichbraune Farbe ist dunkler als die einer Ziege, aber nicht so dunkel wie die eines Rentiers. Möglich, dass sie einem Rehbock gehört hat. Anders als die Trommeln meiner Vorfahren, die ihnen von den Missionaren gestohlen und verbrannt oder in Museen weggeschlossen wurden, und anders als die Trommeln derjenigen aus meinem Volk, die heute wieder alte Wege der Ahnenverehrung wiederentdecken, ist Geirs Trommel nicht bemalt. Ihr fehlt das rautenförmige Sonnensymbol in der Mitte, das die Sonne darstellt, die Quelle von Licht und Wärme, um die sich am Polarkreis alles dreht. Sie besitzt nicht die kleinen Symbole für die Tiere, deren Geister beim Trommeln für Jagdglück angelockt werden sollen, auch nicht die Darstellungen der Akkas, der weiblichen Geister, die unsere Leben beschützen. Aber das stört mich nicht. Sie muss mir nicht die Geschichte meines Volks erzählen. Die runde, von Holz eingefasste Oberfläche mit ihren wenigen dunkleren Flecken lässt mich an den Vollmond über der verschneiten Tundra im Winter denken, wenn er gerade erst den Horizont erklommen hat und noch nicht knochenbleich ist, sondern wie eine Laterne das milchige Gelb der untergegangenen Sonne in sich trägt.

Geir, deine Trommel ist perfekt. Ich danke dir dafür, sie für meine Reise benutzen zu dürfen. Zum Dank dafür gieße ich dir gleich etwas von meinem dänischen Strohrum ins Feuer, das den Raum bereits jetzt auf gut fünfunddreißig Grad erhitzt hat.

Hinter dem Glasfenster in der Tür des Holzofens brüllt das Feuer, und die Flammen werfen einen hektischen, orangen Schein auf die zugezogenen Fenstervorhänge. Ich greife mir den alten, schwarzen Wollsocken, den Geir benutzt hat, wenn der eiserne Griff der Ofentür zu heiß war, um ihn mit bloßen Händen anzufassen, und öffne den Ofen. Das laute Prasseln nimmt an Lautstärke zu, und die Hitze im Inneren schlägt mir so brutal entgegen, dass mir im ersten Moment Gesicht und Stirn schmerzen, aber ich weiche nicht zurück. Ich hebe das Einmachglas mit dem dänischen Strohrum an, schraube den Deckel ab und kippe etwas davon in die Flammen.

Für dich, Geir.

Fauchend schießen die Flammen im Inneren des Ofens an den Wänden empor. Ein paar von ihnen zucken aus der offenen Klappe heraus, bevor sie sich langsam wieder zurückziehen.

Es ist noch etwas weniger als die Hälfte von dem Rum übrig. Ich setze das Einmachglas an die Lippen und nehme einen tiefen Schluck. Der Alkohol brennt wie flüssiges Feuer auf meiner Zunge und rinnt mir heiß die Kehle hinab. Beinahe sofort bricht mir Schweiß auf der Stirn und unter den Achseln aus. Die direkte Hitze des offenen Ofens ist kaum noch zu ertragen, aber dennoch lasse ich die Ofentür offenstehen und bewege mich auf Knien nur ein wenig rückwärts in den Raum.

Manche können sich in Trance tanzen, andere vollführen Atemtechniken. Ich habe von Leuten aus der SM-Szene gehört, denen Bondage und rhythmische Schläge helfen. Mit Atles Hilfe habe ich schon vor ein paar Jahren herausgefunden, wie ich am schnellsten in Trance gelange: körperliche Erschöpfung durch extreme Hitze. Ich habe keine Sauna und keine Schwitzhütte zur Verfügung, also muss es der Ofen tun, und er erfüllt seinen Job perfekt. Der Alkohol hilft ebenfalls, bei weitem nicht so gut wie mehrere Gramm getrockneter Fliegenpilze, das psychoaktive Reisegefährt meiner Vorfahren in die Geistwelten, aber für meine Zwecke ist er gut genug. Das Wichtigste habe ich bei mir: Trommel und Schlegel. Ich bemerke bereits jetzt, wie die Hitze und der Rum mich schwindlig machen. Zeit, zu beginnen, bevor die anderen zurückkommen.

Immer noch im Sitzen beginne ich zu trommeln, erst langsam, um Klang und Lautstärke der Trommel zu erkunden, um mich in sie einzufühlen, ebenso wie in den Schlegel, den ich erst mehr in der Mitte, dann näher an seinem Ende halte, dann erhöhe ich die Geschwindigkeit meiner Schläge auf die eines schnellen Herzschlags und schließe meine Augen.

Alles um mich herum ist heiße, rotbraune Dunkelheit vor meinen geschlossenen Lidern und der wummernde Lärm der Trommel, der so nah an meinem Ohr meinen Verstand auszufüllen scheint, bis es mir vorkommt, als sei ich im Inneren des Instruments, umgeben von der straff gespannten Haut, auf die der Schlegel herabfährt.

Atle hat mir diesen Rhythmus beigebracht. Er war der Erste, der mir von den Wegen meiner Vorfahren erzählt hat, der Erste, dessen Trommel ich benutzen durfte, um in die Welten der Geister zu reisen und mit unseren Ahnen zu sprechen. Es gab deswegen einen Riesenstreit mit meinen Eltern, die es als eingefleischte Protestanten nie verstanden hatten, wieso

Atle sich für etwas interessierte, was sie als heidnischen Unsinn betrachteten. Dass er auch noch seine kleine Schwester dafür begeisterte, brachte das Fass zum Überlaufen. Danach war Atle von zuhause fortgegangen und zum Studieren nach Tromsø gezogen, und ich hatte meine Begeisterung für die alten Traditionen meines Volks lange nur heimlich ausgelebt, um mich nicht ständig rechtfertigen zu müssen.

Vor Hunderten von Jahren, bevor die Christen uns missionierten, waren die Noaidi, die Schamanen, das Bindeglied zwischen unserer Welt und den Welten der Geister und Ahnen. Heute gibt es keine Noaidi mehr. Die Missionare haben sie uns alle genommen. Aber es gibt Samen, oft junge Samen wie Atle, die die Traditionen unseres Volks studieren, um sie Stück für Stück wiederzubeleben, und wann immer er uns besuchte, erzählte er mir, was er herausgefunden hatte, und ich lernte von ihm.

Jetzt ist es an der Zeit, das anzuwenden, was er mir beigebracht hat, und diesmal ohne seine Hilfe oder Unterstützung. Diesmal kann ich mich nur auf mich selbst verlassen. Ich schlage die Trommel, als würde mein Leben davon abhängen, und vielleicht tut es das tatsächlich, und ich lasse mich in die tiefen Räume fallen, die der in meinen Ohren donnernde Rhythmus öffnet.

Einem winzigen Teil von mir ist bewusst, dass ich selbst das Geräusch erzeuge, das mein ganzes Denken ausfüllt, aber es spielt keine Rolle. Es ist der Pulsschlag des Universums selbst, in dem mein Sein aufgegangen ist, und der um mich herum Ströme aus heißem Leben durch die Venen all der Wesen pumpt, mit denen ich diese Stadt teile, ein gewaltiges Netzwerk von Schicksalen, die parallel zueinander verlaufen, sich kreuzen und wieder auseinandertreiben, nur um sich wiederzufinden und erneut zu verlieren.

Ich laufe durch die dunklen Straßen dieser Stadt, deren schattenhafte Häuser sich wie die Mauern eines Labyrinths zu meiner Rechten wie zu meiner Linken in die Höhe erstrecken. Von irgendwo über mir scheint ein schwaches Licht bis zum Asphalt zu meinen Füßen und verleiht meiner Haut einen kränklich gelben Schimmer, aber ich kann nirgends Straßenlampen sehen, und in den monolithischen Häuserfassaden scheint kein Licht. Ihre Fenster starren wie die leeren Augenhöhlen von Riesen auf mich herab.

Ich bin nicht alleine in diesem Oslo der Geister. Andere Wesen bewegen sich durch die labyrinthischen Straßen, manche von ihnen zielstrebig, andere zögerlich und schwankend. Ein paar kriechen bäuchlings am Boden wie Echsen. Im Gegensatz zu mir haben sie keine feste Gestalt, sondern sehen aus, als seien sie aus Rauch geformt, der sich im gleichen Rhythmus wie der in meinen Ohren dröhnende Trommelschlag leicht ausdehnt und wieder zusammenzieht.

Eine der Gestalten, ein hochgewachsener Mann in einem Anzug, bewegt sich zielstrebig auf mich zu. Ehe ich ihm ausweichen kann, schreitet er durch mich hindurch. Die mich umgebende Hitze flammt einen Sekundenbruchteil noch stärker auf und nimmt wieder ab, während der graue Schemen seinen Weg hinter mir fortsetzt. Er hat mich weder wahrgenommen noch seinen Schritt verlangsamt.

Mit einem Mal mischt sich in den lauten Pulsschlag der geisterhaften Stadt ein tiefes Grollen. Erst ist es kaum hörbar, lauert am Rand meiner Wahrnehmung, doch es nimmt schnell an Lautstärke zu. Es bringt das Innere meines Schädels und meine Knochen unangenehm zum Vibrieren, als befände ich mich im Inneren einer Röhre für eine Kernspintomografie.

Instinktiv weiß ich, dass dieses Geräusch von etwas Bedrohlichem herrührt. Ängstlich sehe ich mich um. Warum bin ich hier, an diesem Ort? Ich wollte mich mit der Kraft meines Volkes verbinden, mit der Stärke, die es aus der sie umgebenden Natur zieht, aber hier ist nichts, was mir helfen kann, nicht die Ahnen, nicht die Akkas, nicht einmal – ja, ich hatte es gehofft, dass ich ihn sehen würde, dass ich vielleicht seine Stimme vernehmen würde, wie sie sich selbst in meinem Alltagsbewusstsein hin und wieder in meine Gedanken schleicht und mein Handeln kommentiert. Aber er ist nicht hier. Da ist nur dieses Labyrinth aus Straßen und etwas Bedrohliches, das sich unaufhaltsam nähert.

Und jetzt glaube ich weit hinter mir, wo die Schatten zwischen den Häuserzeilen zu einer dunklen Masse zusammenwachsen, eine Bewegung zu erkennen, eine noch tiefere Dunkelheit, die sich langsam aus den Schatten herausschält und auf mich zukommt.

Instinktiv will ich wegrennen, aber etwas hält mich an Ort und Stelle, so dass mir nichts anderes übrigbleibt, als mit anzusehen, wie der dunkle Fleck sich mir nähert und mit jedem Moment eine deutlichere Form annimmt.

Mein Herzschlag beginnt zu rasen, als ich meinen Verfolger erkenne. Es ist der Tiger vom Osloer Hauptbahnhof, die wuchtige Statue mit ihrem peitschenden Schwanz und dem drohend aufgerissenen Rachen. Aber im Gegensatz zu ihm schimmert er nicht in der Farbe von goldener Bronze. Er ist lebendig gewordene Nacht. Als hätte er dadurch, dass ich seine Form erkannt habe, noch besondere Kraft verliehen bekommen, stößt das Ungeheuer ein Brüllen aus, das wie Donner durch die Häuserschlucht hallt. Noch ehe das ohrenbetäubende Geräusch verklungen ist, setzt der Tiger mit einem weiten Sprung auf mich zu.

Erst jetzt gelingt es mir, meine Lähmung zu überwinden. Ich wirble herum und renne vorwärts durch die leere Straße.

Ich weiß genau, dass es sinnlos ist, einer Naturgewalt wie ihm entkommen zu wollen. Dennoch bin ich verzweifelt bemüht, Abstand zwischen mir und dem Tiger zu schaffen. Mein Kopf ruckt nach rechts und links in der Hoffnung, einen offenen Hauseingang zu sehen, aber sie sind alle unzugänglich und verschlossen.

Hinter mir springt der Tiger auf mich zu. Obwohl ich mich nicht umdrehe, kann ich seine starren, glühenden Augen sehen, die weißen Zähne in seinem aufgerissenen Maul, ich kann den Gestank seines pechschwarzen Fells ausmachen, den Geruch von brennend scharfer Pisse, und fühle die Hitze, die von ihm ausgeht, dicht hinter mir in meinem Nacken, eine ungesunde Hitze wie von Fieber und in feuchter Wärme verrottendem Fleisch.

Von heller Panik ergriffen, versuche ich noch schneller zu rennen, aber ein scharfer Schmerz fährt durch mein rechtes Fußgelenk, und mein Bein knickt unter mir weg. In vollem Schwung lande ich bäuchlings auf dem rauen Asphalt. Mein Gesicht und die rechte Hälfte meines Körpers stehen schier in Flammen, aber der Schmerz ist nichts gegen die schrille Stimme, die in mir aufschreit, dass der Tiger heran ist, dass er über mir ist, dass er –

Und der Tiger packt mich.

Sein Gewicht und seine Geschwindigkeit reißen mich mit sich vorwärts über den Boden. Ich kann seinen heißen Atem spüren, dann stoßen seine Zähne auf meinen Nacken und Hals herab. Blut pumpt aus der klaffenden Wunde, spritzt vor mir auf die graue Straße, und so wie das Blut aus mir herausrinnt, nehmen die stechenden Schmerzen, die durch meinen Körper jagen, schlagartig ab. Stattdessen sehe ich mich mit einem Mal am Boden liegen, während erst eine dicke Zunge das Blut um meinen zuckenden Körper aufleckt und sich dann ein haariges

Maul dem offenen Nacken vor sich zuwendet, Zähne sich in warmer, nasser Muskelmasse vergraben und ruckartig einzelne Stücke herausreißen.

Es dauert einen Moment, bis ich begreife, dass ich selbst der Tiger bin, der sich in meinem eigenen, inzwischen reglosen Körper verbissen hat.

Die Erkenntnis sollte mich entsetzen, sie sollte mich schlagartig aus meiner Trance herausschleudern, aber ich fühle weder Verwirrung, noch Angst, und schon gar keinen Ekel. Ich bin jenseits dieser menschlichen Empfindungen. Da ist nicht einmal mehr ein Ich wie das eines Menschen, der sich und sein Tun reflektiert.

Da ist nur der Tiger.

Der Tiger, der ich bin, steht über dem Körper der Frau, die ich war. Er reißt Muskelmasse aus der Wunde heraus, die er ihr geschlagen hat, schlingt sie herunter und leckt warmes, dickflüssiges Blut vom Boden auf.

Seine Antriebe sind weder komplex noch widersprüchlich. Er ist ganz Kraft und zielstrebige Entschlossenheit. Er war hungrig, er hat gejagt, und nun hat er seinen Hunger gestillt.

Dies ist sein Dschungel, seine Stadt, ein Labyrinth von Straßen, das er bis in den letzten Winkel kennt. Hier gibt es niemanden, vor dem er sich fürchten müsste. Er ist der Jäger der nächtlichen Orte, jeder Muskel seines Körpers dient dieser einzigen Aufgabe.

Sein Kopf hebt sich, wendet sich langsam nach rechts und links. Unruhe hat ihn ergriffen. Er wittert die nächtliche Luft, seine langen Schnurrhaare sträuben sich, die Ohren haben sich aufgerichtet und zucken leicht vorwärts, dann wieder zur Seite.

Die Straße ist menschenleer, keine Bedrohung in Sicht, woher kommt also diese Erregung, die er mit einem Mal verspürt?

Es ist die Menschenfrau in ihm, deren Leben er getrunken hat, ihre Gefühle sind ihm fremd, und dennoch auf eine Art, die er nicht erklären kann, vertraut, ganz besonders eines. Obwohl er es selbst nie in dieser Intensität empfunden hat, atmet er auf das Feuer dieses Gefühls, entfacht es zu hell lodernden Flammen, bis es ihn ganz umhüllt, als würde die Frau ihn ausfüllen wie die Finger einer Hand einen Handschuh.

Wut.

Sengende, weißglühende Wut.

Sie wurde gefangen, verletzt und gedemütigt. Drei Männer hatten sie in ihrer Gewalt. Im finstersten Winkel ihres Verstandes war sich ein Teil von ihr sicher gewesen, dass sie sterben würde.

Das Messer, das sich von hinten an ihren Hals gepresst hatte, würde ihr die Kehle durchschneiden, und das Leben würde aus ihr herausrinnen.

Der Fremde, der sie befragte und folterte, würde sie töten und ihre Leiche wie Abfall irgendwo am Straßenrand aus dem Transporter werfen.

Erst hatte sie entsetzliche Angst gehabt, aber dann waren ihre Angreifer fort gewesen, und auch ihre Angst war verschwunden und hatte nur Scham zurückgelassen. Scham und Wut.

Der Tiger schüttelt mit wuchtigem Zucken sein Fell. Die Muskeln in seinem Nacken spannen sich. Abrupt setzt er sich in Bewegung, läuft mit schnellen, weit ausholenden Schritten vorwärts. Die in ihm brennenden Gefühle der Frau waren unangenehm. Im ersten Moment haben sie ihn verwirrt zurückgelassen, aber jetzt hat er eine Witterung aufgenommen, und er hat ein Ziel.

Er wird diese Männer jagen. Und er wird sie finden. Dies ist seine Stadt, niemand kann sich in diesem Labyrinth aus pulsierendem Leben lange vor ihm verstecken. Er kennt die Gassen, die Straßen, die offenen Plätze und versteckten Winkel.

Wenn er ein Mensch wäre, würde er in Worten wie »Rache« oder »Vergeltung« denken. Aber er ist kein Mensch. Er ist ein Jäger, und die Frau, die er verschlungen hat, ist nun eins mit ihm, und führt ihn seiner Bestimmung entgegen: zu pirschen, zu jagen, zu stellen und zu töten.

Er läuft vorwärts in die Dunkelheit, und die Dunkelheit ist nicht kalt wie diese Stadt im Winter es eigentlich sein müsste, sie ist heiß, und sie wird mit jedem Augenblick heißer,

sie *brennt*, verflucht, sie *brennt*

SCHEISSE, tut das WEH!

Jäh schießt Schmerz an meinem Unterarm empor und katapultiert mich ruckartig zurück in meinen Körper, heraus aus der Trance und zurück in Geirs Zimmer.

21

Ich blinzle hart, mein verschwommener Blick stellt sich scharf, während ich mit einem lauten Schmerzensschrei vor den Flammen dicht vor meinem Gesicht zurückzucke. Wie aus weiter Entfernung höre ich, wie die Trommel, die ich fallengelassen habe, auf den Dielenboden poltert. Meine Beine, auf denen ich knie, sind eingeschlafen, und die ruckartige Bewegung lässt mich seitwärts wegknicken. Am Ärmel meines Pullovers zucken Flammen empor. Aber noch etwas anderes fesselt meine Aufmerksamkeit, die schon immer von winzigen Details wie magnetisch angezogen und festgehalten werden konnte: Jenseits der Flammen vor meinem Gesicht ragt auf der Staffelei der dunkle Umriss von Yggdrasil in die Höhe. Für einen Sekundenbruchteil ist mir, als formten seine Äste Runen, die alten Schriftzeichen der germanischen Stämme. Die Flammen scheinen die Äste zu umfangen.

Dann entkommt mir ein weiterer Schrei – Entsetzen, Schmerz, ich weiß nicht, was davon stärker wiegt – und ich wälze mich auf meinen Arm, um die Flammen zu ersticken. Die Tür zu Geirs Zimmer fliegt auf und knallt mit einem lauten Schlag gegen die Wand.

»*Oh fuck!*«, stößt eine Stimme hervor. »Was zur Hölle …« Ich rieche bitteren Schweiß und verbrannte Wolle, Hände rollen mich hart über den Boden. Die drückenden Kopfschmerzen, die beinahe völlig verschwunden waren, als ich das Krankenhaus verlassen hatte, sind schlagartig wieder aufgeflammt.

Die lange Trance hat so ruckartig geendet, dass ich immer noch kaum klar denken kann. Bis vor ein paar Augenblicken war mein Verstand völlig vom zielstrebigen Willen eines Raubtiers erfüllt, das durch eine bizarre Traumversion von Oslo schlich, und jetzt liege ich in Geirs Wohnzimmer am Boden, mir dröhnt der Schädel, mein rechter Arm schmerzt höllisch und – und da ist Vidar, der sich über mich gebeugt hat!

»Runter mit dem Pullover!«, herrscht er mich an. »Du musst dir eiskaltes Wasser über den Arm laufen lassen. Was hast du in *seinem* Zimmer gemacht, verdammt noch mal?«

Ich stehe noch zu sehr neben mir, um ihm eine Antwort geben zu können, aber er scheint für den Moment keine zu erwarten. Trotz seiner Mischung aus Aufregung und Verärgerung hilft er mir regelrecht behutsam auf die Beine und vermeidet es, meinen verletzten Arm zu berühren. Erst jetzt fallen mir ein paar kleine Brocken mit rot glimmenden Holzstücken am Boden vor dem Ofen auf, der immer noch weit offen steht. Die Flammen sind ein wenig heruntergebrannt, aber das Feuer prasselt auch weiterhin laut und lässt die trockenen Holzscheite knacken.

Als sei sein Blick dem meinen gefolgt, kickt Vidar, der noch immer Winterstiefel anhat, die Glut weg vom Dielenboden und auf die Eisenplatte, auf dem der Ofen steht. Dann schlägt er die Ofentür zu. Schweiß steht ihm auf der hochroten Stirn. Die Schneeflocken auf seinem dunkelbraunen Parka sind bereits zu Wasserflecken geschmolzen. Im Raum herrscht eine Temperatur wie im Hochsommer.

Schwankend stehe ich vor ihm und versuche mit zittrigen Händen aus meinem Pullover zu schlüpfen. Vidar schaut meinen Anstrengungen einen Moment lang ungeduldig zu, dann irrt sein Blick durch den Raum und heftet sich auf Geirs Schreibtisch. Mit zwei schnellen Schritten schnappt er sich eine Schere, die in einer Dose mit Stiften steckt, wirbelt zu mir herum und schneidet mir den verbrannten Ärmel ab. Ich beiße die Zähne aufeinander, fest entschlossen, keinen Mucks von mir zu geben. Der verbrannte Stoff ist an einigen Stellen mit meiner Haut verklebt und löst sich nicht sofort.

»Unter kaltes Wasser«, befiehlt Vidar. »Jetzt gleich. Dann löst es sich. Mit etwas Glück hast du dich nur oberflächlich verbrannt.«

Ich nicke stumm und folge ihm in den zweiten Stock, wo er im Bad den Stöpsel ins Waschbecken drückt und den Hahn aufdreht. Ich halte meinen verletzten Arm unter den eisigen Strahl und verziehe das Gesicht. Das Wasser ist so kalt, dass mir im ersten Moment ein schmerzhaftes Ziehen den Arm hoch und bis in die Brust fährt, aber dann verblasst der Schmerz zu einem Taubheitsgefühl. Dafür merke ich jetzt, wie schnell der Strohrum gemeinsam mit der Hitze in meinem Blutkreislauf angekommen ist. Immer noch schwankend schließe ich die Augen und halte mich mit der linken Hand am Waschbecken fest, während ich höre, wie Vidar sich ächzend auf dem Toilettensitz niederlässt.

»Was hast du eigentlich in Geirs Zimmer gemacht, hm? Und warum hast du den Raum so verflucht aufgeheizt?« Seine Stimme klingt ein wenig schleppend, bestimmt ist er nach seiner abendlichen Grünerløkka-Tour selbst nicht mehr nüchtern.

»Ich … ich hab getrommelt«, sage ich ausweichend und denke mir, wie bescheuert das klingt.

»Das hab ich gehört«, brummt er. »Bis ins Treppenhaus.«

Ich hole tief Luft und öffne die Augen. Er hat eine halbwegs ehrliche Antwort verdient. »Es war ein Ritual. Ich wollte meinen Kopf von all dem freibekommen, was in den letzten Tagen passiert ist.«

Er schnaubt. »Also deswegen die Hitze. So ein Schwitzhüttenkram, ja?«

»So was Ähnliches.«

Trotz seiner Irritiertheit hat sich ein schmales Lächeln in seine Mundwinkel gestohlen. »Du und Geir – ihr seid euch wirklich gar nicht so unähnlich. Er war genauso ein Spinner wie du.« Er fährt sich mit der Hand über seine spiegelblanke Glatze. »Du hast mir einen ganz schönen Schreck eingejagt. Als ich das Getrommel gehört hab, war das für einen Moment fast so, als ob er wieder am Leben gewesen wäre. Er hatte das Ding nicht nur als Dekoration an der Wand hängen.«

Mit einem unterdrückten Seufzen erhebt er sich und tritt zu mir ans Waschbecken.

»Aber ich weiß nicht, ob er so irre gewesen wäre, den Ofen offenzulassen und sich genau davor zu hocken. Das Brennholz ist so trocken, dass es regelrecht explodiert. Schauen wir uns mal deinen Arm an.«

Er dreht den Wasserhahn ab. Vorsichtig zieht er den klatschnassen und abgeschnittenen Ärmel meines Pullovers herunter. Scharfer Schmerz jagt durch meinen Arm, unwillkürlich kneife ich die Augen zusammen und beiße die Zähne aufeinander. Als ich sie wieder öffne, sehe ich, dass an ein paar Stellen meines Unterarms die Haut gerötet ist und weißliche Brandblasen geworfen hat, die aber wegen der konstanten Berieselung mit kaltem Wasser kaum ausgebeult sind. Zwei sind beim Entfernen des Wollstoffs gerissen.

»Hast nochmal Glück gehabt«, sagt Vidar, dem die Erleichterung anzuhören ist. Er wirft den nassen Ärmel in den Mülleimer unter dem Waschbecken. »Keine tiefere Verbrennung.«

»Habt ihr Brandsalbe im Haus?«, frage ich ihn.

Vidar grinst. »Wir haben etwas Besseres. Komm mit.«

Er greift sich Verbandszeug aus dem Erste Hilfe-Kasten, der in einer Ecke neben der Badezimmertür hängt, und ich folge ihm in die Küche, wo er sich auf die Zehenspitzen stellt, um ein Einmachglas aus dem obersten Regal des Vorratsschranks zu ziehen.

Ich habe mich auf die Küchenbank gesetzt und werfe einen misstrauischen Blick auf das Glas mit dem matt goldbraun schimmernden Inhalt, das er vor mich auf den Tisch gestellt hat. »Du willst, dass ich mir Honig auf den Arm schmiere? Ernsthaft?«

Er setzt sich mit dem Verbandszeug in der Hand zu mir. »Wirst sehen, das hilft. Ich hatte mal eine üble Brandwunde, weil mir heißes Fett aus der Pfanne und auf den Arm gesprungen ist. Meine Verbrennung war schlimmer als das, was du da abbekommen hast, und mit etwas Honig auf der Verletzung war nach ein paar Tagen alles fein.« Er schiebt sein Sweatshirt hoch und streckt mir im Licht der Küchenlampe über uns seinen haarigen Unterarm entgegen.

Tatsächlich ist da nichts zu sehen, nicht einmal eine Narbe.

»Ist eines der ältesten Heilmittel bei Verbrennungen«, sagt Vidar, schraubt den staubigen Deckel ab und schiebt mir das Glas entgegen. »Antibakteriell und mindestens so gut wie jede Brandsalbe.«

Ich träufle etwas von dem Honig auf die wunden Stellen an meinem Unterarm, und halte ihn waagrecht über den Tisch, während Vidar mir einen Verband anlegt. Als er fertig ist, lehnt er sich auf seinem Stuhl zurück. Ich stehe auf, gehe zurück in Geirs Zimmer, das immer noch stark aufgeheizt ist, obwohl das Feuer im Ofen fast heruntergebrannt und die Ofentür geschlossen ist, und hebe das Einmachglas mit dem Strohrum auf. Es ist immer noch ein Rest vorhanden. Ich gehe damit zurück in die Küche.

Vidar hebt eine Augenbraue, als sein Blick auf das Glas fällt.

»Willst du einen Schluck?«, frage ich ihn. »Ist ja das Mindeste, zum Dank für deine Hilfe.«

Er lächelt. Ich habe keine Ahnung, ob es am Alkohol liegt oder daran, dass ich gerade dieses extreme Erlebnis während meiner Trommelsession hatte und noch immer das Gefühl habe, alles um mich herum noch eindrücklicher wahrzunehmen, als das bei mir ohnehin der Fall ist, aber sein Lächeln lässt diesen übergewichtigen, glatzköpfigen Metal-Bassisten tatsächlich gut aussehen.

»Na klar doch«, sagt er.

Ich reiche ihm das Einmachglas, und er trinkt direkt davon, ohne aufzustehen und sich ein Glas zu holen. Er verzieht das Gesicht und wirft einen Blick auf den Inhalt. »Meine Fresse, ich mochte das Zeug neulich schon nicht, aber durch Wiederholung wird es auch nicht besser.«

Ich schnaube ein Lachen. »Bei dem Zeug geht es nur darum, schnell betrunken zu werden. Es ist mehr ein Werkzeug: Es muss nicht besonders hübsch poliert sein, Hauptsache, es erledigt den Job.«

»Das tut es auf jeden Fall. Aber ich hatte auch schon ein paar Bier im Smelteverket.« Sein Blick verdüstert sich wieder. »Ich musste das alles irgendwie aus meinem Kopf rausbekommen, Lars' Auftritt, seine Eröffnung, dass unsere WG in einem halben Jahr Geschichte ist … das hat alles wieder nach oben gespült, das mit Geir …« Seine Stimme verklingt, er starrt an meiner Schulter vorbei die leere Wand an.

Anstelle einer Antwort trinke ich den Rest des Strohrums, wie er direkt aus dem Einmachglas. Der Alkohol rauscht mir heiß die Speiseröhre und den Magen hinab. Ich erinnere mich daran, dass ich nichts zu Abend gegessen habe. Kein Wunder, dass ich schon ziemlich angetrunken bin.

Nach einer Weile des Schweigens erhebt Vidar wieder die Stimme. Der sonst so raue, bellende Ton ist verschwunden. Jetzt hört er sich verhaltener an. »Ich weiß noch wie heute, wie ich ihm an der Kunsthochschule zum ersten Mal über den Weg gelaufen bin. Wir waren beide in derselben Malereiklasse. Nach außen hin war ich völlig überzeugt, dass ich es drauf hatte, dass die Malerei meine Ausdrucksform war. Aber tief drinnen hab ich damals schon meine Zweifel gehabt, ob das Talent, das ich hatte, wirklich ausreichte.«

Er hält kurz inne und hebt den Kopf, aber er sieht mich noch immer nicht an. Sein Blick gilt der Vergangenheit. »Bildende Kunst ist unbarmherzig. Die lässt keine halben Sachen gelten, und das ist auch gut so. Die Wenigsten verstehen, worum es einem Künstler wirklich geht. Die sehen nur, ob er wieder etwas verkauft hat oder nicht. Wenn man nicht wenigstens selbst absolut von dem überzeugt ist, was man macht, dann bricht die Mühle des Kunstbetriebs einem alle Knochen und spuckt einen wieder aus.«

Jetzt erst dreht Vidar den Kopf und sieht mich an. »Geir war der Beste in unserer Klasse. Wir alle wussten das. Wir wussten auch, dass er sich nicht verkaufen konnte, er war kein Mapplethorpe, aber einige von uns haben oft sein Feedback gesucht, und er war immer ehrlich. Brutal, aber ehrlich. Hat nie mit seiner Meinung hinter dem Berg gehalten.

Einmal, gegen Ende des zweiten Semesters hab ich ihn zu mir eingeladen, in die Dachwohnung in Grønland, in der ich damals gehaust hab. Ich wollte ihm eine Serie von Acrylbildern zeigen, die ich damals gemalt hatte. Ich hatte mehrere Monate an ihnen gearbeitet, und ich wollte unbedingt wissen, was er davon hielt. Er hat sich meine Arbeit angesehen und wurde richtig angepisst. Hat mich gefragt, warum ich seine Zeit verschwendet hätte. *Wieso bin ich extra den weiten Weg zu dir rausgefahren, um mir diesen Mist anzusehen?*«

Vidar lacht leise in sich hinein, fast klingt es wie ein Schluchzen. »Ich war von seiner Reaktion so vor den Kopf gestoßen und so stinkwütend, dass ich ihm eine aufs Maul gegeben habe. Hab ihm die Nase gebrochen. Er hat selbst nicht schlecht ausgeteilt. Schließlich waren wir völlig ausgepumpt, und meine Vermieterin warf uns raus, wegen des Lärms, den wir veranstaltet hatten. Ich weiß es noch wie heute: Wir stehen zerschrammt und ramponiert auf der Straße vor dem Haus, ich zünde mir eine Zigarette an, und Geir schaut mich an, die Nase schief und blutverschmiert, und auf einmal fragt er mich: *Ganz im Ernst, Vidar: Warum tust du dir das an, das mit der Malerei? Warum machst du immer noch weiter? Du brennst doch für etwas völlig anderes. Ist es Fotografie, ist es Performance, oder Musik? Du bist ein verdammter Künstler, da besteht gar kein Zweifel, aber Malerei … das ist nicht dein Medium.*

Und weißt du was, Sara? Er hatte recht. Die Malerei, die war spannend, die hat mir gefallen, aber die war nicht alles. Und in der Kunst zählt nur alles, verstehst du? Was ich eigentlich wollte, war Musik machen. Aber damals hätte ich mich nicht getraut, mich vor ein Publikum hinzustellen und alles zu geben, vor fremden Leuten die Hosen runterzulassen. In der Malerei ging das leichter. Und ich war auch gut, aber eben nicht gut genug.

Vielleicht haben andere damals auch schon gesehen, dass mir etwas gefehlt hat. Aber Geir war der Erste, der den Finger darauf gelegt und es angesprochen hat, auch wenn er sich dafür eine gebrochene Nase eingefangen hat.«

Er schweigt wieder. Nur die Küchenuhr über der Tür tickt leise die Sekunden weg, eine nach der anderen.

»Wie ging es mit euch beiden weiter?«, frage ich schließlich.

Vidar holt tief Luft, bevor er weiterspricht. Ein Lächeln zieht über sein Gesicht. »Ich hab ihn zum Arzt begleitet, der hat ihm seine Nase gerichtet, und danach sind wir eine ganze Nacht lang um die Häuser gezogen. Ein paar Wochen später hat er mir von der WG erzählt, die er in diesem Haus aufmachen wollte, eine Wohngemeinschaft für Künstler. Ich hab sofort ja gesagt. Noch vor dem Ende des Semesters hab ich das Kunststudium abgebrochen und mich daran gemacht, eine Band zu gründen. Aus den Sessions wurde schließlich *Cimmeria*.«

Seine Augen glänzen im schummrigen Küchenlicht, und seine Finger drehen das leere Einmachglas hin und her, reiben an ihm wie an Aladins Wunderlampe. »Geir war ein schonungsloser Kritiker. Er dachte, dass in der Malerei nur die etwas verloren hätten, die es mit Leib und Seele ernst meinen. Aber er hat mir dabei geholfen, dass ich mir das endlich eingestanden habe. Er war mein Freund. Und … und er fehlt mir so!«

Mit diesem schlichten letzten Satz bricht sein Gesicht auf, und der rohe Kummer unter dem betrunkenen, roten Gesicht ist so schwer mit anzusehen, dass ich schwankend auf die Beine komme und um den Tisch herum zu ihm trete. Vorsichtig lege ich meine Hände auf seine Schultern. Ich kann seine angespannt bebenden Muskeln unter dem Sweatshirt fühlen, höre sein Schluchzen. Meine Wange berührt die seine, nass und warm. Er wendet mir das Gesicht zu, und unsere Lippen treffen aufeinander. Ich rieche Bier in seinem Atem, aber das ist nicht unangenehm, genauso wenig wie die Wärme, die von seinem Körper ausgeht. Wir umarmen uns küssend fester, und beinahe rutscht Vidar vom Stuhl. Er hält sich gerade noch mit einer Hand am Küchentisch fest, während er die andere um meine Hüfte gelegt hat.

Ein rationaler Teil von mir weiß, dass ich mich nicht darauf einlassen würde, wenn ich nicht selbst so aufgewühlt und betrunken wäre, genauso wie Vidar. Dass er alles andere als mein Traumtyp ist, mein Mitbewohner, und dass es unser Wohnen unter einem Dach um einiges komplizierter machen wird, wenn wir jetzt miteinander ins Bett gehen.

Trotzdem fasse ich ihn schließlich an der Hand, worauf er etwas mühsam auf die Beine kommt. »Komm«, sage ich schlicht.

Wir stolpern wortlos in sein Zimmer und lassen uns dort in sein ungemachtes Bett fallen. Ich will nicht, dass er morgen früh in meinem eigenen Bett aufwacht. Es soll nichts anderes bedeuten als das, was es gerade in diesem Augenblick ist: zwei Menschen, die sich für den Moment ineinander verkriechen, weil die Wärme zweier Körper die Kälte, die Finsternis und den Kummer besser auf Abstand halten als einer.

»Bleib auf dem Rücken«, sage ich leise, als wir nackt nebeneinander liegen.

Er schnaubt ein Lachen, aber ich kann trotz meiner Betrunkenheit die Verlegenheit spüren, die er darunter kaschiert. »Hast du Angst, dass ich dich zerquetsche?«

»Der Gedanke ist mir durchaus gekommen«, flüstere ich und küsse ihn.

Seine Verlegenheit erhöht sich noch, als er sich schwer atmend bemüht, eine Erektion zu bekommen, es aber nicht schafft, obwohl ich längere Zeit sein Glied massiere. Es wird unter meiner Berührung ein wenig fester, aber nicht hart genug. »Ich glaub, ich hab zu viel getrunken«, murmelt er bedrückt an meinem Ohr. »Das wird heute Nacht nichts mehr. Sorry, aber ich bin gerade de… de facto *fucking* impotent.«

Ich schlinge ein Bein über seines und wälze mich auf ihn, so dass ich direkt auf sein Gesicht herab und in seine Augen sehen kann. Langsam hebe ich seinen linken Unterarm an und drücke einen Kuss auf seinen Verband. »Und ich hab dir auch noch eine Narbe verpasst«, sage ich. »Aber du hast doch eine Zunge und zwei gesunde Hände, oder? Also bist du nicht impotent.«

Er hustet ein Lachen, aber die Verlegenheit sickert aus seinem Blick. Behutsam umfasst er meine Brüste, während ich mich auf ihn setze und seinem Gesicht mit gespreizten Beinen entgegenrutsche.

Schließlich kommen wir erschöpft und nass geschwitzt nebeneinander zur Ruhe. Vidar hat sich alle Mühe gegeben, mich zuerst mit seiner Zunge, dann mit seinen Fingern zu befriedigen. Er wusste nicht, was mich besonders erregt, und ich musste seine Hand ein paar Mal mit meiner dirigieren, aber er hat sich nicht beschwert, und ich bin tatsächlich zum Höhepunkt gekommen, was mir fast nie beim ersten Mal passiert, wenn ich mit jemandem im Bett bin. Ich lausche seinen rasselnden Atemzügen und will ihn schon fragen, ob er Durst hat, ob ich ihm etwas zu trinken holen soll, als ich bemerke, dass ich den Atem von jemandem höre, der eingeschlafen ist.

Auf dem Rücken liegend starre ich ins Dunkel über mir. Vielleicht werde ich es morgen früh bereuen, dass wir miteinander ins Bett gegangen sind. Aber morgen ist weit weg. Für eine kurze Zeit haben wir ein Feuer gegen die Kälte angezündet und uns daran gewärmt, und die Glut glimmt noch immer warm.

Bei dem Gedanken an Feuer schießt mir etwas durch den Kopf, eine Erinnerung, von der ich weiß, dass sie irgendwie wichtig ist, aber die sich mir auf vertrackte Weise entzieht, weil ich zu betrunken und erschöpft bin.

Feuer. Das Feuer im Ofen von Geirs Zimmer. Flammen, die am Ärmel meines Pullovers hochzüngeln …

Natürlich! Jetzt weiß ich es wieder, Geirs Bild! Als ich aus meiner Trance herausgerissen wurde, dachte ich für einen Moment, die Zweige würden Runen darstellen. Habe ich mir das nur eingebildet, oder hat er tatsächlich Schriftzeichen in seinem Bild versteckt?

Ich muss nachsehen, jetzt sofort.

Vidar schläft bereits so tief, dass ich mir keine Mühe machen muss, besonders leise zu sein, um ihn nicht aufzuwecken. Ich schlüpfe in mein T-Shirt und taste mich im Dunkeln zur Tür und auf den Flur.

Das Feuer im Ofen von Geirs Zimmer ist erloschen. Der Raum hat sich inzwischen auf Zimmertemperatur abgekühlt, und so kalt wie es heute Nacht draußen ist, wird er morgen früh bestimmt nicht mehr als zwölf, dreizehn Grad haben. Ich schalte das Licht an der Decke und die Schreibtischlampe ein. Dann drehe ich den Schirm der Letzteren so, dass ihr Schein direkt auf Geirs Bild auf seiner Staffelei an der Wand fällt.

Wieder beeindruckt mich die Darstellung des gewaltigen Baums, die in ihrer Detailfülle realistisch anmutet, aber mit seiner eigenartig verschobenen Perspektive dennoch deutlich etwas darstellt, das ins Reich der Imagination gehört. In meinem Psychologiestudium hätten wir eine derartige Darstellung einen Archetypen genannt. Das Urbild eines Baums, das wir in unseren Erinnerungen mit uns tragen, seitdem wir das erste Mal einen sahen und noch nicht einmal wussten, was es war, was wir staunend betrachteten, geschweige denn seinen Namen. Nicht einmal das Einschussloch aus der Nacht von Geirs Tod, das beinahe mittig an den breiten Wurzeln des Baums zu erkennen ist, schafft es, Geirs unvollendetes Werk zu verunstalten.

Ich trete näher heran, lasse meinen Blick über Stamm und Äste schweifen, sowie über die nicht völlig ausgearbeitete Krone. Ich wünschte, ich hätte die Fähigkeit, versteckte Muster so schnell wie meine Freundin Kate aus dem Studium zu entdecken. Sie könnte die Runen sofort ausmachen, wenn sie da si–

Da! Ich habe sie mir tatsächlich nicht eingebildet. Vier Zweige links vom Hauptstamm und drei rechts von ihm stellen Runen des Runenalphabets dar. Geir hat sie so geschickt angeordnet, dass sie einem erst dann so richtig ins Auge stechen, wenn man weiß, dass sie da sind. Langsam fahre ich ihre Linien mit meinem Zeigefinger nach, wie um völlig sicher zu gehen, dass ich sie mir nicht einbilde. Nein, es sind tatsächlich Runen, ihr brauner Farbton ist um ein Winziges dunkler als der der sie umgebenden Zweige.

Ich eile zurück zu Geirs Schreibtisch und schnappe mir einen Bleistift und einen Post-it-Notizblock. Als ich damit fertig bin, die sieben Runen zu übertragen, blicke ich auf den gelben Zettel.

ᛊᛚᛁᚾᛞᛗᛒ

Ich habe keine Ahnung, was diese Runen bedeuten, ob sie ein Wort bilden, und wenn ja, welches. Alles, was ich über das Runenalphabet weiß, ist, dass es aus über zwanzig Zeichen besteht. Über das, was Geir in dem Bild versteckt hat, werde ich mir morgen Gedanken machen.

Aber mir ist jetzt schon klar, dass es etwas mit dem zu tun haben muss, was die drei Unbekannten von meinem Mitbewohner wollten.

Jäh habe ich wieder Geirs letzte Worte in den Ohren.

Du musst es beschützen … hörst du?

Du verstehst es. Wegen Yggdrasil.

Ein Schauer läuft mir über den Rücken. Aber nicht aus Angst. Von einem Moment zum nächsten trifft mich wieder die Erinnerung an den Tiger aus meiner Trance, den Tiger, der mich erlegt hat und mein Fleisch fraß, der Tiger, der *ich* war, auf eine Weise, die mir immer noch zu begreifen schwerfällt. Selbst jetzt kann ich die Stärke seiner angespannten Muskeln spüren, als befände sich sein Körper direkt unter meiner Haut.

Den strengen Geruch seines Fells.

Seinen zielgerichteten Jagdtrieb.

Etwas hat sich in den letzten Stunden verändert. Was auch immer Geir mir mitteilen wollte, ich werde es herausfinden, genauso, wie ich herausfinden werde, warum Atle sterben musste, und wenn ich diese Stadt dafür bis in ihre letzten Winkel durchstreifen muss. Ich werde mich nicht mehr verstecken.

22

Am nächsten Morgen sind die Außentemperaturen weiter angestiegen, wenn sie auch immer noch unter dem Gefrierpunkt liegen. Vidar murmelt missmutig vor sich hin, während er in Rekordzeit durch sein kaltes Zimmer eilt und seine Klamotten der gestrigen Nacht vom Boden aufhebt, um sich so schnell wie möglich etwas anzuziehen.

Ich hatte eigentlich damit gerechnet, dass er noch länger schlafen würde, um mich diskret als Erste zurückzuziehen. Ich mochte die Vorstellung, den Rest der Nacht nahe an seinem warmen, atmenden Körper unter einer Decke zu verbringen, ich hatte nur keine Lust auf eine betretene Stimmung zwischen uns beiden, jetzt, da der neue Tag angebrochen ist. Aber nun ist er vor mir wachgeworden und aufgestanden, und mir bleibt nichts anderes übrig, als zu tun, als würde ich gern noch eine Weile liegenbleiben. Dabei habe ich Druck auf der Blase und möchte am liebsten sofort ins Bad rennen.

»Ich geh Kaffee machen«, sagt Vidar, der gerade in sein Sweatshirt geschlüpft ist. »Willst du auch welchen?«

»Ja«, brumme ich, den Kopf in die Kissen vergraben. Ist vielleicht besser, wenn ich ihm in die Küche nachkomme. Ich will nicht in seinem Zimmer mit ihm Kaffee trinken, als hätte gestern Nacht mehr bedeutet als da tatsächlich war.

Ich warte ein wenig, bis er aus dem Zimmer verschwunden ist, dann schnappe ich mir meine eigenen Klamotten und eile ins Bad.

Als ich in die Küche komme, läuft bereits der Kaffee mit einem nassen Röcheln durch den Filter der Kaffeemaschine. Aus dem DAB-Radio auf dem Kühlschrank erzählt ein

P13-Moderator in einem begeisterten Stakkato sein offenbar gesammeltes Wissen über *Queensrÿche*, bevor er etwas von ihnen auflegt, das ich noch nie gehört habe, aber anscheinend Vidars Gefallen findet, weil er das Radio lauter dreht.

Ich setze mich an den Küchentisch, und natürlich schießt mir im gleichen Moment durch den Kopf, wie wir uns gestern Nacht hier geküsst haben. Jetzt, mit dem grauen Morgenlicht auf seinem leicht verkaterten Gesicht, sehe ich Vidar jedes der gut zehn, zwölf Jahre an, die er älter ist als ich. Gleichzeitig ärgere ich mich über mich selbst. Es ist eine schöne Nacht gewesen, die mir nach den aufwühlenden Erlebnissen der letzten Tage wahrscheinlich besser getan hat, als ich mir gerade eingestehen will.

Vidar, der mir eine Tasse hinstellt und Kaffee eingießt, muss mir etwas von dem Widerstreit meiner Gedanken angesehen haben, denn er wirft mir einen kurzen prüfenden Blick zu, bevor er in seine eigene Tasse schaut, als gäbe es darin etwas Spannendes zu lesen.

»Hör mal«, sagt er leise, »wegen gestern …«

»Ist schon in Ordnung«, sagte ich schnell. »Mach dir keine Gedanken. Gestern Nacht war, was es war, nicht mehr und nicht weniger.« Er hebt den Kopf und schaut mich an, und ich bemühe mich, obwohl mir die Situation etwas unangenehm ist, um ein Lächeln. »Und es war schön, ehrlich. Aber ich hab nicht mehr erwartet. Belassen wir es einfach dabei.«

»Okay …«, sagt er langsam und runzelt fragend die Stirn, als sei er sich nicht ganz sicher, ob er nun erleichtert oder verletzt sein soll. »Hoffentlich ist es nicht, weil ich … na, du weißt schon. Weil ich keinen hochbekommen hab.«

Ehe ich zum Nachdenken komme, stehe ich auf, trete an ihn heran und ziehe ihn in eine kurze, aber feste Umarmung. Mit noch verwirrterer Miene lässt er es geschehen.

»Damit hatte nun es wirklich nichts zu tun«, sage ich, als ich mich wieder von ihm gelöst habe. »Der Sex war genau, was ich in dem Moment gebraucht habe, und er hat mir wirklich Spaß gemacht. Dir doch hoffentlich auch?«

»Und ob«, bricht es aus ihm heraus. Sein rötliches Gesicht ist noch eine Spur dunkler geworden.

»Dann ist doch alles fein«, fahre ich fort. »Machen wir nicht mehr daraus, wo wir doch unter einem Dach wohnen.«

»Okay«, sagt er mit einem Anflug von Lässigkeit, der nun mir wieder nicht passt. Dabei wollte ich das doch – dass wir diese Episode so schnell wie möglich hinter uns lassen! »Was wir gestern Nacht hatten, ist nicht mehr als es war – und es war gut.« Er betont das letzte Wort, wie um es zu unterstreichen.

Ich hoffe, dass er es dabei belässt, und senke meinen Blick auf die Kaffeetasse vor mir.

Mit dem ersten tiefen Schluck erinnere ich mich schlagartig an meine Entdeckung in der gestrigen Nacht. Ich greife in die Tasche meiner Trainingshose und ziehe das Blatt mit den Runen hervor. Dann öffne ich den Internetbrowser meines Smartphones und suche nach einer Übersetzung des Runenalphabets in lateinische Buchstaben.

Vidar blickt mir neugierig über die Schulter.

»Was ist das denn?«, will er wissen.

Ich blicke zu ihm auf. »Das hat mir gestern Nacht keine Ruhe gelassen, darum bin ich noch einmal zurück in Geirs Zimmer gegangen. Als ich aus der Trance zurückgekommen bin, einen Moment, bevor du aufgetaucht bist, dachte ich, dass ich in Geirs Yggdrasil-Bild Runen in den Zweigen sehen würde. Erst dachte ich, dass ich sie mir nur eingebildet hätte, aber ich bin die Linien nachgefahren: Die Runen sind tatsächlich da.«

Ich halte ihm das Blatt aus dem Notizblock entgegen und spreche das aus, was mich letzte Nacht noch eine ganze Weile wachhielt, ehe ich endlich erschöpft einschlafen konnte: »Das ist es, was Geir mir mit seinen letzten Worten sagen wollte. Er hat in seinem Bild von Yggdrasil einen Hinweis auf das versteckt, was er mir zu beschützen aufgetragen hat.«

»Das gibt's ja nicht«, vernehme ich Anjas Stimme. Ich drehe mich fast gleichzeitig mit Vidar um. Sie steht im Eingang zur Küche. Nun ist sie mit zwei schnellen Schritten am Tisch neben Vidar. Yuna tritt an ihr vorbei und geht zielstrebig auf den Kühlschrank zu, als ginge sie dies alles nichts an, aber ich spüre, dass sie jedes Detail um sich herum aufmerksam wahrnimmt.

»Nach Geirs Tod hab ich mir sein letztes Bild angesehen«, sagt Anja mit ungläubiger Stimme, während sie mit schiefgelegtem Kopf die abgezeichneten Runen auf dem Blatt in meiner Hand betrachtet. »Es ist seine beste Arbeit, obwohl sie unvollendet ist, und trotz des Einschusslochs. Mir sind diese Runen nicht aufgefallen.« Ihr konsternierter Blick richtet sich auf mich, dann auf Vidar. »Entweder lasse ich nach, oder Geir war wirklich extrem gut darin, in seinen Bildern Botschaften zu verstecken.«

»Um deinetwillen hoffe ich auf Letzteres«, sagt Yuna trocken und stößt mit dem Ellbogen die Kühlschranktür zu. In ihrer Hand hält sie eine Flasche mit Trinkjoghurt, die sie aufschraubt, während sie sich uns nähert wie eine Katze, die sich ihre Neugier nicht anmerken lassen will.

»Das muss ein Hinweis auf den Fußbeißer sein«, sage ich. Ich habe mir letzte Nacht lange überlegt, ob ich Geirs Mitbewohner ins Vertrauen ziehen soll, und ich denke, dass die Zeit dafür gekommen ist. Bei dem, was ich vorhabe, werde ich ihre Hilfe brauchen.

»Worauf?«, fragt Anja mit verständnisloser Miene. Auch Vidar blickt mich verwirrt an.

»Der Handlanger für den Sammler wollte immer wieder etwas von einem *Fußbeißer* wissen«, sage ich. »Erst hatte ich auch keine Ahnung, was er damit gemeint haben könnte. Dann, als Kommissar Tajik mich im Krankenhaus aufgesucht hat, haben wir im Internet auf einer Seite über die Zeit der Wikinger einen Hinweis gefunden. Und weil ich gestern Nacht nicht gleich einschlafen konnte, habe ich mich noch ein wenig im Internet schlau gemacht. Als ich das Wort gegoogelt habe, bin ich wieder auf Seiten über die Kultur der Wikinger gestoßen. Darauf, dass viele Krieger glaubten, ihre Schwerter seien irgendwie lebendig. Dass ein Schwert eine Seele haben könne. Oft haben sie ihnen Namen gegeben, wie *Grimmig*, *Schlachtenflamme* oder eben *Fußbeißer*. Für gewöhnlich wurden diese Namen in Runenschrift auf die Klingen eingraviert.« Ich blicke Vidar an. »Hast du nicht gesagt, dass Geir an archäologischen Grabungen teilgenommen hat?«

Vidar starrt mich mit einer Mischung aus Überraschung und Anerkennung an. »Auf den Orkneyinseln«, sagt er tonlos. »Geir hat mir mal davon erzählt. Auf Sanday wurde eine Wikingersiedlung ausgegraben. Genauer gesagt«, fügt er mit einem schwachen Lächeln hinzu, »der Sturm hat die Siedlung ausgegraben. Sie lag nah am Strand. Irgendwann vor über tausend Jahren war sie vermutlich in einem Sandsturm verschüttet worden und wurde aufgegeben. Dann hat ein anderer Sturm sie nach all der Zeit in einer einzigen Nacht freigelegt. Geir hat mir erzählt, dass er als freiwilliger Helfer dabei war, als die Archäologen das Areal untersucht haben.«

»Dort hätte er den Fußbeißer finden und stehlen können«, sage ich mit fester Stimme. Ich weiß, es ist ein Schuss ins Blaue, aber langsam beginnen sich die Puzzleteile zusammenzufügen, also warum es nicht aussprechen?

»Moment mal, langsam«, sagt Vidar. »Du glaubst, Geir hätte bei einer archäologischen Ausgrabung ein antikes Wikingerschwert gestohlen? Weil die Typen, die etwas angeblich Wertvolles von ihm wollen, von einem Fußbeißer geredet haben?«

»Der sie beauftragte, hat den Namen eines Schwerts genannt, genau«, sage ich ruhig, bemüht, mir meine Aufregung nicht anmerken zu lassen. »Jedenfalls steht der Name *Fußbeißer* so gut wie ausschließlich mit Schwertern in Verbindung – den Titel einer *Warhammer*-Fan-Fiction-Geschichte, die ich im Internet finden konnte, lasse ich mal außen vor.«

Immer noch zweifelnd blicken Vidar und Anja mich an. Yunas Ausdruck kann ich schwer deuten. Ich denke aber, sie scheint am ehesten geneigt, mir zu glauben.

»Überlegt doch mal«, fahre ich fort, »die Frau, die mich vor dem Auftraggeber der beiden Einbrecher gewarnt hat, nannte ihn einen *Sammler*. Es passt alles. Für solche Fundstücke gibt es einen florierenden Schwarzmarkt, ein internationales Netzwerk. Wenn das Schwert, das Geir gestohlen hat, einen eingravierten, leserlichen Namen aufweist, dann ist es extrem gut erhalten und damit ein einzigartiges Fundstück. Er hatte ein Vermögen in seinem Besitz.«

»Das verstehe ich nicht«, meldet Anja sich zu Wort. »Warum stiehlt jemand einen so wertvollen Gegenstand, um dann nichts mit ihm anzufangen? Geir hätte für diesen Fußbeißer einen Finderlohn kassieren können. Oder er hätte die Möglichkeit gehabt, ihn auf dem Schwarzmarkt für einen noch weitaus höheren Preis zu verkaufen. Aber deiner Theorie nach hat er, anstatt seinen Fund den Behörden zu übergeben, ihn an sich genommen. Und er hat ihn auch all die Jahre über nicht verkauft, sondern darauf gebrütet wie eine Henne auf ihrem Ei. Das macht keinen Sinn.«

»Stimmt«, gebe ich zu, »ich verstehe es auch nicht. Aber mit seinen letzten Worten hat er etwas von *beschützen* gesagt. Aus irgendeinem Grund muss er sich selbst wie ein Wächter dieses gestohlenen Schwerts vorgekommen sein.«

»Oder er hat schlicht und einfach nicht gewusst, wie er es mit Gewinn an den Mann bringen sollte, nachdem er es gestohlen hatte«, sagt Anja, die mich immer noch skeptisch anblickt. »Wüsstest du, wie du ein antikes Wikingerschwert zu Geld machen sollst?«

»Dafür gibt es den Tor-Browser und das Dark Net«, sagt Yuna trocken. Anja blickt ihre Freundin mit hochgezogenen Augenbrauen an, aber diese nimmt ungerührt einen tiefen Schluck von ihrem Trinkjoghurt. »Damit haben sich schon Vierzehnjährige Schnellfeuerwaffen mit der Post nach Hause bestellt.«

»Nein, das glaube ich nicht«, sagt Vidar mit einem entschiedenen Kopfschütteln. »Geir war keiner, der einen Gegenstand wie ein antikes Wikingerschwert jemals zu Geld gemacht hätte.« Etwas wie Ärger blitzt in seinen Augen auf, als er von Anja zu Yuna blickt. »Er kam aus einer Familie, die finanziell gut dastand und hatte dieses Haus als Sicherheit, schon vergessen? Er hatte bestimmt keine Geldsorgen. Nein, ich glaube, Sara hat recht. Es muss etwas mit seinem Glauben an die nordischen Götter zu tun gehabt haben. Aus irgendeinem religiösen Grund hat er dieses Schwert an sich gebracht, all die Jahre über versteckt und damit in seinen Augen beschützt, so wie er von Sara verlangt hat, es zu beschützen, als er im Sterben gelegen hat.«

»Das ist doch verrückt«, sagt Anja mit flacher Stimme. »Hör dich doch mal selbst an. Wir wissen ja nicht einmal wirklich sicher, ob das, was diese Männer von ihm wollten, überhaupt ein Schwert war.«

»Das können wir herausfinden«, entgegne ich. Alle in der Küche richten ihre Blicke auf mich. Ich deute auf den Zettel mit den Runen. »Ich glaube, er hat in seinem Yggdrasil-Bild einen Hinweis darauf hinterlassen, wo der Fußbeißer zu finden ist. Er wollte auf Nummer sicher gehen, dass die richtige Person das Schwert finden würde.«

»Und wer sollte das sein?«, fragt Anja. Der Zweifel in ihrer Stimme ist unüberhörbar.

»Jemand, der ebenfalls an die Wesen der nordischen Mythologie glaubt«, erwidere ich. »Und der wie er davon überzeugt ist, dass der Besitz eines mythischen Schwerts ihn diesen Wesen näherbringt. Ich habe mich ein wenig im Internet schlau gemacht. In der isländischen *Laxdæla*-Saga, der Saga vom Lachsflusstal, gibt es ein Schwert mit Namen *Fótbítr*, Fußbeißer. Wenn Geirs Schwert dieselbe Runeninschrift aufweist, ist es ein Beweis dafür, dass der Fußbeißer aus der isländischen Saga auf mindestens einem echten Schwert mit dem gleichen Namen beruht. Für jemanden, der an die nordischen Götter glaubt, könnte dieses Ding einen heiligen Gegenstand darstellen, etwas wie ein altes Goldkreuz aus einer Kirche. Geir war so jemand. Die versteckten Runen waren wie ein Hinweis für andere wie ihn, von denen er gehofft haben muss, dass es sie gibt.«

Stille ist in der Küche eingetreten. Selbst die anfangs eher unbeteiligt wirkende Yuna blickt mich nun gespannt an. Sie stellt den Trinkjoghurt auf den Tisch und deutet auf das Blatt in meiner Hand.

»Und was sagen die Runen?«, will sie wissen. »Was für einen Hinweis ergeben sie?«

Diese Frage habe ich befürchtet. »Ich weiß es nicht«, muss ich zugeben. »Jedenfalls noch nicht. Die Runen machen keinen Sinn. Nach dem Futhark-Alphabet ergeben sie das Wort *Slindeb*.«

»Slindeb?«, fragt Vidar stirnrunzelnd. »Was soll das sein? Ist das ein Wort aus der nordischen Mythologie?«

»Nicht dass ich wüsste. Ich habe es gegoogelt und konnte nichts finden.«

»Und du bist dir sicher, dass die Runen *Slindeb* sagen?«

»Ich habe es mehrmals überprüft. Links vom Stamm des Lebensbaums in dem Bild sind Sol, Laukr, Is, Not, Dag und Eh, und rechts Bjarkan. Wenn sie so gelesen werden wie andere

Runeninschriften, dann für gewöhnlich von links nach rechts. Aber *Bednils* ergibt auch keinen Sinn.«

»Moment mal«, wirft Yuna ein. Ihr Zeigefinger deutet auf die Letzte der sieben Runen. »Du hast gesagt, die da heißt Bjarkan, nicht wahr?«

Ich nicke. »Stimmt.«

»Der Name der Rune hört sich ein wenig an wie das norwegische Wort für *Birke*, nicht wahr?«

»Ja, und Bjarkan ist auch ziemlich sicher das urgermanische Wort für Birke. Die Birke ist einer der ersten Bäume, die nach der letzten Eiszeit wieder auftauchten, und sie schlägt früh im Jahr noch vor vielen anderen Bäumen aus. Darum ist die Rune mit ihrem Namen ein Symbol für Anfänge, für den Frühling und für Erneuerung und Fruchtbarkeit.«

»Ich wusste ja nicht …«, murmelt Yuna nachdenklich. Sie fixiert erneut die Runen auf meinem Blatt, und ihre Lippen bewegen sich tonlos. Jäh blickt sie auf. »Kommt mal mit. Ich muss euch etwas zeigen.«

Ihre Freundin blickt sie verwirrt an. »Was –«

»Gönn mir die Theatralik«, sagt Yuna mit einem Lächeln. »Man bekommt nicht oft im Leben die Gelegenheit, einen Sherlock-Holmes-Moment auszuleben.« Sichtlich amüsiert über unsere verwirrten Blicke tritt sie zur Tür. »Kommt«, wiederholt sie. »Was ich euch zeigen will, ist in unserer Wohnung.«

Ohne abzuwarten, ob wir ihr nachgehen, durchquert sie den Flur und öffnet die Tür zum Treppenhaus. Wir folgen ihr, ich zuerst, mit Vidar dicht hinter mir. Zuletzt kommt uns Anja nach, die etwas Unverständliches vor sich hinbrummt. Sie scheint es nicht gewohnt zu sein, dass ihre Freundin im Mittelpunkt der Aufmerksamkeit steht.

Gemeinsam steigen wir die Treppenstufen ins oberste Stockwerk hinauf, wo die beiden Frauen ihre Wohnung haben.

Yuna zieht einen Schlüssel aus der Hintertasche ihrer dunkelgrünen Leinenhose und schließt die Tür auf.

In diesem Teil des Hauses bin ich bisher noch nicht gewesen. Neugierig lasse ich meinen Blick durch den Flur schweifen, dessen Deckenleuchten auch während der Abewesenheit von Anja und Yuna eingeschaltet waren. Zu beiden Seiten des Gangs hängen je zwei quadratmetergroße Fotografien in dünnen, schwarzen Holzrahmen. Ich erkenne die Gebäude auf den Schwarzweißaufnahmen wieder. Es sind die sogenannten Barcode-Gebäude, ein Dutzend hochmoderner Bauten in Hafennähe, deren Namen daher stammt, dass sie mit ihrer uneinheitlichen Höhe und Fassadengestaltung von weitem einem Barcode ähneln. Aber auf den Fotografien sind die in Oslo hoch umstrittenen Gebäude noch nicht fertig. Entweder Anja oder Yuna müssen die Aufnahmen geschossen haben, als die Gebäude noch in der Bauphase waren. Ich erinnere mich daran, dass Yuna Fotografie studiert hat, und tippe auf sie. Die recht grobkörnigen Vergrößerungen geben den im Bau befindlichen Hochhäusern das eigenartige Aussehen von längst aufgegebenen Ruinen. Irgendwie ist mir, als würde ich keinen Blick auf die Vergangenheit vor dem Jahr 2016 werfen, als der Osloer Barcode als fertiggestellt durch die nationalen Nachrichten ging, sondern auf eine Wüste der Zukunft. Ein unerklärlicher Schauder läuft mir über den Rücken, und ich gehe schnell den anderen hinterher. Sie sind inzwischen Yuna in einen Raum gefolgt, der offenbar das gemeinsame Wohnzimmer von ihr und Anja ist.

Yuna geht zielstrebig auf eine Regalwand zu, die bis unter die Decke mit Büchern vollgestopft ist. Auf einigen der in dichten Reihen stehenden Bücher liegen sogar noch weitere. Viele von ihnen sind Paperbacks, die verblichenen Rücken voller Falten, aber unter dem tiefsten Regalbrett in Kniehöhe stehen direkt auf dem Dielenboden eine Anzahl von teuer aussehenden Bildbänden.

Yuna geht vor ihnen in die Knie und streicht mit ihren Fingerspitzen über die Rücken, als würde sie Brailleschrift ertasten. Mit auf die Seite gelegtem Kopf liest sie die Rücken der Bücher.

»Jetzt mach es doch nicht so spannend«, sagt Anja ungeduldig hinter ihr. Sie hat kaum geendet, als ihre Freundin einen Bildband aus dem Regal zieht.

»Da ist er ja«, sagt sie, mehr zu sich selbst als zu uns. Sie richtet sich auf und hält ihn uns entgegen. Der Titel des Buches heißt: *Norwegische Nationalromantik in der Bildenden Kunst.*

Ich erinnere mich daran, über diese Bewegung im Geschichtsunterricht gehört zu haben. Sie hatte einen enormen Einfluss auf die Herausbildung des norwegischen Nationalcharakters und trug wesentlich zur Unabhängigkeitsbewegung und dem Ende der vierhundert Jahre langen Union mit Dänemark bei. Noch bis zum heutigen Tag ist ihr Einfluss spürbar, in der von Vidar Aasen entwickelten Schriftsprache Nynorsk, in den Märchensammlungen von Asbjørnsen und Moe, in jeder stolz getragenen Bunad-Tracht bei Unabhängigkeitsfeiern am 17. Mai.

»Ich war mir erst nicht sicher, ob die Buchstaben nur ein Zufall waren«, fährt Yuna fort, während sie den Bildband aufschlägt und darin blättert. Sie sieht kurz zu uns hoch, und ihr Blick trifft auf meinen. »Aber du hast gesagt, dass die letzte Rune für sich allein gestanden hat, rechts vom Baumstamm. Und da hat es für mich Sinn ergeben. Schaut her.«

Sie zeigt uns die Fotografie eines Gemäldes, das eine ganze linke Seite des Bildbands ausfüllt. Das Bild stellt einen majestätischen Baum auf einem Hügel vor einem See oder Fjord im Sonnenuntergang dar. Es ist die Silhouette einer Birke. Wie riesig der dargestellte Baum für eine Birke ist, die bei uns am Polarkreis viel kleiner und schlanker wachsen, erkenne ich an der Abbildung zweier ebenfalls nur als Silhouetten gemalter Gestalten rechts vom Stamm, die sich im Vergleich zu dem Baum geradezu winzig ausnehmen.

»Das da ist eines der bekanntesten Bilder von Thomas Fearnley«, erklärt Yuna. »Er hat im Neunzehnten Jahrhundert gelebt, und er war ein Vertreter der norwegischen Nationalromantik in der Bildenden Kunst. Während des Studiums hatte ich ein Seminar über diese Bewegung, darum habe ich mich an diesen ganz bestimmten Baum erinnert. Was Fearnley da gemalt hat, ist die berühmte Slindebirke. Sie stand auf dem Bauernhof Indre Slinde in Sogn, und sie war für die Maler zu dieser Zeit ein beliebtes Motiv.«

Der Name durchzuckt meinen Verstand wie ein Blitz. Ich unterdrücke ein aufgeregtes Zittern.

»Slinde und Birke«, sagt Vidar neben mir mit leiser, rauer Stimme. »Die Runen waren ein Hinweis auf diesen Baum.«

»Yuna, *for the record:* Ich nehme meine Skepsis zurück und erkläre mich offiziell von deiner Detektivarbeit beeindruckt«, gibt Anja mit einem überraschend feierlichen Ton in ihrer Stimme zu. Sie beugt sich zu ihrer Freundin vor und küsst sie fest auf den Mund.

»Elementar, meine Liebe«, gibt Yuna mit einem breiten Grinsen zurück.

Ich bekomme all das nur am Rande mit, während ich wie in Trance auf die aufgeschlagene Seite des Bildbands starre. Das also war der Hinweis, den Geir in seinem Bild versteckt hat. Aber was bedeutet er? Erst die Runen, und nun ein neues Rätsel.

»Sogn sagst du?«, höre ich mich laut die Stimme an Yuna richten. »Da steht der Baum aus dem Gemälde?«

Sie schüttelt den Kopf. »Nein, der Baum ist schon lange in einem Sturm umgestürzt. Aber nach allem, was ich gelesen habe, war die Slindebirke ein Nationaldenkmal. Deshalb war sie als Motiv auch so beliebt. Sie stand auf einem uralten Grabhügel, der noch bis in die Neuzeit als heilig betrachtet wurde. Der Bauer, zu dessen Grund die Slindebirke gehörte, hielt eine alte Tradition aufrecht: Jedes Jahr am Weihnachtsabend goss er einen Krug Bier über die Wurzeln.«

Anja und Vidar starren die junge bildende Künstlerin an, die wahrscheinlich mehr über norwegische Volksbräuche gelesen hat als beide zusammen. Ich kann mir ein Auflachen nicht verkneifen.

Wie überwältigt lässt Anja sich in einen Schaukelstuhl am Fenster fallen. »Ich glaub das alles nicht. Ich hab Geir fast so lange gekannt wie Vidar, und jetzt bekomme ich langsam das Gefühl, dass ich kaum wirklich etwas von ihm wusste.« Mit gerunzelter Stirn, den Blick an uns vorbei auf den Boden gerichtet, beginnt sie heftig zu schaukeln, so dass der Stuhl vor- und zurückschwankt.

»Ein Baumheiligtum«, murmle ich, als würde ich mit mir selbst sprechen. Jetzt ergibt alles einen Sinn. »Also deswegen hat Geir den Namen der Slindebirke als Hinweis in dem Bild von Yggdrasil versteckt.«

»Aber warum?«, will Vidar wissen. Unschlüssig steht er mitten im Raum und starrt nach vorne gebeugt über seinen umfangreichen Bauch auf die Fotografie von Fearnleys Bild. Jäh schießt mir eine Erinnerung der gestrigen Nacht durch den Kopf: Wir beide nackt in seinem Bett, Haut an Haut, sein Bauch an meinem Hintern, als ich mich ihm mit gespreizten Beinen entgegenstrecke, während er sich zu mir vorbeugt. Ich merke, dass ich rot werde, und verdränge den Gedanken schnell wieder.

»… diese Birke sein?«

Fragend sieht er mich an. Es fällt mir schwer, seinen Blick zu erwidern. Es geht ihn nichts an, woran ich gedacht habe. »Was? Sorry, ich war gerade …«

»Warum musste es ausgerechnet diese Birke sein? Was hat sie mit dem Fußbeißer zu tun?«

»Eine Menge«, erwidere ich. »Sie stand auf einem alten Grabhügel, und das Brauchtum um sie erinnert an die Baumheiligtümer der vorchristlichen Religion. Aber ich glaube, der wirklich wichtige Hinweis ist nicht der auf die Birke, die es längst nicht mehr gibt, sondern der auf den Maler.«

»Diesen Fearnley?«

»Genau. Er war ein Künstler, wie Geir. Er malte Bilder, wie Geir. Und wenn er auch kein Asatru war, so war er doch fasziniert von der Geschichte seines Landes und er hat mit seinen Gemälden dazu beigetragen, dass sich in der Mitte des Neunzehnten Jahrhunderts ein norwegischer Nationalcharakter herausgebildet hat, der auch noch in der Gegenwart eine erhebliche Rolle in unserer kollektiven Psyche spielt – selbst in meiner. Auch wenn ich zu einer anderen Kultur gehöre, leben wir doch in demselben Land und werden von diesem Charakter beeinflusst.«

»Aber wenn Geir uns einen Hinweis auf Fearnley geben wollte«, überlegt Anja, die immer noch mit geschlossenen Augen hart im Schaukelstuhl vor- und zurückwippt, »wie sieht der dann aus?«

Ich zucke die Achseln. »Ich habe nicht die leiseste Ahnung. Wir suchen noch immer eine Nadel in einem Heuhaufen, aber wenigstens kennen wir inzwischen den Heuhaufen, in dem wir suchen müssen.«

»Entweder hat Geir so eine Art Schnitzeljagd veranstaltet, und wir finden den nächsten Hinweis im Umfeld von Thomas Fearnley, oder dieser Maler ist ein direkter Hinweis auf das Versteck des Fußbeißers. Egal, was zutrifft, wir müssen mehr über den Mann herausfinden. Ich nehme an, seine Bilder werden in Oslo ausgestellt?«

Yuna nickt. »Ja, im norwegischen Nationalmuseum.« Sie blickt in den Bildband. »Und Fearnley ist hier in Oslo begraben, im Ehrenhain des Friedhofs Unser Heiland.«

In meinen Gedanken ist das Wort »Friedhof« schmutziggrau, wie die Asche von Toten in einer Urne. Es erinnert mich an etwas, und gleich im nächsten Moment weiß ich, was es ist.

»Die Slindebirke stand auf einem Grabhügel«, sage ich. »Das ist die Verbindung. Tote Ahnen und ihr Andenken.«

»Du meinst, Geir hat den Fußbeißer auf dem Friedhof Unser Heiland versteckt?«, fragt Vidar. »Am Ende in Fearnleys Grab?« Er blickt skeptisch von mir zu den beiden anderen im Zimmer.

»Vielleicht ist dort zumindest der nächste Hinweis«, erwidere ich und bemühe mich, die Überzeugung, die ich verspüre, in meine Stimme zu legen. Ich will, dass die drei mir glauben. Für das, was ich vorhabe, brauche ich ihre Hilfe. »Wir werden es nur herausfinden, wenn wir hinfahren und nachsehen.«

»*Wir*?«, hakt Anja nach. Abrupt hört sie mit ihrem Geschaukel auf. »Was haben wir damit zu tun? Wenn du denkst, dass dieses Schwert, oder was auch immer der Sammler an sich bringen will, auf diesem Friedhof versteckt ist, dann lass uns die Polizei rufen.«

»Du hast recht«, pflichtet Yuna ihr bei. Sie klappt den Bildband zusammen und legt ihn auf den nierenförmigen Wohnzimmertisch neben sich. »Für die Polizei wäre das *die* Gelegenheit, um die Leute, die Geir auf dem Gewissen haben, zu fassen. Wenn die Polizei den Fußbeißer sicherstellt, kann sie in der Szene, die mit archäologischem Raubgut handelt, ein Verkaufsangebot vortäuschen, und sobald der Sammler darauf eingeht, nehmen sie ihn bei der Übergabe fest.«

»Du denkst, darauf würde dieser Sammler hereinfallen?«, fragt Vidar.

»Möglich wäre es«, erwidere ich, obwohl er die Frage Yuna gestellt hat. »Der Typ ist besessen, und solche Leute machen Fehler, wenn sie ihr Ziel so nah vor Auge haben. Auf eine ähnliche Art haben sie vor Jahren die Typen erwischt, die bei einer Raubgrabung in Deutschland einen antiken Kultgegenstand gefunden hatten. Es war eine Himmelsdarstellung aus Bronze. Die Polizei hat ihnen damals mit einem vorgetäuschten Kaufangebot von einem Archäologen eine Falle gestellt.«

»Ja, daran kann ich mich erinnern«, pflichtet Vidar mir bei. »Der Fall hat europaweit ganz schöne Wellen geschlagen. War der reinste Archäologie-Krimi.«

»Okay«, sagt Anja, »wir rufen also die Polizei und erzählen ihnen, was wir wissen, damit sie den Fußbeißer finden können.«

»Nein«, erwidere ich. »Ich habe eine bessere Idee.«

Alle drei blicken mich erwartungsvoll an.

»*Wir* finden den Fußbeißer«, sage ich mit fester Stimme. »Und dann übergeben wir ihn der Polizei.«

Anja runzelt die Stirn. »Wir? Wozu das denn?«

»Überleg mal«, sagte ich. »Lars Øyvind Dal hat uns den Stuhl vor die Tür gesetzt. Für den sind wir nichts weiter als eine Bande von Schnorrern, die sich einen Dreck um seinen Bruder gekümmert haben und denen er nichts schuldet. Aber wenn *wir* den Gegenstand finden, mit dem die Polizei die Mörder seines Bruders dingfest machen kann …«

Vidar blickt mich skeptisch an. »Du denkst, dass er uns dankbar sein wird?«

Ich zucke die Achseln. »Blut ist dicker als Wasser. Ich hab ihn gestern genau beobachtet. Egal, wie er über Geir geredet hat, er hat ihn gemocht. Einen Versuch ist es wert.«

»Warum nicht?«, murmelt Yuna. »Wenn wir tatsächlich dafür sorgen, dass die Polizei diesen Fußbeißer bekommt, um Geirs Mörder eine Falle zu stellen, dann sieht Lars uns vielleicht mit anderen Augen. Womöglich lässt er uns weiter hier wohnen.«

»Was du vorschlägst, klingt gut«, sagt Anja. »Trotzdem wär es mir lieber, wir würden uns einfach mit dem, was wir wissen, an die Polizei wenden. Ich hab kein gutes Gefühl. Wer weiß, ob der Sammler und seine Leute uns nicht immer noch beobachten.«

»Deswegen kann ich es nicht allein tun«, sage ich. »Für den Fall, dass sie uns auch trotz der Polizeistreife vor unserem Haus weiterhin im Auge haben, teilen wir uns auf. Wir verlassen die Wohnung, solange noch helllichter Tag ist. Jeder von uns geht in eine andere Richtung, aber ich gehe zu dem Friedhof und sehe mir Thomas Fearnleys Grab an. Selbst wenn mir jemand folgen sollte, wird sich mitten am Tag an einem öffentlichen Ort keiner von denen aus seiner Deckung wagen.« Ich hoffe es zumindest, aber das will ich nicht laut sagen. Ich will die drei überzeugen. »Wenn ich Pech habe, finde ich nichts«, fahre ich fort. »Dann stehen wir auch nicht besser da als zuvor. Aber wenn ich den Fußbeißer tatsächlich finde, dann ist die Polizei dank uns einen Schritt weiter, Geirs Mörder festzunehmen. Und das muss seinem Bruder etwas wert sein.«

Die drei sehen mich an, und ich kann ihren sich langsam ändernden Mienen entnehmen, dass etwas ihre Skepsis und ihre Besorgnis besiegt. Ich sehe ihnen die Zustimmung an, noch bevor ich sie aus ihren Mündern höre. Mich durchströmt dieselbe Entschlossenheit. Ich empfinde sie noch stärker als die anderen. Sie wird von der Erinnerung an letzte Nacht befeuert, als ich im Körper des Ungeheuers, das mich zerfleischt hatte, durch die nächtliche Stadt strich. Sie geht über meinen Wunsch hinaus, meiner Untätigkeit ein Ende zu bereiten und dazu beizutragen, dass Geirs Mörder gefasst wird, oder darauf Einfluss zu nehmen, dass wir weiter hier wohnen können.

Meine Entschlossenheit speist sich aus der Lust, auf der Jagd zu sein, und der Jagdtrieb braucht keine Gründe. Dieser Instinkt ist seine eigene Rechtfertigung.

23

Es ist kurz nach 13 Uhr. Die Sonne scheint matt auf die verschneite Haltestelle Hausmanns gate in Oslos Zentrum herab. Die Kälte der letzten Tage hat nachgelassen, und für heute Nacht sind starker Wind und Schnee angesagt. Eine frische Brise kann man jetzt schon spüren. Ich steige aus der Straßenbahn, ziehe mir die Kapuze meines Wintermantels über den Kopf und gehe die Storgata entlang.

Wir haben uns aufgeteilt und sind alle zur etwa gleichen Zeit aus dem Haus gegangen. Vidar hat sich auf den Weg in den Übungsraum seiner Band gemacht, der sich nur ein paar Straßen von hier in der Nachbarschaft befindet. Anja und Yuna sind für ihre Seminare auf dem Gelände der Kunsthochschule. Nach allem, was ich sehen konnte, bevor ich unser Haus aus den Augen verlor, parkte noch immer ein Polizeiwagen auf der gegenüberliegenden Straßenseite. Bestimmt glauben Kommissar Tajik und Kommissarin Andersen, dass die Täter, die sie suchen, sich mehr für unser Haus als für uns interessieren. Der Sammler würde sich Geirs Wohnung bestimmt gerne einmal ganz in Ruhe vornehmen, wenn er die Gelegenheit dazu bekäme.

Für den Fall aber, dass er uns nachschnüffeln will, muss er seine Leute entweder ebenfalls aufteilen oder sich einen von uns für die Verfolgung herauspicken. Und ich glaube nicht, dass ich verfolgt werde, weder von der Polizei noch von einem der drei Männer aus dem Transporter.

Noch bin ich nicht auf dem Weg zum Friedhof Unser Heiland. Weder Vidar, noch meine beiden anderen Mitbewohnerinnen wissen, dass mein Besuch des Friedhofs über einen kleinen Umweg stattfindet. Ich habe mir absichtlich noch eine weitere

Aufgabe vorgenommen, bevor ich mir Fearnleys Grab ansehe: Ich will einen Hinweis auf den Mann finden, wegen dem ich nach Oslo gekommen bin.

Den Mann, der gesehen hat, wer meinen Bruder getötet hat.

Den Mann, der behauptet hat, er könne den Angreifer nicht identifizieren, weil es zu dunkel gewesen sei.

Den Mann, der kurz nachdem er seine Aussage gemacht hatte, nach Oslo verschwunden ist.

Martin Engvik, du schuldest mir eine Unterhaltung.

Junkies treibt es immer wieder zurück an dieselben Orte, und der Fixerraum in der Storgata 36 C ist so ein Ort. Mit etwas Glück treibst du dich hier herum.

Oslo und Bergen sind die beiden norwegischen Städte, in denen Drogenabhängige sich ihre Spritzen an Orten setzen können, die für sie eine sichere und saubere Umgebung darstellen. Ich habe die Sozialarbeiterin des Fixerraums angerufen, deren Nummer mir Katrine von der Arche gegeben hat. Anne klang am Telefon jünger als ich. Ich habe ihr eine wilde Geschichte darüber erzählt, dass ich gerne einen Einblick in ihre tägliche Routine bekommen würde, weil ich Interesse daran hätte, zusammen mit ein paar Sozialarbeiterkollegen die Kommune Tromsø für das Einrichten eines Fixerraum zu begeistern. Sie hat mir ohne zu zögern geglaubt und mich eingeladen, später vorbeizukommen.

»Du kannst dir unseren Arbeitsplatz gern ansehen, aber frag nicht die anwesenden Fixer nach ihren Namen«, hat sie mich informiert. »Wir garantieren für die Anonymität der Leute, die zu uns kommen.«

Das habe ich auch nicht vor, jedenfalls nicht unter ihren Augen. Und dass diese Anne mir verrät, ob ein Martin Engvik regelmäßig bei ihnen auftaucht, um sich sein H mit sauberem Besteck zu spritzen, hatte ich ohnehin nicht erwartet. Aber trotzdem muss ich den Fixerraum aufsuchen. Es ist mein erster realistischer Anlaufort, um den Mann in Oslo zu finden, den ich suche.

Wenn er überhaupt noch in der Stadt ist, meldet sich eine nervöse Stimme in mir, während ich auf den langgezogenen Altbau mit seiner ockerfarbenen Fassade zugehe, der zur Osloer Poliklinik gehört. *Er könnte längst irgendwo anders untergekrochen sein. Vielleicht hat er sich auf den Weg nach Schweden gemacht, oder er hat einen Nachtbus nach Kopenhagen oder Berlin genommen.*

Nein, dieser Gedanke ist keine Option! Energisch schüttle ich den Kopf, wie um ein lästiges Insekt in meinen Haaren loszuwerden, und die ältere Frau, die gerade auf dem Bürgersteig an mir vorbeigeht, wirft mir aus den Augenwinkeln einen misstrauischen Blick zu. Vielleicht denkt sie ja, dass ich zu der Klientel des Fixerraums gehöre.

Noch gestern fehlte mir jede Antriebskraft, meine Suche fortzusetzen. Selbst jetzt fällt es mir nicht leicht, das durchzuführen, was ich mir vorgenommen habe. Aber etwas hat sich radikal verändert.

Ich schließe im Gehen die Augen, nur kurz, nur einen Moment, und da, in der Dunkelheit vor meinen Lidern verbirgt sich die Gegenwart des Tigers. Noch auf dem Weg hierher habe ich einen kleinen Umweg zum Bahnhofsplatz gemacht und mir die Statue angesehen, als hätte ich eine Spinnenphobie und wollte mich vor ein Terrarium voll von Schwarzen Witwen stellen.

Warum ausgerechnet er in meiner Trance auftauchte? Er ist ein seelenloses Stück Metall, ein Kunstwerk, nichts weiter.

Und doch … er hat mich zerfleischt, meine Kraft in sich aufgenommen, er ist *ich*.

Ich spüre, wie er trotz der Dunkelheit, die ich mit dem Schließen meiner Augen erzeugt habe, alle seine Sinne anstrengt. Meine Wahrnehmung dehnt sich aus, mein Gehör registriert die

Geräusche um mich herum mit einem Mal so detailliert, als hätte sich ein auf Papier gezeichneter zweidimensionaler Kreis von einem Moment zum anderen zu einer Kugel ausgedehnt. Ich atme die kalte Stadtluft ein, die schwach nach Autoabgasen, Pisse und dem süßlichen Parfüm der Frau riecht, die eben an mir vorbeigegangen ist. Ich lausche angestrengt auf das Geräusch sich nahender Fahrzeuge.

Dann setze ich mich in Bewegung.

Mit geschlossenen Augen überquere ich die Straße.

Meine Schritte sind fest und ruhig. Wenn jetzt ein Wagen kommt, ist es aus mit mir. Dennoch beginne ich weder zu hasten, noch öffne ich die Augen. Ich *weiß*, dass kein Wagen kommen wird, oder genauer gesagt: *Er* weiß es. Er fühlt das bebende Netz aus Leben um sich herum.

Ich komme, Martin Engvik.

Als ich die Augen wieder öffne, stehe ich vor dem Hauseingang des Fixerraums. Zwei junge Männer lungern vor dem Klingelschild herum. Einer der beiden hat seinen Parka aufgeknöpft und eine tiefschwarze Sonnenbrille auf. Es ist so hell, dass ich meine verzerrte Gestalt schattenhaft in ihr gespiegelt sehe, als ich an ihn herantrete. Erst im letzten Moment zieht sein Kumpel ihn aus dem Weg. Ich drücke auf den Klingelknopf unter der Kamera, die mein Gesicht jetzt vermutlich auf einen Monitor überträgt.

»Ja, bitte?«, sagt eine weibliche Stimme, die nicht diejenige meines Kontaktes ist.

»Ich bin Sara Elin Persen. Ich habe eine Verabredung mit Anne.«

»Ah, die Psychotherapeutin aus Finnmark«, gibt die Stimme zurück. »Moment.« Es rauscht in der Leitung, und ich glaube undeutlich eine zweite Stimme zu hören. Dann summt der Türöffner.

»Psychotherapeutin, ja?«, fragt der Typ mit der Sonnenbrille. Fleischige Lippen leuchten rosig in einem völlig bartlosen, blassen Babygesicht. Ich stoße die Tür auf und wende mich zu ihm um. »Psychodrama.«

»Kenn ich, Rollenspiele«, bekräftigt Sonnenbrille und wendet sich an seinen Kumpel. »Krasser Scheiß, kannst mir glauben.«

»Du kommst aus Finnmark«, sagt der, als würde er eine Tatsache feststellen. Neugierig blickt er mich an.

»Ja«, sage ich. Es zu leugnen, würde jetzt keinen Sinn mehr machen. Der Gedanke durchzuckt mich, dass Martin Engvik womöglich nervös werden und untertauchen könnte, wenn die beiden ihn kennen und von einer Frau aus Kautokeino im Fixerraum erzählen. Vielleicht hält er sich lieber von Leuten aus seiner alten Heimat fern. Darum will ich vage bleiben. Aber ich möchte die Gelegenheit auch nicht unnütz verstreichen lassen.

»Kommt nicht so oft vor, dass jemand vom Polarkreis hier aufschlägt, was?«, frage ich leichthin.

»Ne«, sagt Sonnenbrille nur.

Wäre auch zu schön gewesen. Beide drehen sich weg, und ich will gerade das Gebäude betreten, als doch noch eine Nachfrage kommt.

»Arbeitest du hier?«

Ich halte inne und blicke den jungen Mann neben dem Typ mit der Sonnenbrille an, dem die Haare in dicken dunkelblonden Strähnen ins Gesicht fallen, und der mir die Frage gestellt hat. »Vielleicht«, antworte ich und lächle ihn an. »Mal schauen.«

Er nickt, und damit ist offenbar auch für ihn die Konversation beendet.

Der Fixerraum ist relativ geräumig, mit einer langen Rezeptionstheke und sechs nummerierten weißen Pulten entlang einer Wand, denen Wandabtrennungen eine minimale Form von Privatsphäre geben. Schwarze Plastikstühle mit Metallbeinen stehen vor jedem der Pulte. An dem ganz links am Fenster sitzt ein dünner Mann im Alter von Vidar oder Geir, der sich gerade einen Schuss in den Oberschenkel gesetzt hat und jetzt seine Hose hochzieht. Ein weiterer Mann in einem Anzug unter seinem aufgeknöpften Wintermantel, der kaum älter als ich zu sein scheint und überhaupt nicht aussieht, wie man sich einen Drogenabhängigen vorstellt, steht gerade leicht schwankend von seinem Stuhl auf. Mit den vorsichtigen, überlegten Bewegungen eines viel älteren Mannes strebt er an mir vorbei auf die Eingangtür zu.

Die junge Frau hinter dem Tresen hat eben einer ziemlich heruntergekommen aussehenden Frau in meinem Alter verpacktes Einwegbesteck ausgehändigt. Sie hebt den Kopf, stellt sich mir als Anne Stakkestad vor und schüttelt mir die Hand.

»Du bist also die neue Mitarbeiterin in der Arche«, sagt sie mit einem wie genau bemessenem Lächeln. Bestimmt ist sie sich sehr wohl darüber im Klaren, dass alles, worüber wir uns unterhalten, von den anderen im Raum aufmerksam mitgeschnitten wird. Ich lächle freundlich-kontrolliert zurück. »Bin ich. Katrine lässt dich herzlich grüßen.«

Anne Stakkestad stellt mich ihrem Team vor, einem weiteren Sozialarbeiter und zwei Krankenschwestern, deren Namen ich sofort wieder vergesse. Ich hoffe, dass ich sie nicht noch einmal ansprechen muss. Anne führt mich herum und erzählt mir von ihrer Arbeit, davon, wie sie das mitgebrachte Heroin der Fixer auf seinen Reinheitsgrad und auf beigemischte Substanzen überprüfen, davon, dass sie nachfragen, wann sie sich das letzte Mal einen Schuss gesetzt haben und ob sie heute noch andere Drogen oder Medikamente eingenommen haben.

Ich höre nur mit halbem Ohr zu. Mein eigentliches Ziel war, mir einen Eindruck von dem Ort zu verschaffen, an dem ich gehofft habe, Martin Engvik zu finden. Aber er ist offensichtlich nicht hier. Ich kann die Mitarbeiter des Fixerraums nicht direkt nach ihm fragen, und da sie ständig im Raum anwesend sind, während die Junkies das tun, wofür sie gekommen sind, kann ich auch kein Gespräch mit einem von ihnen anfangen, um in Erfahrung zu bringen, ob sie vielleicht einen jungen Mann aus Kautokeino kennen.

Daher beschließe ich, Anne zu erzählen, dass ich eine SMS von einer Klientin bekommen hätte. Ich musste mein Handy ohnehin hier aus Rücksicht auf die Anwesenden wie in einem Krankenhaus lautlos stellen. Daher schöpft die Sozialarbeiterin keinen Verdacht, als ich ihr erkläre, dass ich unerwartet losmuss, weil eine meiner Klientinnen mich dringend sprechen will.

»Komm gerne ein andermal wieder, wenn es besser passt«, sagt sie. Ich verabschiede mich von ihr, und in genau diesem Moment geht die Tür auf, und meine Finger krallen sich hart um den Rand des Tresens, an dem ich stehe, um nicht in die Knie zu gehen, denn die Welle an Emotionen und den damit verbundenen Farben, die mein Gehirn überfluten, lässt mich schwanken, als stünde ich an Bord eines Schiffs unter schwerem Seegang.

»Ist alles in Ordnung?«, höre ich wie aus kilometerweiter Entfernung die besorgte Stimme der Sozialarbeiterin, die sich von ihrem Stuhl erhoben hat. Ein Rauschen wie das hohe Sirren einer Vielzahl von sommerlichen Insekten im Gras drückt hart auf meine Ohren, und darüber wummert mein Herz so hart, dass ich mir sicher bin, dass Anne Stakkestad es deutlich hören kann.

Hinter einem Schleier aus wütend leuchtendem Rostrot blicke ich auf den Mann, der den Tod meines Bruders mitangesehen hat.

So wie du den Tod von Geir mitangesehen hast, vernehme ich Atles leise Stimme in dem Rauschen. *Das Schicksal ist eine launische Hure. Kannst du sie lachen hören?*

Nach all den Wochen, seitdem der Landpolizist Åse Holm uns mit stockender Stimme über den Tod meines Bruders informierte, während er auf der Fußmatte vor unserer Haustür stand und seine von Matsch bedeckten Winterstiefel anstarrte. Nach all den Versuchen, mehr über den Zeugen der Schlägerei in Alta herauszufinden. Nach all dem Starren auf sein unscharfes Gesicht auf den Profilfotos seines inzwischen gelöschten Facebook-Kontos stehe ich keine drei Meter von Martin Engvik entfernt.

Mit äußerster Willensanstrengung wende ich mich ruckartig Anne Stakkestad zu, die mich besorgt anblickt. Jetzt bloß keinen Fehler machen. Starr ihn auf keinen Fall an, lass dir nichts anmerken!

»Alles … alles in Ordnung«, keuche ich und merke, wie verflucht laut meine Stimme in diesem stillen Raum erklingt. Bestimmt haben sich gerade alle Augen auf mich gerichtet, sicher auch die von Martin Engvik. Ich drehe mich auf den Tresen stützend etwas zur Seite und hoffe, dass er mich nicht als die Schwester von Atle Persen erkennt und sofort verschwindet. »Ich … bin nur etwas unterzuckert. Hab heute Morgen kaum was in den Magen bekommen.«

»Willst du etwas Süßes?«, fragt Anne. Sie ergreift eine Keramikschale mit Schoko- und Müsliriegeln neben dem Keyboard ihres Computers und hält sie mir entgegen.

»Danke dir«, sage ich und greife mir schnell einen *New-Energy*-Schokoriegel. Ich will mich keinen Augenblick länger als nötig im Raum aufhalten, um nicht doch noch Martin Engviks Erinnerung auf die Sprünge zu helfen. Durch den Schleier aus aggressivem Rot in meinem Verstand, der nur allmählich in den Hintergrund meiner Gedanken ausbluten will, bemerke ich, wie der junge Mann links von mir an den Tresen tritt. »Wir hören voneinander, Anne. Ich sag dir Bescheid, wie das Projekt vorankommt.«

»Mach das!«, erwidert Anne.

Meine Beine sind wacklig wie Gelee, und mir schwindelt. Mit äußerster Anstrengung zwinge ich mich dazu, die Zähne auseinanderzubekommen und mich zu verabschieden. Die Worte kommen mir verblüffend einfach über die Zunge. Lächelnd wende ich mich um und gehe an Martin Engvik vorbei zur Tür. Ich spüre seinen Blick kurz über meinen Körper gleiten, dann umfasse ich das kalte Metall der Türklinke, und ruckartig wird der Nebel in meinem Kopf wie mit einem eisigen Windstoß fortgeweht.

Ich atme tief durch, als ich wieder auf die sonnige, aber zugleich kalte Straße trete, blinzle in die Helligkeit. Neben der Tür lehnen immer noch das Babyface mit der Sonnenbrille und sein Kumpel, der mit dem strähnigen dunkelblonden Haar wie ein aus den Neunzigern hergebeamter Grungerocker aussieht. Beide wirken so dermaßen wie Klischeebilder der Abgehängten dieser Stadt, derjenigen, die sich immer wieder abmühen und kämpfen müssen, um irgendwie den Kopf über Wasser zu halten, dass mir ein nasses, keuchendes Lachen entkommt. Es hört sich beinahe wie ein Schluchzen an. Die Sonnenbrille wendet sich mir neugierig zu, aber ich hebe abwehrend die Hand, und er zuckt die Achseln und dreht sich wieder zu seinem Kumpel um. Die beiden reden miteinander, doch ich achte nicht darauf, was sie sagen.

Ich habe es geschafft. Ich habe ihn tatsächlich gefunden, und das gleich beim ersten Versuch!

Jetzt muss ich warten.

Ich postiere mich auf der anderen Seite der Tür, zücke mein Handy und tue so, als würde ich gespannt meine Nachrichten lesen. Ich hoffe, dass ich nicht lange zu warten habe. Im Fixerraum hätte ich nicht ungestört mit ihm reden können. Aber er kann mir nicht entwischen. Nach dem, was ich gesehen habe, hat das Gebäude keinen zweiten Ausgang.

Es dauert nicht lange. Ich habe mich vielleicht eine Viertelstunde durch Instagram und Snapchat gescrollt, bevor ich höre, wie die Eingangstür sich öffnet.

Jetzt, mit dem Blick über dem Rand meines Mobilelefons, fällt mir auf, wie anders als auf seinem Facebook-Foto Martin Engvik aussieht – und doch auf eine bizarre Weise genau wie ich ihn mir vorgestellt habe. Es ist, als hätte ich schon beim Starren auf den kleinen Kreis des Profilfotos etwas zwischen dem Kameralächeln seines hageren Gesichts gesehen. Etwas Gehetztes, Getriebenes, dicht unter der Haut, wie ein kaum sichtbarer Schatten, eine Schliere auf dem hochgeladenen Foto.

Ich trete ihm in den Weg. Er bleibt stehen und blickt mir direkt ins Gesicht. In seinen schiefergrauen Augen, durchsetzt mit blauen Sprenkeln, sehe ich kein Wiedererkennen. Er hat keine Ahnung, wer ich bin. Ich weiß nicht, ob mich das wütend machen soll oder nicht.

»Ja?«, fragt er mich.

Erschöpfung liegt in seinem Blick. Er ist einer von den vielen, die sich längst nicht mehr einen Schuss setzen, um high zu werden, sondern um halbwegs normal zu funktionieren. Ohne das Zeug wären ihre Körper krampfende Bündel aus Agonie.

»Martin Engvik, ich muss mit dir sprechen«, sage ich. Ich bin so aufgeregt, dass mir nichts anderes als die Überrumpelungsmethode einfällt. Mit der Tür ins Haus. Ich Idiotin hatte mir überhaupt keine Gedanken darüber gemacht, wie genau ich ihn ansprechen würde, wenn er tatsächlich vor mir stünde. Wahrscheinlich hatte ein Teil von mir nie damit gerechnet, ihn gleich beim ersten Versuch aufzutreiben.

Er blickt mich stirnrunzelnd an. Am Rand meiner Wahrnehmung bemerke ich, dass die beiden Typen auf der anderen Seite des Eingangs ihre Unterhaltung eingestellt und sich uns zugewandt haben.

»Wer bist du denn? Kennen wir uns?« Seine Stimme klingt genauso abwesend und unbeteiligt wie sein Blick, trotz seines Stirnrunzelns.

»Ich bin Sara Elin Persen«, sage ich, wobei ich aus dem Norwegischen ins Samische wechsle. »Du kennst mich nicht. Aber von meinem Bruder müsstest du schon gehört haben. Du hast gesehen, wie er gestorben ist.«

Der Schock in seinem Gesicht tritt aufgrund des Heroins eine Sekunde zeitverzögert ein. Er prallt zurück, auch dies einen Tick zu langsam, es ist, als würde ich mir einen Film ansehen, in dem alle Bewegungsabläufe in ihrer Geschwindigkeit reduziert sind.

»Ich … ich weiß nicht, was du von mir willst«, stammelt er auf Samisch zurück. Sein Gesicht, das schon im Fixerraum blass aussah, hat nun einen aschfahlen Ton angenommen. Im Gegensatz dazu schimmern seine halblangen dunklen Haare im hellen Mittagslicht in einem Ton, der beinahe völlig schwarz ist. Mir schießt die Frage durch den Kopf, ob sie wohl gefärbt sind. Schnell schiebe ich den Gedanken weg.

»Du weißt genau, wer ich bin«, sage ich. »Hör zu, ich will dir keinen Stress machen. Alles, was ich will, sind ein paar Antworten.«

»Lass mich in Ruhe!«, bricht es aus Martin heraus. Die Panik verzerrt seine Züge auf eine beinahe groteske Art, als würde sie sich dicht unter seiner Haut bewegen, im Versuch, dem Gespenst aus seiner Vergangenheit zu entkommen, das am helllichten Tag wie aus dem Boden gewachsen vor ihm steht.

Jetzt kommt auch der Rest seines Körpers in Bewegung. Er macht einen schwerfälligen Ausfallschritt rückwärts, im Versuch, mich in einem weiten Bogen zu umgehen und sich davonzumachen. Ich folge seiner Bewegung, so dass ich ihm erneut im Weg stehe.

»Lass mich!«, stößt er erneut hervor, diesmal lauter. Er will an mir vorbeirennen, aber ich packe ihn am Ärmel und halte ihn fest.

»Hör zu«, sage ich bemüht ruhig, aber eindringlich. »Ich mach dir keine Vorwürfe, dass du dich abgesetzt hast. Und ich bin auch nicht wütend auf dich, weil du meinem Bruder nicht geholfen hast.«

»Ich … ich kann nichts dafür«, bricht es aus ihm heraus. »Ich hab der Polizei schon alles gesagt, was ich weiß. Jetzt lass mich *in Ruhe*!«

Bei den letzten Worten hat sich seine Stimme überschlagen. Mit einem Ruck, der kräftiger ist, als ich es von jemandem in seinem Zustand vermutet hätte, reißt er sich frei und beginnt loszulaufen. Ich will ihm hinterhersetzen, aber im gleichen Moment stellt sich der Typ mit der Sonnenbrille vor mich und hält mich auf.

»Hey, chill mal, Frau Therapeutin«, sagt er mit gedehnter Stimme. »Keine Ahnung, was mit dem Typen ist, aber der will ja wohl eindeutig nicht mit dir reden.«

Ich gebe Sonnenbrille keine Antwort, sondern will Martin hinterher, der mit überraschender Geschwindigkeit die Storgata entlangeilt, aber Sonnenbrille hält mich am Arm fest. »Freiwilligkeit ist wichtig«, sagt er in gravitätischem Ton. »Sonst funktioniert die Therapie nicht.«

»Genau«, bestätigt sein Kumpel, der nun ebenfalls an mich herantritt. »Müsstest du doch eigentlich wissen.«

Ich könnte aus der Haut fahren. Da verschwindet Martin Engvik vor meinen Augen um die Straßenecke, und Cheech und Chong halten mich mit ihrem Geschwätz auf. »Lass mich los«, zische ich genervt. »Oder ich brech dir die Finger.«

Sonnenbrille reagiert nicht sofort, und ich reiße mich los, wie nur Momente zuvor Martin Engvik sich von mir losgerissen hat. Das Gefühl eines bizarren Déjà-vus schwemmt über mich hinweg.

All das ist schon einmal passiert.

All das wird wieder passieren.

»Für 'ne Therapeutin bist du ganz schön unlocker«, beschwert sich Sonnenbrilles Kumpel mit vorwurfsvoller Stimme.

»Psychodrama, Arschloch!«, bricht es aus mir heraus. »Das ist nicht *locker*!«

Ohne eine Reaktion der beiden abzuwarten, eile ich in die Richtung davon, in der Martin Engvik verschwunden ist. Ich muss einer jungen Frau mit einem Kinderwagen ausweichen, die mir entgegenkommt, was mich weitere kostbare Sekunden Zeit kostet.

Ich hetze um die Ecke und bleibe jäh stehen. Mehrere Leute gehen die Straße entlang, der mich umgebende Lärm hallt mir unangenehm in den Ohren. Ein paar Meter vor mir fährt ein Taxi am Straßenrand an und fädelt sich in den Verkehr ein, das Licht auf dem Dach ist aus, also ist es besetzt. Von Martin Engvik ist weit und breit nichts zu sehen.

24

Gleich beim ersten Versuch Erfolg gehabt – und es trotzdem versaut. Die Enttäuschung schmerzt wie der Geschmack von Magensäure im Hals. Ein kalter Windstoß weht durch die Straße und fährt mir in den Kragen meines Wintermantels, dass es mir kalt über den Rücken läuft. Als mir der Blick zu verschwimmen beginnt, beiße ich die Zähne aufeinander und schlucke hart. Ich will auf keinen Fall weinen.

Stattdessen öffne ich den Mund und atme langsam die eisige Winterluft in meine Lungen.

Ein und aus.

Nachdenken jetzt, fokussieren. Bestandsaufnahme.

Er ist mir entwischt, bevor ich mit ihm reden konnte. Aber das macht nichts. Früher oder später wird er an diesen Ort zurückkommen, weil er sich hier einen sicheren und sauberen Schuss setzen kann. Ich muss nur Geduld haben. Ich muss –

Kann auch sein, dass dein Auftauchen ihn so verschreckt hat, dass er jetzt lieber woanders hin zum Drücken geht, bohrt sich eine kalte Stimme in meine Überlegungen. *Vielleicht spritzt er sich eine Überdosis und verreckt irgendwo in einem Park. Weil du ihm Angst eingejagt hast. Weil du's versaut hast.*

Ich strenge mich an, den Gedanken nicht weiterzuverfolgen. Das Wichtigste ist: Ich weiß, dass er immer noch hier ist, und wo er möglicherweise wieder auftauchen wird. Mehr kann ich im Augenblick nicht ändern, so sehr ich auch will. Ich muss mich auf das konzentrieren, worauf ich einen Einfluss habe: die zweite Sache, die ich heute erledigen wollte, den Besuch auf dem Friedhof Unser Heiland. Um herauszufinden, ob am Grab von Thomas Fearnley ein weiterer Hinweis auf das versteckt ist, was ich beschützen soll, und von dem ich glaube, dass es der Fußbeißer ist.

Vielleicht kann ich herausbekommen, wo ich diesen Gegenstand finden kann.

Aber Martin Engvik …

Martin Engvik wird mir nicht entgehen. Ich weiß, dass ich ihn wiederfinden werde.

Der Friedhof Unser Heiland liegt im Bezirk Gamle Aker im nördlichen Zentrum vom Oslo. Es ist kein weiter Weg von der Storgata dorthin. Ich steige an der Haltestelle Nordahl Bruns gate aus dem Bus und sehe mich um. Vor mir zieht sich an der rechten Seite des Ullevålsveien entlang der Grenze zum Friedhof eine hohe Hecke hinter einem Eisenzaun.

Schon nach wenigen Metern betrete ich über einen der Eingänge das Gelände, eine sich in Richtung Stadtzentrum nach Süden verjüngende Grünfläche, auf allen Seiten von Gebäuden umgeben. Der Gedanke kommt mir, dass man im Sommer die Altbauten entlang des Ullevålsveien kaum sehen würde. Der Friedhof wäre von Wänden aus Laubbäumen umrahmt, die diesen Ort von der ihn umgebenden Großstadt abschirmen würden. Aber jetzt, im Winter, sind die Birken, Ahornbäume und Eschen ihrer Rüstung beraubt, und der Friedhof liegt regelrecht nackt unter den dunklen Augenhöhlen der fernen Fenster, die auf ihn herabblicken.

Thomas Fearnleys Grab befindet sich irgendwo im Ehrenhain, und der wiederum liegt in der Mitte des Friedhofs, soviel konnte ich dem Schild am Seiteneingang entnehmen. Links und rechts von mir ragen dunkle Grabsteine wie Geröll auf einem Berggipfel aus dem Schnee. Nur die Hauptwege sind geräumt.

Je mehr ich mich der Mitte des Friedhofs nähere, desto größer und ausgefallener werden die Grabsteine. Ich halte nach dem Grabmal Ausschau, das ich im Internet gesehen habe, und schließlich finde ich es, eingerahmt von zwei winterkargen Rhododendronbüschen. Die Grabplatte ist so hoch, dass sie ein wenig aus dem sie umgebenden Schnee herausragt. Der Grabstein, an dessen oberen Rand sich die Darstellung von etwas befindet, das wie eine Urne mit einem Anker aussieht, weist in großer geschwungener Goldinschrift Thomas Fearnleys Namen aus. Darunter sind Geburts- und Todesdatum zu lesen, nicht mehr. Nein, da ist doch noch mehr! Schnell stapfe ich durch den Schnee etwas näher, bis ich ganz heran bin.

Das Foto im Internet war nicht besonders groß gewesen, daher war mir das Detail nicht ins Auge gefallen. Aber jetzt sehe ich es vor mir, das Zeichen von Fearnleys Beruf: eine steinerne Malerpalette mit stilisierten Pinseln, die so auf der Grabplatte angebracht ist, dass sie am Grabstein zu lehnen scheint. Sie ist frei von Schnee. Die in den Nachmittag übergehende Wintersonne lässt die Flechten auf der Oberfläche des Steins in einem blassen Hellgrün schimmern.

Unauffällig sehe ich mich um. Das ein wenig mildere Wetter hat einige Besucher auf den Friedhof gelockt, die einzeln oder zu zweit über die geräumten Wege flanieren. Ganz in der Nähe gehen zwei junge Frauen nebeneinander durch den Ehrenhain, ihre Schritte zielstrebig und zügig, wie um der Kälte zu trotzen. Aber sie bewegen sich von mir weg, nicht auf mich zu. Beruhigt gehe ich vor der Grabplatte in die Hocke. Eine ganze Weile nehme ich das Grab des Malers in mich auf, lasse meinen Blick über die Urnendarstellung wandern, die geschwungenen goldenen Buchstaben, Grabplatte und Stein.

Wahrscheinlich steht mir der zweite Misserfolg des heutigen Tags bevor. Nichts sieht danach aus, dass Thomas Fearnleys Grab irgendeinen verborgenen Hinweis auf Geir oder den Fußbeißer aufweist. Jetzt, da der Ort tatsächlich vor mir liegt, kommt mir mein Ideengebäude der letzten Nacht immer löchriger vor. Der Runenhinweis auf die Slindebirke könnte alles Mögliche bedeuten. Vielleicht hat Geir doch den Grabhügel gemeint, an dem sie ursprünglich gestanden hat. Oder das Museum, in dem das Bild hängt. Aber wären diese Orte wirklich besser gewählt als ein zentral in der Stadt liegendes, für ihn leicht erreichbares und dabei gleichzeitig ungestörtes Grab?

Mein Blick richtet sich wieder auf die steinerne Malerpalette. Hier ist etwas, das sie beide gemeinsam hatten, Geir wie Fearnley. Beide waren Künstler, beide drückten sich durch Malerei aus. Die Palette ist ein Schnittpunkt ihrer beider Leben, das des Vertreters der norwegischen Nationalromantik und das eines Geistesverwandten, der hundert Jahre nach ihm auf der Suche nach den kulturellen Wurzeln seines Volks sogar noch einen Schritt weitergegangen und bei den nordischen Göttern angekommen war.

Langsam rücke ich näher an die Palette und sehe sie mir genauer an. Die Oberfläche weist nichts Außergewöhnliches auf. Ich strecke meine Hand aus und fahre über den breiten Rand des Abbilds. Mein Herz beginnt schneller zu schlagen.

Da ist es! Ich kann eine Einkerbung fühlen, und als ich mich weiter vorbeuge, sehe ich, dass etwas in den Rand der Palette geritzt wurde. Die verblichenen, nur schwer erkennbaren Zeichen sind dieselben Runen wie in Geirs Bild! Ich hatte recht, ich hatte verdammt noch mal recht!

Aber da sind zwei mehr, die gleiche Rune am Anfang und am Ende der Zeichen für *Slindeb.* Was für eine Rune ist –

»Ein wunderschönes Symbol, nicht wahr?«, sagt eine tiefe Stimme hinter mir, und vor Schreck verliere ich in der Hocke beinahe mein Gleichgewicht. Ich halte mich an dem Grabstein fest, während ich mich umdrehe. Vor mir steht ein Mann in einem schwarzen Talar. Darüber trägt er eine wattierte ärmellose Winterjacke in Dunkelblau. Er blickt etwas erstaunt über meine heftige Reaktion und breitet die Hände aus.

»Es tut mir leid, wenn ich Sie erschreckt habe.«

»Sch-schon gut«, stottere ich, während vor meinen Augen noch immer die Rune aufleuchtet, die ich zu kennen glaube, aber gerade nicht einordnen kann.

Langsam richte ich mich auf. Der Mann vor mir muss ein russisch-orthodoxer Priester sein, das Gewand und dieser lange Bart, der ihn gleich um zehn Jahre älter aussehen lässt … Dabei ist er bestimmt nicht älter als Geir. Vielleicht sogar ein wenig jünger.

Russisch –

Warum ist mir das nicht sofort aufgefallen! Was die eingeritzten Slindeb-Runen auf der Bronzepalette links und rechts einrahmt, ist gar keine Rune. Es ist das Zeichen für die russische orthodoxe Kirche, das Kreuz mit den drei Querbalken, von denen der unterste schräg verläuft!

»… in Ordnung?«, dringt die Stimme des Priesters an mein Ohr.

Vor Aufregung darüber, dass ich Geirs Runen tatsächlich an diesem Ort gefunden habe, rast mir das Herz so laut in der Brust, dass ich kaum mitbekommen habe, was er redet.

Ein russisch-orthodoxer Priester. Und das Symbol der gleichen Kirche verbunden mit dem Hinweis meines Mitbewohners!

»Möchten Sie sich hinsetzen? Ist alles in Ordnung?«, fragt der Mann. Seine Stimme klingt besorgt.

»Nein, nein«, wehre ich mühsam ab. »Ich will mich nicht hinsetzen. Ja, es ist – ja, alles ist fein.«

Komm wieder runter, vernehme ich Atles Stimme über das Hämmern meines Herzens hinweg. *Es ist helllichter Tag mitten in der Stadt. Niemand kann dir etwas tun, auch nicht dieser Typ im Talar.*

Aber er muss etwas mit all dem hier zu tun haben. Sein Auftauchen ist doch niemals ein Zufall!

»Mir war nur etwas schwindlig«, sagte ich mit festerer Stimme. »Ich bin …«, und wieder kommt mir dieselbe schnelle Lüge über die Lippen wie gerade noch vorhin bei meinem ersten Fehlschlag, »… bin unterzuckert. Muss gleich mal was dagegen tun.«

Ich greife wie demonstrativ in die rechte Seitentasche meines Wintermantels, ziehe den *New-Energy*-Schokoriegel hervor, den ich von Anne Stakkestad bekommen habe, und reiße das orange Papier auf. Nachdenken. Ich darf mir nicht in die Karten schauen lassen. Was auch immer er von mir will, es hat mit dem Fußbeißer zu tun, und ich habe keine Ahnung, auf wessen Seite der Priester steht.

»Gehören Sie zu diesem Friedhof?«, erkundige ich mich und schäme mich im nächsten Moment für meine unbeholfene Frage, als sei er so etwas wie ein Teil des klerikalen Mobiliars. Um mir meine Verlegenheit nicht anmerken zu lassen, senke ich mein Gesicht über den Schokoriegel und beiße ein großes Stück ab.

Er scheint sich an meiner Wortwahl nicht zu stören. »Das könnte man so sagen«, erwidert er mit einem Lächeln, das ich im ersten Moment wegen seines dunkelblonden Rauschebarts kaum bemerke. »Ich bin Diakon Cyril Komarow von der Kirche der apostolischen Gemeinde der Heiligen Fürstin Olga.«

Was für ein Bandwurmname. Diakon also, kein Priester. Close, but no cigar.

»Ich gehe gern in meiner Freizeit auf den Friedhof«, fährt er fort. »Es ist so ruhig da, obwohl er ja mitten in der Stadt liegt.« Er hört sich nicht so an, als würde er sich erklären, sondern als würde er nur eine lapidare Feststellung machen. Sein Blick richtet sich auf das Grabmal. »Aber besonders gern besuche ich den Ehrenhain. All die unterschiedlichen Darstellungen auf den Grabsteinen … man merkt, dass hier viele Menschen mit ganz eigenen Köpfen begraben liegen.« Sein erneutes Lächeln wirkt diesmal ein wenig hilflos, und ich kann mich nicht des Gedankens erwehren, dass *er* sich nun wegen seiner Wortwahl unbeholfen vorkommt.

Geir war doch Asatru, schießt es mir durch den Kopf. Warum hat er das Zeichen der russischen orthodoxen Kirche verwendet? Was für ein Hinweis soll das sein?

Diakon Cyril Komarow deutet auf das Grabmal hinter mir. »Kennen Sie die Bilder von Thomas Fearnley?«

Ich drehe mich um, und mein Blick folgt der Richtung seines Fingers. Dabei weiß ich doch, wie das Grab aussieht. »Ja, ich …«, ich zögere. Was soll ich dem Mann sagen? Und vor allem: Geht es ihn etwas an? Ich könnte schwören, dass er etwas von mir will. Wenn dem so ist, darf ich nicht sofort alle meine Karten aufdecken. Schön langsam. Je weniger er von mir weiß, desto besser. Andererseits, was schadet es schon, wenn ich ihm sage, dass –

»Ja, ich kenne ein paar«, lüge ich mit fester Stimme. »Bis vor kurzem wusste ich noch gar nichts über ihn, aber ein Freund hat mir Bilder von Fearnley im Museum gezeigt. Die haben mir gut gefallen.«

»Wirklich?«, sagt der Geistliche erfreut. »Den meisten Leuten, die über diesen Friedhof gehen, scheint zuerst sein Grab aufzufallen, bevor sie sich für sein Leben interessieren, wahrscheinlich wegen des interessanten Grabmals mit der Malerpalette. Sie wussten also schon zuvor etwas über ihn.«

»Kommen Sie mit so vielen Besuchern dieses Friedhofs ins Gespräch?«, frage ich, um die Unterhaltung von mir abzulenken, und beiße ein weiteres Stück von meinem Schokoriegel ab.

Er lächelt. »Mit einigen. Und manche sprechen mich an. Hin und wieder fragen sie mich sogar nach den Biographien der Prominenten im Ehrenhain und den anderen Teilen des Friedhofs – als ob ich so etwas wie ein Hausmeister wäre, der über alle seine Mietparteien Bescheid weiß.« Immer noch lächelnd schüttelt er den Kopf. »Da kommt man gar nicht umhin, als ein wenig über die Leben der Berühmtheiten zu erfahren, die an diesem Ort zur Ruhe gebettet sind. Thomas Fearnleys Bilder gefallen mir. Ich mag, wie er Gottes Wirken in der Natur darstellt. Wenn er einen Berg malt, einen Baum oder einen Fjord, dann scheint Gottes Gegenwart durch die Darstellung, so wie Licht die Farben zum Leben erweckt.« Er hält kurz inne, und der Blick seiner Augen gleitet an mir herab, als würde er mich jetzt erst richtig wahrnehmen. »Darf ich Sie etwas fragen?«

Ich nicke zustimmend, und jetzt wird sein Blick scharf. Er sieht mir direkt in die Augen. »Welches von Fearnleys Bildern, das Ihr Freund Ihnen gezeigt hat, hat Ihnen am besten gefallen?«

Mit einem Mal ist mein Mund völlig trocken.

Vielleicht ist es Zufall, vielleicht ist es ein Test. Aber ich werde es nur herausfinden, wenn ich ebenfalls eine weitere Karte auf den Tisch lege.

»Das Bild mit dem riesigen alten Baum«, sage ich heiser. »Das mit der Slindebirke.«

Seine dunkelbraunen Augen mustern mich eindringlich ein, zwei Sekunden. »Ja, das ist sein bestes Bild.«

Ich komme mir vor wie in einem Spionagefilm, in dem sich beide Parteien gegenüberstehen, aber keine von ihnen den entscheidenden Schritt wagen will, der das Gespräch auf die nächste Ebene des Vertrauens hebt.

»Ihr Freund hat Ihnen Fearnleys Bilder im Museum gezeigt, sagen Sie?«

Wieder nicke ich und brumme eine Zustimmung.

»Interessiert er sich für Kunst? Ist er vielleicht ebenfalls ein Maler?«

Ich versuche aus den Augenwinkeln wahrzunehmen, ob gerade noch andere Leute in der Nähe sind, aber ich sehe nur in einiger Entfernung einen dunkelgrünen John-Deere-Transporter der Friedhofsverwaltung den schneefreien Hauptweg entlangfahren. Wir sind allein in der Nachmittagssonne unter dem fast wolkenlosen Himmel. Langsam kriecht Kälte meine Beine empor.

Was soll's. Ich stopfe den halb aufgegessenen *New-Energy*-Riegel zurück in meine Manteltasche. Er hat seine Karte ausgespielt. Jetzt spiele ich meine aus.

»Ja, das ist – das war er. Er war ein Maler. Er … er ist tot.«

Die Miene des Diakons, jedenfalls das, was ich einmal abgesehen von seinem Bart wahrnehmen kann, ist unbewegt. »War sein Name zufällig Geir Olaf Dal?«

»Okay«, bricht es aus mir heraus. »Schluss mit den Andeutungen. Wer sind Sie und was wollen Sie von mir?«

»Ich habe mich Ihnen bereits vorgestellt«, erwidert der Geistliche in freundlichem, aber bestimmtem Ton. »Mein Name ist Cyril Komarow, und die Frage ist, was *Sie* wollen. Weshalb sind Sie hier?«

»Gegenfrage: Kannten *Sie* Geir Olaf Dal?«

»Ja, ich kannte ihn. Er war ein alter Freund aus meiner Kindheit in Sandefjord. Wir waren damals beide kaum älter als zehn, zwölf Jahre.« Er holt tief Luft, es klingt wie ein Seufzen. »Es hat mich schwer getroffen, als ich gehört habe, dass er gestorben ist.«

»Wie haben Sie es erfahren?«, frage ich, immer noch im Versuch begriffen, den Mann vor mir einzuordnen.

»Eine gemeinsame Freundin, mit der er jahrelang zusammen war, hat es mir erzählt.«

»Sie kennen Katrine?« Ich bin noch immer überrascht und verwirrt darüber, am Grab von Thomas Fearnley einen Mann getroffen zu haben, der ein Freund von Geir gewesen sein will. Aber hatte ich nicht genau das gehofft – dass hier auf dem Friedhof etwas passieren würde, was mich auf meiner Suche nach dem Fußbeißer weiterbringen könnte?

Er wirkt nicht überrascht, dass ich den Namen von Geirs Exfreundin kenne. »Oh ja. Ich kenne sie nicht so lange, wie Geir sie gekannt hat. Ich war bei meiner Familie in Russland, und wir hatten eine Weile kaum Kontakt. Als ich zurück nach Oslo kam, habe ich noch die letzten beiden Jahre ihrer Beziehung miterlebt. Es war ein ziemlicher Schlag, als sie mich angerufen und mir von Geirs Tod erzählt hat. Aber wenigstens hat sie mir den Schock erspart, es zuerst aus den Nachrichten zu erfahren. Seitdem komme ich jeden Tag hierher.«

»Warum?«, frage ich, dabei bin ich mir sicher, dass ich die Antwort kenne.

»Ich habe gehofft, jemanden zu treffen«, sagt Diakon Cyril. »Jemanden, den Geir geschickt hat. Ich habe auf Gott vertraut, dass er vor seinem Tod noch die Gelegenheit dazu haben würde. Und es sieht ganz so aus, als ob mein Vertrauen in Gottes Wege gerechtfertigt war. Ich sollte nicht so oft zweifeln. Man sollte mich Diakon Thomas nennen, ich scheine ständig eine Bestätigung zu brauchen, einen Beweis.« Ein erneutes Lächeln überzieht sein Gesicht, und diesmal kann auch das dichte Bartgestrüpp es nicht verstecken.

Ich beschließe, meine Karten offen auf den Tisch zu legen. »Ich bin hier, weil Geir vor seinem Tod etwas zu mir gesagt hat. Er wollte, dass ich etwas beschütze. Einen Gegenstand.«

»Warum Sie?«

In einer Geste der Verzweiflung zucke ich mit den Achseln. »Ich weiß es wirklich nicht. Jeder stellt mir diese Frage, aber ich kann sie nicht beantworten. Vielleicht, weil er geglaubt hat, ich hätte ein magisches Weltbild, so wie er.«

»Und?«, fragt Diakon Cyril neugierig. »Haben Sie eines?«

Ich trete fröstelnd von einem Fuß auf den anderen. »Ich weiß nicht. Meine Vorstellung von Gott ist nichts, was der Kirche gefallen würde. Aber das ist meine Privatsache.«

Er nickt langsam, anerkennend. »Und Geir hat also vor seinem Tod gebeten, dass Sie etwas beschützen, aber er hat Ihnen nicht gesagt, was er ist, das Sie beschützen sollen.«

»Hören Sie, ich weiß, wie komplett verrückt sich das anhört.«

»Keineswegs. Es passt völlig zu dem Geir, den ich gekannt habe. Wie sind Sie darauf gekommen, diesen Friedhof aufzusuchen? Hat Geir ihnen davon erzählt?«

Wieder habe ich das Gefühl getestet zu werden, dabei bin ich es doch eigentlich, die den Mann vor mir testen sollte! Wer weiß denn, ob er nicht vielleicht jemand ist, der von dem Sammler bezahlt wurde, mich auszuhorchen?

Nein, aus irgendeinem Grund vertraue ich ihm noch immer. Der Sammler und seine Leute können mir vielleicht folgen, aber niemand von ihnen konnte voraussehen, dass ich hierherkommen würde, und sich strategisch in der Nähe des Grabes von Thomas Fearnley platzieren.

»Ich habe in einem seiner Bilder einen Hinweis auf diesen Ort gefunden«, sage ich und deute auf die Malerpalette. »Eine Sequenz von Runen, die auch in Fearnleys Grabmal eingeritzt ist. Aber hier ist sie noch um das Symbol der russischen orthodoxen Kirche an beiden Enden erweitert. Ich nehme an, das war wiederum ein Hinweis auf Sie, Diakon.«

Er atmet erleichtert auf und klatscht in die Hände, als hätte ich gerade ein bemerkenswertes Kunststück vorgeführt. »Ich hatte gehofft, dass Sie das sagen würden. Wissen Sie, Geir wollte immer, dass sich zwei Leute um den Gegenstand kümmern sollten, der ihm so wichtig war. Wenn dem einen etwas zustoßen sollte, wäre der andere in der Lage, den Gegenstand nötigenfalls in Sicherheit zu bringen. Und Geir wollte seinen Nachfolger nicht selbst bestimmen. Das, was er *Wyrd* nannte, sollte entscheiden, ob die Person, die er ausgewählt hatte, es tatsächlich wert war. Dass Geir Ihnen den Hinweis auf mich nicht direkt gegeben hat, bedeutet, dass er bis zum Schluss an die Wege des Wyrd geglaubt hat.«

»*Wyrd*«, wiederhole ich stirnrunzelnd. »Was ist das für ein Wort? Wo kommt es her?«

»Es stammt aus dem Angelsächsischen«, erklärt der Diakon mir. »Vielleicht hat Geir es aufgeschnappt, als er auf den Britischen Inseln gelebt hat. Oder er hat es von seinen heidnischen Freunden hier in Norwegen. Es ist ein altes Wort für *Schicksal.* Aber für mich bedeutet es nichts anderes als Gottes Ratschluss. Und ich bin froh, dass ich Sie dank Gottes Ratschluss tatsächlich gefunden habe.«

Stille folgt seinen Worten, nur unterbrochen durch das heisere Kreischen dreier Krähen, die hinter dem Diakon etwas im Schnee entdeckt haben und sich nun darum streiten. Die Bedeutung dessen, was er mir gerade gesagt hat, hallt in meinem Verstand wider.

Zwei Wächter für diesen Gegenstand, als dessen Beschützer sich Geir sah.

In seinem Yggdrasil-Bild versteckte er einen Hinwies auf den anderen Wächter, einen Hinweis, auf den er mich mit seinen letzten Worten stieß, und von dem er vertraute, dass ich ihn finden würde. Ob der Sammler ihn als alten Freund von Geir ebenfalls unter Druck gesetzt hat? Lässt er ihn vielleicht gerade jetzt beschatten?

Als hätte Diakon Cyril Komarow meine Gedanken gelesen, sagt er: »Lassen Sie uns in meine Kirche gehen. Ich habe Ihnen einiges zu erzählen, und dort können wir uns in Ruhe unterhalten und sind ungestört von neugierigen Blicken.«

Ich nicke wie automatisch. Nach außen wirke ich gefasst, aber innerlich macht mein Herz einen Riesensprung.

Kein Fehlschlag. Es war kein Fehlschlag, das Grab des toten Malers aufgesucht zu haben! Wenigstens an dieser Front erfahre ich hoffentlich gleich ein paar Antworten.

25

Ich folge Diakon Cyril zu einem Kirchengebäude aus rotem Backstein am östlichen Rand des Friedhofs. Der große Hauptbau wird rechts und links von je einem Seitenschiff flankiert. Der Diakon schreitet auf die große Doppeltür aus verblichenem hellgrünem Holz zu, zieht einen Schlüsselbund aus einer Tasche seines Talars hervor und schließt das Hauptgebäude auf.

Der Kirchenraum ist bereits erleuchtet. Der Duft von Weihrauch hängt schwer in der Luft, die aber nichtsdestotrotz kühl und frisch riecht. Im Gegensatz zum Inneren der protestantischen Kirchen, an die ich mich aus meiner Kindheit erinnere, befinden sich hier drinnen keine Bänke, auf die Kirchgänger sich setzen können. Offenbar trifft sich seine Gemeinde im Stehen.

Diakon Cyril ist an der Tür stehengeblieben. »Wenn es Ihnen recht ist, schließe ich hinter uns ab, damit wir unter uns sind. Was ich Ihnen zu zeigen habe, ist nur für Sie bestimmt.«

Ich drehe mich zu dem Mann im schwarzen Talar um. Ich glaube nicht, dass er mir gefährlich werden wird, er strahlt alles andere als Bedrohlichkeit aus. Dennoch behagt mir diese Einschränkung meiner Beweglichkeit nicht.

»Okay«, sage ich zögernd. »Wie groß ist die russische orthodoxe Gemeinde in Oslo eigentlich?«, fahre ich mit forscher Stimme fort, im Versuch, Smalltalk mit dem Mann zu führen, der mich hierhergebracht hat. Kirchen machen mich schon immer befangen, und diese hier, obwohl sie so völlig anders als die in Finnmark aussieht, macht da keinen großen Unterschied, besonders, da ich sie jetzt gerade nicht einfach so verlassen kann.

»Gut dreieinhalbtausend«, erwidert Diakon Cyril. »Die meisten davon sind jung, ein Großteil Russen. Aber es sind auch einige Norwerger dabei, die zum russischen orthodoxen Glauben konvertiert sind.«

Da passt es sicher gut, dass er selbst trotz seines Rauschebarts kein ehrwürdiger alter Kirchenmann ist, denke ich mir.

»Warten Sie hier«, fährt er fort. »Ich bin gleich wieder da.« Ohne auf eine Entgegnung von mir zu warten, geht er auf die Rückseite des Raumes zu und verlässt ihn durch das Seitenschiff.

Ich bleibe in der Mitte des Kirchenraums stehen und sehe mich um. Weiter hinten trennt eine hölzerne Wand mit einer kleinen geschlossenen Tür in der Mitte den Altarbereich vom übrigen Raum. Ikonografische Bilder zieren die Wand. An den Seitenwänden befinden sich hölzerne Schreine, die ebenfalls Abbilder von Engeln und Heiligen im Ikonenstil aufweisen. Lange, dünne Kerzen stecken vor ihnen in runden, goldüberzogenen Kerzenständern.

Nach einigen Minuten kommt Diakon Cyril zurück. In seinen Händen hält er waagrecht einen gut einen Meter langen Gegenstand vor sich, der in ein Tuch aus dunkelrotem Samt gehüllt ist und der Form nach wie ein schmaler Behälter aussieht. Er legt den Gegenstand auf einem seitlich vor dem rechten Seitenschiff stehenden Holzpult ab und wendet sich mir wieder zu. »Ich fange am besten damit an, Ihnen etwas von unserem gemeinsamen Hintergrund zu erzählen«, sagt er. »Dann können Sie besser verstehen, um was es hier geht.«

Eine Geschichte im Stehen also. Ganz wie ein russischer orthodoxer Gottesdienst. »Soll mir recht sein«, erwidere ich. Mein neugieriger Blick gleitet von Diakon Cyril zu dem verhüllten Behälter auf dem Pult und wieder zurück zu dem bärtigen Kirchenmann. »So lange ich nur endlich erfahre, was hier eigentlich gespielt wird, und wie wir Geirs Mörder zur Strecke bringen können.«

Ich ignoriere die hässliche Stimme in meinem Inneren, die wieder den Ton des gesichtslosen Anführers meiner beiden Entführer angenommen hat und mich verhöhnt, dass ich es bisher ja noch nicht mal geschafft hätte, den Mord in meiner eigenen Familie aufzuklären. Stattdessen konzentriere ich mich ganz auf die Stimme des russischen Diakons. Ihre Farbe ist ein helles Schiefergrau, wie das nördliche Eismeer an einem regnerischen Tag im Sommer. Sie füllt das Kirchenschiff, während er neben dem Pult steht und erzählt – eine Predigt für eine einzige Besucherin.

»Ich bin in Sandefjord aufgewachsen. Meine Eltern sind russische Immigranten aus Tschetschenien. Geir und ich gingen auf dieselbe weiterführende Schule. Anfangs hatte ich es da nicht leicht. Meine Eltern konnten es sich nicht leisten, mir Markenkleidung zu kaufen, und sie sahen es auch nicht gern, wenn ich andere Kinder zum Spielen mit nach Hause brachte. Sie lebten ziemlich für sich, mit fast gar keinen Bekannten oder Freunden, wahrscheinlich wegen all dem, was sie während des Zusammenbruchs der Sowjetunion erlebt hatten. Diese Isoliertheit war ihre Vorstellung von Glück im Exil. Darum hätten sie es am liebsten gehabt, wenn ich nach der Schule genau wie sie zu Hause geblieben wäre, anstatt etwas mit anderen Kindern zu unternehmen.

Damals war mir gar nicht so sehr bewusst, wie stark meine Eltern dazu beitrugen, dass ich mich von den anderen Kindern absonderte. Ich war der komische Russenjunge mit den billigen, aufgetragenen Sachen, der sich nach der Schule immer schon bald nach Hause verzog. Drei der größeren Jungen, einer aus meiner eigenen und zwei aus der Nachbarklasse, hatten es auf mich abgesehen. Mit mir konnten sie machen, was sie wollten, weil sie sich sicher waren, dass ich nicht den Mund aufmachen würde. Und sie hatten ja recht: zu den Erwachsenen, den Lehrern oder den Eltern zu gehen, das war unmöglich. Dann wäre alles nur noch schlimmer geworden.

Also versuchte ich, mir nichts anmerken zu lassen und ihre Quälereien auszuhalten. Immer wieder bezog ich Prügel von ihnen, meistens von einem oder von zweien, ein paar Mal sogar von der ganzen Bande. Jeden Morgen hatte ich Angst davor, in die Schule zu gehen. Als sie anfingen, mir die Klamotten auszuziehen und Zigarettenkippen auf meinem Rücken auszudrücken, dachte ich daran, mich umzubringen. Ich hatte mir sogar schon überlegt, wie ich es machen würde. Ich wollte meinem Vater eine Flasche Wodka aus der Hausbar stehlen, mit seinem Boot aufs Meer hinaus rudern und mich schließlich einfach betrunken über Bord rollen. Aber dann kam eines Tages dieser neue Junge in unsere Klasse.«

»Geir«, sage ich. Obwohl ich leise gesprochen habe, hallt meine Stimme ungewöhnlich laut im Kirchenschiff wieder.

»Geir«, wiederholt Diakon Cyril. »Seine Familie war aus Skien hingezogen. Im Gegensatz zu mir machte er sich sofort Freunde. Er besaß schon damals eine natürliche Autorität. Andere folgten ihm, legten Wert auf seine Meinung, und er musste sich diese Anführerstellung nicht einmal erkämpfen. Die Schläger an unserer Schule gingen ihm von Anfang an aus dem Weg, als ob sie es ahnten, dass nichts Gutes dabei herauskommen würde, wenn sie sich mit ihm anlegten.

Irgendwann in den ersten Tagen, nachdem er zu uns in die Klasse gekommen war, sprach er mich auf dem Nachhauseweg an. Den Grund dafür habe ich niemals richtig verstanden. Ich habe ihn Jahre später mal gefragt, ob er sich daran erinnern könne.«

»Und?«, frage ich. »Wusste er es noch?«

Diakon Cyril schüttelt den Kopf. »Nein. Ich kann mich daran erinnern, als wäre es gestern gewesen, aber er hatte die Begebenheit völlig vergessen. Was ihn selbst betraf, waren wir befreundet gewesen, solange er zurückdenken konnte. Aber ich erinnere mich noch gut an den Moment, wie er plötzlich neben mir auf der Straße auftauchte. Ich dachte zuerst, jetzt würde er sich als ein weiterer Schläger entpuppen, der Lust darauf hatte, mich im Dreck liegen zu sehen. Stattdessen wollte er wissen, ob ich Lust hätte, mit ihm in den Plattenladen in der Kongens gate zu gehen. Das war das erste Mal, dass ich Metalbands hörte, über Kopfhörer und so laut, dass mir die Ohren wehtaten.«

Der Blick des Diakons schweift an mir vorbei in die Richtung der verriegelten Kirchentür, als rechne er jeden Moment damit, dass sie sich öffnen könnte, um einen zwölfjährigen Jungen hereinkommen zu sehen, der doch für immer in der Vergangenheit verblieben ist. Vor mir steht ein weiterer Trauernder, der es bisher nicht geschafft hat, von Geir Abschied zu nehmen.

»Wir wurden schnell beste Freunde«, fährt Diakon Cyril fort. »Gleichzeitig änderte sich mein Status an der Schule. Plötzlich spielte es für die anderen keine Rolle mehr, wo ich herkam und wie meine Kleidung aussah. Die beiden Schläger ließen mich in Ruhe. Meine Selbstmordphantasien waren wie weggeblasen. Mein Dasein ging weiter, ich blickte wieder über den Rand der nächsten Tage hinaus. Geir hat mir im wahrsten Sinne des Wortes das Leben gerettet, und dafür werde ich für immer in seiner Schuld stehen.

Zum ersten Mal war ich mit anderen Jungen in meinem Alter unterwegs. Aber am liebsten hatte ich es, wenn wir etwas nur zu zweit unternahmen. Mehr als unsere anderen Freunde interessierten wir beide uns besonders für Dinge, die über das Alltägliche hinausgingen.«

»Was meinen Sie damit?«, frage ich, die Stirn nachdenklich in Falten gelegt, obwohl ich glaube, eine Ahnung zu haben, was er damit sagen will.

»Ich meine, wir haben uns zum Beispiel auf DVD einen Star-Wars-Film angesehen, den, in dem Meister Yoda Luke Skywalker über die Macht unterrichtet«, erwidert der Diakon mit einer Selbstverständlichkeit, als sei diese Science-Ficion-Serie ebenso Allgemeinwissen wie Grimms Märchen. »Und wir haben uns gefragt, ob es so etwas im richtigen Leben tatsächlich geben könnte, eine Energie, die alles durchdringt, vom größten Stern im Universum bis zum winzigsten Atombaustein.

Also fingen wir an, uns über Esoterik schlau zu machen, über Okkultismus und Religion. Wir waren jung und saugten wie trockene Schwämme alles auf, was uns in die Hände fiel. So wie ich mich für Gott zu interessieren begann und mich schließlich im Christentum am stärksten zu Hause fand, so begeisterte Geir sich mehr und mehr für die vorchristliche Religion seiner norwegischen Vorfahren, für die alten Götter dieses Landes.«

»Hatten Sie damit kein Problem?«, frage ich ihn verwundert. »Immerhin sagt doch der christliche Gott, dass alle anderen Götter falsche Götzen seien und nur er der einzig wahre Gott sei.«

Diakon Cyril lächelt, aber er verzieht dabei sein bärtiges Gesicht, als bereite meine Frage ihm Schmerzen. »In meinen Augen sind diese heidnischen Götter, sein Odin, sein Thor, Freya, Loki und alle anderen nichts weiter als Aspekte des großen Ganzen, das ich als Gott verehre. Licht, das sich auf die verschiedenste Weise bricht und eine Vielzahl an Farben hervorbringt. Vielleicht besitzen die nordischen Götter in den Geschichten deswegen so viele Schwächen. Sie sind nicht vollkommen, nicht vollständig, nur ein Teil des Einen Lichts.«

Ich bin nicht Diakon Cyrils Meinung. Ich verehre die nordischen Götter nicht, dennoch sind sie für mich gerade wegen ihrer Schwächen realer als ein Gott, der so allumfassend ist, dass er in letzter Konsequenz gerade deswegen überhaupt keine Eigenschaften mehr haben dürfte. Aber ich verkneife es mir, das auszusprechen. Ich bin nicht hier, um mit diesem Mann einen religiösen Disput zu führen.

Dennoch scheint Diakon Cyril mir meine Skepsis angesehen zu haben. »Sie stimmen mir nicht zu? Da haben sie etwas mit Geir gemeinsam, und wahrscheinlich ist es nicht die einzige Gemeinsamkeit, sonst wären Sie nicht hier.«

Ich ziehe es vor, ihm nicht darauf zu antworten. »Die unterschiedlichen Religionen haben Sie beide also nicht auseinandergetrieben.«

Der Blick in den Augen meines Gegenübers verdüstert sich. »In den letzten drei Jahren hat sich etwas zwischen uns gestellt. Ich glaube daran, dass wir nach dem Tod alle unter Gott vereinigt sind. Geir hat das nicht geglaubt. Er war felsenfest davon überzeugt, dass es die Asen und ihre Welt Asgard wirklich geben würde, und dass er nach seinem Tod nach Folkwang kommen würde, Freyas Halle.«

»Und was hat das mit –«, ich halte inne. »Oh, ich verstehe. Es ist, als würde jemand aus meinem Volk, der dem alten Glauben anhängt, im Tod nicht auf seine Ahnen treffen.«

»Ja«, sagt Diakon Cyril, der mich einen kurzen Moment lang scharf und nachdenklich anblickt, »ja, ich glaube, Sie verstehen.

Geir war traurig darüber, dass er mich im Tod niemals treffen würde. In seiner Vorstellung käme ich als einer, der nicht an die Asen glaubt, auch niemals nach Folkwang. Er fing mehr und mehr an, meinen Glauben zu kritisieren. Zuletzt hatte ich das Gefühl, dass er mir aus dem Weg ging.« Er hebt die Hand. Es ist eine merkwürdige Geste, wie die eines Schauspielers auf einer Bühne, und ich erinnere mich daran, dass er es gewohnt sein muss, vor seinen Gläubigen Reden zu halten. »Aber ich greife vor. Damals war er noch überhaupt nicht so, er war für so viele unterschiedliche Glaubensvorstellungen, Legenden und Mythen offen.

Schließlich waren wir mit der Schule fertig, und da erzählte mir Geir, dass er Design studieren wollte, und zwar in Glasgow. Er war immer schon ein Schottlandliebhaber gewesen. Er tauchte in die Stadt ein wie ein Fisch im Wasser schwimmt, aber das Studium gefiel ihm nicht. Nach zwei Semestern warf er es hin.

Dann ist er mit Erspartem und Geborgtem über die Inseln gereist, erst über die Hebriden, dann auf die Orkneys. Er hat mir erzählt, dass er damals schon gute Kontakte zu Anhängern der nordischen Götter in Schottland besaß, bei denen er sich eine Weile aufhielt, auch zu anderen Heiden, Okkultisten, selbst ernannten Magiern. Es war diese Zeit, die seinen Glauben geformt hat, genauso wie ich mich ungefähr um dieselbe Zeit dazu entschloss, mein Leben der russischen orthodoxen Kirche zu widmen.

Auf den Orkneyinseln, vor der Nordküste von Schottland, war es, dass er diesen Gegenstand hier fand.« Er deutet mit einer knappen Geste auf den mit rotem Samt umhüllten Behälter. »Auf einer der nördlichen Inseln namens Sanday legte ein Sandsturm an der Küste eine Wikingersiedlung frei. Es war bekannt, dass die Siedlung sich dort befand, oder zumindest wurde es vermutet, wenn die Kaninchen mal wieder beim Graben eine Brosche oder eine Fibel ans Tageslicht beförderten. Aber in Großbritannien gibt es viele solcher Orte, und nicht genügend Ressourcen, um sie sich alle gleichzeitig vorzunehmen. Also sagen sich Archäologen: Was unter der Erde ist, wird weiter ungestört erhalten. Sie versuchen, erst dann tätig zu werden, wenn etwas offengelegt wurde, zum Beispiel bei Bauarbeiten. Oder wie in diesem Fall durch den Sandsturm.

Geir hat mir erzählt, wie er Zeuge des Sturms wurde. Er lebte damals auf Sanday, zusammen mit einer Frau, die von den Orkneyinseln stammte, und mit zwei Männern, die er in Glasgow und London kennengelernt hatte. Die Vier waren eng miteinander befreundet. Sie hatten sich über heidnische Gruppierungen getroffen und wollten gemeinsam als Selbstversorger leben, zurück zur Natur und all das. Geir hat einmal angedeutet, dass sie alle vier ...«, er zögert, bevor er weiterspricht, »sie alle vier etwas miteinander hatten. Etwas Sündiges. Aber vielleicht wollte er mich auch nur provozieren, wegen meines Glaubens.

Sie lebten ihre heidnische Religion voll aus und vertieften sich in nordische Mythen und Legenden. Die treibende Kraft der kleinen Gruppe war Geir. Er erzählte ihnen die Sagas und leitete ihre Rituale. Als der Sandsturm die Wikingersiedlung freilegte, kam es Geir so vor, als ob das Schicksal sie genau zur richtigen Zeit an den richtigen Ort geführt hätte. Er war völlig versessen darauf, dieses Zeitzeugnis seiner Vorfahren, das über tausend Jahre lang vor der Welt verborgen gewesen war und nun frei lag, mit eigenen Augen zu sehen, bevor man eine archäologische Ausgrabungsstätte aus ihr machen würde.

Einer seiner Freunde besaß einen Metalldetektor. Im Schutz der Nacht machten sie sich auf, die Siedlung zu untersuchen. Und sie wurden in der Tat fündig. Unter dem Fundament eines der Langhäuser fanden sie einen Hort mit Hacksilber, Armringen und einem Schwert.«

»Geir war ein Grabräuber?«, entfährt es mir.

»Ein illegaler Raubgräber, ja, das war er«, bekräftigt Diakon Cyril mit einem entschiedenen Kopfnicken. »Er wusste genau, dass es ungesetzlich war, was er tat. Ich glaube gar nicht einmal, dass er wirklich schon mit der Absicht, etwas zu stehlen, mit dem Metalldetektor losging. Er war einfach davon besessen, etwas mit eigenen Händen zu berühren, das zur Kultur seiner Vorfahren gehört hatte. Aber als er das antike Schwert in den Händen hielt, wollte er es nicht mehr hergeben, so fasziniert war er davon. Er ließ sich darauf ein, dafür auf seinen Anteil an dem Silberhort zu verzichten. Und als er zurück nach Oslo ging, versteckte er es in seinem Wagen und schmuggelte es mit der Autofähre nach Norwegen.«

»Was wollte er damit?«, will ich wissen. »Hat er wirklich vorgehabt, es nicht zu verkaufen? Was konnte er damit anfangen, außer es zu besitzen und zu wissen, dass es ihm gehörte?«

Geirs alter Freund wiegt den Kopf. »Das reichte ihm völlig aus. Und ich glaube, dass … dass es für ihn so etwas wie eine Reliquie war, ein religiöser Gegenstand. Seine Verbindung zur Welt der nordischen Götter, hier an dem Ort, den er Midgard nannte.

Ich habe nie einen Zugang zu seinem Glauben gefunden. Den nordischen Göttern fehlt das Mitleid, das die Essenz des Christentums darstellt. Aber als er mir vor ein paar Monaten von dem Schwert erzählte und mich bat, es für ihn zu verwahren, da konnte ich nicht nein sagen. Ich schuldete ihm diesen Dienst.«

Ich runzle skeptisch die Stirn. »Moment mal. Sie wollen mir sagen, Sie hatten den Fußb- dieses Schwert die ganze Zeit über hier in Ihrer Kirche versteckt?« Ich strecke meinen Arm aus und deute auf den verhüllten Behälter. »Einen heidnischen Gegenstand?«

»Für mich ist er nicht einmal heidnisch«, gibt Diakon Cyril mit einem kurzen Seitenblick auf den Behälter zurück. »Egal was Geir geglaubt haben mag, es ist kein heiliger Gegenstand, keine Reliquie. Es ist einfach nur ein sehr, sehr altes Schwert. Und ja, ich habe es monatelang hier in der Sakristei aufbewahrt.«

»Obwohl Sie wussten, dass Sie sich damit an der Straftat Ihres Freundes beteiligten«, sage ich.

Ungerührt blickt der Kirchenmann mich an. »Ich habe Geir sehr viel zu verdanken. Wer weiß, was ohne seine Freundschaft aus mir geworden wäre. Er erzählte mir, dass er sich Sorgen machte. Ich fragte ihn, warum. Er sagte, er habe schlechte Träume. Er glaubte an Vorahnungen, daran, dass sich die Wege des Wyrd, Gottes Wege, manchmal mitteilen, wenn man genau darauf achtet. Vielleicht steckte auch eine viel weltlichere Vermutung dahinter. Er war offensichtlich besorgt, dass sich jemand des Schwerts bemächtigen könnte.«

»Seine schottischen Freunde von damals, mit denen er den Wikingerhort gestohlen hat?«

Der Diakon zuckt die Achseln. »Ich weiß es nicht. Er hat mir ihre Namen niemals verraten, und er hat mir gegenüber auch keine Vermutungen geäußert. In der letzten Zeit wollte er sich kaum noch mit mir sehen lassen. Darum ließ er sich diese merkwürdigen Hinweise einfallen, die Sie gefunden haben. Er war besorgt, dass ihm etwas zustoße könne, und wollte auf Nummer sicher gehen, dass jemand das fortsetzen würde, was er inzwischen als etwas wie eine heilige Aufgabe betrachtete.«

»Das Schwert zu beschützen.«

Diakon Cyril nickt.

»Vor wem?« Ich habe eine ziemlich gute Vorstellung, aber ich will es aus seinem Mund hören.

Er senkt seine Stimme, als würde er ungern an einem geweihten Ort darüber sprechen, noch dazu an einem Ort, der seine Worte selbst leise ausgesprochen klar und deutlich transportiert. »Es gibt Menschen, denen es nicht genügen würde, dieses Schwert nur in eine Vitrine zu legen und es in der Privatsphäre ihres Zuhauses zu betrachten. Menschen, die dem nordischen Glauben anhängen, und die das Schwert ebenso wie Geir als einen heiligen Gegenstand betrachten, als ein mächtiges Symbol für Rituale.«

»Was für Rituale?«

»Es ist ein Schwert«, gibt Diakon Cyril mit trockener Stimme zurück. »In der Vorstellung dieser Menschen verlangt ein Schwert nach Blut.«

»Und trotzdem haben Sie es hier aufbewahrt. Sie hätten es jederzeit den Behörden übergeben können. Dann wäre es ebenfalls sicher gewesen.« Die beiden gestohlenen Versionen des Gemäldes »Der Schrei« von Edvard Munch schießen mir durch den Kopf, und in Gedanken korrigiere ich mich. Ziemlich sicher jedenfalls. »Warum nicht?«

Diakon Cyril bleibt mir eine Antwort schuldig. Er erwidert meinen Blick nicht. Ich ahne den Grund auch so.

»Sie wollten Geir nicht verärgern, nicht wahr? Sie scheuten sich vor der Reaktion Ihres Freundes, wenn Sie das Schwert der Polizei zukommen lassen würden. Dass er es als Vertrauensbruch betrachten und Ihnen die Freundschaft aufkündigen würde.«

»Ich hatte Geir mein Wort gegeben!«, entgegnet mein Gegenüber steif. »Mein Wort, auf das Schwert auch im Fall seines Todes achtzugeben, bis die richtige Person kommen würde, um es an sich zu nehmen. Das bedeutet mir etwas. Trotzdem, als ich vor ein paar Tagen von Geirs Tod hörte, da wollte ich zuerst zur Polizei gehen und ihnen alles erzählen, was ich über Geirs Vergangenheit weiß. Aber damit wäre der Aufenthaltsort des Schwerts ins Visier der Behörden gerückt, und ich hätte mein Wort gegenüber Geir nicht gehalten.

Stattdessen habe ich gehofft und Gott darum gebeten, dass jemand kommen würde, um mich von dem Wort zu entbinden, dass ich meinem toten Freund gegeben habe.« Seine schiefergrauen Augen blicken mich eindringlich aus der Tiefe ihrer Höhlen an. »Werden Sie das Schwert an sich nehmen? Ich wollte niemals etwas mit all dem zu tun haben, aber Geir hat mir quasi das Leben gerettet. Ich konnte ihm seinen Wunsch nicht verwehren. Und ein Teil von mir vertraut darauf, dass alles genau so gekommen ist, wie Gott es wollte.«

»Denken Sie tatsächlich, Gott wollte es, dass Geir an einer Schusswunde stirbt?«, entfährt es mir. Meine Stimme hallt laut und schrill im Kirchenschiff wieder, aber mein Gegenüber zuckt mit keiner Wimper. »Dass er in unseren Armen verblutet, weil ein irrer Sammler von antiken Kunstgegenständen seinen Willen durchsetzen will? War es Gottes Plan, dass man mich entführt und gefoltert hat, um herauszufinden, was ich weiß? Was für ein kranker Gott soll das sein?«

Bei dem Wort »gefoltert« blinzelt Diakon Cyril geschockt, und sein Mund öffnet sich, als wolle er nachfragen, was ich damit meine. Aber etwas in meiner zornigen Miene hält ihn offenbar davon ab. Er sammelt sich sichtlich, dann sagt er bemüht ungerührt: »Derselbe Gott, der uns täglich harte Entscheidungen abverlangt, damit wir an uns wachsen. Der Gott, der Sie heute hierhergeführt hat, damit Sie das Erbe Ihres Freundes antreten und entscheiden, was geschehen soll. Wenn Sie wollen, dass ich das Schwert weiter aufbewahre, dann werde ich es tun. Mein Versprechen bindet mich. Aber wenn Sie es an sich nehmen möchten, dann werde ich es Ihnen mit großer Erleichterung überlassen.«

»Und wenn ich damit zur Polizei gehe?«

»Dann ist mir das sogar sehr recht. Ich konnte es nicht selbst tun. Mein Versprechen gegenüber einem Freund bindet mich, auch wenn der Freund tot ist. Aber Sie … Sie haben sich offensichtlich Geirs Vertrauen verdient – und auch das Schwert. Sonst wären Sie nicht hier. Tun Sie mit Gottes Ratschluss, was Sie für richtig halten.«

Ich schweige, während er mich aufmerksam mustert und auf meine Entscheidung wartet.

»Zeigen Sie mir das Schwert«, sage ich schließlich. »Ich will es sehen.«

Er atmet tief aus und nickt. Dann tritt er an das Pult und schlägt den roten Samtstoff zurück. Der schmale Behälter besteht aus dunklem, gemasertem Holz, das im Schein der Kerzen und des Oberlichts matt glänzt, nicht, als sei es lackiert, sondern eingeölt. Er schiebt den Deckel in den Schienen, auf denen er liegt, nach links. Ich trete ans Pult und blicke in den Behälter.

Auf rotem Samtstoff von derselben Art wie der um den Behälter liegt ein Stück korrodiertes graubraunes Metall, das trotz seines angegriffenen Zustands unschwer als Schwert zu erkennen ist. An zwei Stellen, nahe der Spitze und am Heft, ist es mit Metalldraht befestigt, um nicht im Behälter herumzurutschen, wenn dieser bewegt wird. Das Schwert muss das sein, was Waffenkenner als *Einhänder* bezeichnen, denn es könnte ohne weiteres mit einer Hand geführt werden, ohne die zweite zu Hilfe nehmen zu müssen. Es ist wirklich nicht besonders lang, weniger als einen Meter, beinahe mehr ein übergroßer Dolch, eine Nahkampfwaffe. Wer auch immer vor über tausend Jahren mit ihm gekämpft hat, musste dicht an seinen Gegner herankommen, um ihn mit diesem Schwert töten zu können. Wie viel Blut es wohl getrunken hat, bevor es zusammen mit Hacksilber, Münzen und anderen Wertgegenständen vergraben wurde? Wurde es überhaupt jemals in einem Kampf benutzt, oder war es vielleicht nur das Statussymbol eines wohlhabenden Mannes?

Es gibt so vieles, das wir nicht wissen können, selbst wenn die stummen Zeugen der Geschichte sich direkt vor unseren Augen befinden, Überlebende eines längst vergangenen Zeitalters, und alles, was uns bleibt, ist unsere Vorstellungskraft. Sie selbst bewahren für immer ihre Geheimnisse.

»Es ist wunderschön, nicht wahr?«

Diakon Cyrils Stimme lässt mich leicht zusammenzucken. Ich habe gar nicht bemerkt, dass er neben mich getreten ist und ebenfalls in den Behälter blickt. Ich brumme zustimmend, während etwas meine Aufmerksamkeit erregt.

Auf der versilberten Parierstange sind schwache Einkerbungen zu erkennen, die zu regelmäßig sind, um sie für Gebrauchsspuren zu halten. Ich beuge mich tiefer über die Klinge und sehe, dass es sich um Runen handelt. Im schwachen Licht des Kirchenschiffs sind sie nur schlecht zu erkennen, aber die erste ist eindeutig eine Fe-Rune, und ich gehe jede Wette ein, dass ich weiß, was für ein Wort sie ergeben.

»Fotbitr«, murmle ich kaum hörbar.

»Was?«, fragt Diakon Cyril neben mir.

Ich blickte auf und straffe mich. »Nichts. Also gut, ich nehme das Schwert an mich. Jetzt gleich. Dafür bin ich schließlich gekommen.«

Er blickt mich scharf an, als sei er sich nicht ganz sicher, ob ich es wirklich ernst meine. Dann nickt er, schiebt den Deckel wieder zurück und schließt den Behälter, bevor er ihn erneut mit dem Samtstoff verhüllt.

»Was haben Sie mit dem Schwert vor?«

Ich ergreife den umwickelten Behälter. Er ist schwerer, als ich angenommen hatte. »Überlassen Sie das mir. Ich habe jedenfalls nicht vor, es die nächsten Jahre unter meinem Bett zu verstecken.«

Diakon Cyril blickt mich scharf an. »Ich hoffe, die Polizei erwischt diejenigen, die für Geirs Tod verantwortlich sind.«

»Das hoffe ich auch«, sage ich. Meine Stimme klingt belegt, wenig überzeugt von unseren Chancen. Trotzdem will ich diesen Weg gehen, wegen ihm. »Er hat es verdient.«

Geirs alter Freund nickt wortlos, dann geht er an mir vorbei durch das Kirchenschiff und zum Eingang des Gebäudes. Ich folge ihm, wobei ich den Fußbeißer in seinem verhüllten Behälter wie ein überdimensionales Baby im Arm halte, während er den Eingang aufschließt und mit einer schwungvollen Bewegung die Doppeltür aufzerrt.

Das Tageslicht jenseits des Eingangs hat bereits merklich abgenommen, und die Dämmerung hat eingesetzt. Der Gedanke, alleine mit einem antiken Schatz in den Händen über den Friedhof zu gehen und mich auf den Weg nach Hause zu machen, behagt mir nicht. Zum Glück ist der Akersveien gleich um die Ecke. Am besten bleibe ich auf der Straße, wo ich nicht alleine bin und mir ein Taxi rufen kann.

Ich trete ins Freie. Mit der Sonne hinter den Häuserdächern und dem schwindenden Licht hat die Kälte zugenommen. Mein Atem steht mir in Wolken vor dem Mund, während ich mich umschaue. Zu meiner Rechten sehe ich die in die Dämmerung eintauchenden Gräberreihen, zu meiner Linken die leere Straße hinter dem Zaun. Alles scheint in Ordnung zu sein.

»Passen Sie auf sich auf«, sagt Diakon Cyril Komarow zum Abschied. Er tritt nicht über die Schwelle, sondern bleibt im Eingang stehen, beide Hände auf den Klinken der offenen Doppeltür.

»Sie ebenfalls«, erwidere ich. Er nickt knapp. Dann verzieht sein Mund sich zu einem erneuten Lächeln, und ein Leuchten blitzt in seinen graublauen Augen auf. »Geir hat recht gehabt. Die richtige Person hat das Schwert gefunden. Sein Gottvertrauen war größer als meines.«

Ohne ein weiteres Wort zieht er die Türen zu. Mit einem trockenen, schnappenden Geräusch schließen die Flügel hinter mir ins Schloss, und ich stehe allein auf dem Platz vor der Kirche.

26

Die geschlossene Kirchentür im Rücken zücke ich mit der Linken mein Handy und wähle 023023, wobei ich den Behälter mit dem Schwert in die rechte Armbeuge balanciere. Ich rufe mir ein Taxi hierher zum Akersveien. Und bis es angekommen ist, werde ich mich mit dem Fußbeißer keinen einzigen Schritt von der Tür fortbewegen, egal wie harmlos die Gegend um mich herum aussieht. Noch einmal lasse ich mich nicht überrumpeln.

Ich muss nicht lange in der einsetzenden Dämmerung warten. Keine fünf Minuten nach meinem Anruf hält ein schwarzer Toyota Prius mit der Aufschrift *OsloTaxi* vor dem Durchgang zu Akersveien. Ich eile zu dem Wagen, öffne die hintere Seitentür und steige mit dem Behälter ein, den ich auf meinen Schoß lege. Ich habe niemanden in der Nähe gesehen. Falls mich doch jemand beobachtet hat, dann hat er nicht versucht, mich aufzuhalten.

Es dauert nur ein paar Minuten, bis ich wieder in Grünerløkka vor unserem Haus aussteige. Als ich auf die Haustür zugehe, erblicke ich rechts von mir einen Polizeiwagen am Straßenrand. Ich sehe nur flüchtig hin, aber dennoch glaube ich, hinter der Frontscheibe Kommissarin Andersen auszumachen. Diesmal passt sie also ganz offiziell auf uns auf. Obwohl ich den Gedanken nicht mag, dass die Polizei vor unserem Haus parkt, hat das Wissen darum momentan gleichzeitig etwas Beruhigendes. Es besitzt eine Farbe wie warmes Gelb, in das sich dunkle Schlieren mischen.

Ich finde Vidar wieder einmal in der Küche vor, wo er in einem Topf mit Chili rührt. Als ich hereinkomme, hebt er den Kopf, ohne den Löffel abzulegen. Er sieht aus, als freue er sich, mich zu sehen. Für einen kurzen Moment versetzt es mir einen Stich, ihm klar gesagt zu haben, dass sich letzte Nacht nicht wiederholen wird, dann richte ich meinen Fokus wieder auf das aus, was vor uns liegt.

»Mir ist niemand gefolgt«, sagt er. »Jedenfalls hab ich niemanden ge-«

Sein Blick fällt auf den Gegenstand in meinen Händen, und seine Stimme verklingt. Jetzt legt er doch den Löffel weg, dreht sich ganz zu mir um und wischt sich die feuchten Hände an seiner Jeans ab. Seine Augen sind weit geöffnet. »Ist das da … ist es das, was ich denke?«

Ich nicke, lege den Behälter auf den Küchentisch, der bis auf eine halbvolle Cola-Zero-Flasche und einen Teller mit Brotkrümeln leer ist, und schlage das rote Samttuch zurück. »Das ist es«, sage ich. »Das Schwert mit demselben Namen wie das aus der isländischen Saga.«

Vidar lässt sich schwer auf einen Stuhl neben dem Tisch fallen. »Wahnsinn«, murmelt er und streckt die Hand nach dem Behälter aus.

»Warte«, sage ich. »Wo sind Anja und Yuna?«

Vidar zuckt die Achseln, ohne seinen Blick von der hölzernen Schachtel vor ihm auf dem Tisch abzuwenden, als befürchte er, sie könne von einem Moment auf den nächsten einfach wieder verschwinden. Ich warte, bis er mit einem Ruck den Kopf hebt und mich ansieht. »Keine Ahnung. Bestimmt noch in einem ihrer Seminare. Bisher haben sie sich nicht blicken lassen.«

»Okay«, sage ich, »dann warten wir, bis sie auftauchen. Ich hab keine Lust, die ganze verrückte Geschichte zweimal zu erzählen.«

»Ich will wenigstens einen Blick auf das Schwert werfen«, gibt Vidar zurück. »Komm schon, mach nicht so ein Geheimnis draus!«

Warum auch nicht? Mit einem Grinsen schiebe ich den Deckel zurück. Vidar beugt sich vor, die Hände auf die Tischplatte gestützt, und starrt das antike Relikt an. »Wahnsinn«, murmelt er erneut. »Einfach Wahnsinn.« Seine Rechte zuckt zu dem Schwert und hält kurz darüber inne. Sein Blick gleitet von dem antiken Fundstück zu mir. »Ist nicht gut, es anzufassen, was? Korrosion und so.«

»Jedenfalls nicht mit bloßen Händen«, sage ich. »Der Boden, in dem es lag, hat es gut konserviert. Besser als andere Schwerter, die ich auf Fotos im Internet gesehen habe. Dann hat ein Sandsturm es nach über einem Jahrtausend freigegeben.«

Er sieht mich verständnislos an. Ich kann seiner Miene entnehmen, wie begierig er darauf ist, zu erfahren, unter welchen Umständen ich an das Schwert herangekommen bin.

Eine gute Stunde später, als Anja und Yuna gemeinsam aus ihren Seminaren zurückkommen, rufe ich sie in die Küche, um ihnen meinen Fund zu zeigen. Ich erzähle ihnen davon, wie ich auf dem Friedhof Unser Heiland die Runeninschrift am Grab von Thomas Fearnley gefunden habe. Ich berichte ihnen von Diakon Komarows Auftauchen, von allem, was er mir über Geirs gestohlenes Schwert sagen konnte. Davon, wie er mir erzählte, er habe bereits auf jemanden wie mich gewartet, und wie er mich bat, den Fußbeißer an mich zu nehmen.

Ein wenig von der gespannten Neugier löst sich während meines Berichts aus Vidars Zügen.

Anja starrt den Fußbeißer in seinem Holzbehälter mit offenem Mund an.

Selbst Yuna hat für den Moment ihre sonst so übliche freundlich kühle Beherrschung verloren. »Über tausend Jahre alte Geschichte vor unseren Augen«, murmelt sie heiser, ihren Blick auf das Schwert geheftet. »Wir können sie anfassen.«

»Machen wir aber nicht«, ertönt Vidars Stimme altklug hinter ihr. »Korrosion.«

Yuna verdreht ihre Augen, ohne dass er es sehen kann. »Ich weiß.«

»Komarow!«, stößt Anja jäh hervor. Sie schlägt ihre flache Hand neben dem Behälter auf die Tischplatte. »Na klar! Warum hat es nicht gleich bei mir geklingelt?«

»Sag bloß, du kennst ihn«, sagt Vidar.

»Ich glaube schon. Er hat Geir einmal besucht, im ersten Jahr, als ich hier gewohnt habe. Das muss passiert sein, als du mit deiner Band in Finnland auf Tour warst. Aber damals hatte er einen anderen Vornamen …« Sie runzelt die Stirn. »Sergei? Ja, so hieß er, ein Russe namens Sergei Komarow.«

»Dann hat er offenbar seinen Namen geändert, als er in die Kirche eingetreten ist«, sage ich. »Und für einen engen Freund aus seiner Kindheit wie Geir blieb er weiterhin Sergei.«

Vidar verzieht das Gesicht. Es ist deutlich, dass ihm der Gedanke nicht gefällt, als alter Freund von Geir selbst nie von diesem Diakon gehört zu haben.

»Die beiden haben sich eine ganze Nacht lang besoffen«, fährt Anja fort, deren Erinnerung jetzt durch den Namen von Geirs russischem Freund befeuert wurde. »Ein paar Stunden habe ich durchgehalten, dann habe ich die beiden ihrem Schicksal und einem mächtigen Kater am nächsten Morgen überlassen. Ich kann mich kaum noch daran erinnern, wie er ausgesehen hat, aber die beiden haben sich weniger wie gute Freunde aufgeführt, sondern mehr wie Brüder, das weiß ich noch. Wie Brüder, die sich immer nahegestanden haben, die sich aber lange nicht gesehen hatten.«

»Dass er dieses Schwert tatsächlich gestohlen hat!«, murmelt Vidar, der offenbar kaum zugehört hat. Er klingt beinahe ehrfürchtig. »Und es nie hergeben wollte. Unter seiner verschlossenen Oberfläche hat es ganz schön gebrodelt.«

»Er hat einen hohen Preis dafür gezahlt, es als sein Eigentum zu behalten«, sage ich. »Jetzt ist es an der Zeit, es der Öffentlichkeit zu überlassen. Sie hat ein Anrecht darauf, und auf die Art kann die Polizei hoffentlich seine Mörder finden – und den Mann, für den sie arbeiten.«

Anjas Miene wird hart. »Diesen *Sammler*. Dem eine Falle zu stellen, wird bestimmt nicht einfach.«

»Vielleicht einfacher als du denkst«, entgegne ich. »Jemand, der so besessen davon ist, etwas zu besitzen, wird hoffentlich unvorsichtig, wenn es endlich direkt vor seiner Nase hängt.« Bei dem Gedanken, dass der Sammler von der Polizei bei einer fingierten Geldübergabe verhaftet wird, spielt ein grimmiges Lächeln um meinen Mund, das aber sofort verschwindet, als ich sehe, wie Anja, die ihre Umhängetasche auf der Küchenbank geöffnet hat, ihre digitale Spiegelreflexkamera hervorzieht und den Objektivdeckel abnimmt.

»Moment mal«, sage ich. »Was wird das?«

»Was glaubst du wohl?«, gibt Anja zurück, ohne mich anzusehen. Ihr Blick ist auf das Display der Kamera gerichtet. »Ich fotografiere das Schwert, bevor wir es der Polizei übergeben.«

Ich strecke meine Hand aus und halte sie waagrecht zwischen ihr Objektiv und den Fußbeißer. Anja, die sich über den Tisch gebeugt hat, hebt den Kopf und sieht mich irritiert an. »Was soll das?«

»Mach kein Foto davon«, sage ich.

»Warum denn nicht? Jetzt nimm schon deine Hand da weg!«

»Ich meine es ernst, Anja: Mach kein Foto von dem Schwert. Ich hab kein gutes Gefühl dabei.«

»Was meinst du damit?«, will Vidar wissen. »Ist doch kein empfindliches Gemälde. Der Blitz kann dem Metall nicht schaden.«

Ich schüttle energisch den Kopf. Wie soll ich ihnen erklären, dass sich mir mein Magen bei dem Gedanken zusammenzieht, dass Anja ein Abbild dieses Artefakts erzeugt, wegen dem Geir umgekommen ist? Geir, der es aus dem Boden einer Insel mitten in der Nordsee gewühlt hat, ohne zu ahnen, dass es sein Schicksal bestimmen würde.

Oder ahnte er es, in jener Nacht, und stahl es trotzdem?

»Das meine ich nicht«, höre ich mich sagen. »Das Schwert hat einen Namen, und keinen schönen. In der isländischen Saga ist ein gleichnamiges Schwert mit einem Fluch belegt: Das zu töten, was man am meisten liebt. Je weniger wir mit diesem Ding zu tun haben, desto besser.«

»Sag mal, spinnst du?«, schnappt Anja. Ihr Blick blitzt mich verärgert über den Rand ihrer erhobenen Kamera an. »Das ist doch Esoterikgewäsch! Falls du's noch nicht gemerkt hast: Ich mache Fotokunst. Und das da ist ein Wahnsinnsmotiv! Also nimm verdammt noch mal die Hand weg!«

»Ich weiß, was sie meint«, sagt Yuna langsam. »Meine Tante, die in Japan lebt, würde sagen, dass das Schwert *kami* hat. Es ist schwierig, das Wort zu übersetzen«, fügt sie schnell hinzu, als sie unsere Blicke erwidert. »Es gehört zum Shinto-Glauben. *Kami* kann der Geist eines Ahnen oder ein Naturgeist sein, oder einfach etwas, das starke Gefühle in einem hervorruft. Darum können auch Gegenstände *kami* sein, Dinge, die eine starke Ausstrahlung haben. Ein Bild, das einen zum Weinen bringt, zum Beispiel.« Sie deutet auf den Fußbeißer in seinem Holzbehälter. »Ich würde den Deckel schließen und das Schwert in Ruhe lassen. Hinter einer Vitrine in einem Museum ist es am besten aufgehoben.«

Anja senkt ihre Hände, die ihre Kamera festhalten. Ihre verärgerte Miene gilt nun ganz ihrer Partnerin. »Danke für deine Unterstützung!«, stößt sie bitter hervor. »Wie wäre es, wenn du dich ab und zu auch mal auf meine Seite stellen würdest, hm?«

Abrupt dreht sie sich um und stürmt, immer noch die Kamera in den Händen, aus der Küche.

Yuna blickt ihr bestürzt hinterher. »Jetzt warte doch, Anja! Was willst du eigentlich von mir?«

Sie antwortet ihr nicht. Vidar blickt kopfschüttelnd die halboffene Tür an. Anjas Schritte auf dem Flur gehen im plötzlichen Summen meines Handys unter. Die Nummer ist unterdrückt. Ich zögere einen Moment, dann nehme ich den Anruf an.

»Ich bin es, erinnern Sie sich? Im Storsenter?«

Ich erkenne die Stimme schlagartig wieder, und mit ihr dringen die Gerüche des Einkaufszentrums in mein Gedächtnis vor, Gerüche von Deodorants und Aftershaves, neuer Kleidung, Schweiß und Kaffee. Ich erinnere mich daran, wie die Frau dicht vor dem Vorhang der Umkleidekabine stand.

»Hallo?«

»Ja«, sage ich schnell, »ja, ich erinnere mich. Wie sind Sie an diese Nummer gekommen?«

»Ich muss Sie sprechen. Es ist wichtig, bitte! Ich bin vor dem Haus.«

Die Verbindung reißt ab. Sie muss das Gespräch beendet haben. Vidar, der meine aufgeregte Miene beobachtet hat, legt den Kopf schief. »Was ist los? Wer war das?«

»Die Frau, die mich im Storsenter vor dem Sammler gewarnt hat«, erwidere ich. »Sie sagt, dass sie draußen steht und mit mir sprechen will.«

»Ist das ein Trick?«, fragt Yuna misstrauisch »Rufen wir die Polizei. Du hast das Schwert gefunden, das ist mehr als genug. Um alles andere sollen die sich kümmern.«

Vidar nickt energisch. »Yuna hat recht. Wenn die Polizei Geirs Mörder wegen deiner Hilfe fasst, ist uns sein Bruder bestimmt dankbar. Das wollten wir doch. Rufen wir die Polizei.«

»Wartet noch einen Moment damit«, wende ich ein. »Sie klang so, als hätte sie richtig Angst. Ich will wissen, warum sie hier ist.«

»Und wenn es eine Falle ist?«, gibt Vidar zu bedenken.

»Wir haben doch immer noch Kommissarin Andersen vor dem Haus parken, oder nicht?«

Yuna eilt zum Fenster und blickt auf die Straße hinaus. Sie hebt den Daumen. »Ja, ich kann den Polizeiwagen sehen. Er hat den Eingang genau im Blickfeld. Aber ich sehe keine Fr… doch, da ist sie ja, auf dem Fahrersitz. Sie ist alleine.«

»Steht jemand vor dem Haus?«, frage ich.

Sie runzelt die Stirn und beugt sich etwas weiter vor, bis ihre Stirn fast die Scheibe berührt. »Ja, da steht jemand auf der anderen Straßenseite in einem Hauseingang und schaut zu uns hoch. Eine Frau, glaube ich. Sie hat eine Wollmütze auf.«

»Ich gehe runter«, sage ich, »aber nicht nach draußen. Wenn Sie mir etwas sagen will, dann soll sie's auf der Türschwelle tun.«

»Also gut«, sagt Vidar. Mir liegt auf der Zunge, ihm zu entgegnen, dass es meine Entscheidung ist und nicht seine, ob ich nach unten gehe. Aber ich will wissen, was die Frau mir zu sagen hat, und ich erwidere nichts weiter, weder ihm noch Yuna, und wende mich zur Tür. Die Klinke in der Hand, drehe ich mich zu den beiden um. »Passt auf das Schwert auf.«

Vidar schiebt sofort den offenen Deckel wieder zurück und bedeckt den Behälter mit dem roten Samtstoff, als könne er ihn damit unsichtbar machen. Ich gehe durch den Flur, schnappe mir meinen Mantel vom Haken in der Garderobe und trete ins dunkle, kalte Treppenhaus.

Ich schalte die Beleuchtung ein, die endlich wieder funktioniert. Die milchige Kugel an der Decke wirft ein trübes Licht auf die Stufen. Ich ziehe die Haustür auf und sehe, wie eine Gestalt über die Straße huscht und mit schnellen Schritten auf mich zukommt. Ja, es ist die Frau, die mich im Storsenter vor dem Sammler gewarnt hat.

»Sie erinnern sich an mich, oder?«, stößt sie kurzatmig hervor, als hätte sie mir nicht gerade eben übers Handy dieselbe Frage gestellt.

Ich nicke langsam. »Ja«, sage ich, »ja, natürlich erinnere ich mich.«

Erst jetzt kann ich ihr Gesicht zum ersten Mal genauer betrachten. Es ist rund, die Wangen so pausbäckig, als hätte sie Essen im Mund, mit winzigen Schatten auf der blassen Haut, kaum sichtbaren Erinnerungen an lang vergangene Teenager-Akne, und einem kleinen, fest vorgeschobenen Kinn mit einer tiefen Falte dicht unter dem Mund.

Sie blickt unruhig über die Schulter zurück. »Kann ich reinkommen? Ist verdammt kalt hier draußen.«

Ich zögere einen Moment. Eigentlich will ich sie nicht ins Haus lassen. Aber sie ist alleine, und ich denke, dass ich mit ihr fertig werde, wenn sie versuchen sollte, mir Probleme zu machen.

Ich trete zur Seite. »Sie können mir hier im Treppenhaus sagen, was Sie zu sagen haben.«

Sie nickt knapp und tritt über die Schwelle. Ich lasse die Tür hinter ihr ins Schloss fallen.

»Ich wollte das alles nicht«, sagt sie unvermittelt, ohne mich anzusehen, als würde sie mit dem Boden sprechen. »Ich hab ihnen von Anfang an gesagt, dass sie sich mit diesem Sammler überheben. Aber sie haben nicht auf mich hören wollen!«

»Ich verstehe«, sage ich, obwohl ich nur langsam begreife, und mir nicht sicher bin, ob ich die richtigen Schlüsse ziehe. Aber das muss sie nicht wissen. »Sie gehörten zu den Freunden von Geir, die damals den Silberhort auf Sanday gefunden haben, nicht wahr?«

Sie prallt zurück, als hätte ich ihr mit dem flachen Handrücken ins Gesicht geschlagen. »Woher wissen Sie das?«

Treffer. Ich gehe nicht auf ihre Frage ein. Solange ich das Überraschungsmoment habe, besteht eine größere Chance, dass sie meine Fragen beantwortet. »Sie haben sich alle drei über die schottische New-Age-Community kennengelernt und sich gegenseitig an nordischer Mythologie besoffen. Muss Sie schwer beeindruckt haben, einen norwegischen Asatru zu treffen, der sich mit den Sagas auskannte, nicht wahr?«

Etwas zuckt in ihrem Gesicht. Ein weiterer Pfeil, der nicht völlig ins Blaue geschossen war und sein Ziel getroffen hat. Ich hatte Geir noch erlebt, und Vidar hatte mir erzählt, was für eine einnehmende Anführerpersönlichkeit er gewesen war. »Mit Ihnen dreien hat er damals die freigelegte Wikingersiedlung beraubt.«

Sie wendet sich halb zur Tür um, und für einen Moment glaube ich, dass sie vor mir fortlaufen will. Aber dann lässt sie ihre Schultern hängen, und ich ahne, dass sie mit mir reden wird.

»Hat Geir es Ihnen erzählt?«, fragt sie mich mit tonloser Stimme, den Blick wieder zu Boden gerichtet.

Ich schüttle den Kopf. »Nein. Zum hundertsten Mal: Er hat mir gar nichts erzählt. Was ich weiß, das weiß ich von einem Freund, dem er sich anvertraut hat. Dem Einzigen in all den Jahren.«

Sie schnaubt leise durch die Nase. »Der alte Geheimniskrämer. Wussten Sie, dass er es war, der uns dazu gedrängt hat, die Siedlung abzusuchen, bevor die Archäologen kommen würden? ›Das ist unsere Chance‹, hat er gesagt. ›Wir werden die Ersten sein, die diese Siedlung zu sehen bekommen, seit tausend Jahren!‹«

Jetzt blickt sie mich direkt an, ihre dunklen Augen sind weit offen und starr. Ich weiß nicht, was es ist, das in ihr ein Ventil geöffnet hat, so dass all dies aus ihr herausströmt. Vielleicht war es der Schock, so unvermittelt auf den Hortraub auf Sanday angesprochen worden zu sein. Ich will sie nicht unterbrechen. Soll ihr Redestrom weiterfließen.

»Es ging erst gar nicht darum, etwas zu stehlen«, sagt sie. »Nicht am Anfang. Wir wollten etwas *finden*, das war der Unterschied. Etwas in den Händen halten, das den Wikingern gehört hat.« Sie verzieht das Gesicht und schüttelt den Kopf, als ärgere sie sich über eine Erinnerung. »Ich bin auf der Hauptinsel der Orkneys aufgewachsen. Da gibt es ein privates Museum, das betreibt ein Bauer, der auf seinem Grund und Boden ein Ganggrab aus der Steinzeit gefunden hatte. Jahrelang haben sich keine Wissenschaftler um den Erhalt der Stätte gekümmert, also hat er es selbst gemacht. Wenn Sie das Museum besuchen, können Sie einen Menschenschädel in die Hand gedrückt bekommen, wenn Sie Glück haben und nicht zu viele Besucher da sind. Sie können Geschichte *fühlen*. Das ist es, was wir wollten. Genau das.

Sogar noch als wir das Hacksilber gefunden haben, sind wir am Anfang einfach nur begeistert darüber gewesen. Wir hatten tatsächlich Erfolg gehabt, wir hatten etwas aufgespürt. Ein Zeugnis der Geschichte war direkt vor uns, nicht nur irgendwas, das wir mal in einem Buch über Wikinger gelesen hatten, sondern etwas zum Anfassen. Jemand hatte vor so langer Zeit an diesem Ort gelebt und sein ganzes Vermögen unter der Feuerstelle begraben.«

Sie hält kurz inne und ihr Mund wird schmal, während sie stirnrunzelnd an mir vorbeiblickt. »Aber dann haben wir das verdammte Schwert gefunden. Und das hat alles verändert. Geir wollte es auf keinen Fall da im Boden liegenlassen. Hat uns richtig angesteckt mit seiner Begeisterung. Also haben wir es mitgenommen, und das Hacksilber auch. Man hat uns natürlich verdächtigt – vier komische Hippietypen, von denen drei keine Einheimischen waren, und die einen auf naturreligiöse Bauern gemacht haben, klar hatte die Polizei ein Auge auf uns. Aber sie konnten uns nie etwas nachweisen, und wir hatten den Hort gerade zu Beginn der Touristensaison gefunden, was die Zahl der Verdächtigen erhöhte. Wir waren schlau und ließen uns fast zwei Jahre Zeit, das Hacksilber zu verkaufen.

Aber als es daran ging, das Schwert zu Geld zu machen, wollte Geir es nicht hergeben. Er hat gesagt, dass wir es ohne ihn noch nicht einmal geborgen hätten. Er hat immer von ›bergen‹ gesprochen, nie von stehlen. Eigentlich haben wir das alle nicht. Wir haben uns nie als Diebe gesehen. Wir waren Schatzsucher.

Schließlich haben wir uns darauf eingelassen, dass er sein kostbares Schwert behielt, dafür haben wir uns seinen Anteil an dem Hacksilber genommen. Einer von uns hatte ein paar Kontakte zu einem Händler von antikem Schmuck, und der hat uns das Silber unter der Hand abgekauft. Wir haben gewusst, dass wir nur mit einem Bruchteil des Geldes abgespeist wurden, das unser Silber auf dem Schwarzmarkt erzielen würde. Aber da wir sonst keine Kontakte hatten, konnten wir nicht wählerisch sein.

Wann immer wir Geir auf das Schwert angesprochen haben, ist er komisch geworden. So, als ob er sich Sorgen gemacht hätte, wir würden ihn dazu überreden wollen, es doch noch zu verkaufen und das Geld zu teilen. Schließlich ist er wieder zurück nach Norwegen gegangen, und wir haben den Kontakt zu ihm verloren. Wir drei haben weiter auf den Orkneyinseln und später an der Westküste von Schottland zusammengelebt, ein paar Jahre lang. Niemand ist unserem Diebstahl je auf die Spur gekommen. Wir haben als Selbstversorger einen alten Bauernhof in der Nähe von Oban bewirtschaftet. Haben Schafe und Hühner gehalten und sind einige Zeit ganz gut zurechtgekommen.« Mit ihren letzten Worten ist ihr starker Akzent etwas weicher geworden, und ihr Blick geht an mir vorbei, blickt auf etwas, das nur sie sehen kann. »Das war eine gute Zeit«, sagt sie etwas leiser, wie zu sich selbst. »Schöne Erinnerungen, obwohl Geir damals schon nicht mehr mit uns gewohnt hat.«

Ich muss an das denken, was Diakon Cyril gesagt hat. »Hatten Sie etwas miteinander?«, frage ich sie geradeheraus.

Erneut blickt sie mich überrascht an. »Sie meinen Geir und ich? Anfangs schon. Später nicht mehr. Die beiden anderen … sie sind so was wie Familie. Ja, Familie.« Sie blickt mich an, das Kinn leicht erhoben, als fordere sie mich heraus, ihr etwas zu erwidern, aber ich antworte nicht, und nach einer Sekunde fährt sie fort. »Im Lauf der Zeit ist es nur immer schwieriger geworden, den Hof zu behalten. Also sind die beiden Jungs auf die Idee gekommen, einen Käufer für das Schwert zu finden und Geir zu besuchen, um ihn zu überreden, es zu verkaufen.«

»Obwohl völlig klar war, dass er es nicht hergeben würde?«, frage ich skeptisch. »Ich kann mir nicht vorstellen, dass der Plan Erfolg gehabt hätte. Was ich eher glaube ist, dass sie beiden da schon vorhatten, Geir den Fußbeißer zu stehlen.«

Die Miene in dem kleinen runden Gesicht der Frau vor mir wird wieder hart, der Blick dunkel und die Lippen schmal. »Ich hab damit nichts zu tun haben wollen!«, stößt sie mit einem Mal erregt hervor. »Ich hab ihnen gleich gesagt, dass der Mann, den sie im Dark Net kontaktiert hatten, irgendwie unheimlich ist. Aber die beiden Idioten wollten nicht auf mich hören. Sind mit ihren letzten Ersparnissen nach London gefahren und haben ihn getroffen. Er hat ihnen erzählt, er würde im Auftrag von jemandem arbeiten, einem Sammler von antiken Fundstücken. Und dass er ganz besonders an einem Schwert aus der Wikingerzeit interessiert sei. Als die beiden ihm erzählt haben, dass sie ein Schwert mit einem eingeritzten Namen gefunden hatten, ist der Sammler sofort hellhörig geworden. Sie haben Geld bekommen, sollten nach Oslo fliegen und Geir ein Geschäft vorschlagen. Er hat natürlich nein gesagt. Das war im letzten Herbst. Aber dieser Sammler ist keiner, der sich mit einem Nein zufriedengibt.«

»Woher wissen Sie das?«

Sie schnaubt, als hätte ich eine besonders dumme Frage gestellt, und lehnt sich wie erschöpft von dieser kurzen Gefühlsregung gegen die kalte Treppenhauswand. »Sie haben doch selbst erlebt, was mit Ihnen passiert ist.«

Ich antworte nicht. Meine Miene ist für den Moment wie eingefroren.

»Weil er diesen Typen für sich arbeiten lässt. Er heißt Harner, so hat er sich jedenfalls vorgestellt. Sieht aus wie ein Manager oder ein Anwalt, mit seinem geschniegelten Anzug und seinem feinen Auftreten. Aber der ist eiskalt. Rory hat mir erzählt, was er mit Ihnen gemacht hat.«

»Rory?«

Sie beißt sich auf die Unterlippe und verzieht das Gesicht, verärgert über sich selbst, dass ihr der Name herausgerutscht ist. Ich frage mich, welcher der beiden Einbrecher den Namen trägt – derjenige, der mir ein Messer an die Kehle gesetzt hatte? Der mit Geir um die Pistole gekämpft hatte?

»Warum kommen Sie mit all dem zu mir?«, will ich wissen. »Warum wenden Sie sich nicht an die Polizei? Anonym von mir aus?«

»Haben Sie nicht zugehört?«, schnappt die Frau mit lauter Stimme und stößt sich wieder von der Wand ab. »Ich habe keinen Namen von Harners Auftraggeber! Und mit den beiden will ich mich auf keinen Fall anlegen, nicht mal anonym. Harner und der Sammler, das sind Fanatiker. Die glauben an die nordischen Götter, aber die sind so weit weg von uns anderen Asatru wie die Jim-Jones-Sekte von Baptisten. Harner geht über Leichen, das kann man ihm ansehen. Und außerdem hab ich keine Lust, dass die Polizei mich und meine … meine besten Freunde in die Pfanne haut, wegen dem Tod von Geir und wegen dem gestohlenen Hort.« Mit bitterer Miene schüttelt sie den Kopf. »Das verdammte Schwert! Das hat uns nur Unglück gebracht.«

»Das alles hätten Sie mir auch schon vor ein paar Tagen erzählen können«, lasse ich nicht locker. »Ohne die ganze Geheimnistuerei im Storsenter. Warum jetzt, ohne den Mantel-und-Degen-Kram?«

»Weil dieser Harner inzwischen weiß, dass Sie den Fußbeißer gefunden haben.«

Dieser einzige Satz entzündet meine Besorgnis zu Angst. Unwillkürlich zuckt mein Blick zur geschlossenen Haustür. Aber hinter den quadratischen Scheiben im oberen Drittel des Türblatts ist nichts als Dunkelheit zu sehen, kaum merklich erhellt vom Licht der Straßenlaternen.

»Blödsinn«, ist alles, was ich herausbringe. Ich kann selbst hören, wie wenig überzeugt ich klinge. »Ich habe das Schwert nicht –«

»Sie haben es heute Nachmittag in dieses Haus gebracht«, unterbricht mich die Frau, die mir immer noch nicht ihren Namen verraten hat. »Harner ist gut darin, nicht gesehen zu werden, wenn er nicht will. Sehr gut. Er hat mit dem Sammler telefoniert, und der hat sich völlig außer sich vor Begeisterung angehört. Die werden jetzt aufs Ganze gehen, verlassen Sie sich darauf.«

Und das alles wegen eines von Rost halb zerstörten Stück Eisens. Ich weiß nicht, ob ich lachen oder aufstöhnen soll.

»Woher wissen Sie das alles?«

»Weil Harner und wir im selben Hotel untergebracht sind«, erwidert sie. »Er wollte uns nah bei sich haben, für alle Fälle. Aber ich bin jetzt raus. Ich hab mir lange genug mit angesehen, wie meine beiden Freunde sich immer mehr in die Scheiße geritten haben, und mich gleich mit. Ich kenne die zwei mein halbes Leben lang, aber ich lass nicht zu, dass sie noch mehr Leute ins Unglück stürzen, so wie Geir.« Ihre Stimme bricht. »Verdammt noch mal, wir waren mal die besten *Freunde*! Rory, John, Geir und ich waren – wir waren so eng verbunden, wie sich das kaum jemand vorstellen kann, der nicht mit dabei war! Wir waren ein *Stamm*!«

Bei dem Wort läuft es mir kalt über den Rücken. Ich bin 1800 Kilometer von meinem Volk am Polarkreis entfernt, aber hier ist er wieder, der Schatten klebriger, kranker Familien- und Verwandtschaftssituationen. Er reicht an jeden Ort, weil er überall anzutreffen ist, und besonders in Gegenden, in denen Menschen verzweifelt versuchen, in der Abgeschiedenheit zusammenzurücken.

Ein paar alternative Hippies und Anhänger einer Naturreligion vögeln einander auf einer windigen Insel irgendwo vor der Küste Schottlands und ertragen einander nach ein paar Jahren mehr, als sich zu lieben. Familien von Rentierzüchtern in meiner Nachbarschaft ketten sich mit Bibel und Tradition aneinander, im Angesicht von Schimpfwörtern, wegen denen es vielen Älteren noch immer schwerfällt, zu sagen, dass sie Samiblut haben, und bilden eine ungesunde Mauer aus gegenseitiger Abhängigkeit nach außen. Und alle nennen sie es stolz *Stamm*.

Ein gepresst klingender, dumpfer Knall reißt meine Gedanken ab, während er sie noch zu unterstreichen scheint. Der Kopf der Frau vor mir ruckt schlagartig nach hinten und prallt hart gegen die Hauswand, so dass ihre Wollmütze verrutscht und ihr rotblondes Haar darunter sichtbar wird. An ihrer rechten Schläfe klafft dicht unter dem Stoffrand ein hässliches Loch, aus dem rasch Blut hervordringt. Glänzend und dunkel läuft es über ihre Wange. Die Beine knicken unter ihr weg, und sie rutscht an der Wand zu Boden.

Der Geruch einer abgefeuerten Waffe steigt mir so scharf in die Nase, dass er mein Hirn gänzlich ausfüllt. Für mehrere Sekunden kann ich nichts weiter tun, als mich schwankend abmühen, auf den Beinen zu zu bleiben, während Panik wie ein feuriger Wind über mich hinwegrollt.

Die Frau am Boden, deren Namen ich immer noch nicht kenne, rührt sich nicht mehr. In meinem Rücken, vom Hinterausgang des Treppenhauses her, höre ich Schritte, die sich mir nähern.

27

Mit aller Willenskraft, die ich aufbringen kann, drehe ich mich um. Aus den Schatten, am Rand des Lichtkegels, den die Treppenhausbeleuchtung wirft, tritt ein junger Mann in einem Wintermantel aus tiefblauem Tweed. Einzelne Schneeflocken glänzen in seinem perfekt gescheitelten dunklen Haar. In seiner Rechten hält er eine Schusswaffe, deren Mündung auf mich gerichtet ist. Ihr Lauf sieht eigenartig lang und am Ende verdickt aus, und in meiner Aufregung brauche ich einen Moment, bis mir klar wird, dass ich auf einen Schalldämpfer starre.

»Schreien Sie nicht und keine schnellen Bewegungen«, höre ich eine Stimme sagen. Schlagartig überfluten Erinnerungen meinen Verstand: die Gerüche des Transporters, in dem ich festgehalten wurde, der Druck des Messers, von dem ich überzeugt war, es würde mir die Fußsehne durchschneiden, die Stimmen der drei Männer im Dunkel hinter meinen verbundenen Augen, und besonders diese eine Stimme.

So sieht er also aus. Es läuft mir kalt über den Rücken. Er wirkt kaum älter als ich, mit der Ausstrahlung eines Managers oder eines Anwalts. Aber selbst, wenn er keine Waffe auf mich gerichtet hätte, würde der Blick hinter den Gläsern seiner Hornbrille ihn dennoch verraten. Teurer Anzug und geschäftsmäßiges Auftreten hin oder her – er ist ein Raubtier, wie der Mann, für den er arbeitet.

»Warum haben Sie …«, meine eigene Stimme versagt mir. Nur mit Mühe schaffe ich es, den Satz zu beenden. »Das war nicht nötig. Sie wollte doch …«

»Kathy Tait war ein loses Ende«, unterbricht Harner mich. »Jetzt machen Sie genau, was ich sage. Haben Sie Ihr Handy zur Hand?«

»Ich … was?« Mein Blick irrt von dem Mann wenige Meter vor mir am anderen Ende des Treppenhausflurs zu der Frau am Boden, die für mich erst im Tod einen Namen erhalten hat. Er klingt noch immer in meinem Gedächtnis nach. *Kathy Tait.*

»Konzentrieren Sie sich!«, sagt Harner scharf, und ich muss mich zusammenreißen, um ihn angesichts der grotesken Absurdität seines Befehls nicht anzuschreien, dass mir das mit dem Körper einer Toten zu meinen Füßen und einer auf mich gerichteten Schusswaffe nicht gerade leichtfällt.

»Haben Sie ein Handy bei sich?«, wiederholt er seine Frage.

Ich schaffe es, zu nicken.

»Holen Sie es heraus und rufen Sie Ihre Freunde oben im Haus an. Aber sagen Sie Ihnen nicht, dass ich hier bin.«

Meine Hand, die ich bereits in die Hosentasche gesteckt habe, hält inne. »Ich … ich werde niemanden von ihnen in Gefahr bringen. Auf keinen Fall.«

Im matten Licht des Treppenhauses glaube ich zu sehen, wie sich ein Hauch von Amüsiertheit in seine kühle Miene mischt. »Glauben Sie mir, wenn ich Ihre Freunde umbringen wollte, würde mich nichts daran hindern, Sie jetzt zu erschießen und dann nach oben zu gehen, um den Job zu erledigen.« Er hält kurz inne, wie um sich der Wirkung seiner Worte auf mich zu versichern. »Aber das will ich nicht. Ich will, dass einer von ihnen mit dem Fußbeißer nach unten kommt. Nur bis zur Treppe. Er soll Ihnen das Schwert geben und wieder nach oben gehen. Wenn er nicht macht, was ich sage, oder wenn er die Polizei verständigt, erschieße ich Sie. Verstanden?«

Ich schlucke hart. Die gähnende Mündung der auf mich gerichteten Waffe mit dem Schalldämpfer ist ein bodenloses Loch.

Mit einiger Mühe gelingt es mir, meine Starre zu durchbrechen und zu nicken.

»Okay, dann machen Sie jetzt den Anruf.«

Ich ziehe das Handy hervor und rufe Vidar an. Er ist der Erste der drei im Stockwerk über mir, der mir sofort in den Sinn kommt.

»Was gibt's?«, meldet er sich sofort.

»Stellen Sie den Anruf auf laut«, sagt Harner.

Ich tippe auf das Display, und Vidars Stimme hallt leicht verzerrt durch den Flur. »…llo? Was gibt's? Ist alles in Ordnung?«

»Hör zu, Vidar«, sage ich und bemühe mich, so gefasst wie möglich zu klingen, aber es gelingt mir nicht wirklich. »Bring das Schwert zu mir. Jetzt gleich. Es ist wichtig.«

»Verdammte Scheiße, es ist irgendwas passiert, oder? Ich ruf die Polizei.«

»Nein!« Meine Stimme hallt schrill durchs Treppenhaus. Unwillkürlich irrt mein Blick zu Harner, der seine Schusswaffe ein wenig angehoben hat, wie um mich daran zu erinnern, dass sie auf mich gerichtet ist – als ob ich das auch nur einen Moment lang vergessen könnte! »Keine Polizei! Bring den Fußbeißer zu mir ins Treppenhaus.«

»Nicht, bevor du mir nicht gesagt hast, was hier los ist.«

Verzweifelt starre ich Harner an. Er nickt kaum merklich.

»Der Sammler weiß, dass wir ihn haben«, sage ich.

Eine lange Pause entsteht. »Wirst du bedroht?«, fragt Vidar schließlich.

Ich atme tief durch. »Ja. Hör zu, bring mir einfach das Schwert. Das ist alles, was die wollen.« Ich versuche krampfhaft, nicht an die Tote neben mir zu denken.

»Okay.« Er hört sich fest und bestimmt an. Im Hintergrund fragen ihn Yuna und Anja etwas, das ich nicht verstehen kann, aber er geht nicht darauf ein. »Ich komm runter.«

»Und keine Polizei!«, füge ich hinzu. Erneut nickt Harner befriedigt. Die Verbindung reißt ab.

»Jetzt werfen Sie das Handy auf den Boden.«

Ich gehorche. Wir stehen im stillen Hausflur, warten und blicken uns an.

»Tun Sie ihm nichts«, sage ich schließlich mit heiserer Stimme.

»Solange er mein Gesicht nicht sieht, müssen Sie sich keine Sorgen machen.«

»*Ich* habe Ihr Gesicht gesehen. Was ist mit mir?«

»Sie tun genau das, was ich sage, dann bleiben Sie am Leben. Mein Klient ist sehr erpicht darauf, Sie zu treffen. Er will, dass Sie ihm den Fußbeißer selbst übergeben.«

Ich glaube ihm kein Wort. Als sie mich entführt hatten, war es Harner wichtig gewesen, dass ich ihn nicht identifizieren konnte. Dass er mir jetzt so sorglos sein Gesicht zeigt, kann nur eines bedeuten: Er erwartet nicht, dass ich die Begegnung mit dem Sammler überlebe.

Doch bevor ich etwas erwidern kann, geht die Wohnungstür im ersten Stock. Harner wedelt mit seiner Pistole in Richtung Treppe, und ich gehe ein paar Stufen auf Vidar zu. Als ich mich über die Schulter hinweg umblicke, sehe ich den Handlanger des Sammlers am Rand des Lichtkegels stehen. Seine Umrisse und sein ausgestreckter Arm mit der auf mich gerichteten Pistole sind gut sichtbar, aber sein Gesicht liegt in den Schatten.

Vidar kommt mir mit der hölzernen Schachtel in den Händen entgegen. Sein suchender Blick schweift durchs Treppenhaus und fällt sofort auf Kathy Taits Körper am Boden.

»Verdammte Schei-«, beginnt er und will auf sie zustürmen, aber ich stelle mich ihm in den Weg. »Nicht!«, stoße ich hervor. »Bleib, wo du bist! Er hat seine Waffe auf uns gerichtet.«

Er sieht an mir vorbei. Seine Miene versteinert sich, als er im Hintergrund des Flurs die Umrisse von Harners Gestalt wahrnimmt.

»Was will er von dir?«, stößt er hervor.

»Den Fußbeißer. Das ist alles, was er will. Gib ihn mir und geh wieder hoch ins Haus.«

Ich kann ihm ansehen, dass er mit dem Gedanken spielt, mich am Handgelenk zu packen und in Sicherheit zu ziehen. Aber es gibt keine Sicherheit im oberen Stockwerk. Harner hätte uns in ein paar Augenblicken eingeholt, und ich will nicht, dass meinen Freunden etwas passiert.

»Bitte!«, sage ich eindringlich. »Tu genau, was ich dir am Telefon gesagt hab. Gib mir den Fußbeißer und geh zurück. Und keine Polizei.«

Er zögert noch immer, und ein Teil von mir, der sich so gerne von ihm packen und in Sicherheit ziehen lassen möchte, und wenn es nur für ein paar Augenblicke wäre, liebt ihn dafür.

Dann hält er mir die Schachtel entgegen. »Pass auf dich auf«, murmelt er. Sein Gesichtsausdruck ist zerrissen vor Verzweiflung.

Meine Finger schließen sich um den Behälter mit dem Schwert. »Mir passiert nichts, verlass dich drauf. Jetzt geh wieder hoch. Ich komme gleich nach.«

Er blickt erneut zu Harner in den Schatten hinab, die aufgewühlte Miene in seinem hochroten Gesicht eine Mischung aus Wut und Angst. Abrupt dreht er sich um und hastet die Treppe empor. Die Wohnungstür fällt knallend hinter ihm ins Schloss.

»Zeigen Sie mir das Schwert«, höre ich Harner hinter mir sagen.

Er kommt mir am Treppenabsatz entgegen. Ich schiebe den Deckel der Schachtel auf und halte sie so, dass er ihren Inhalt sehen kann. Schweigend sieht er mit regloser Miene auf das Schwert, das in seine Hände zu bekommen seinem Auftraggeber zwei Tote wert war. Doch auch wenn sein Blick für den Moment nicht auf mir ruht, bin ich mir sicher, dass er sofort abdrücken würde, falls ich versuchen sollte, an die Waffe in seiner Hand heranzukommen.

Schließlich sieht er mich wieder direkt an. »Fünf Minuten. Ich gehe davon aus, dass ihr Freund spätestens dann die Polizei verständigt, obwohl Sie ihm eingeschärft haben, sich ruhig zu verhalten. Eher drei Minuten, wenn Ihre beiden Mitbewohnerinnen auf ihn einreden. Bis dahin will ich mit Ihnen in meinem Wagen sitzen, der vor dem Haus parkt. Sie haben jetzt zwei Möglichkeiten: Entweder gehen Sie mit mir, ohne Schwierigkeiten zu machen, oder sie legen die Strecke bewusstlos zurück, weil ich Sie tragen muss. So oder so steigen Sie ein. Wie wollen Sie es haben?«

Bis zu diesem Augenblick war ich vor allem von meiner Angst beherrscht. Aber mit seinen letzten Sätzen, die er so nüchtern ausgesprochen hat, so selbstsicher, in der Gewissheit, dass nichts sein Vorhaben aus dem Gleis bringen kann, hat sich noch ein anderes Gefühl in mir geregt, das sich nun mehr und mehr in den Vordergrund drängt.

Ärger. Hilfloser, aber deswegen nicht schwächer brennender Zorn. Er vertreibt meine panischen Gedanken wie die Sonne den Morgennebel über dem Gras, ein zunehmend scharlachroter Dunst in meinem Verstand.

Anstelle einer Antwort straffe ich mich und gehe, den Behälter mit dem Schwert in beiden Händen, auf die Eingangstür zu. Aus den Augenwinkeln sehe ich, wie Harner mich stirnrunzelnd betrachtet und mir dann, die Pistole in der Hand, folgt. Verdammt, ich muss achtgeben, dass ich mir meinen Zorn nicht anmerken lasse. Er darf nicht misstrauisch werden!

»Gehen Sie direkt zu dem schwarzen Audi rechts am Bürgersteig«, höre ich ihn hinter mir sagen. »Sprechen Sie niemanden auf der Straße an und laufen Sie nicht zu dem geparkten Polizeiwagen. Die Polizistin da drin kann Ihnen nicht helfen.«

Ich drehe mich zu ihm um, eine Hand schon auf der Türklinke. »Haben Sie sie –«

»Sie ist am Leben, keine Sorge«, erwidert Harner. »Ich bin nicht so verrückt, ohne Grund Polizeibeamte umzubringen. Aber ich habe mich um sie gekümmert, bevor ich den Hintereingang ins Haus genommen habe. Sie wird erst in einer Weile wieder aufwachen. Jetzt gehen Sie. Und verhalten Sie sich ruhig.«

Ich ziehe die Tür auf und sehe mich um. Die Straße ist bis auf zwei Frauen in etwa zwanzig Meter Entfernung links von mir leer. Die beiden gehen auf unserer Straßenseite nebeneinander in unsere Richtung, wobei sie sich miteinander unterhalten. Kommissarin Andersens Polizeiwagen parkt noch immer einige Meter links die Straße hinunter, aber die Umrisse der Gestalt hinter dem Steuer sehen reglos aus.

Rechts von mir erkenne ich einen schwarzen Wagen, der am Rand des Bürgersteigs hinter einem roten Toyota geparkt hat. Auf den zweiten Blick bemerke ich die Audi-Ringe an seinem Heck. Ich gehe auf den Wagen zu. Ich weiß nicht, wie ich es mache, ich komme mir vor wie ferngesteuert, mein Inneres ein schreiender Kampf zwischen meiner Angst und hilfloser Wut. Aber irgendwie tragen mich meine Beine vorwärts.

Ein lautes Piepgeräusch ertönt, und die Zentralverriegelung des Wagens entsperrt sich.

»Steigen Sie auf der Fahrerseite ein«, sagt Harner hinter mir.

Ich trete links an den Wagen heran, ziehe die Fahrertür auf und setze mich auf den Fahrersitz, nachdem ich den Behälter mit dem Schwert auf die Rückbank gelegt habe. Die beiden Frauen gehen an uns vorbei, ohne auf uns zu achten, ihre Gesichter einander zugewandt. Gesprächsfetzen wehen zu mir herüber, ehe ich die Tür zuziehe.

»… kannst du echt nicht machen. Du musst ihr reinen Wein einschenken.«

»Ja klar, aber du kennst sie doch. Die …«

Als die beiden vorbei sind, steigt Harner auf der Beifahrerseite ein. Er hält seine Pistole offen in der Hand, ohne sie zu verstecken. In der über der Straße einbrechenden Nacht fällt die Waffe nicht auf. Ein einzelner Autoschlüssel an einem Schlüsselring fällt mir in den Schoß.

»Fahren Sie los. Ich dirigiere Sie. Es ist nicht weit.«

Der Gedanke, dass dieser Mann, der nur einen Finger krümmen muss, um mir eine Kugel in die Schläfe zu jagen, dicht neben mir sitzt, lässt mich fast durchdrehen. Am Rand meiner Wahrnehmung kann ich seinen Atem hören. Ich konzentriere mich darauf, den Schlüssel aufzunehmen und den Wagen zu starten. Meine Hände umklammern das Lenkrad, als wollten sie es zerbrechen, und meine Knöchel schimmern matt weiß vor meinen Augen.

Ich werfe den Rückwärtsgang ein und fahre uns aus der Parklücke. Es sind keine drei Minuten vergangen, seitdem Vidar zurück in die Wohnung gegangen ist.

28

Die nächtliche Stadt gleitet mit blitzenden Lichtern rechts und links an mir vorbei. Hinter der Frontscheibe des Audis eilen zahllose andere Leben auf ihre Ziele für den heutigen Abend zu, die heutige Nacht. Aber ich kann sie nicht erreichen, und sie wissen nichts von mir.

So also muss es sich anfühlen, zu seiner Hinrichtung gebracht zu werden. Harner hat es nicht ausgesprochen, aber dass er sein Gesicht nicht mehr verbirgt, sagt mir alles. Wenn ich versuchen würde zu fliehen, dann würde er mich eiskalt erschießen, so wie er es mit Geirs alter Freundin gemacht hat. Der hat keine Skrupel.

Ich gehe auf den Tod zu, zum ersten Mal in meinem Leben steht er greifbar vor mir, nichts Abstraktes irgendwann in weit entfernter Zukunft, als alte Frau mit achtzig vielleicht, sondern innerhalb der nächsten Stunden, als sich schärfer und schärfer abzeichnende Konsequenz. Ich war so dumm, mich zu überschätzen. Zu glauben, dass ich die Raubtiere auf meiner Spur abhängen könnte. Ich hätte die Polizei verständigen sollen, anstatt dem Fußbeißer selbst nachzujagen. Am Ende hat das Schwert mich auf eine ähnliche Art angezogen wie Geir.

»Da vorne links«, unterbricht Harner meine Gedanken. Ich setze den Blinker und biege ab. Wir nähern uns dem Zentrum und dem Hafen. Es hat angefangen zu schneien. Weiße Flocken wirbeln schwer und nass gegen die Windschutzscheibe, so viele, dass ich den Scheibenwischer auf die höchste Stufe einstellen muss.

Auf eine seltsame Art und Weise beruhigt der Schnee meine aufgewühlten Gedanken. Er ist wie ein alter Bekannter, der von weither gekommen ist, um mir Mut zuzusprechen. Mit einem Mal rührt sich da noch etwas anderes in mir als nur hilflose scharlachrote Wut und Furcht. Starke Wärme breitet sich dicht unter meiner Haut aus, die Hitze von sonnenwarmem Fell, gespannten Muskeln, bereit zum Sprung, Augen, die zielstrebig die Umgebung absuchen, ein Verstand, der einzig auf eine Sache ausgerichtet ist: seine Beute aufzuspüren und zu reißen.

Trotz der Wärme in meinem Inneren höre ich auf zu schwitzen. Nass und kalt klebt mir mein T-Shirt am Rücken. Mein Herzschlag verlangsamt sich. Die Lichter um mich herum nehmen an Strahlkraft zu, die Schneeflocken klatschen wie mit scharfkantigen Ecken gegen das Glas der Windschutzscheibe, jedes Geräusch in meinen Ohren, vom Motorenbrummen bis zum gedämpften Lärm der Großstadt, erhöht schlagartig seine Intensität.

Ich werfe Harner einen Blick aus den Augenwinkeln zu.

Er darf nicht merken, dass ich nicht gebrochen bin. Soll er denken, dass die Angst mich weiter im Griff hat. Ich bin nur eine erjagte Beute, eine Figur auf seinem Spielbrett, die er von Feld zu Feld schiebt, wie es ihm passt.

Das wird nicht reichen, höre ich eine vertraute Stimme in meinem Kopf, und ich beiße mir hart auf die Unterlippe, um keinen Laut von mir zu geben. Die Erinnerung daran, wie Atle sich angehört hat, ist ein schartiges Messer in meinem Verstand. *Klar im Kopf zu sein und eine Möglichkeit zur Flucht zu erkennen, das ist gut und schön. Aber kannst du das tun, was notwendig ist, wenn dich jemand aufhalten will?*

Kannst du alles tun?

Wirklich alles?

»Gleich dort rechts in die Tiefgarage, dann sind wir da«, erklärt Harner. Hinter der Frontscheibe des Wagens recken sich mehrere rechteckige Hochhausblöcke in der schneeumwirbelten Dunkelheit empor. Wir sind ihnen so nahe, dass ich einen Moment brauche, bis mir klar wird, dass es die Barcode-Hochhäuser sind, die ich bisher nur aus der Ferne gesehen habe. Aber es bleibt keine Zeit, sie genauer zu betrachten. Harner dirigiert mich die Passage zu einer Tiefgarage hinab. Seine Hand mit der Pistole ruht auf seinem Schoß, die Mündung auf mich gerichtet.

Ich parke den Wagen im zweiten Untergeschoss. An der Sperrschranke am Eingang benutze ich seinen Ausweis, den er mir mit der freien Hand reicht. Auf dem Ausweis steht tatsächlich »Frederik Harner«. Ob es ein gefälschter Ausweis ist, so falsch wie sein Name, oder ob er wirklich Frederik Harner heißt?

Er ist bereits ausgestiegen und deutet zu einem Fahrstuhl am anderen Ende der nur schwach beleuchteten Halle.

»Dort drüben ist ein Lift. Den nehmen wir. Kommen Sie, und vergessen Sie den Fußbeißer nicht.«

Er lässt mich mit dem Behälter für das Schwert in der Hand vorausgehen. In ein paar Metern Entfernung geht ein Pärchen mit einem kleinen Kind zwischen sich auf ihren geparkten Wagen zu. Ein Teil von mir will jäh ausscheren und die beiden in Smalltalk verwickeln, um dann mit ihnen und ihrem Kind aus der Tiefgarage zu verschwinden. Es einfach darauf ankommen lassen.

Aber mir ist klar, dass Harner nicht zulassen wird, dass ich mich absetze. Er hätte mir den Fußbeißer jederzeit abnehmen können, wenn er gewollt hätte. Seine Aufgabe ist es, mich zu dem Sammler zu bringen, und er würde im Zweifelsfall diese beiden fremden Leute vor ihrem eigenen Kind erschießen, um diesen Job zu erledigen. Ich kann es regelrecht fühlen, wie er sich zwei Schritte schräg hinter mir anspannt, bereit, einzuschreiten, wenn ich irgendetwas versuchen würde. Ich glaube die Mündung seiner Pistole in meinem Rücken spüren zu können, obwohl mich nichts berührt.

Ein paar weitere Schritte, und das Pärchen mit dem Kind befindet sich hinter uns, und vor uns liegt die Lifttür.

Harner drückt einen Knopf, und wir treten ein. Er wendet sich mir zu. In seinem Rücken befindet sich ein Spiegel, und ich stehe vor einem zweiten Harner in einem dunkelblauen Wintermantel. Ich selbst sehe kalkweiß aus, mit riesigen Augen, und ohne irgendwelche Winterkleidung, nur meinem dunkelgrauen Wollpullover. Ich halte den Behälter mit dem Schwert wie eine Puppe an mich gedrückt. Der Gedanke durchzuckt mich, dass ich vor Aufregung nicht einmal darauf geachtet habe, in welchem der zwölf Barcode-Hochhäuser genau wir uns eigentlich befinden. Es ist, als seien wir über den Rand der Welt hinausgeschritten. Das hier ist Niemandsland, wirklich sind nur wir beide und unsere Spiegelbilder in der Liftkabine.

»Jetzt sind wir gleich bei ihm«, sagt Harner. »Er erwartet Sie bereits.«

Ich könnte versuchen, ihm mit der langen Holzschachtel die Waffe aus der Hand zu schlagen. Aber er ist klug genug, nicht zu dicht bei mir zu stehen. Und selbst wenn ich es schaffen würde, könnte ich nicht schnell genug aus dem Lift fliehen. Er hätte mich sofort gepackt, und er ist körperlich stärker als ich.

Ich beobachte, wie er mit der freien Hand eine Keycard in das Tastaturfeld an der Wand neben der Tür einführt. Dann drückt er eine kurze Nummernfolge. Beinahe lautlos beginnt der Lift aufwärts zu sausen. Ich habe kaum einen Ruck verspürt.

»Mein Klient erwartet uns ganz oben«, sagt Harner.

»Hat er auch einen Namen?«, will ich in einem Anflug von Gewagtheit wissen. So kurz vor unserem Zusammentreffen will ich nicht mehr von ihm nur als dem Sammler denken.

Wenn Harner über den Ton meiner Frage oder darüber, dass ich sie gestellt habe, überrascht ist, so lässt er es sich nicht anmerken. »Ich werde Ihnen den Namen, mit dem er der Öffentlichkeit bekannt ist, nicht verraten«, erwidert er. »Aber für heute Abend wird *Mr. Mithothin* ausreichen.«

Trotz der in mir widerstreitenden Mischung aus Panik und Wut muss ich beinahe auflachen. »Mithothin. Ernsthaft?«

Jetzt mustert er mich scharf. Im kalten Neonlicht, das von der Decke der Kabine fällt, glänzen seine Pupillen wie mit dunklem Lack überzogen. »Ich könnte Ihnen noch eine Menge anderer Namen nennen.«

»Daran zweifel ich nicht«, gebe ich zurück. »Fundinn. Geirvald. Bragi. Alles Namen, mit denen der nordische Gott Odin belegt wurde. Oder im Fall von Mithothin sein Stellvertreter.«

Er zieht eine Augenbraue hoch. »Sie kennen die Sagas gut.«

Ich zucke die Achseln. Woher ich den Mut dazu nehme, weiß ich nicht. Der Lift bewegt sich nach oben, und mit jedem weiteren Meter, den er seinem Ziel entgegenfährt, wird mein Kopf klarer. Das Ringen widerstreitender Gefühle in mir hat sich verausgabt und macht mehr und mehr einer kalten Klarheit Platz, die an nichts anderes als an das Notwendige denkt.

»Ich gehe damit nicht hausieren«, erwidere ich. »Aber mein Volk lebt in diesem Land. Natürlich kenne ich seine Sagen und Legenden, genauso wie seine Geschichte. Das Eine lässt sich nicht vom Anderen trennen.«

Ein neugieriger Ausdruck ist in Harners Miene getreten. »Langsam beginne ich zu verstehen, wieso Mr. Mithothin unbedingt wollte, dass Sie ihm das Schwert persönlich übergeben. Ich war mir nicht so sicher, aber er hatte wieder einmal recht.«

»Sie … Sie bewundern ihn, nicht wahr?«

»Mr. Mithothin ist mein Mentor«, sagt Harner. »Er ist ein Visionär. Es gibt nicht viele, die so klar sehen wie er.« Er presst die Lippen zusammen und wirft mir einen schnellen Seitenblick zu, als sei es ihm unangenehm, mit dieser Bemerkung etwas von sich preisgegeben zu haben.

Ein kaum spürbarer Ruck geht durch die Kabine, ein leiser Klingelton ertönt, und die Türen öffnen sich auf einen von kalten Glühbirnen erleuchteten Gang mit kahlen Wänden. Offensichtlich befinden wir uns direkt unter dem Dach. Der Gedanke daran, mich hoch über der Stadt aufzuhalten, lässt mich schwindeln. Harner bedeutet mir mit seiner Pistole, voranzugehen.

Ich trete aus dem Lift und halte nach ein paar Schritten inne. »Als Sie gesagt haben, Ihr Klient würde uns oben erwarten, bin ich nicht vom Dach ausgegangen«, sage ich, angestrengt bemüht, das Gespräch mit dem bewaffneten Mann hinter mir am Laufen zu halten. »Ich dachte, ihm gehört eine Suite im obersten Stockwerk.«

Harner folgt mir aus dem Lift, der sich hinter ihm schließt. »Ihm gehört die gesamte obere Etage dieses Gebäudes«, sagt er, »aber unter fünf verschiedenen Namen. Er will keine Aufmerksamkeit auf sich ziehen.«

»Warum sagen Sie mir das alles?«, frage ich mit gepresster Stimme. Das Herz schlägt mir bis zum Hals, aber ich will verdammt sein, wenn ich mir das anmerken lasse. »Erwarten Sie, dass ich das Gebäude nicht mehr verlasse? Ein Sturz vom Dach vielleicht?«

Er sieht mich an, kühl, aufmerksam, sogar interessiert, aber ohne jedes Mitgefühl, so wie ein Biologe ein Spezimen in einem Reagenzglas betrachten könnte. Dieser Blick lässt eine neue Welle an Panik über mich hinwegrollen, doch ich fühle ihren Ansturm wie aus weiter Ferne. Ich betrachte mich von außen, ein dunkler Schatten füllt meine Gestalt aus, der Umriss eines Raubtiers, das Harner nicht sehen kann, weil es sich nicht zeigen will. Noch nicht.

»Das habe nicht ich zu entscheiden«, sagt er schließlich. »Gehen Sie.«

Wir folgen dem Flur zu einer ausgezogenen Metalltreppe an seinem Ende. Nächtliche Winterluft weht uns kalt in die Gesichter. Schneeflocken trudeln hastig aus einer dunklen rechteckigen Öffnung in der Decke auf die blanken Stufen. Mit zusammengebissenen Lippen steige ich die Treppe hinauf.

Ein eisiger Windstoß erfasst mich, als ich gerade zur Hälfte aus der Öffnung im Dach herausgestiegen bin, und lässt mich erschauern. Ich schwanke, und muss mich am Rand der Öffnung festhalten. Die Kälte des Metalls beißt mir in die Finger. Hinter mir höre ich, wie Harner ebenfalls die Treppe betritt. Ich steige eilig aus der Öffnung heraus und sehe mich um.

Nirgends ist ein anderer Ausweg in Sicht als die Dachluke, durch die ich ins Freie gekommen bin, und durch die nun Harner ebenfalls das Dach erklimmt. Der abendliche Schneefall hat rapide zugenommen, und der aufkommende Wind klatscht mir riesige, nasse Flocken unbarmherzig ins Gesicht. Ich schlinge meine Arme um meinen Oberkörper, der nur von einem Pullover gegen die Kälte geschützt ist.

In einer ruhigen, sternklaren Nacht hätte man von diesem Barcode-Hochhaus aus einen weiten Blick über die hell erleuchtete Stadt, wie sie sich an die Hänge schmiegt, die Oslos Bucht umfangen. Doch in dem aufkommenden Wintersturm hat sich das Dach zu einer grauen Ebene unter einem sich rasch verdunkelnden Himmel ohne Sterne, dafür aber voll tausender und abertausender herabwirbelnder Schneeflocken verwandelt.

In etwa zwanzig Metern Entfernung steht eine Gestalt in einem schweren Wintermantel. Im wilden Schneetreiben vor meinen Augen ist sie nichts weiter als ein dunkler Schemen im Einbruch der Nacht. Trotzdem gehe ich Schritt für Schritt auf sie zu. Er hat einen mehr als ungewöhnlichen Ort für sein Treffen mit mir ausgewählt, aber das Wetter könnte nicht besser zu seinen Plänen passen. Im Augenblick sind wir hier hoch oben über der Stadt vor neugierigen Blicken so isoliert, als befänden wir uns mehrere Stockwerke tief unter der Erde.

Ich bin nur noch gut zwei Meter von ihm entfernt, als ich endlich seine Gesichtszüge sehe und anhalte. Er ist ein etwa sechzig Jahre alter Mann mit vollem, blassem Gesicht. Wenn er noch Haare hat, dann müssen sie kurzgeschoren sein, denn sie sind nicht unter der Uschanka zu sehen, die ihm auf dem Kopf sitzt. Die Ohrlappen hängen herunter und flappen im Wind hin und her. Er stützt sich auf einen Stab, der so lang ist wie er selbst. Zu seinen Füßen liegt etwas Dunkles, Säcke – nein, Körper! Zwei Körper liegen direkt vor ihm am Boden des Dachs. Schnee hat sich schnell auf ihren Schultern gehäuft. Ihre Köpfe sind mir zugewandt, und ich sehe, dass ihre Münder mit breitem, silbergrauem Panzerband geknebelt sind. An Händen und Füßen sind sie gefesselt, ebenfalls mit Panzerband, und sie beben vor Kälte. Keiner von ihnen trägt Winterkleidung.

»Willkommen, Sara Elin Persen.«

Seine volle, tiefe Stimme würde irgendwie angenehm klingen, wenn ich nicht wüsste, wer er ist und was er getan hat. Alles in mir versteift sich. Und was zur Hölle sollen die – Moment mal! Das müssen Geirs alte Freunde sein, die beiden, die bei ihm eingebrochen sind! Vom Panzerband unterdrücktes Schnaufen und Keuchen dringt über den Wind an meine Ohren.

Ich pralle zurück, aber Harners Hand hat meinen rechten Oberarm gepackt und hält mich fest.

»Was soll das?«, stoße ich hervor. Ich würde mich losreißen, wenn ich könnte. Würde versuchen, irgendwohin zu rennen, auch wenn es keinen Ort gibt, an den ich fliehen könnte. Nur dieser Schatten in mir, ruhig und lauernd, lässt mich weiter standhalten.

»Ich wollte dich unbedingt kennenlernen, Sara«, sagt der Mann vor mir. Mithothin, wie Harner ihn vorgestellt hat. »Du bist einen weiten Weg gegangen, von den Rentierrouten deines Volks am Polarkreis bis hierher auf dieses Dach.«

Mühsam versuche ich den Anblick der beiden gefesselten Männer vor mir am Boden zu unterdrücken. »Meine Vorfahren haben lange vor den Ihren hier im Süden gelebt«, höre ich mich sagen. »Wir haben uns nur zurückgezogen.«

Im wirbelnden Schneegestöber glaube ich einen überraschten Ausdruck auf seinem Gesicht wahrzunehmen, dann beginnt er zu lächeln. »Zurückgezogen. Das überrascht mich nicht. Und was denkst du denn, woher ich stamme?«

»Aus Island«, sage ich, ohne zu zögern. Sein Bokmål-Norwegisch, das irgendwie nicht nach Norweger klingt, sondern nach etwas Verwandtem, verrät meinem geschärften Gehör seine Nationalität. Das schmutzige Weiß von nasser Kälte überflutet mein Gehirn, meine Beine geben nach, und ich schwanke, bis Harner mich hart hochzieht, ehe ich direkt vor den beiden gefesselten Männern zu Boden gehe.

Wieder blitzt Überraschung in Mithothins Gesicht auf, aber seine Miene härtet sich, bemüht, sie sich nicht anmerken zu lassen. »Und das, obwohl ich mir Mühe gebe, mir meine nach Fisch stinkende Vergangenheit nicht anhören zu lassen. Die Jahre in Cambridge und Bergen haben sich offensichtlich nicht ausgezahlt.«

Der Wind hat zugenommen, und ich muss meine Stimme erheben. »Was wollen Sie von mir?«, stoße ich außer Atem hervor. »Ihr Lakai hätte mir das Schwert auch einfach abnehmen und mich erschießen können.«

»Das könnte er noch immer. Aber erst will ich mich mit dir unterhalten.«

Er neigt seinen Stab etwas nach vorn, so dass seine Spitze auf mich deutet, und ich erkenne, dass es keine Gehhilfe ist, sondern etwas, das wie eine lange, speerförmige Harpune aussieht. Ihr Schaft besteht bis etwa in Schulterhöhe aus Holz und endet in einem dünnen Stahlspieß mit spitzzulaufendem Widerhaken. Harner hat mich losgelassen und sich neben ihn gestellt. Seine Pistole ist auf die beiden gefesselten Männer gerichtet, die sich vor ihm am Boden krümmen. Einem Teil von mir ist bei dem Anblick schlecht vor Angst, aber die dunkle, kühle Präsenz in mir redet so gefasst, wie es ihr möglich ist, weiter.

»Worüber wollen Sie sich unterhalten, Mr. *Mithothin*? Was soll dieses ganze Pathos? Was für ein Auftritt, in einem Schneesturm auf einem Hausdach, mit ... mit den beiden da.« Ich deute auf die zwei gefesselten, hilflosen Männer. »Fehlt nur noch, dass Sie sich zwei ausgestopfte Raben auf die Schultern setzen, als Hugin und Munin.«

»Reden Sie nicht so respektlos mit ihm!«, zischt Harner scharf, das erste Mal, dass er sich hinter seine kühle Fassade blicken lässt.

Mithothin hebt eine Hand, wie um ihn auszubremsen. Etwas Geringschätziges liegt in seinem Blick. »Eigentlich müsstest gerade du begreifen, warum sich ein Priester eine Robe überstreift. Um in eine Rolle zu schlüpfen, natürlich. Hast du nicht *Psychodrama* studiert?« Er spricht das Wort aus, als hätte er einen schlechten Geschmack im Mund. Widerspruch ist er offensichtlich nicht gewohnt.

Hast gerade etwas über ihn gelernt, höre ich Atles Stimme im schmerzhaft kalten Rauschen des Winds, der über das Dach fegt. *Halt weiter Augen und Ohren offen. Je länger er redet, desto mehr gibt er von sich preis.*

»Aber was ich tue, hat nichts mit einer Rolle zu tun«, fährt er fort. »Ich meine es ernst. Todernst.« Er wendet sich dem Mann neben ihm zu. »Tun Sie es jetzt.«

29

Harner nickt. In einer einzigen fließenden Bewegung deutet sein Arm mit der Pistole auf die beiden vor Mithothin liegenden Männer. Die immer noch mit einem Schalldämpfer versehene Waffe ruckt dumpf knallend viermal in seiner Hand, blitzschnell. Je zwei Projektile schlagen in den Schädeln der beiden Männer ein, die kurz zusammenzucken und dann erschlaffen.

Ich kann mich selbst aufschreien hören. Der Klang gellt mir schmerzhaft laut in den Ohren, gleichzeitig kann ich vernehmen, wie der heulende Wind ihn erstickt. Der Behälter mit dem Schwert gleitet mir aus den Händen und fällt mir vor die Füße. Ich wirble herum und beginne zu laufen. Im Schneetreiben vor mir erkenne ich am Boden schwach die dunkle Öffnung ins Innere des Gebäudes.

Der Schlag gegen den linken Oberarm stößt mich hart vorwärts, so dass ich vornüber stolpere und auf die Knie falle. Aufkeuchend stütze ich mich mit der rechten Hand am Boden ab, um nicht bäuchlings hinzufallen. Mein linker Arm ist wie taub, aber mein Verstand weiß, dass ich von einem Projektil getroffen wurde.

»Kommen Sie zurück!«, höre ich Harner mich anherrschen.

Ich drehe mich um, die Bewegung so langsam wie in Zeitlupe, mein Arm immer noch ein gefühlloser Klumpen, der an meiner Seite herabhängt. Die beiden Männer haben sich nicht vom Platz bewegt.

»Wozu?«, schreie ich über die Schulter hinweg, ohne die beiden anzusehen. »Damit Sie sie sich noch um ein weiteres loses Ende kümmern können? So wie um Geirs alte Freunde?«

»Damit du mir das Schwert überreichst«, sagt Mithothin mit erhobener Stimme. »Gib mir den Fußbeißer, Sara.«

Mein Pullover ist in Schulterhöhe von Blut durchtränkt. Ich versuche meinen linken Arm zu heben, aber es gelingt mir nicht. Bittere Verzweiflung brandet in mir empor.

Behalt einen klaren Kopf!, vernehme ich eine eindringliche Stimme in meinen Gedanken, eine Stimme, die mich inzwischen bis in die Haarspitzen ausfüllt, die Präsenz, die ich *den Tiger* nenne. In meinen Ohren klingt sie ein wenig wie Atle.

Du hast leicht reden. Ich bin auf einem Hausdach in einem Schneesturm, und man hat mich angeschossen.

Sara, du bist angeschossen worden, weil du die Nerven verloren hast. Du bist noch nicht am Ende.

»Tun Sie, was Mr. Mithothin Ihnen gesagt hat!«, unterbricht Harners Stimme die Gedankenfetzen in meinem Kopf. Gleichzeitig setzen die Schmerzen ein. Ich habe das Gefühl, dass mein linker Arm in Flammen steht, die über meine Achselhöhle bis zu meinem Herzen entlangzüngeln. Laut aufstöhnend komme ich schwankend auf die Beine, weil mir nichts anderes übrig bleibt. Der Schnee fegt mir kalt und nass in mein heißes Gesicht.

Wie in Zeitlupe humple ich zurück zu den beiden Männern. Mithothin kann seine gespannte Erwartung kaum noch verhehlen. Er ist über die beiden Toten am Boden hinweggestiegen und steht direkt vor dem hölzernen Behälter am Boden. Der Schnee wirbelt so dicht auf uns herab, dass die lange Schachtel bereits mit einer dünnen Schneeschicht bedeckt ist, als ich mich zu ihr herabbücke. Mit meiner unverletzten Hand schiebe ich den Deckel zur Seite. Dann hebe ich die offene Schachtel mit einer Hand an. Schmerz pocht dumpf in meinem schlaff herabhängenden Arm, während ich mit der anderen Hand den Behälter vor den älteren Mann halte. Er hat gewonnen. Er wollte, dass ich ihm das Schwert bringe, und er hat gewonnen.

Nein!

Noch nicht am Ende. Noch nicht am Ende.

Mithothin scheint mich ganz vergessen zu haben. Regelrecht zärtlich streicht er mit seiner freien Hand über das korrodierte Metall der fixierten Klinge in ihrem Samtbett. Es arbeitet in seinem von Schneeflocken umwirbelten Gesicht. Trotz Aufregung und Schmerzen, die meinen Verstand ausfüllen, blitzt in mir die Frage auf, warum er diesen für ihn so wertvollen Gegenstand mit bloßen Fingern anfasst und es ihn nicht einmal kümmert, dass Schnee auf das bereits stark von Korrosion befallene Metall herabfällt.

Mit einem Mal senkt er die Harpune auf den Behälter herab. Die graue Stahlspitze mit dem Widerhaken ist dunkel und nass. Erst ist mir nicht klar, was ich da sehe, aber auf einmal verstehe ich: Er hat die Spitze mit dem Blut der beiden Männer beschmiert. Meine Hand zittert so stark, dass ich den Behälter kaum ruhig halten kann. Die blutige Harpunenspitze berührt das Metall der Klinge, und ich fühle den Druck der Waffe auf den Behälter in meiner Hand.

Mithothin hebt seinen Blick an. In der fast völligen Dunkelheit sind seine Augen zwei schwarze Höhlen in einem bleichen Gesicht. »Eisen zu Eisen«, sagt er leise, aber deutlich vernehmbar über dem Rauschen des Windes. »Sympathiemagie. Die Eigenschaften eines Gegenstandes gehen auf das über, was es berührt.« Sein Blick gleitet über den Schaft der Harpune, die Miene in seinem Gesicht so brennend entzückt, als würde er noch immer den Fußbeißer anstarren. »Vor einiger Zeit habe ich einen Wolf gejagt und ihn erlegt. Auf die alte Art, mit einem Langbogen aus Eibe. Es war eine Herausforderung, besonders wegen der Kälte und Luftfeuchtigkeit, aber mein Pfeil hat sein Ziel getroffen. Seine Kraft ging auf mich über. Der Wolf war ein mächtiges Opfer, von mir an mich. Wie es im Hávamál heißt: *Ich weiß, wie ich hing am windigen Baum. Neun Nächte lang, vom Speer verwundet, der dem Odin geweiht. Mir selber ich selbst.*«

»Sie sind … Sie sind verrückt!«, stoße ich hervor. »Sie sind kein übermenschliches Wesen! Und das eben war kein Opfer, das war Mord! Harner hat auf Ihren Befehl hin mehrere Menschen erschossen. Glauben Sie ernsthaft, deren Tod würde Ihnen irgendwelche Stärke verleihen? Sie sind tot, das ist alles!«

Mithothins volles Gesicht erstarrt in echtem Erstaunen, bevor Verachtung in seinen Zügen auftaucht. »Und ich habe geglaubt, du als Samin würdest es verstehen. Ich war mir sicher, ich hätte es mit einer Frau zu tun, die den Wegen ihrer Ahnen folgt, einer Noaidi vielleicht. Dabei war es nur Glück, dass du den Fußbeißer gefunden hast.« Er tritt noch einen Schritt näher an mich heran, die dunklen Augenhöhlen weit offen und suchend. Er runzelt die Stirn. »Du tust mir beinahe leid. Da ist etwas Starkes in dir. Ich kann seine Gegenwart spüren, es … es hat Reißzähne. Aber du kannst es nicht fühlen, oder?«

Vor dem immer heftiger einsetzenden Wind klingt seine Stimme nachdenklich, beinahe sanft, dennoch pocht ihr Klang hart im Takt meiner Schmerzen von meinem verletzten Oberarm hinauf bis in meine Brust.

Wie kann er von dem Tiger wissen? Das muss ein Trick sein, denk nach, verdammt! Na klar, Harner ist dir gefolgt, wer weiß, wie lange schon. Er hat dich heute am Hauptbahnhof gesehen. Er hat zugesehen, als du den Tiger angegafft hast, und Mithothin davon erz-

Und was, wenn nicht? Wenn –

»Aber egal«, unterbricht Mithothin meine hektischen Gedanken. »Du hast das Schwert für mich aufgetrieben und in meine Hände übergeben. Darum bekommst du von mir eine Chance, dieselbe Chance, die ich dem Wolf gegeben habe. Harner wird sich nicht einmischen, nicht einmal dann, wenn du mich besiegst. Es soll eine faire Jagd sein.« Er hebt seine Harpune an. »Lauf, Sara!«

Er meint es tatsächlich ernst. Eine Sekunde lang starre ich ihn nur heftig blinzelnd an, unfähig mich zu bewegen. Seine Gestalt ist ein verzerrter Schemen im sich rapide verdunkelnden Schneetreiben. Dann reißt mich etwas herum und treibt mich im Takt meines hämmernden Herzens in die entgegengesetzte Richtung davon, hinein in das wirbelnde Grau.

Mit jedem Schritt, jedem schmerzhaft harten Schlag gegen meinen Brustkorb schärfen sich meine Empfindungen. Der dumpfe Schmerz in meinem Oberarm schrumpft zu einem kaum merklichen Knoten zusammen, einem harten Druck gegen meine Schulter, der mich jedoch kaum behindert. Die kühle, angespannte Präsenz, die ich in mir gespürt habe, seitdem Harner mich mit einer Waffe bedroht hat, bewegt sich nun dicht unter der Oberfläche meines Verstandes. Sie ist es, die mich handeln lässt.

Meine einzige Chance auf eine Flucht vom Dach ist die Öffnung, durch die wir gestiegen sind. Aber ich kann nicht erkennen, wo sie ist. Der Schneesturm hat die mondhelle Nacht so verdunkelt, dass ich kaum mehr als zwei, drei Meter vor mir sehen kann. Die uns umgebende Stadt ist verschwunden. Mein Verfolger und ich laufen durch ein schneeverwehtes Niemandsland, das sich kilometerweit hinziehen könnte, wie die arktische Tundra meiner Heimat. Ich darf mich von dem Anblick nicht täuschen lassen! Es sind nur gut dreißig Meter bis zum –

Jäh taucht vor mir ein breiter Schatten im Dunkel auf, so unvermittelt, dass ich kaum die Möglichkeit habe, abzubremsen. Ich pralle hart mit dem rechten Knie gegen das Hindernis, das mir bis an meine Taille reicht. Blitzartig wird mir klar, was mir im Weg steht, aber da ist es schon zu spät. Es ist der Metallzaun, der sich am Dachrand entlangzieht. Er ist nicht hoch genug, um jemanden davon abzuhalten, bis an den Rand vorzudringen, sondern vor allem eine Markierung zur Orientierung auf dem weiten, flachen Gelände des Dachs. In vollem Schwung kippe ich über den Zaun und krache auf der anderen Seite zu Boden. Der Schmerz, der in meiner Schulter aufflammt, ist schier irrsinnig, und ich beiße mir so hart auf die Unterlippe, um ein Stöhnen zu unterdrücken, dass ich warmes Blut im Mund schmecken kann. Tränen schießen mir in die Augen, und mein Blick verschwimmt. Ich wälze mich herum, um nicht auf meinem verletzten Arm zu liegen, und fühle gerade noch im letzten Moment, dass ich dabei bin, über die Dachkante in die Tiefe zu rollen. Ich kann keinen Boden mehr unter meinen Füßen fühlen. Schnee treibt zu beiden Seiten meines Kopfs vorbei und verschwindet in der Schwärze. Keuchend robbe ich mich in das, was ich für die entgegengesetzte Richtung halte, und kann wieder die dünnen Metallstäbe des Zauns fühlen. Mühsam steige ich über das Hindernis und habe mich eben wieder aufgerichtet, als ein Schemen aus dem wirbelnden Dunkel vor mir heraus und auf mich zutritt. Mein Fluchtvorteil ist dahin. Mithothin hat mich eingeholt.

Ich sehe etwas Langes, Wuchtiges in seiner Hand, die Harpune, und der Wunsch, mich dem irrsinnigen privaten Schauspiel zu entziehen, das er für mich, aber vor allem für sich vorbereitet hat, wächst schier übermenschlich an. Warum nicht in die Dunkelheit jenseits des Zauns hinausspringen und ihn wenigstens um die Befriedigung bringen, seine menschliche Beute erjagt zu haben?

Nein!, herrscht mich die Stimme der kühlen Präsenz an, die mich bis in die Haarspitzen ausfüllt. *Du wirst dich nicht davonstehlen! Noch nicht am Ende. Du bist noch nicht am –*

»Sara Elin Persen!«, dröhnt Mithothins volltönende Stimme über den Wind hinweg in meinen Ohren. »Die Jagd ist zu Ende.

Ein weiteres Opfer für den Herrn des Galgens, den Allvater, der sich selbst opferte, sich an den Weltenbaum hing, um uns Wissen und Erkenntnis zu bringen.«

Der Weltenbaum.

Etwas blitzt in meinem Gedächtnis auf. Eine Erinnerung, frisch und gleichzeitig so alt wie das erste Mal, als mir der Geruch von warmem Schaffell in die Nase stieg. Der Baum, den ich in Geirs Zimmer gesehen habe, in der Nacht, in der wir uns kennenlernten. Yggdrasil. Odins Pferd.

Er ist in der Welt seiner Sagen versunken. Also lass ihn sich ausagieren, wie in der Therapieform, die du gelernt hast. Rede mit ihm wie eine Völva, wie eine Noaidi!

Mithothin hat seine Harpune zum Wurf erhoben.

»Der Weltenbaum ist zerstört!«, bricht es aus mir heraus. Jede Panik in mir ist erloschen, als hätte der Schneesturm um uns herum sie wie eine Flamme ausgeweht. »Geir, der Seher, hatte ein Bild von Yggrdrasil gemalt. Das Bild *war* Yggdrasil, der Weltenbaum! Aber deine Männer sind gekommen und haben das Bild entweiht! Sie haben eine Kugel auf Yggdrasil abgefeuert und durchlöchert, was der Seher mit Leben erfüllt hatte!«

Mithothin ist mitten in der Bewegung erstarrt. Der Schnee wirbelt ungeachtet dessen weiter um ihn herum wie um eine Säule, die auf das Dach eines Hochhauses im Zentrum von Oslo transportiert wurde.

»Was?«, fragt er, seine Stimme nicht mehr so volltönend wie zuvor, zweifelnd.

»Deine Männer, Mithothin«, erwidere ich. »Ihre Tat ist deine Tat. Damit bist auch du verflucht. Du hast es selbst gesagt: *Sympathiemagie*.«

Er fährt herum, sein Blick auf die Wand aus wirbelndem Schnee in der Dunkelheit gerichtet. »Harner! – Harner! Frederik, verdammt, hast du gewusst, was die zwei Idioten gemacht haben? Stimmt das, was sie sagt?«

Ein Umriss wird vor ihm im Dunkel sichtbar.

Jetzt! JETZT, SARA!

Ich springe vorwärts und trete hart gegen Mithothins rechtes Knie. Schmerz durchfährt meinen rechten Fuß, gleichzeitig packe ich zu und schließe meine Hände um seine Harpune. Überrumpelt keucht er auf. Sein Fuß knickt ein. Ich kann fühlen, wie seine Finger am Holz der speerartigen Waffe abgleiten und reiße fester. Er fällt auf die Seite. Im nächsten Moment drücke ich die Spitze der Harpune, die nun ganz in meinen Händen ist, Mithothin unter die Kehle. Ich kann nicht genau sehen, wie tief sie vordringt, aber er wird mit einem Mal stocksteif, und ich halte inne, halte die eiskalte Raubtierpräsenz zurück, die ich nicht mehr von der alten Sara vor ihrer Ankunft in Oslo trennen kann.

»Pfeifen Sie ihn zurück!«, schreie ich ihn an.

Harner hat uns erreicht. Im fast völligen Dunkel glaube ich schwere Bestürzung auf seinem Gesicht zu erkennen. Er hält inne, seinen starren Blick auf Mithothin am Boden gerichtet.

»Sie hat die Jagd gewonnen«, keucht Mithothin. »Tun Sie, was … was wir besprochen haben!«

»Ich – ich kann das nicht …«, stammelt Harner. Ich erkenne seine Stimme kaum wieder. Er hört sich jünger an als ich.

»Tun Sie's!«, bricht es aus Mithothin heraus.

Harner wirkt wie erstarrt. Endlich nickt er knapp. Mit widerwilligem Gesichtsausdruck richtet er die Pistole auf seinen Auftraggeber und feuert. Mithothins Kopf ruckt getroffen zurück. Mir schwindelt. Die Harpune fällt mir aus der Hand, und ich wende den Blick ab.

»Verdammtes Miststück!«, schreit Harner gequält auf. Er hört sich wie ein verwundetes Tier an. Ruckartig reißt er die

Pistole hoch. Ich mache einen weiten Satz nach rechts, völlig instinktiv, während ich den gedämpften Knall vernehme, und glaube zu hören, wie das Projektil hinter mir fort in die Dunkelheit schwirrt. Ein weiterer Schuss ertönt, schnelle Schritte setzen mir nach. Ich weiß, auf was ich diagonal zurenne, auch wenn ich es nicht sehen kann. Das Raubtier in mir weiß es, drei Meter, zwei Meter, einen – *jetzt zur Seite!*

Ich schlage einen Haken, dennoch krache ich noch gegen den Zaun, der näher ist als ich dachte, und komme ins Stolpern. Hinter mir kann ich hören, wie Harner in vollem Schwung über den Zaun rennt. Im Fallen reiße ich den Kopf herum, sehe Harner kopfüber nach vorne in die Dunkelheit stürzen. Ich höre einen grässlichen Schrei, und dann nur noch den Wind.

Der dumpfe Schmerz in meinem Oberarm flammt erneut so heiß auf, dass mir die Luft wegbleibt. Ich krümme mich auf dem schneeverwehten Dach zusammen. Irgendwie habe ich es geschafft, am Leben zu bleiben, aber ich verspüre keine wirkliche Erleichterung, nur bleierne Erschöpfung, als sei jede Kraft aus mir geflossen. Der Schnee könnte weiter auf mich fallen, immer weiter, mich völlig bedecken. Das wäre angenehm, eine Decke aus kühlem, frischem Weiß.

Über die Jahre hinweg, weit im Nebel der Vergangenheit, glaube ich schwach Atles Stimme zu vernehmen. *Weißt du, sobald etwas gefriert, wird es hart. Unbeugsam. Das ist der Schlüssel zur Arktis: Wir haben keine Angst vor der Kälte. Wir gedeihen in ihr. Villmarksregel Nummer Eins.*

Ich nicke, als würde ich irgendjemandem auf dem leeren Dach zustimmen, den ich nicht sehen kann. Das ist verrückt. Da bin nur ich. Der Tiger ist nichts weiter als mein Überlebenswille.

Was kümmert's dich, was ich bin, solange ich dich antreibe. Los, steh auf.

Ich kann nicht. Ich bin so müde, und wenn ich mich bewege, werden die Schmerzen nur noch schlimmer.

Steh auf, hab ich gesagt! Wir werden nicht auf diesem Scheißdach erfrieren, nur weil du müde bist.

Ich quäle mich auf die Knie, ziehe mich an dem Zaun hoch und auf die Beine. Mühsam humple ich durch das Schneetreiben auf den Körper des Mannes zu, den ich als den Sammler kennengelernt habe. Ich blicke auf sein zerstörtes Gesicht hinab. Schnee fällt auf die offene Wunde in seiner Stirn, durch die das Projektil in sein Gehirn eingedrungen ist, Flocken schmelzen in seinem schnell erkaltenden Blut, das ihm über Brauen und Wange geflossen ist.

Ich weiß, was der Tiger will. Warum er mich vor den toten Mann geschleift hat, anstatt zu der keine zwanzig Meter entfernten Dachöffnung. Ich will es ihm nicht geben, der bloße Gedanke daran ekelt mich so sehr, dass ich hart zu würgen anfange. Ich presse mir die rechte Hand auf meinen krampfenden Magen.

Aber ich kann es ihm nicht verweigern. Dieses Raubtier, ein Ahnengeist mit Atles Stimme oder die meiner eigenen Psychose, herbeigetrommelt aus dem Dunkel meines Verstandes, verlangt mit einer Unerbittlichkeit danach, die meine Erschöpfung und meinen Ekel übersteigt. Langsam gehe ich in die Knie und senke meinen Kopf über den des Toten. Als der Tiger den kupfernen Geschmack von Blut auf seiner Zunge spürt, wirft er den Kopf in den Nacken. In dem wilden Schrei vermischen sich menschliche und tierische Stimmen zu einem aufflackernden Feuer. Seine Flammen zucken inmitten der vom Wind durchtosten Dunkelheit, ein Lebenszeichen und eine Warnung.

30

Das Rund der tiefstehenden Nachmittagssonne hängt über dem Wasser der Osloer Bjørvika-Bucht. Der Himmel ist tiefblau und ohne eine einzige Wolke. Fast könnte ich glauben, dass der Wahnsinn jener Nacht vor zwei Tagen nichts weiter als ein fiebriger Traum war. Aber die graue Armschlinge, die mir wie ein dicker Sicherheitsgurt um den Hals hängt, und in der mein linker Unterarm ruht, ist eine deutliche Erinnerung daran, dass die Vergangenheit tatsächlich passiert ist.

Die Schusswunde musste im Krankenhaus behandelt werden. Der Oberarmknochen war nicht in Mitleidenschaft gezogen worden, aber ich darf meinen Arm dennoch einige Zeit nicht belasten, woran die Schlinge mich vor allem erinnern soll. Als ob das nötig wäre. Ich kann den dumpfen Schmerz noch immer spüren, auch mit der Dosis Tramadol, die ihn etwas dämpft und mich schwindlig macht, während ich mit geschlossenen Augen in die sinkende Sonne blicke und die kalte Luft einatme.

Ich sitze auf dem breiten Rand der Rampe, die außen an der Osloer Oper entlang nach oben führt und dem Gebäude von weitem das Aussehen eines stilisierten Eisbergs am Rand der Bucht verleiht. Vidar lehnt neben mir. Er trägt eine verspiegelte Sportsonnenbrille mit dunkelgrünem Plastikrand, mit der er aussieht, als wolle er gleich vom Holmenkollen Ski springen – oder zumindest die Sportler anfeuern. Zwischen seinen Füßen steht eine Plastiktüte vom Vinmonopol im Zentrum mit mehreren Weinflaschen darin.

»Scheißvieh«, höre ich ihn brummen. Ich wende den Kopf nach rechts und blinzle ihn an. Er starrt mit misstrauisch gerunzelter Stirn eine Möwe an, die auf der Kante der Rampenmauer steht und vorgibt, ihn nicht zu sehen. »Wenn einer dran zweifelt, dass Vögel die nächsten Verwandten von Dinosauriern sind, dann braucht er nur mal 'ne Weile hungrige Möwen beobachten. Die sind schonungslos wie Krokodile. Verpiss dich!« Er wedelt mit der rechten Hand, aber die Möwe hopst nur einen Satz rückwärts, schlägt mit den Flügeln und bleibt, wo sie ist.

»Danke, dass du noch mit hier raufgekommen bist und den Dinosauriern trotzt«, sage ich leise. Heute Mittag hat Geirs Beerdigung im Østre Friedhof stattgefunden. Vidar, Yuna, Anja und ich haben zusammen mit Katrine spontan beschlossen, uns abends zuhause zu treffen und den Tag, der dem Andenken an unseren toten Freund gewidmet ist, gemeinsam zu beenden.

Aber vorher wollte ich noch den Sonnenuntergang über dem Wasser sehen. Ich habe schon immer gerne den Lauf der Sonne am Himmel beobachtet. Am Polarkreis bekommen wir sie nicht oft zu sehen und schätzen ihr Licht und ihre Wärme umso mehr. Doch seit jener Nacht vor zwei Tagen auf dem Dach des Barcode-Hochhauses kann ich gar nicht genug von der Sonne bekommen. In dem warmen, hellbraunen Schein vor meinen geschlossenen Lidern verblasst das nächtliche Schneegestöber meiner Erinnerung. Im Sonnenschein wird es ruhig in meinem Kopf.

»Bin gern mit hier raufgekommen«, sagt Vidar. Er hört sich wenig überzeugend an. Ich weiß, dass er keine große Lust auf diesen Umweg verspürte. Aber seitdem ich zurück aus dem Krankenhaus bin, behandelt er mich wie ein rohes Ei, als könnte ein Nein mir einen Sprung verpassen.

Jetzt dreht er sein Gesicht in die Sonne und schließt wie ich zuvor die Augen. »Was hat Lars zu dir gesagt, vorhin am Ende der Bestattung? Bevor er als Erster gegangen ist? Uns wieder vorgehalten, was für ein schlechter Einfluss auf Geir wir doch waren, seine schmarotzenden Mitbewohner?«

Ich muss grinsen. »Ganz im Gegenteil. Eigentlich wollte ich es euch erst heute Abend sagen, als Überraschung. Aber wo du mich schon so direkt fragst: Er kam auf mich zu, während ihr noch alle bei Katrine gestanden habt, und meinte: ›Ich habe gehört, was Sie getan haben.‹ Dabei hat er von mir zu euch hinübergenickt. Hat sich dafür bedankt, dass wegen uns der Todesfall seines Bruders aufgeklärt werden konnte.«

»Wegen uns?«, wiederholt Vidar verständnislos. »Wir haben doch gar nichts dazu beigetragen. Der hat das ganz allein dir zu verdanken.«

»Ich habe nicht viel gemacht«, widerspreche ich bestimmt. »Die meiste Zeit war ich mit Weglaufen beschäftigt. Und außerdem habt ihr sehr wohl etwas beigetragen. Ihr habt die Polizei verständigt, und das gleich, nachdem Harner mit mir verschwunden war.«

»Aber die haben dich nicht von selbst gefunden. Du hast die Polizei kontaktiert, als du vom Dach herunter warst.«

»Darum geht es nicht«, sage ich, ungeduldig, weil es mir schwerfällt, in Worte zu fassen, was ich ihm begreiflich machen will. »Ich hab gewusst, dass ihr Hilfe holen würdet. Das Wissen war in meinem Hinterkopf, die ganze Zeit. Ich wäre vor Angst durchgedreht, wenn ich nicht diese Gewissheit gehabt hätte.« Ich stoße ihm den rechten Arm in die Seite. »Ja, verdammt! Wir haben es alle vier geschafft.«

Keiner meiner drei Freunde war in dem Sturm auf dem Dach gewesen, nur ich, allein mit meiner Angst und dem Tiger. Ich habe getan, was ich tun musste, und das war mehr als nur wegzulaufen. Aber das kann ich ihnen nicht erzählen. Noch nicht. Vielleicht nie.

»Und was ist jetzt die Überraschung, von der du geredet hast?«

»Lars ist uns dankbar dafür, dass wir dazu beigetragen haben, Geirs Tod aufzuklären. Er will sich umgehend noch einmal mit uns treffen, um über unsere Wohnsituation zu sprechen.«

Ich meine Vidars Miene ansehen zu können, wie er hinter seiner Spiegelbrille erfreut die Augen aufreißt. »Echt? Das ist ja – das ist ja geil!«

»Erwarte nicht zu viel. Ich hab keine Ahnung, was er mit uns bereden will. Vielleicht hat er nur vor, die Frist, die er uns gegeben hat, um ein paar Monate zu verlängern. Aber auch gut möglich, dass er es sich noch mal überlegt und wir nicht ausziehen müssen.«

Vidar grinst breit. »Das wär' ja genau das, worauf wir gehofft hatten. Deswegen hatten wir doch diese blödsinnige Idee, Geirs Schwert selbst zu finden.«

»Es tut mir so leid, dass ich dich und die anderen in Gefahr gebracht habe«, sage ich.

Sein Grinsen verschwindet, als sei eine Wolke vor die Sonne gezogen, dabei scheint sie ihm noch immer voll ins Gesicht. »Das war doch nun wirklich nicht deine Schuld«, sagt er.

»Doch, war es«, gebe ich zurück. »Ich war zu leichtsinnig. Ich hab nicht damit gerechnet, wie besessen von dem Schwert die beiden wirklich waren, nicht nur dieser Sammler, sondern auch der Mann, der für ihn gearbeitet hat.«

Für einen Sekundenbruchteil blitzt in meinem Gedächtnis der richtige Name des Mannes auf, den Harner mir als Mr. Mithothin vorstellte. Kommissar Tajik erzählte mir, dass sie ihn als Henrik Ólafsson identifizierten, den steinreichen Inhaber der isländischen Fischverarbeitungsfabrik NORDUR. Deren Name ist mir wegen der Fischkonserven ein Begriff, von ihm selbst hatte ich nie zuvor gehört. Vermutlich war er einer dieser Prominenten, von denen kaum ein halbes Dutzend unterschiedlicher Fotos im Netz existiert. Ólafsson, Mithothin oder wie er sich sonst noch genannt haben mag – in meiner Erinnerung wird er weiterhin »der Sammler« bleiben.

»Konnte ja auch niemand ahnen«, brummt Vidar. »Nach allem, was du erzählt hast, waren die beiden durchgeknallte, religiöse Fanatiker. Weiß der Himmel, was in deren Köpfen los war.«

»Sie wirkten nicht psychotisch«, sage ich nachdenklich. »Was Mithothin von sich gegeben hat, war zusammenhängend und ergab in seinen Ohren völlig Sinn: dass man ein Schwert mit dem Blut eines Menschen besprengen und es mit dessen Lebenskraft erfüllen könne, es *aufladen* könne wie eine Batterie.«

Vidar schaudert zusammen, er gibt sich Mühe, es sich nicht anmerken zu lassen. »Ich sag ja, religiöse Spinner. Geir war auch religiös, aber nicht so durchgeknallt wie die.«

Geir war genauso irre wie sie – warum glaubst du, hat er das Schwert nicht hergeben wollen? Er hat nur aus seinem Glauben andere Schlüsse gezogen.

Es liegt mir auf der Zunge, es zu sagen. Ich öffne den Mund – und schließe ihn wieder und sage nichts. Nicht jetzt. Nicht, wenn wir heute Nacht noch auf ihn trinken wollen. Meine Meinung zu seinem alten Freund kann er auch viel später hören, wenn überhaupt.

»Ich frage mich, wie viele noch in ihrer netten kleinen Psychosekte unterwegs waren«, überlegt Vidar. »Typen wie Harner. Vielleicht war der private Kult von diesem Sammler und seinem Anwalt noch größer als nur ein Zweimannbetrieb.«

»Die Polizei wird sich den Bekanntenkreis der beiden bestimmt vornehmen«, sage ich und beginne mich zu erheben. Vidar wendet sich mir zu und will mich stützen, aber ich wehre ihn ab. Ich will selbst auf die Beine kommen. Keuchend stehe ich auf und drehe mich aus dem gleißenden Licht. »Kommissar Tajik ist da eine Bemerkung rausgerutscht, dass seine Kollegin

Tone Andersen sich darum kümmert. Die wird sich bestimmt besonders motiviert auf Harners Bekannte stürzen.«

Vidar grunzt zustimmend. Harner war es schließlich gewesen, der die Kommissarin bewusstlos geschlagen und hinter dem Steuer ihres Wagens sitzengelassen hatte. Die Frage durchzuckt mich, ob man sie wohl auf der gleichen Station wie mich auf eine Gehirnerschütterung untersucht hat. Dann fahre ich fort. »Aber im Augenblick interessiert es mich nicht, ob und wie viele verdrehte Anhänger von Ólafssons Odinkult noch so herumspuken. Er und Harner sind tot. Die Polizei hat den Fußbeißer dem Norwegischen Institut zur Kulturerbeforschung übergeben. Und ich –« Ich halte inne.

»Ja?« Ich glaube trotz seiner Sonnenbrille einen ehrlich interessierten Ausdruck in seinem Gesicht wahrzunehmen, ein Echo der Freundschaft, die in den letzten Tagen zwischen uns entstanden ist.

»Und ich schaue jetzt nach vorn. Es gibt einen Grund, warum ich nach Oslo gekommen bin, und es wird endlich Zeit, dass ich mich darum kümmere.«

»Der Typ, der dir mehr über den Tod deines Bruders sagen kann.«

Ich nicke und blicke über die Hafenanlagen zurück zu den dicht gedrängt stehenden und hoch aufragenden Gebäuden, die Oslos Zentrum ausmachen, golden beschienen von der untergehenden Wintersonne. »Er ist irgendwo in dieser Stadt. Ich habe ihn einmal aufgetrieben, ich werde ihn wieder auftreiben.«

»Na klar wirst du das«, grinst Vidar. »Ich kenne niemanden, der so stur ist wie du.«

Ein lautes Kreischen lässt ihn herumfahren. »*Vidar*? Vidar Eilertsen von *Cimmeria*? Ja, wie geil ist das denn?« Hinter uns löst sich eine junge Frau aus einer Gruppe von mehreren Leuten auf halbem Weg die Rampe zum begehbaren Dach des Opernhauses hinauf und kommt auf uns zugelaufen.

»Ihr seid der Hammer. Kann ich ein Autogramm von dir haben?« Sie ist keine zwanzig und strahlt ihn mit leuchtenden Augen an. Ihr begeisterter Blick streift mich ebenfalls kurz, aber sie erkennt mich nicht als Bandmitglied wieder und richtet ihre Aufmerksamkeit ganz auf Vidar.

»Klar kannst du ein Autogramm haben«, sagt er mit einem breiten Grinsen, überdeutlich erfreut, von einem *Cimmeria*-Fan erkannt worden zu sein.

Sie runzelt kurz die Stirn, als sie sich wohl Gedanken darüber macht, was er signieren soll. Dann streift sie ihren roten Bergans-Rucksack ab, zieht den Reißverschluss auf und wühlt einen schwarzen Edding hervor. »Schreib einfach hier vorn drauf«, sagt sie und hält ihm den Rucksack entgegen.

»Den musst du dann unbedingt zu unserem nächsten Konzert mitbringen«, sagt Vidar. »Dann kommen vielleicht noch ein paar Unterschriften mehr dazu.« Er nimmt den Edding und kritzelt seinen Namen mit schwarzglänzender Farbe auf den roten Stoff.

»Kommt ihr bald mal wieder nach Bergen?«, will die junge Frau wissen, als er ihr den Rucksack übergibt.

»Ende Juni sind wir in der Brennerei.«

»Geil!«, freut sie sich. »Hoffentlich geht das wieder so ab wie vor ein paar Jahren, als die Bullen aufgetaucht sind.«

Vidar lacht dröhnend auf, und sie stimmt in sein Lachen mit ein. Die Freude der beiden ist ansteckend, und so grinse ich ebenfalls, ohne zu wissen, worauf Vidars Fan eigentlich anspielt.

Sein Blick folgt ihr, nachdem sie sich von ihm verabschiedet hat und eilig ihren Freunden zur Dachplattform hinterherläuft. Immer noch grinsend stoße ich ihn in die Seite, und er wendet sich mir zu. »Wir haben uns nie bei der Bergener Polizei für die Publicity bedankt, die wir damals gekriegt haben. Danach haben alle über *Cimmeria* geredet.«

»Die Bergener Polizei ist bei eurem Konzert aufgetaucht? Klingt nach einer guten Geschichte.«

»Ist sie, und schon so lange her, dass ich damals noch lange Haare hatte. Komm, wir machen uns auf den Heimweg, und ich erzähl sie dir.«

Mein Blick schweift über Oslos Skyline und streift auch die hinter dem Opernhaus sichtbaren Barcode-Gebäude. Beim Anblick der Dächer, die sich scharf vor dem tiefblauen Himmel abzeichnen, schlägt mein Herz kurz schneller. Aber die Sonne wärmt trotz der kalten Winterluft meine Wangen, und mein Puls beruhigt sich wieder. Nebeneinander gehen wir die Rampe des Opernhauses hinab und tauchen ins Gewühl des Berufsverkehrs ein.

31

Zwei Wochen lang habe ich nach Martin Engvik Ausschau gehalten. Ich bin mir sicher gewesen, dass er am Ende wieder dort auftauchen würde, wo er sich in Ruhe einen sauberen Schuss setzen konnte. Immer wieder bin ich zum Spritzenraum gegangen, in der Hoffnung, ihn vor dem Haus abzupassen. Ich konnte nicht jeden Tag hingehen, um keine Aufmerksamkeit zu erregen. Martin Engvik sollte nicht von jemandem hören, dass da täglich eine Frau vor dem Spritzenraum herumhing, die das Gebäude selbst nie betrat, sondern jemanden zu suchen schien.

Dann, nach zwei Wochen, habe ich endlich Erfolg. Es ist ein regnerischer, grauer Februarnachmittag, der bereits wieder in die Dämmerung hinüberzugleiten beginnt. Die Gesichter der Menschen auf den Straßen sind konturlose Flächen. Doch ein Gesicht sticht aus ihnen heraus, als der junge Mann, dem es gehört, aus dem Haus und auf den Gehsteig tritt. Die bleiche Haut, vor deren Hintergrund seine kurzen schütteren Kopfhaare dunkel hervortreten, der vorgebeugte Gang, der unstete Blick, er ist es, wie beim ersten Mal, als wir uns direkt gegenübergestanden haben.

Doch diesmal bin ich auf der anderen Straßenseite, und er sieht mich nicht. Er scheint auch gar nicht bemüht, sich vor irgendjemandem zu verbergen. Ich folge ihm in einigem Abstand, ohne die Straßenseite zu wechseln.

Nach einiger Zeit glaube ich, die Gegend wiederzuerkennen. Wir sind in Grønland, ein paar Straßenzüge südlich von Grünerløkka, wo ich mit Vidar, Anja und Yuna wohne, und wo wir auch weiterhin gemeinsam wohnen werden, die eine gute Sache, die Geirs Tod gefolgt ist. Wir haben unbefristete Mietverträge erhalten, wenn Lars uns auch gewarnt hat, dass er das Haus auf jeden Fall modernisieren wird. Die Bauarbeiten werden wir über uns ergehen lassen müssen.

Ich bin mir sicher, dass gleich dort vorne links die Straße ist, in der Siri und Odd wohnen, und in deren Wohnung vor gefühlten drei Jahrzehnten die Party stattfand, bei der ich Geir kennenlernte. Aber Martin Engvik geht nicht in diese Richtung. Stattdessen hält er vor einem heruntergekommenen Gebäude an, das mit Absperrband gesichert ist. Links und rechts davon befinden sich mehrstöckige Altbauten, und auch dieses Haus ist ein Altbau, aber in der Dämmerung sieht seine Fassade rußig, dreckig und dunkel aus. Die Fensterscheiben sind gesprungen und die Haustür steht weit offen. Offenbar hat es vor kurzem in dem Gebäude gebrannt, und nun steht es seitdem leer. Das leuchtende Rot und Weiß des Absperrbands zittert schwach im Wind.

Martin sieht sich schnell in beide Richtungen um, das erste Mal, seitdem ich ihm folge, dass er sich Gedanken darüber zu machen scheint, dass ihn jemand beobachten könnte. Ich drehe mich zur Seite und studiere das Klingelschild eines Hauseingangs. Als ich wieder unverfänglich in seine Richtung blicke, sehe ich gerade noch, wie seine Gestalt im Hauseingang verschwindet. Schnell überquere ich die Straße und eile ihm hinterher.

So leise wie möglich steige ich eine angekohlte Treppe hinauf und in den ersten Stock. Es dauert nicht lange, bis ich ihn gefunden habe. Er steht mit dem Rücken zu mir am geschlossenen Fenster eines Zimmers gleich rechts vom Treppenabsatz. Der Raum ist beinahe leer. Die einzigen Möbel darin sind eine Isomatte mit einem dunkelblauen Schlafsack in der Ecke, daneben ein Lehnstuhl, dessen verwaschener ockerfarbener Bezug aussieht, als hätte er nicht nur den Brand, sondern auch den von der Feuerwehr verursachten Wasserschaden überstanden.

Martin kippt gerade etwas Cola aus einer halbleeren Plastikflasche in eine Kaffeetasse, die auf der Fensterbank steht. Als er hört, wie ich in den Raum trete, fährt er herum. Die offene Plastikflasche poltert zu Boden und der Rest der Cola schäumt auf die rußgeschwärzten Dielen. Sein erschrockener Blick irrt hastig von mir zum Eingang, aber ich trete einen Schritt zur Seite und blockiere ihn.

»Erinnerst du dich?«, frage ich ihn auf Samisch. Mein Puls ist so ruhig wie meine Stimme. Jede Aufregung hat meinen Körper verlassen, alles ist genau so, wie es sein soll. Wir werden endlich reden.

»Ich … was …« Die Stimme versagt ihm, und seine Augen treten ihm aus den Höhlen.

Ich hebe die Arme. »Ich will dir nichts tun, ganz ehrlich. Ich hab kein Messer oder sonst irgendwas. Ich will einfach nur mit dir reden.«

Sein Gesicht scheint zu erschlaffen, obwohl er sich immer noch am anderen Ende des Raums gegen die Fensterbank drückt, als sei er nicht ganz sicher, ob ich ihn nicht plötzlich anspringe. »Warum kannst du mich nicht in Ruhe lassen? Ich hab doch gar nichts getan!« Seine hohe Stimme hört sich weinerlich an. In meinem Kopf ruft sie das Bild von Fingernägeln hervor, die eine Schiefertafel herunterfahren. Es fällt mir schwer, mit ihm Mitleid zu empfinden.

»Du weißt genau, warum ich dich nicht in Ruhe lasse«, sage ich ruhig, bemüht, mir meine Abneigung ihm gegenüber nicht anmerken zu lassen. »Als mein Bruder vor der Bar in Alta niedergestochen wurde, warst du dabei.«

»Ich konnte nichts tun!«, sagt Martin, sein blasses Gesicht angsterfüllt. »Ehrlich, ich hab ihm nicht helfen können. Es ging alles so schnell!«

»Ich mache dir keine Vorwürfe«, sage ich. Meine Hände sind noch immer erhoben, wie um ihn zu beschwören. »Es war nicht deine Schuld. Ich will einfach nur wissen, was du gesehen hast.«

Sein Blick weicht mir aus. »Das hab ich doch schon der Polizei gesagt, und dir auch. Ich hab nichts gesehen!«

»Das nehme ich dir nicht ab. Jemand hat dir genügend Geld gegeben, um aus Finnmark zu verschwinden und in Oslo unterzutauchen.« Ich lasse demonstrativ meinen Blick durch den von Feuer und Löschwasser verwüsteten Raum schweifen. »War es nicht genug für eine Unterkunft, oder wolltest du dir das Geld lieber für was anderes sparen?«

Er zuckt mit einer gleichgültigen Geste die Achseln, obwohl immer noch Angst und Misstrauen seine Gesichtszüge prägen.

»Wer hat dir das Geld gegeben?«, will ich wissen. Als er immer noch nicht antwortet, füge ich schroff hinzu: »Ich will endlich wissen, was du verschweigst, und verlass dich drauf: Ich lass dich nicht in Ruhe, bis du es ausgespuckt hast!«

Er erschlafft sichtlich. Endlich scheint der starke Wunsch, es hinter sich zu bringen und sich wieder allein und ungestört in seinen Schlafsack verkriechen zu können, in ihm die Oberhand zu gewinnen. Wenigstens einmal ist die verdammte Drogensucht, die ihn im Griff hat, zu etwas nützlich.

»Das Geld kam von … von der Nattulver Bikergang. Sie wollten, dass ich aus der Gegend verschwinde und mich nicht mehr im Norden blicken lasse.«

»Warum?«

Er zögert wieder, aber ich trete einen Schritt näher an ihn heran, und jetzt kann ich den intensiven Geruch von altem Urin an seiner Kleidung wahrnehmen. »Warum?«, wiederhole ich.

»Weil – weil es einer von den Nachtwölfen war, der deinen Bruder erstochen hat. Die beiden haben miteinander gestritten, und auf einmal hat der Typ ein Messer gezogen.«

Mein Herzschlag beschleunigt sich. Endlich! Nach all den Wochen der Ungewissheit erfahre ich, warum mein Bruder sterben musste.

»Es ging alles so schnell!«, höre ich Martin sagen. Ich strenge mich an, mich auf jedes seiner Worte zu konzentrieren, während der in meinem Verstand aufbrandende Sturm so laut tobt, dass es mir schwerfällt, mich nicht ablenken zu lassen. »Ich bin hinter Atle aus der Bar gekommen. Ich hab deinen Bruder gekannt, auch wenn er kaum je mit mir geredet hat. Es war schon spät am Abend, und bis auf Atle und den Biker war niemand auf der Straße. Der Typ hat gerade gegen die Hauswand gepisst und mich gar nicht gesehen.«

»Gib mir einen Namen«, sage ich. »Wer von den Nachtwölfen war es?«

Martin holt tief Luft, bevor er es schließlich ausspuckt. »Gjert. Gjert Stenhaug.«

Die Worte hallen in meinen Verstand wie Steine wider, die in einen tiefen Brunnen geworfen wurden. Ein Name. Ich habe einen Namen.

»Warum hat dieser Gjert Stenhaug meinen Bruder angegriffen?«

Wieder zuckt Martin die Achseln, und vor Ungeduld würde ich ihm am liebsten einen harten Stoß vor die Brust geben. »Es gab überhaupt keinen wirklichen Grund«, sagt er schließlich. »Atle war angetrunken, hat ein wenig geschwankt. Er hat Gjert aus Versehen angerempelt, und wahrscheinlich hat der sich auf die Stiefel gepisst. Jedenfalls ist er gleich hinter Atle her und hat ihn festgehalten. Hat ihn beschimpft und gemeint, dass er Respekt vor den Nachtwölfen lernen sollte.

Atle hat nur gelacht. Ich hab geahnt, dass etwas passieren würde, und hab noch versucht, den beiden irgendwas zuzurufen, aber da war es schon zu spät.« Mit einer verzweifelten Geste fährt er sich hart durch sein stoppeliges Haar, als versuche er sich die Erinnerungen aus dem Kopf zu reiben.

Wie vom Donner gerührt stehe ich vor ihm. »Das … das war alles?«

Er hebt den Kopf und schaut mich verständnislos an. »Ja, das war alles. Gjert hat ein Messer gezogen und von hinten zugestochen. Atle ist im Schnee zusammengebrochen. Da hat Gjert mich hinter sich stehen sehen. Er ist ganz nahe an mich herangetreten und hat mich gewarnt. Hat mir gesagt, dass ich bloß vergessen sollte, was ich gesehen hab, wenn ich wüsste, was gut für mich ist. Dann ist er weggerannt. Und dann sind auch schon Leute aus der Bar rausgekommen. Die haben Atle blutend im Schnee gesehen und die Polizei gerufen. Die haben sich beeilt, ihn ins Krankenhaus zu bringen, aber es war zu spät für ihn.

Als die Bullen wissen wollten, was ich gesehen habe, hab ich gesagt, dass ich im Dunkeln nur den Umriss von jemandem gesehen habe. Ich wollte keinen Ärger, und schon gar nicht mit den Nachtwölfen. Ein paar Tage nachdem ich meine Aussage gemacht hatte, ist einer von denen zu mir gekommen, nicht Gjert, sondern jemand, den ich noch nie gesehen hatte. Der Typ hat mir eine Tüte mit Bargeld gegeben und mir gesagt, dass ich es haben könne. Aber dafür sollte ich aus der Gegend verschwinden. Ich hab das Geld gezählt und nicht weiter zurückgeschaut. Aber es ist hier nicht gut gelaufen, obwohl's in Oslo mehr von uns gibt als am Polarkreis.« Sein Blick zuckt zu dem Schlafsack in der Ecke, doch ich achte kaum darauf. Sein Bericht über Atles letzte Minuten dröhnt mir in den Ohren wie ein Gong, der einfach nicht zu schwingen aufhören will.

Das war alles. Ein simpler Anrempler. Keine Verschwörung gegen einen bekannten Umweltaktivisten, kein Plot einer Bergbaufirma, die auf der Suche nach seltenen Erden das Weideland unserer Rentiere zerstört und Giftmüll in unsere Fjorde kippt. Keiner der Gründe, weswegen so viele von uns jungen Samen sich dagegen wehren, selbst im Einundzwanzigsten Jahrhundert noch immer Fremde im eigenen Staat zu sein, mit einer Selbstmordrate, die diejenige der Norweger deutlich übersteigt.

Mit einem Mal ist mir flau im Magen. Der Uringeruch in dem verwahrlosten Raum steigt mir jäh so scharf in die Nase, dass mir die Augen tränen – oder warum sonst verschwimmt auf einmal mein Blick? Zerrissen zwischen Furcht und Neugier starrt Martin mich an, aber ich beachte ihn kaum, er ist nur eine unscharfe Gestalt in dem dunklen Raum, er ist bedeutungslos, so völlig ohne Sinn wie der Grund, aus dem Atle sterben musste.

Abrupt wende ich mich ab und stürme aus dem Zimmer, die Treppe hinunter, durch den Flur und ins Freie. Ich sehe mich weder nach Martin Engvik noch dem verwüsteten Gebäude um, sondern bücke mich unter dem Absperrband hindurch und eile den Gehsteig entlang. Ich achte nicht darauf, wo ich entlanglaufe. Vorwärts, einfach nur vorwärts. Verwischte Gestalten von Passanten kommen mir entgegen, weichen mir aus, als ich einfach weiterstolpere, als sei die Straße leer.

Ein völlig sinnloses Ende. Wie sehr ich darauf gehofft hatte, dass hinter Atles Tod mehr stecken würde. Eine Verschwörung, ein Komplott, *irgendetwas*, verdammt! Einer wie Atle verschwindet nicht einfach auf so läppische Weise, weil jemand sich auf die Stiefel gepisst hat und wütend auf ihn ist!

Aber genau das ist passiert, und es gibt nichts, was ich dagegen tun kann. Er ist tot, tot, tot, und ich kann keine Wärme mehr in seinen Körper pressen, egal wie fest ich ihn in Gedanken umarme.

Erschöpft und schwer atmend bleibe ich schließlich stehen. Wie aus weiter Ferne höre ich in Gedanken ein Echo meiner eigenen Worte.

Und ich schaue jetzt nach vorn. Es gibt einen Grund, warum ich nach Oslo gekommen bin.

Ja, den gibt es, aber der hatte nichts mit einem Blick nach vorn zu tun.

Ich ziehe mein Handy hervor und rufe meine Schwester an. Es soll kein langes Gespräch werden. Ich erzähle ihr, dass ich Martin Engvik gefunden habe, und höre sie überrascht die Luft einziehen. Dann nenne ich ihr den Namen des Nachtwolfs, den er mir verraten hat. »Er heißt Gjert Stenhaug. Verständige bitte die Polizei in Alta. Marja, es … das tut mir alles so leid! Mir ist klar, dass ich dich damit völlig überfalle.«

»Oh Gott«, höre ich sie am anderen Ende der Leitung sagen, und für einen Moment glaube ich, dass sie umkippen wird. »Oh mein Gott.«

Als Marjas erster Schock über das, was ich herausgefunden habe, abzuklingen beginnt, fragt sie mich, wann ich wieder nach Hause kommen werde. Ich zögere und starre auf meine Winterschuhe auf dem Asphalt. Die Pause zieht sich unangenehm.

Da höre ich, wie sie zu weinen anfängt, und auf einmal muss ich ebenfalls weinen, endlich, nach all den Wochen seit dem Tod meines Bruders. Ich blinzle mit gesenktem Kopf, meine Finger fest um das Handy gepresst, das ich so hart gegen mein Ohr drücke, dass es schmerzt, als hätte mich jemand geschlagen. Ich weine um Atle, und ich weine, weil ich ihr einfach nicht sagen kann, dass ich nicht zurück nach Kautokeino kommen werde. Nicht heute, nicht morgen. Ein paar Leute in meiner Nähe sehen zu mir herüber, aber es ist mir egal.

Endlich hole ich mit offenem Mund tief Luft und sage ihr, dass ich gerade unterwegs bin und heute Abend noch einmal ausführlich mit ihr reden werde. Noch bevor Marja weiter in mich dringen kann, beende ich das Gespräch.

Eine ganze Weile über stehe ich nur da, während die Echos der letzten halben Stunde in mir widerhallen. Als ich wieder aufblicke, sehe ich, dass ich bis zu der Straße gelaufen bin, in der Odd und Siri ihre Wohnung haben. Ich erkenne den Hauseingang ein paar Häuser weiter auf der anderen Straßenseite wieder, die Näherei im Erdgeschoss, den chinesischen Take-away gleich daneben. Verdammt, wenn ich hier noch länger herumstehe und warte, läuft mir am Ende noch mein guter alter Kumpel Asbjørn Olstad über den Weg. Noch vor ein paar Wochen hätte der Gedanke mich mit Panik erfüllt. Jetzt muss ich bei dem Gedanken grimmig grinsen, während noch immer der Rotz auf meinem Gesicht trocknet.

Mit einem Mal gebe ich mir einen Ruck und gehe über die Straße, meinen Blick auf den Hauseingang gerichtet. Ich gehe keinem Ärger mehr aus dem Weg. Ich will meine beste Freundin wiedersehen, will mich mit ihr unterhalten, mit ihr um die Häuser ziehen und bei ihr übernachten, wenn ich Lust darauf habe, egal ob das ihrem Freund oder diesem Arschloch von Asbjørn gefällt oder nicht. Ich erreiche die Haustür, drücke fest auf die Klingel und warte auf das Summen des Türöffners.

Ich schaue nach vorn.

Sara Elin Persen überquert den Vorplatz des Hauptbahnhofs. Der Vormittag ist klirrend kalt, ein aschfarbener Himmel hängt schwer wie eine Rauchwolke über der Stadt. Trotzdem befinden sich auch jetzt schon jede Menge Besucher auf dem Platz, Touristen, die zum Schloss, Aker Brygge oder dem Regierungsviertel unterwegs sind. Oslo ist auch an einem Wintervormittag ein summender Bienenstock.

Leif hat sie gebeten, ihn an der Haltestelle der Linie 17 zu treffen. Er hat einen Termin in der Neurologie des Universitätskrankenhauses und will, dass sie ihn begleitet. Bestimmt wartet er schon auf sie. Er kommt zu jeder Verabredung ein paar Minuten zu früh.

Sie war vorher noch im Comicbuchladen Outland, wo sie ein Geburtstagsgeschenk für ihre Mitbewohnerin Yuna gekauft hat, den neuesten Band der Mangaserie Berserk. Yuna liebt Mangas, während Anja über die Liebe ihrer Freundin zu japanischen Comics nur den Kopf schüttelt.

Hin und wieder, wenn sie im Zentrum ist, macht sie einen kleinen Umweg vorbei an dem riesigen Bronzetiger. Etwas alter Schnee liegt zu seinen Füßen und auf seinen Pfoten. Der Himmel sieht ganz so aus, als ob bald Nachschub kommen wird.

»Und warum ausgerechnet ein Tiger?«, hört sie einen jungen Mann auf Englisch fragen, der sich direkt vor dem Bronzekopf mit dem beständig aufgerissenen Maul gebückt hat, so dass sich sein Gesicht auf gleicher Höhe befindet. Gemessen an dem Tigerschädel wirkt der Kopf des Mannes lächerlich klein. »Warum nicht ein Eisbär? Was hat denn ein Tiger mit Norwegen zu tun? Wir sind doch nicht in Asien.«

»Jetzt halt mal still«, sagt die Frau, die vor ihm steht. Sie spricht ebenfalls Englisch, aber ihr norwegischer Akzent ist deutlich zu hören. Sie ist kaum älter als er selbst und hat ihr Handy gezückt, um ihn zu fotografieren. »Sag Whiskey!«

Als sie ihr Foto geschossen hat und der Mann sich aufrichtet, vernimmt Sara, die hinter den beiden stehengeblieben ist, wie die Frau fortfährt: »Wir haben hier einen Tiger stehen, weil ›Tigerstadt‹ ein Spitzname für Oslo ist.«

»Echt?«, wundert sich der Mann. »Und wieso ausgerechnet ›Tigerstadt‹?«

»Ach, wegen einem alten Gedicht aus dem Neunzehnten Jahrhundert, von Bjørnsterne Bjørnson, glaub ich. Egal, auf jeden Fall tauchen in dem Gedicht ein Pferd und ein Tiger auf. Das Pferd steht für das sichere, aber harte Leben auf dem Land, der Tiger für das brutale und grausame Leben in der Großstadt.«

»Klingt ganz schön altbacken, der Vergleich.« Jetzt hört Sara deutlich den amerikanischen Akzent des Mannes.

Die Frau lacht auf. »Hat anscheinend auch nicht lange vorgehalten. Wir Osloer haben uns den Namen ›Tigerstadt‹ schnell zu eigen gemacht. Für uns steht er für Stärke und Durchsetzungskraft. Wir sind stolz auf den Namen.«

»Bin schon gespannt, mehr von deiner Tigerstadt zu sehen«, sagt der junge Mann. Er legt seinen Arm um sie, und sie gehen in Richtung Karl Johans gate weiter. Sie kommen an einer Mutter mit ihrem Kind vorbei. Das Mädchen hält mit dem rechten Arm einen kleinen grauen Stoffhasen umklammert.

Unvermittelt löst die Kleine ihre Linke von der Hand ihrer Mutter und rennt auf den Tiger zu. Sie setzt sich auf dessen geschwungenen Schwanz, als sei dieser eine Schaukel, die mitten in der Luft stehengeblieben ist. Neugierig blickt sie zu der unbekannten jungen Frau hoch, und diese lächelt ihr zu.

»Malin, komm da weg«, sagt ihre Mutter, die inzwischen heran ist. »Das ist kein Kletterspielzeug.«

Die Kleine ignoriert sie. Stattdessen erwidert sie Saras Lächeln, den kleinen Stoffhasen mit dem grauen Fell fest an sich gepresst.

Sara zwinkert dem Mädchen auf dem Tiger zu, dann blickt sie auf die Uhr ihres Handys und wendet sich ab. Sie hat keine Scheu mehr davor, das bronzene Ungetüm zu betrachten. Auch in Träumen sucht er sie nicht mehr heim. Sie kann das in sich fühlen, was ihn ausmacht, seine Stärke wie auch seine zielstrebige Rücksichtslosigkeit. Anfangs hat seine Gegenwart sie erschreckt, aber inzwischen nicht mehr. Egal wohin sie geht, durch die Straßen von Oslo, in eine weitere, größere Stadt voll unbekannter Straßen oder zurück in die Weiten der Arktis, sie wird ihn mit sich führen. Er ist ein Teil von ihr geworden, ihr Schutz und ihr Fluch.

Während die ersten Schneeflocken über den Platz trudeln und auf ihre Schultern fallen, setzt sie ihren Weg zur Haltestelle der Linie 17 fort.

Hinter dem Vorhang

Meine ersten Ideen zu »Raubtierstadt« schrieb ich bereits im August 2016 nieder, aber es dauerte lange Zeit, bis ich diesen Roman fertigstellen konnte, da ich die Arbeit immer wieder wegen anderer Projekte unterbrechen musste. Um so mehr bin ich den hier aufgeführten Menschen dankbar, dass sie an der Entstehung von »Raubtierstadt« beteiligt waren. In der oft überwiegend einsamen Arbeit an einem Manuskript waren ihr Zuspruch und ihre Begeisterung für meinen Thriller um Sara Elin Persen ein Fels.

Ich danke Nina Arrowsmith und ihrem Team der Literatur- und PR-Agentur Nina Arrowsmith, die den acabus Verlag für mein Manuskript begeistern konnten, besonders Sarah Heidelberger für ihr hilfreiches Feedback zur Leseprobe des Textes.

Beim acabus Verlag gilt mein Dank Björn Bedey und seinem großartigen Team um Daniela Sechtig, Laura Künstler und Claudia Gromann. Meine Lektorin Lea Oussalah war mir eine starke Unterstützung dabei, das Beste aus dem Text herauszuholen.

Ich danke John Irons dafür, dass ich seine englische Übersetzung einiger Zeilen von Bjørnstjerne Bjørnsons Gedicht »Sidste Sang« verwenden durfte.

Meine großartige Autorenkollegin Rebekka Pax konnte ihr archäologisches Fachwissen an mehreren entscheidenden Stellen des Buches zum Einsatz bringen.

Ebenfalls möchte ich meinen vier Testleserinnen Nicole Zöllner, Sonja Rüther, Frederike Tietze und Anna Katharina Garmeister meinen Dank aussprechen. Sie gaben mir noch auf der Zielgeraden wertvollen Input. Sonja Rüthers Buch »Testlesen – Handbuch für effektives Feedback« war ausschlaggebend dafür, dass ich zum ersten Mal bei einem kompletten Roman auf dieses Werkzeug zurückgriff. Ich kann jedem, der seine eigenen Texte gerne optimieren möchte, nur empfehlen, einen Blick in dieses hilfreiche Handbuch zu werfen.

Zuletzt gilt mein ganz besonderer Dank Elin Margrete Lilleng, Gjert, Ronald Kvernmo, Elle Márjá Eira und Lone Beate Ebeltoft, die mir teils durch persönlichen Austausch, teils durch ihre künstlerische Arbeit wie Texte und Musik dabei halfen, einen emotionalen Zugang zur Kultur der Samen zu finden. Was auch immer ich möglicherweise nicht richtig dargestellt habe, liegt nicht an ihnen, sondern ganz bei mir. Ich empfinde tiefen Respekt für das Bestreben der Samen, ihre einzigartige Kultur auch für die Zukunft zu erhalten, und sehe die Veränderungen ihres Lebensraums durch Politik, Wirtschaft und globalen Klimawandel mit Besorgnis.

Bernhard Stäber, Vråliosen, im Juni 2019

Der Autor

© Bernhard Stäber, privat

Bernhard Stäber wurde 1967 in München geboren, studierte in Berlin Sozialarbeit und arbeitete im sozialpsychiatrischen Bereich sowie in der Kinder-und Jugendhilfe. Seit 2012 lebt er als hauptberuflicher Autor, Lektor und Übersetzer in Norwegen.

Er verfasste Artikel und Essays zu mythologischen Themen für verschiedene Zeitschriften.

Unter dem Pseudonym »Robin Gates« veröffentlichte er mehrere Fantasyromane, darunter die mehrbändige »Runlandsaga«. Sein Roman »Feuermuse« wurde für den deutschen Fantasypreis »Seraph« nominiert. Unter seinem Klarnamen Bernhard Stäber erscheinen seit 2014 seine Norwegen-Thriller »Vaters unbekanntes Land«, »Kalt wie Nordlicht« und »Kein guter Ort«.

Homepages:

http://xn--bernhardstber-kfb.de/
http://www.robingates.de

Weitere Titel der Bedey Media GmbH

Carsten Zehm

Operation Romulus

ISBN: 978-3-86282-497-7
448 Seiten
Paperback

„In unserer Zeit, Junge“, hatte der alte Mann gesagt, „ist es wichtig – überlebenswichtig – niemandem zu trauen.“

Der Deutsch-Norweger Johann Göbbs tut gut daran, sich an die Maxime seines Großvaters zu halten: Traue niemandem! Als Spion der Alliierten während der Wirren des zu Ende gehenden 2. Weltkrieges dient er als Angehöriger der Luftwaffe im Reichsluftfahrtministerium – ständig in Gefahr, entlarvt zu werden. Sein Auftrag: Informationen über ein geheimes Projekt der Nazis zu sammeln. Dafür muss er tief in deren verhasste Strukturen vordringen. Das Geheimprojekt nördlich von Berlin – ein neuer Flugzeugtyp – entpuppt sich aber nur als Anfang von etwas noch Größerem, etwas, das die sich andeutende Nachkriegsordnung grundsätzlich in Frage stellen könnte.

Wohin verschwinden die Flugzeuge? In die legendäre Alpenfestung? Haben sie etwas mit dem rätselhaften Verschwinden hochrangiger Mitglieder der Nazi-Elite zu tun?

Bald schon verschwimmen die Grenzen zwischen Freund und Feind. Kann Johann seine Überzeugung für das größere Wohl opfern?

Johan Ludvig Heiberg

Nordische Mythologie

ISBN: 978-3-96345-201-7
vsl. 320 Seiten
Hardcover

Das skandinavische Leben und dessen Kulturen sind geprägt von ihren Sagen und Mythen und erklären Unwetter, Erdbeben und Sonnenfinsternisse als Folgen von Launen der Götter. Umfangreich wird u.a. erzählt, wie Odin sein Auge für unendliche Weisheit opfert und Thor, als Frau verkleidet, seinen gestohlenen Hammer wiedererlangt.

Der dänische Dichter und Literaturkritiker Johan Ludvig Heiberg präsentiert in diesem detailgetreuen Werk Ursprünge jahrhunderte alter Mythen und Sagen und klärt deren Relevanz für die Identität des Nordens.